TABEA BACH
Entscheidung in der Rosenholzvilla

AF142162

Weitere Titel der Autorin:

Die Kamelien-Insel
Die Frauen der Kamelien-Insel
Winterliebe auf der Kamelien-Insel
Heimkehr auf die Kamelien-Insel

Die Seidenvilla
Im Glanz der Seidenvilla
Das Vermächtnis der Seidenvilla
Weihnachten in der Seidenvilla

Sonne über dem Salzgarten
Himmel über dem Salzgarten
Weihnachtszauber im Salzgarten
Sterne über dem Salzgarten

Die Rosenholzvilla
Das Versprechen der Rosenholzvilla
Weihnachten in der Rosenholzvilla
Entscheidung in der Rosenholzvilla

Das Kamelienhaus

Über die Autorin:

Tabea Bach war Operndramaturgin, bevor sie sich dem Schreiben widmete. Ihre Romanreihen sind Bestseller und in verschiedene Sprachen übersetzt. Ihr Studium führte sie nach München und Florenz. Heute lebt sie mit ihrem Mann in einem idyllischen Dorf im Schwarzwald. Ihre KAMELIEN-INSEL-Saga führt uns in die Bretagne. In den SEIDENVILLA-Romanen wechselt der Schauplatz zu einer Seidenweberei in Venetien. Die SALZGARTEN-Reihe hat als Kulisse die Kanarischen Inseln. Ihre ROSENHOLZVILLA-Romane handeln von einer Instrumentenbauerfamilie im Tessin.

Tabea Bach

Entscheidung in der Rosenholz Villa

Roman

lübbe

Originalausgabe

Copyright © 2025 by
Bastei Lübbe AG, Schanzenstraße 6–20, 51063 Köln

Bei Fragen zur Produktsicherheit wenden Sie sich bitte an:
Produktsicherheit@bastei-luebbe.de

Vervielfältigungen dieses Werkes für das
Text- und Data-Mining bleiben vorbehalten.

Lektorat: Melanie Blank-Schröder
Textredaktion: Marion Labonte, Labontext
Umschlaggestaltung: www.buerosued.de
Einband-/Umschlagmotiv: © www.buerosued.de;
© Elisabeth Ansley/Trevillion Images
Satz: hanseatenSatz-bremen, Bremen
Gesetzt aus der Adobe Garamond Pro
Druck und Verarbeitung: GGP Media GmbH, Pößneck

Printed in Germany
ISBN 978-3-404-19390-5

2   4   5   3   1

Sie finden uns im Internet unter luebbe.de
Bitte beachten Sie auch: lesejury.de

Träumen heißt durch den Horizont blicken.
Afrikanisches Sprichwort

1
Dreikönigstag

So blau leuchtete der Himmel, und die schneebedeckten Berge erschienen Elisa zum Greifen nah. Die Luft war klar wie Kristall, in dem sich die Sonnenstrahlen brachen und schimmernde Reflexe auf die spiegelglatte Oberfläche des Luganer Sees warfen. Der lang anhaltende Regen, der sich an Weihnachten in Schnee verwandelt hatte, war längst vergessen, und nun machte die »Sonnenstube der Schweiz«, wie man das Tessin gerne nannte, ihrem Namen wieder alle Ehre.

Elisa und Danilo waren auf dem Weg zu dem zauberhaften Ort Montagnola, wo Danilos Schwägerin mit ihrer sechsjährigen Tochter Mimi wohnte. Romy hatte die ganze Familie und die engsten Freunde zum Dreikönigsfest eingeladen und recht geheimnisvoll getan. Danilo und Elisa rätselten seit einer Weile, was der Grund dafür sein mochte.

»Vielleicht gibt es gar keinen besonderen Anlass, außer, dass im Tessin heute der Tag der Weihnachtsbescherung ist«, sagte Danilo.

»Aber Romy hat uns noch nie zu sich nach Hause eingeladen, seit ich hier lebe«, wandte Elisa ein.

»Früher haben sie das öfter gemacht, sie und Fabio.« Danilo nahm eine der großen Kurven hinauf zur Collina d'Oro. »Nach der Trennung war ihr wohl nicht mehr nach Feiern.«

Fabio hatte nicht nur Romy verlassen, sondern vor fast einem Jahr auch den Familienbetrieb der Geigenbauwerkstatt Fasetti und war nach Cremona zur Konkurrenz gegangen. Seither führte Danilo das Unternehmen allein und kam dabei oft an seine Grenzen. Vor allem, da er seine Berufung nicht in der Herstellung traditioneller Geigen, Bratschen und Celli sah. Auf der Suche nach dem perfekten Klang hatte er eigene Instrumente entwickelt, die er Campanulas nannte. Und im Grunde wollte er ausschließlich diese anfertigen.

Die gesamte Familie vermisste Fabio und wünschte sich, dass er endlich zurückkäme: Romy und seine Tochter Mimi aus Liebe und Danilo und seine Mutter Mariella außerdem, weil sein Ausscheiden in der Geigenmanufaktur eine empfindliche Lücke hinterlassen hatte – auch wenn die beiden Brüder oft unterschiedlicher Meinung waren.

Sie bogen in die kleine Straße ein, die an den Hängen des »Goldenen Hügels«, wie diese wunderschöne Gegend hieß, entlangführte, und hielten schließlich vor einem Bungalow aus den Siebzigerjahren, der sich geschmackvoll in die Landschaft einfügte. Romys Vater, ein bekannter Maler, hatte ihn bauen lassen und nach seinem Tod seiner Tochter vererbt.

»Schau mal«, rief Elisa und wies auf den festlich geschmückten Eingang. Eine Girlande aus Tannenzweigen war darum geschlungen, verziert mit Schleifen und den Blüten des weißen Weihnachtssterns. »Das sieht ja fast aus wie die Dekoration für eine Hochzeit«, sagte sie hoffnungsvoll. »Vielleicht gibt es heute ja noch eine freudige Neuigkeit.«

»Sehr hübsch«, meinte Danilo, der noch nicht recht glauben mochte, dass sich Fabio und Romy tatsächlich versöhnt hatten.

Er hob den Wäschekorb voller Geschenke aus dem Kofferraum und folgte Elisa. Sie hatten kaum auf die Klingel gedrückt, als die Tür aufgerissen wurde. Mimi stand auf der Schwelle und strahlte von einem Ohr zum anderen. Das Mädchen trug ein rosafarbenes Fantasiekleid, in dem es aussah wie eine kleine Fee, in seinen roten Locken steckte eine weiße Weihnachtssternblüte.

»Da seid ihr ja endlich!«, rief sie. »*Nonna* Mariella, Bruno und Anna sind schon da!«, sprudelte sie los. »Was ist denn da drin?« Neugierig deutete sie auf den Korb, den Danilo in der Diele abstellte.

»Weihnachtsgeschenke«, antwortete Danilo.

»Auch eins für mich?«

Danilo tat so, als müsse er nachdenken. »Hmmm, hilf mir mal, Elisa«, sagte er. »Haben wir Mimis Geschenk dabei?«

»Ich glaube schon«, antwortete Elisa lachend, und Mimi knuffte ihren Lieblingsonkel sanft in die Seite, als sie merkte, dass er einen Spaß gemacht hatte.

»Ich hab auch Geschenke für euch«, verriet sie. »Kommt endlich rein. Es gibt nämlich eine ganz große wunderschöne Überraschung. Aber ich darf nichts verraten, hat *mamma* gesagt.« Vor Aufregung hüpfte sie auf und ab, so dass die Blüte in ihrem Haar in Schieflage geriet, und zog die beiden zum

Wohnzimmer. »Ach, und Bruno kann Tuba spielen. Wisst ihr das? Wenn er das macht, wackeln die Wände.«

Eine üppige Girlande aus dicht aneinandergebundenen weißen und goldenen Luftballons spannte sich im geräumigen Wohnzimmer von einer Seite der Decke zur anderen, dazwischen steckten grüne Zweige. »Sieht das nicht schön aus?« Mimi sah sie erwartungsvoll an.

»Traumhaft! Hast du dabei geholfen?«

Während Mimi fröhlich von den Mühen erzählte, all die Luftballons aufzublasen, schloss Elisa Romy in ihre Arme. Mimis Mutter sah hinreißend aus in ihrem schlichten Kleid aus weißem Wollstoff. Ihr rotes Haar hatte sie locker aufgesteckt und an ihrem Hinterkopf, ebenso wie Mimi, eine weiße Blüte des Weihnachtssterns befestigt. Neben ihr stand Fabio, der in der eleganten Weste aus Seidenbrokat über dem weißen Stehkragenhemd ungewohnt feierlich wirkte.

»Komm, ich zeig dir unsere Krippe!« Mimi hatte Elisas Hand ergriffen und zog sie zu dem Christbaum, unter dem eine beeindruckende Krippenlandschaft aufgebaut war, samt Bergen und Tälern und sogar einem See.

»Gerne, Mimi. Aber lass mich erst die anderen begrüßen«, bat Elisa und ging zu ihrer Mutter Anna, die am Fenster stand und die wundervolle Aussicht betrachtete. »Ich freue mich, dass du mitgekommen bist«, sagte sie, denn noch am Tag zuvor war Anna unschlüssig gewesen, ob sie der Einladung folgen wollte.

Elisas Mutter machte gerade eine schwere Krise durch, privat wie geschäftlich, und Elisa hatte Verständnis dafür, dass sie sich immer wieder zurückzog, obwohl das gar nicht zu ihrer extrovertierten Art passen wollte und Elisa sich im Stillen Sorgen um sie machte.

»Romy hat mich noch mal angerufen, und da hab ich nicht Nein sagen wollen«, antwortete Anna und küsste Elisa auf beide Wangen.

»Schade, dass wir dein Spielen verpasst haben, Bruno!« Elisa hatte sich Mariella und deren Lebensgefährten zugewandt, der seine goldglänzende Tuba gerade in ihrem Instrumentenkoffer verstaute.

»Vielleicht können wir ihn später dazu überreden, das Ding noch mal hervorzuholen«, meinte Mariella und umarmte Elisa herzlich.

»Wenn es passt, warum nicht?« Auch Bruno, der erst seit ein paar Monaten zur Familie gehörte, schmunzelte über das ganze Gesicht.

»Lasst uns miteinander anstoßen.« Fabio nahm eine Flasche aus dem Eiskübel neben dem Couchtisch.

»Champagner?« Danilo machte große Augen, als er das Etikett las. »Zu Ehren der drei Könige? Oder gibt es noch was anderes zu feiern?«

»Oh ja!«, antwortete Romy mit einem strahlenden Lächeln, während Fabio geschickt den Verschluss löste. »Wir erzählen es euch gleich.« Mit einem Knall sprang der Korken aus dem Flaschenhals, und Fabio füllte die bereitgestellten Sektkelche.

»Also, wir haben ja eine etwas seltsame Familienkonstellation«, begann er und reichte Danilo ein Glas. »Fünfunddreißig Jahre meines Lebens dachte ich, ich hätte lediglich einen Bruder. Dann erfahre ich, dass ich noch eine Schwester habe.« Mit einem herzlichen Lächeln schenkte er für Anna ein und reichte ihr den Champagner. »Und Elisa, die sich hier im Tessin jahrelang rar gemacht hat, ist überraschenderweise meine Nichte – wer hätte das gedacht?« Erleichtert nahm Elisa ihr Glas aus seiner Hand entgegen. Sein unbefangenes Lächeln ließ keinen Zweifel mehr daran, dass er die Enttäuschung darüber, dass sie seine Gefühle zu Beginn ihres Kennenlernens nicht geteilt hatte, endgültig überwunden hatte.

»Was bedeutet, dass Elisa und Mimi Cousinen sind«, fügte Mariella hinzu.

»Und Anna ist Mimis Tante.«

»Moment, Moment«, warf Bruno ein. »Ich komm da immer noch nicht mit.«

»Das ist auch nicht leicht zu verstehen.« Mariella lehnte sich kaum merklich an ihn, und Elisa freute sich für sie, dass sie nach dem Tod ihres Mannes und dem Ableben ihrer zweiten großen Liebe, nämlich Elisas Großvater Niklas, mit Bruno ihr Glück gefunden hatte. »Obwohl es im Grunde ganz einfach ist. Oder nicht?« Kurz wurde es still, und nicht nur sie, auch die anderen sahen unwillkürlich zu Fabio. Er hatte seiner Mutter das Bekenntnis im vergangenen Jahr, dass er das Ergebnis einer kurzen Affäre mit Niklas Eschbach war, sehr verübelt. Aber war diese Einladung nicht Zeichen genug, dass er bereit war, ihr zu verzeihen?

Es klingelte, und Mimi rannte zur Tür, um zu öffnen. Wenig später erschien Dante, gefolgt von Amadou, der eine große Schüssel trug.

»Hallo, alle zusammen.« Dante winkte fröhlich in die

Runde. »Wo kann Amadou seinen köstlichen senegalesischen Kokosmilchreis abstellen?«, fragte er und küsste Romy auf die Wangen. »Ihr könnt von Glück reden, dass wir den Nachtisch nicht schon unterwegs aufgegessen haben. Das ganze Auto duftet nach den karamellisierten Mangostücken darin.«

»Oh, mein Lieblingsdessert! Du hast es tatsächlich gemacht!« Romy nahm Amadou die Schüssel ab und platzierte sie auf der Anrichte. »Tausend Dank!«

»Aber gerne.« Amadou lächelte breit. »Ich weiß doch, wie verrückt du danach bist.«

»Wo habt ihr Cosma gelassen? Und was ist mit deiner Schwester, Amadou?«, wollte Elisa wissen.

»Cosma muss noch kurz nach einem kranken Esel schauen«, erklärte Dante. »Und Youma hat beschlossen, in der Rosenholzvilla zu bleiben. Adrien geht es nicht so gut, da wollte sie ihn nicht allein lassen.«

»Was hat er denn?«, fragte Elisa alarmiert. Seit dem Tod ihres Großvaters war die Rosenholzvilla unter ihrer Leitung zu einem Erholungsort für erkrankte Musiker geworden, und Adrien war der erste Gast.

»Youma sagt, die Wunde hat sich wieder entzündet«, erklärte Amadou. Er trug ein schwarzes *dashiki*, ein traditionelles, für Westafrika typisches Hemd mit silbernen Stickereien um den Halsausschnitt und den locker über die Hose fallenden Saum. Elisa, die ihn täglich in seiner weißen Kleidung als Physiotherapeut sah, fand ihn in dieser Festtagskleidung einfach umwerfend. »Morgen sollten wir mit ihm zur Klinik, damit Dr. Fullner sich das noch mal anschaut.«

»Morgen kommen weitere Gäste an«, erwiderte Elisa besorgt.

»Du brauchst uns nicht zu begleiten«, beruhigte Amadou sie. »Es reicht, wenn wir mit ihm hinfahren.«

»Was täten wir nur ohne euch beide?« Elisa seufzte, als sie an die Verantwortung dachte, die seit dem Tod ihres Großvaters und der Gründung der Niklas-Eschbach-Stiftung auf ihren Schultern ruhte. Und doch war die neue Aufgabe für sie mehr als erfüllend, schließlich kannte sie aus eigener leidvoller Erfahrung, wie es war, durch eine Krankheit jäh aus dem Berufsleben als Musikerin gerissen zu werden.

»Sollen wir auf Cosma warten?«, hörte sie Romy leise zu Fabio sagen.

»Ich glaube, wir können die anderen nicht länger auf die Folter spannen«, lautete seine Antwort.

Romy schlug mit einem Löffel sanft gegen ihr Glas, und sogleich verstummten alle. »Wir möchten euch herzlich willkommen heißen«, sagte Romy. Ihre Wangen waren gerötet, und ihre grünblauen Augen glänzten – Elisa hatte sie nie zuvor so schön gesehen. »Heute ist ein besonderer Tag.« Sie und Fabio wechselten einen kurzen Blick, und Mimi zappelte vor Aufregung neben Mariella auf und ab wie ein Gummiball. »Vor genau sieben Jahren haben wir geheiratet«, fuhr Romy fort.

»Und vor sechs kam ich auf die Welt«, rief Mimi dazwischen und brachte alle damit zum Lachen.

»Ja, das stimmt«, sagte Romy schmunzelnd. »Dich hat uns das Christkind gebracht. Und damals waren wir sehr glücklich.

Aber dann …« Sie stockte. Mimis Einwurf hatte sie sichtlich aus dem Konzept gebracht.

»Wir wollen es kurz machen«, ergriff Fabio die Initiative und legte liebevoll den Arm um seine Frau. »Romy und ich sind jetzt wieder zusammen. Und wir dachten, das feiern wir am besten mit euch allen gemeinsam, an unserem Hochzeitstag.«

»Und dieses Mal bin ich auch dabei«, verkündete Mimi zufrieden in den allgemeinen Jubel, der sich erhob.

Mariella stellte ihr Glas ab und ging zu Fabio. Sie nahm seinen Kopf zwischen ihre Hände und küsste ihren Sohn auf beide Wangen, dann tat sie dasselbe mit Romy. »Was für eine Freude«, sagte sie ein ums andere Mal. »Wie hab ich mir das gewünscht!« Sie hob Mimi hoch und drückte ihr viele kleine Küsse ins Gesicht.

Allen war die Erleichterung über diese, wie Elisa fand, längst überfällige gute Wendung deutlich anzusehen. Auch von ihr fiel eine Last ab, denn dass Fabio sich nach ihrer Ankunft im Tessin in sie verliebt hatte, war ein weiteres Hindernis zur Versöhnung zwischen Fabio und Romy geworden. Nun gratulierte sie den beiden von Herzen.

»Bei uns zu Hause im Senegal sagt man: Einer allein kann kein Dach tragen.« Amadou lächelte breit. »Es ist gut, dass ihr wieder ein Team seid.«

»Wir freuen uns übrigens schon auf ein schweizer-senegalesisches Hochzeitsfest«, antwortete Romy schlagfertig. »Und hoffen, dass wir eingeladen werden.«

»Wozu wollt ihr eingeladen werden?« Keiner hatte Cosma

bemerkt, die unterdessen hereingekommen war. Offenbar hatte Mimi die Tür offen gelassen.

»Ich glaube, sie wollen, dass ich dir einen Antrag mache.« Amadou legte grinsend seinen Arm um sie.

»Einen Antrag?« Cosma starrte ihn konsterniert an. »Du willst … heiraten?«

»Das habe ich nicht gesagt«, gab Amadou zurück. »Aber wir könnten darüber nachdenken, wenn du willst.«

»Was geht hier überhaupt vor?« Cosma sah sich verwirrt um.

»*Mamma* und *papa* sind wieder zusammen«, erklärte Mimi wichtig. »Heute ist Hochzeitstag. Gibt es jetzt was zu essen?«

Fabio hatte Käsefondue vorbereitet und zelebrierte dieses für die Schweiz so typische Gericht mit sichtlicher Freude. Bald duftete es aus drei brodelnden Töpfen auf dem Tisch. Nachdem jeder seinen Platz eingenommen hatte, schenkte Fabio seinen Gästen weißen Chasselas ein, den köstlichen Gutedel, der an den Hängen unterhalb des Hauses wuchs.

Die Stimmung hätte besser nicht sein können, während sie Brotstücke in die cremige Käsemasse tunkten und sich Romys leckeren Radicchio-Salat schmecken ließen. Und doch hatte Elisa eine Menge Fragen, die sie allerdings im Moment nicht stellen wollte: Würde Fabio nun an den Luganer See zurückkehren? Oder hatte Romy vor, mit Mimi nach Cremona zu ziehen? Dass die beiden sich versöhnt hatten, erfüllte alle mit Freude, Elisa glaubte Danilos Miene jedoch anzusehen, dass auch er über die möglichen Konsequenzen dieser guten Nachricht nachdachte.

»Ich glaube, ich mache eine kleine Pause, ehe ich Amadous Milchreis essen kann«, erklärte Elisa, als sie Romy half, das Fondue-Service abzuräumen.

»Das könnte eine gravierende Fehlentscheidung sein«, warnte Dante, der bereits die Dessertteller verteilte. »Du riskierst, dass nichts mehr übrig ist.«

»Lasst uns zuerst einen Kaffee trinken«, schlug Romy vor. »Schön klein und schwarz wie die Nacht. Das räumt den Magen auf.«

»Was sind denn jetzt eure Pläne?«, wagte Elisa Romy schließlich doch zu fragen, als sie beide ihren Kaffee draußen auf der sonnigen Terrasse tranken. Romy hatte das Rauchen wieder angefangen, und außer Elisa wollte sich dabei keiner zu ihr gesellen.

»Was meinst du?« Romy nahm einen tiefen Zug von ihrer Zigarette.

»Werdet ihr wieder alle drei hier wohnen?«

Romy antwortete nicht gleich, sondern blies den Rauch in die andere Richtung. Sie ließ sich bemerkenswert viel Zeit. »Ich bin da ganz offen«, sagte sie schließlich. »Fabio hat sich noch nicht entschlossen. Und Geigenbögen kann ich überall bauen.«

Elisa schluckte. Ein Umzug nach Cremona war natürlich nicht das, was sich alle anderen erhofften. »Aber dieses schöne Haus aufzugeben …«, wandte sie ein und hörte doch selbst, wie schwach dieses Argument klang.

»Weißt du, ich bin so wahnsinnig froh, dass Fabio sich noch einmal für eine gemeinsame Zukunft mit mir entschieden hat«, unterbrach Romy sie. »Du kannst mir glauben, dass ich da wenig Bedingungen stelle, vor allem nicht, wo wir künftig leben werden.« Sie nahm einen weiteren Zug von ihrer Zigarette, und Elisa begann zu ahnen, dass sie immer noch nervös und angespannt war. »Natürlich würde ich am liebsten hierbleiben. Allein wegen Mimi. Sie hängt so an euch, vor allem an ihrer *nonna* Mariella.« Mit einem Lächeln drückte Romy den Zigarettenstummel in einem tönernen Untertopf aus. »Wir werden sehen.« Offenbar überließ sie Fabio die Entscheidung, und Elisa wusste nicht, wie sie das finden sollte. Ihrer Meinung nach sollten in einer Beziehung solch weitreichende Beschlüsse gemeinsam getroffen werden. Doch sie schwieg.

Zurück im Esszimmer, hatten sich die anderen bereits über den senegalesischen Kokosmilchreis mit den karamellisierten Mangostücken hergemacht, aber Amadou hatte ihnen zwei Portionen beiseitegestellt.

»Und jetzt die Geschenke!«, rief Mimi und zog ihren *papa* ausgelassen zum Christbaum. »Hier.« Sie reichte ihm ein unförmiges Päckchen. »Das ist für dich.« Mimi hatte in der *scuola materna* mithilfe der Lehrerin ein kleines Kuschelkissen für ihn genäht und mit einem aufgestickten Äffchengesicht verziert. »Dadrauf kannst du dich ausruhen, wenn du müde bist«, sagte sie und betrachtete ihren Vater forschend aus strahlenden Augen. »Gefällt es dir?«

»Und wie mir das gefällt!«, antwortete Fabio gerührt und drehte und wendete das bunte Teil.

»Du musst dran schnuppern«, riet Mimi. »Ich hab Lavendel aus *nonna* Mariellas Garten reingetan. Riecht toll, oder?«

Fabio drückte seine Nase in das Kissen und atmete tief ein. »Es riecht klasse.« Er nahm sie liebevoll in seine Arme und gab ihr einen Kuss. »Möchtest du jetzt mein Geschenk auspacken?«

Er reichte ihr ein Paket, das Mimi ungestüm aufriss. Zum Vorschein kam eine überschlanke Puppe in rotem langem Rock und schwarzer Weste. Im Arm hielt sie eine Geige.

»Eine Barbie-Geigerin«, rief Mimi freudig überrascht und schälte die Puppe aus ihrer Verpackung.

»Gefällt sie dir?« Fabio zeigte seiner Tochter, wie sie die Arme der Puppe zurechtbiegen und ihr die kleine Kunststoffgeige unters Kinn klemmen konnte. »*Mamma* hat mir verraten, dass deine Freundin so eine hat.«

»Ja, aber keine mit einer Geige«, gab Mimi zurück. »Kann sie mit der richtig spielen?« Sie versuchte dem Instrument mit dem winzigen Bogen, der dabei lag, Töne zu entlocken. »Da sind ja gar keine Saiten dran!« Irritiert befühlte sie das kleine Plastikteil. »Was ist denn das für eine Geige?«

»Eine Spielzeuggeige«, erklärte Romy. »Schau mal, was für elegante Schuhe die Barbie anhat.« Doch Mimi zeigte wenig Interesse an den modischen Raffinessen der Puppe und musterte sie mit gerunzelter Stirn.

»Hier, sieh mal.« Danilo schob ein großes, schweres Paket in ihre Richtung. »Es gibt noch mehr Geschenke.«

Mit einer Spur von Enttäuschung legte Mimi die Puppe zurück in ihre Schachtel und widmete sich Danilos Paket. Es dauerte eine Weile, bis sie das Papier abgelöst und den Karton darunter geöffnet hatte. Schließlich machte sie kugelrunde Augen vor Staunen. Zum Vorschein kam ein Violinenkoffer.

»Ist das eine richtige Geige?«, fragte sie, und ihre Wangen färbten sich rosig.

»Mach auf, dann siehst du es«, entgegnete Danilo.

Ehrfürchtig öffnete Mimi die beiden Verschlüsse. Seit drei Jahren nahm sie Geigenunterricht und hatte sich zu einem echten Talent entwickelt. »Ooohhhh«, machte sie und griff nach dem fragilen Hals des Instruments, das nun zutage kam. »Darf ich?«

»Sie gehört dir«, antwortete Danilo. »Deine eigene Geigen-Campanula. Wie du es dir gewünscht hast.«

Es war ein wunderschönes Instrument in Kindergröße geworden, auf das Danilo ganz besonders viel Mühe verwendet hatte. Anders als die auf der ganzen Welt berühmten Fasetti-Violinen hatte er diese Achtelgeigen-Campanula nicht in dem üblichen dunklen Rotbraun lackiert, sondern in einem hell leuchtenden Orangeton, der wunderbar mit Mimis rotem Haar korrespondierte. Über dem wie eine Glockenblume geschwungenen Korpus hatte er zusätzlich zu den vier Spielsaiten noch zwölf weitere gespannt, die den Ton durch ihr reines Mitschwingen beim Musizieren bereicherten.

Das Mädchen zupfte an ihnen und horchte. Der Nachklang war enorm. Mimi spannte den Bogen, klemmte das Instrument unter ihr Kinn und begann zu spielen.

Sogleich verstummten die Gespräche. Alle Blicke ruhten auf dem Mädchen, das selbstvergessen unter dem Christbaum kniete und *Oh du fröhliche, oh du selige* intonierte. So klein die Geigen-Campanula war, ihr Ton war überwältigend, und Mimi sah aus wie ein kleiner Weihnachtsengel. Als das Lied zu

Ende war, klatschten alle Beifall, und Mimi sprang auf, um im Stehen sogleich eine weitere Melodie anzustimmen.

»Die Kleine ist begabt«, sagte Anna anerkennend. Sie hatte früher selbst Violine gespielt, und eine Profilaufbahn wäre für sie durchaus denkbar gewesen, wenn sie sich nicht für eine Karriere als Modemacherin entschieden hätte.

»Ich glaube, mit deinem Geschenk hast du voll ins Schwarze getroffen«, flüsterte Romy Danilo zu. »Sieh nur, wie hingebungsvoll sie spielt. Die Campanula ist dir wirklich gelungen. So ein unglaublicher Klang!«

Es war nun nicht mehr einfach, Mimi dazu zu überreden, auch die anderen Präsente auszupacken. Es wirkte fast, als brächte sie das aus reiner Höflichkeit so schnell wie möglich hinter sich, um sich dann wieder Danilos Geigen-Campanula zu widmen. Und erst als sie alle am späten Nachmittag aufbrachen, um den Einzug der Heiligen Drei Könige zu sehen, der in einem benachbarten Dorf wie jedes Jahr festlich begangen wurde, legte sie das Instrument in seinen Koffer zurück.

»Freust du dich, Matteo gleich wiederzusehen?«, fragte Mariella, während Mimi in ihre Stiefelchen schlüpfte.

»Ja. *Mamma* hat gesagt, dass wir ihn auch bald zu Hause besuchen.« Mimi zog sich die Mütze, die Mariella ihr zu Weihnachten gestrickt hatte, über die roten Locken. »Ich möchte gern den neuen Berg hinter seinem Haus sehen. Und natürlich die Hundebabys.«

»Konnten die Canettis denn schon zurück in ihre Häuser?«, wollte Dante wissen, der ein paar Tage verreist gewesen war. An Heiligabend hatte Matteos Familie in einer dramatischen

Aktion evakuiert werden müssen. Ein Bergsturz hatte gedroht, ihr Zuhause zu verschütten, das hoch über der Rosenholzvilla bei einer Wallfahrtskirche gelegenen war. Wie durch ein Wunder war die ungeheure Gesteinsmasse kaum einen Meter davor zum Stillstand gekommen.

»Ja, vorgestern sind sie heimgekehrt«, antwortete Elisa. »Es heißt, dass sie nichts mehr zu befürchten haben.«

Über eine Woche lang hatten die Behörden Messungen angeordnet, um sicherzustellen, dass sich der Berg wirklich nicht mehr bewegte und die Häuser am Ende nicht doch noch unter sich begraben würde. So lange hatten die Canettis in der Rosenholzvilla Zuflucht gefunden.

Als die kleine Festgesellschaft nach einem kurzen Spaziergang das Nachbardorf erreichte, winkten die Canettis schon von Weitem: Daria und Carlo, Matteos Großeltern, und Simona mit Franco, seine Eltern. Der siebenjährige Matteo kam ihnen freudig entgegengerannt. In der Ferne waren Musik und das rhythmische Schlagen von Trommeln zu hören.

»Endlich!« Matteo war schon ganz aufgeregt. »Komm, wir laufen vor«, sagte er zu Mimi.

Nachdem Romy und Fabio es erlaubt hatten, nahm er Mimi an der Hand, und die beiden stürmten die Gasse hinauf, aus der die Klänge kamen.

»Wie geht es euch?«, fragte Elisa Daria. Sie kannten sich zwar erst seit zwei Wochen, doch die Ereignisse hatten sie miteinander sehr vertraut werden lassen.

»Es ist alles bestens«, antwortete die Mittsechzigerin. »Wir müssen uns natürlich daran gewöhnen, dass der Berg jetzt bis fast unter unsere Fenster reicht und die Weiden für unsere Schafe verschüttet sind. Aber wir finden bestimmt andere Wiesen. Das wird schon.«

»Fühlt ihr euch denn sicher?« Anna war ihre Besorgnis deutlich anzusehen.

Daria zuckte mit den Schultern. »Einmal müssen wir ja zurückkehren, oder?«, sagte sie. »Wir leben eben mit dem Berg.«

»Sobald die Behörden grünes Licht dafür geben, baggern wir ein paar Meter von dem Geröll weg«, erklärte Carlo. »Es ist doch ein bisschen bedrückend, das direkt vor der Nase zu haben, sobald man vors Haus tritt.«

Elisa konnte das gut verstehen. Mit Schaudern erinnerte sie sich an die Nacht, als der Gesteinsstrom unaufhaltsam näher gerückt war und sie und Danilo Mimi dort oben gefunden hatten. »Hauptsache, es beginnt nicht wieder tagelang zu regnen«, warf sie ein.

»Ja, das hoffen wir alle.« Danilo wies die Gasse hinauf. »Ich glaube, jetzt geht der Umzug los.«

Die Musik der *banda* wurde immer lauter, schon kamen die ersten Blechbläser der Truppe in Sicht. Dahinter erschienen hoch zu Ross Kaspar, Balthasar und Melchior in fantastischen, orientalisch anmutenden Gewändern und mit Turbanen und warfen zum Entzücken der sie begleitenden Kinder Bonbons in die Menge.

»Den Melchior kenne ich«, verriet Dante mit einem Grinsen. »Im normalen Leben arbeitet er bei der Stadtverwaltung von Lugano.«

»Lass das nicht die Kinder hören«, bat Fabio schmunzelnd.

»Mimi denkt noch immer, dass die Könige direkt aus dem Morgenland kommen.«

»Nein, das glaube ich nicht«, wandte Danilo ein. »Sie war ja dabei, als wir uns überlegt haben, zu welchem der vielen Umzüge wir gehen sollen. Ihr ist bestimmt klar, dass nicht alle diese Könige aus dem Morgenland stammen können.«

»Zumal sie in der *scuola materna* gelernt hat, dass das Ganze, wenn überhaupt, vor mehr als zweitausend Jahren stattgefunden hat.« Mariella musterte Fabio mit einem nachsichtigen Lächeln. »Aber es ist kein Wunder, dass du Mimis Entwicklung in den letzten Monaten nicht mehr so richtig mitbekommen hast. Du warst ja viel zu selten hier.«

Fabios Miene verdüsterte sich bei diesem Vorwurf. Elisa wandte sich an Cosma, die mit Amadou und Simona ein paar Schritte abseits stand, denn es war ihr peinlich, Zeugin dieses Wortwechsels zu sein. Sie erkundigte sich nach dem Esel, den ihre Freundin an diesem Vormittag noch behandelt hatte, und plauderte mit Simona über Bianca, die weiße Pyrenäenberghündin, und ihren vier Wochen alten Wurf.

»Weißt du denn schon, ob Mimis Eltern ihr erlauben werden, das Hündchen zu nehmen, in das sie sich so verliebt hat?«, fragte Simona.

»Nein, keine Ahnung«, antwortete Elisa und dachte an Romys Worte vorhin auf der Terrasse. Ob Mimi einen Hund bekommen würde, hing sicher auch davon ab, wo die drei künftig ihren Lebensmittelpunkt aufschlagen würden.

Die Könige zogen nun direkt an ihnen vorbei, und die Musik wurde so ohrenbetäubend, dass eine Unterhaltung unmöglich war. Ein wahrer Regen an Bonbons ging über ihnen nieder, und Mimi zeigte ihnen juchzend ihre Ausbeute: Beide Taschen ihres Mäntelchens waren prall mit Süßigkeiten gefüllt, und Matteo, der so vorausschauend gewesen war, eine Jutetasche mitzubringen, bot daraus den Erwachsenen stolz von den Schokoriegeln an, die er ergattert hatte.

Wie alle anderen folgten auch sie nun dem Zug der Könige bis zum Rathaus, vor dem weißer Glühwein und geröstete Maroni verkauft wurden, und Bruno gab eine Runde von beidem für alle aus.

Schließlich zog die Dämmerung herauf, und Mimi begann zu frösteln. Sie verabschiedeten sich von den Canettis und spazierten durch die Weinberge zurück zu Romys Haus.

»Ihr kommt doch noch mit rein?«, fragte Romy, als sie vor dem Grundstück angelangt waren. Elisa war sich nicht ganz sicher, ob sie es wirklich so meinte oder nur aus Höflichkeit fragte.

»Gerne«, antwortete Mariella und wechselte einen raschen Blick mit Danilo, der ihr zunickte. »Wir haben ja noch einiges zu besprechen nach den schönen Neuigkeiten dieses Tages.«

»Vielen Dank, aber wir würden uns jetzt lieber verabschieden«, erklärte Cosma, die sich darüber offenbar mit Amadou und ihrem Bruder auf dem Rückweg verständigt hatte.

»Ich schließe mich euch gern an, wenn ihr mich mitnehmen könnt«, sagte Anna rasch und verabschiedete sich ebenfalls.

Inzwischen war es dunkel geworden. Durch die großen Fenster im Wohnzimmer sah man die Lichter der Ortschaften auf der gegenüberliegenden Seite des Luganer Sees wie Perlenschnüre blinken. Romy schaltete die vielen kleinen Lämpchen ein, die die Krippe beleuchteten, und Mimi ging davor in die Hocke und begann, selbstvergessen mit den Schäfchen, den Hirten, dem Ochs' und Esel beim Stall zu spielen.

»Was darf ich euch anbieten?«, fragte Fabio, doch alle schüttelten den Kopf.

»Wir hatten heute genug Köstlichkeiten, vielen Dank«, antwortete Mariella. »Aber ich habe ein paar Fragen. Oder genauer genommen nur eine: Wirst du zurückkommen?«

Fabio ließ sich in den Sessel neben Romy fallen. »Du meinst, hierher?«, fragte er.

»Du weißt genau, was ich meine. Wirst du deinen Platz in der Geigenbauwerkstatt wieder einnehmen?«

Ein paar Sekunden lang war es mucksmäuschenstill im Raum. Elisa wagte kaum zu atmen. Fabios Rückkehr in den Familienbetrieb würde Danilo so viel bedeuten. Er könnte sich endlich ausschließlich seinen eigenen Interessen widmen, Campanulas herstellen und weiterentwickeln, statt klassische Instrumente zu bauen. Zwar war das Verhältnis der beiden Brüder noch nie frei von Konflikten gewesen. Die Trennung hatte allerdings deutlich gemacht, dass sie zusammenstehen mussten, sollte die Firma Fasetti langfristig Bestand haben.

»Ich denke darüber nach, ja«, sagte Fabio schließlich.

»Was gibt es da zu überlegen?« Mariella sah ihren Sohn ungeduldig an.

»Oh, eine Menge«, gab Fabio bedächtig zurück. »Ich habe in Cremona einen Vertrag unterschrieben und bin

Verpflichtungen eingegangen. Davon abgesehen, dass es nicht besonders fein wäre, den Meister dort nach kaum einem Jahr einfach so im Stich zu lassen, gibt es Kündigungsfristen.«

»Auf ein paar Monate mehr oder weniger kommt es mir nicht mehr an«, erwiderte Danilo begütigend. »Daran soll es nicht scheitern. Keiner verlangt von dir, dein Wort zu brechen. Aber wir brauchen dich. Das wird auch dein Meister in Cremona einsehen.«

»Wie stellst du dir das denn vor, Fabio?«, fragte Mariella. »Jetzt, wo du, Romy und Mimi wieder eine Familie seid, wirst du sicher nicht weiterhin Wochenende für Wochenende pendeln wollen. Oder?«

»Eine Zeit lang wird es nicht anders gehen.« Fabio nahm Romys Hand. »Darüber haben wir natürlich schon gesprochen.«

»Also wie lautet deine Antwort?« Mariella hatte besorgt die Stirn gefurcht. »Ist es nur eine Frage der Zeit, dass du zurückkommst? Oder hast du dich noch nicht entschieden, ob du vielleicht doch in Cremona bleiben willst?« Und als Fabio nicht gleich reagierte, fügte sie leise und dringlich hinzu: »Spann mich nicht so auf die Folter. Nicht nach all den schrecklichen Monaten, die ich deinetwegen durchgemacht habe.«

Ein feiner Ton erhob sich. Mimi saß unter dem Weihnachtsbaum und spielte auf ihrer kleinen Campanula. Es war erstaunlich, wie selbstverständlich das Kind sein neues Instrument zum Klingen brachte, es zeigte keinerlei Schwierigkeiten, sich darauf einzustellen.

»Mimi«, fuhr Fabio ungeduldig auf. »Jetzt nicht.«

Der Ton erstarb. »Wieso darf ich nicht spielen?«, fragte sie und sah ihren Vater treuherzig an.

»Wir unterhalten uns gerade«, erklärte Fabio. »Und überhaupt. Wenn du unbedingt spielen willst, wieso holst du nicht deine richtige Geige?«

Mimi stutzte. »Das *ist* eine richtige Geige«, sagte sie verwundert. »Nur die Puppe hat keine richtige.« Unbeirrt spielte sie weiter.

»Mimi-Schatz«, unterbrach Romy sie freundlich, aber bestimmt, »*Papa* hat gerade erklärt, dass wir uns unterhalten wollen. Das geht nicht, wenn du so laut bist.«

»Ich bin nicht laut!« Mimis Augen blitzten empört. »Ich mache Musik. Und Onkel Danilo hat mir …«

»Das reicht jetzt, Mimi«, fiel ihr Fabio genervt ins Wort. »Leg die Campanula zurück in ihren Kasten.«

»Fabio«, mahnte Mariella leise.

»Dann geh ich eben in mein Zimmer.« Beleidigt verließ Mimi den Raum, ihre Campanula unter dem Arm.

»Seit wann ist es in unserer Familie ›laut‹, wenn jemand Musik macht?« Mariella sah verständnislos von Romy zu ihrem Ältesten. »Weißt du nicht, dass du mit solchen Verboten dem Kind die Freude daran nehmen kannst?«

»Ich bin mir nicht sicher, ob es gut ist, Mimi so früh eine Campanula in die Hand zu geben«, erwiderte Fabio.

Danilo beugte sich vor, als hätte er nicht richtig gehört. »Wieso sollte das nicht gut sein?«

»Dieser große Hall wird verhindern, dass sie die klassische Technik richtig erlernt.« Fabio verschränkte die Arme vor der

Brust. »Es wäre besser gewesen, wenn du das vorher mit mir besprochen hättest.«

Danilo öffnete den Mund, um zu antworten, doch Elisa kam ihm zuvor.

»Ich verstehe nicht, warum sie wegen der Campanula die Technik nicht richtig lernen sollte«, wandte sie ein. »Man spielt sie genau wie eine herkömmliche Geige.«

»Das weiß ich. Aber diese Campanulas klingen immer großartig, egal wie schlecht man auf ihnen spielt.«

»Das ist doch …«

»Schluss damit«, ging Mariella dazwischen. »Darum geht es jetzt nicht. Ich will wissen, ob du zurückkommst, Fabio.«

Erneut zögerte Fabio mit seiner Antwort. Aus Mimis Kinderzimmer drang der gedämpfte Klang der Campanula zu ihnen herüber. Sie spielt wirklich gut für ihr Alter, dachte Elisa. Hoffentlich verdirbt Fabio ihr nicht die Freude an ihrem Geschenk.

»Ich möchte gern zurückkommen«, sagte Fabio schließlich mit Bedacht. »Aber vorher müssen wir noch einiges miteinander klären, Danilo und ich. Denn so wie es vor meinem Weggang war, kann es nicht weitergehen.«

»Da hast du recht«, stimmte ihm Danilo erleichtert zu. »Wir müssen klare Absprachen treffen. Wollen wir darüber das nächste Mal reden, wenn du wieder hier bist? Ich meine, ganz in Ruhe bei uns in der Werkstatt?«

»Das ist eine gute Idee«, antwortete Fabio versöhnlich.

»Wann wird das sein?« Auch Mariella war sichtlich erleichtert und schenkte Danilo einen dankbaren Blick.

»Das kann ich noch nicht sagen. Wir haben ziemlich viel Arbeit, und ich muss demnächst zu einem Kunden nach New York.« Fabio schlug ein Bein über das andere. »Mal sehen, wann ich es einrichten kann.«

2
Die neuen Gäste

»Hoffentlich geht das gut.« Sie waren auf der Heimfahrt zu ihrer Wohnung in der alten Mühle an den Hängen des Monte San Giorgio. Dort bewohnten sie den ersten Stock, während Cosma und Amadou im Erdgeschoss lebten. »*Mal sehen, wann ich es einrichten kann*«, äffte Danilo seinen Bruder nach. »Ich finde, das klang reichlich arrogant.«

Elisa gab ihm im Stillen recht, schwieg aber. Sie wollte kein Öl ins Feuer gießen, das Verhältnis der Brüder war ohnehin schon schwierig genug. »Vielleicht ist er sich einfach noch unsicher«, antwortete sie schließlich.

»Unsicher?« Danilo warf ihr einen kurzen Blick zu, dann konzentrierte er sich auf die kurvenreiche Strecke durch die Wälder. »So hat er auf mich nicht gerade gewirkt.«

»Ich meine, es ist ja schon eine große Entscheidung für ihn«, gab Elisa zu bedenken. »In Cremona fühlt er sich offenbar sehr wohl.«

»Soll er eben dort bleiben«, erwiderte Danilo unwirsch. »Wenn er glaubt, dass ich vor ihm auf die Knie falle, hat er sich getäuscht. Es reicht, wie meine Mutter ihm schöntut.«

»Aber das macht sie doch gar nicht. Sie will lediglich wissen, woran wir sind. Und das ist ihr gutes Recht.« Sie fuhren schweigend durch die Dunkelheit. Ein Reh huschte weit vor ihnen über die Straße. Danilo bremste ab und gab Acht, ob nicht weitere folgten.

»Immerhin ist es schön, dass er zu Romy und Mimi zurückgekehrt ist«, sagte Elisa nach einer Weile. »Wenn man bedenkt, wie lange das gebraucht hat … Dein Bruder überlegt sich eben alles ganz genau.«

»Dass du schon wieder für ihn Partei ergreifst …« Danilo ließ den Satz unbeendet und blickte finster drein.

»Ich ergreife nicht Partei für Fabio«, stellte Elisa klar. »Ja, ich finde ihn auch seltsam. Und das, was er über Mimis Campanula gesagt hat …«

»Hätte ich ihn wirklich fragen sollen, ob ich meiner Nichte ein Instrument schenken darf?«

Elisa blies geräuschvoll Luft aus. »Also ich wäre nie auf die Idee gekommen, dass ihn das stören könnte.«

»Es ist einfach lächerlich zu behaupten, die Campanula wäre schlecht für das Kind.« Sie bogen auf den schmalen Waldweg ab, der zur alten Mühle führte. »Oder?«

»Ich halte das für Unsinn«, antwortete Elisa ratlos. »Vielleicht wäre es eine gute Idee, wenn Romy mal mit Mimis Geigenlehrerin darüber spricht?«

»Wer weiß, vielleicht bläst die ja ins selbe Horn wie Fabio. Woher soll sie die Campanulas kennen?« Danilo klang verbittert. »Kaum jemand weiß davon.«

Elisa schwieg. Dies war ein endloses Thema zwischen ihnen

beiden, und sie wusste nicht, was sie darauf noch sagen sollte. Danilo hatte so sehr gehofft, dass sie die Campanulas bekannt machen würde. Schließlich war sie in ihrer Jugend eine berühmte Cellistin und auf den Bühnen der Welt zu Hause gewesen. Im Alter von sechzehn Jahren hatte sie allerdings während eines ihrer wichtigsten Konzerte einen Hörausfall erlitten und war seitdem nicht mehr aufgetreten. Nur einmal hatte sie in einem kleinen Club in Lugano gemeinsam mit Danilo auf einer seiner Campanulas gespielt, und prompt war ein Video von diesem Abend im Internet viral gegangen. Über ein Comeback im großen Stil dachte Elisa tatsächlich seit einigen Wochen nach. Sie war allerdings bislang noch zu keinem Schluss gekommen, welche Art von Musik sie dann spielen sollte, und wollte sich unbedingt Zeit lassen, um das in Ruhe herauszufinden. Danilo hingegen war der Meinung, dass das alles viel zu lange dauerte.

Das Anwesen mit seinem geräumigen Haupthaus und den früheren Ställen, in denen Cosmas Tierasyl untergebracht war, kam in Sicht. In der Wohnung im Erdgeschoss brannte noch Licht. Und tatsächlich ging die Tür auf, als sie die Mühle betraten.

Amadou streckte den Kopf heraus. »Habt ihr noch Lust auf einen Schlaftrunk?«, fragte er.

Elisa musste lachen. »Das klingt nach einer gefährlichen Mixtur nach dem Rezept deiner Großmutter.«

»Das ist es auch«, gab Amadou mit einem verschmitzten Grinsen zurück. »*Suma mams* ultimativer Gute-Nacht-Tee. Ich verrate euch nicht, was da drin ist.«

»Da kann man ja schlecht Nein sagen.« Zu Elisas Erleichterung lächelte Danilo wieder, als sie Amadou in die gemütliche Wohnung folgten.

»Wir wollen natürlich von euch wissen, was Sache ist«, gab Cosma unverblümt zu. Sie saß mit untergeschlagenen Beinen auf ihrem Sofa und reckte sich vor, um ihnen einen Teller mit Keksen anzubieten. »Kommt Fabio jetzt zurück oder nicht? Ich meine, in die Werkstatt?«

»Das weiß er selbst noch nicht.« Danilo angelte sich einen Keks und ließ sich in Cosmas Schaukelstuhl fallen. »Er tut ein bisschen so, als müssten wir uns das erst verdienen. Typisch mein Bruder.«

»Du übertreibst«, fand Elisa und half Amadou, die Becher mit dem heißen Kräutertee zu verteilen.

»Siehst du?« Danilo wandte sich an Cosma. »Immer ergreift sie für Fabio Partei.«

»Nein, das tue ich nicht«, erwiderte Elisa. »Vor allem nicht, was die Sache mit Mimis Campanula anbelangt.«

»Was ist damit?«, wollte Cosma wissen.

»Er findet es nicht gut, dass ich sie ihr geschenkt habe.« Danilo blies auf seinen heißen Tee und machte dabei ein finsteres Gesicht.

»Bestimmt ist er nur eifersüchtig, weil Mimi seine blöde Barbie nicht so prickelnd fand.« Cosma verzog das Gesicht.

»Mimi wird sich schon durchsetzen, was ihre Campanula anbelangt, da mag Fabio sagen, was er will.« Elisa nahm ein paar Schlückchen von Amadous Kräutertee. Er hatte eine rosarote Farbe und schmeckte bitter und süß zugleich. Der Duft war angenehm und mit nichts zu vergleichen, was Elisa kannte. Und auf einmal fühlte sie, wie sich die Aufregung in ihr legte und ihr Atem ruhiger wurde. »Hey«, rief sie verwundert. »Der wirkt tatsächlich.«

»Natürlich wirkt er.« Amadou schenkte ihr ein großes Lächeln. »Er verscheucht die Dämonen in den Gedanken, sagt meine Großmutter. Die Ängste und Befürchtungen. Und erinnert dich daran, dass alles gut werden wird.«

»Hoffen wir es.« Vorsichtig kostete Danilo nun ebenfalls von seinem Tee.

Am nächsten Morgen fuhren Elisa und Amadou schon früh zur Rosenholzvilla. Zuerst wollten sie nach Adrien Dufois sehen, der kurz vor Weihnachten als erster Gast der Niklas-Eschbach-Stiftung eingetroffen war. Adrien und Elisa verband eine nicht ganz einfache Vergangenheit – sie waren in ihrer Jugend erbitterte Konkurrenten gewesen, als Elisa noch als Wunderkind am Cello die Bühnen der Welt erobert hatte. Und so war sie zunächst wenig erfreut gewesen, ausgerechnet Adrien willkommen heißen zu müssen. Inzwischen hatten sie die alten Animositäten überwunden, jedenfalls hoffte Elisa dies. Denn der enorme Leistungsdruck, unter dem Adrien schon immer gelitten hatte, lastete jetzt erst recht auf ihm, seit es so aussah, als wäre die Operation an seiner rechten Hand, mit der ein Cellist den Bogen führte, schiefgelaufen. Der Gedanke, womöglich nie mehr spielen zu können, machte ihm verständlicherweise schwer zu schaffen.

Sie trafen Adrien im Foyer an, bereit, zu der Privatklinik gebracht zu werden, mit der die Stiftung in solchen Fällen kooperierte. »Wie geht es dir heute Morgen?« Dabei konnte Elisa die Antwort unschwer an Adriens Miene ablesen.

»*Miserable*«, sagte er und presste die Lippen aufeinander. »Ich konnte vor Schmerzen kaum schlafen.«

Youma, Amadous jüngere Schwester, die als Krankenschwester für die Stiftung arbeitete, kam die Treppe herunter. »Guten Morgen«, begrüßte sie Elisa. »Adriens Wunde hat sich entzündet.«

»Bei Dr. Fullner bist du in guten Händen«, versuchte Elisa Adrien zu beruhigen. Da sah sie, dass Youma ihren Mantel von der Garderobe nahm. »Müsst ihr wirklich alle beide mitfahren? Gleich kommt ein neuer Gast, und ich fände es besser, wenn du ihn mit mir begrüßen könntest.«

Youma sah fragend zu Amadou, der ihr zunickte. »Elisa hat recht«, sagte er. »Es genügt, wenn ich Adrien begleite. Wollen wir?«

Zögernd hängte Youma ihren Mantel zurück und sah den beiden Männern nach, als diese die Villa verließen.

»Guten Morgen! Wer möchte frischen Kaffee?« In der Tür zur Küche stand Serafina in einer blütenweißen Schürze. Die Haushälterin strahlte über das ganze Gesicht. »Youma, für dich habe ich eine Überraschung.«

»Wirklich?«

»Kommt mit, ich zeig sie euch.«

Die Küche war erfüllt von einem intensiven Kaffeeduft. Elisa schnupperte. »Irgendwie riecht es anders.«

»Sag bloß, du hast *Café Touba* …«, rief Youma überrascht aus. »Aber wie ist das möglich?«

»Ich hab ihn im Internet bestellt«, antwortete Serafina stolz. »Das ist eine Kaffeespezialität aus dem Senegal«, sagte sie zu Elisa und schenkte die duftende Flüssigkeit in Tassen. »Probier mal. Du wirst staunen.«

Vorsichtig nahm Elisa einen Schluck. Das Aroma von Kaffee entfaltete sich auf ihrer Zunge, dazu noch ein weiterer Geschmack.

»Wie findest du ihn?«, fragte Youma und hielt sich ihre Tasse dicht unter ihre Nase, um den Duft genüsslich einzuatmen.

»Irgendwie … scharf«, gab Elisa zurück.

Youma lachte und zeigte dabei ihre perlenweißen Zähne. »Ja, genau. Da ist Guinea-Pfeffer drin«, erklärte sie. »Du musst Zucker reintun. Mindestens zwei Löffel. Eigentlich kocht man den *Café Touba* schon mit Zucker auf. Komm«, sagte sie zu Serafina gewandt, »ich zeig es dir.«

Elisa hörte auf Youmas Rat und rührte Zucker in den *Café Touba*, und tatsächlich schmeckte er nun richtig lecker. Amüsiert sah sie zu, wie die beiden Frauen am Herd herumhantierten und unter Youmas Anleitung noch mal von vorne begannen. Die beiden schienen bereits dicke Freundinnen geworden zu sein. Es war ein Glücksfall, dass Amadou seine Schwester an Weihnachten einfach mitgebracht hatte. Die junge Frau hatte große Ähnlichkeit mit ihrem Bruder, dasselbe ebenmäßige Gesicht und die großen, ausdrucksvollen Augen. Ihr Mund war noch zarter geschnitten, und wenn sie lächelte, erschienen Grübchen auf ihren Wangen und sogar am Kinn. Elisa fand sie wunderschön.

»Wann treffen die Neuen heute ein?«, riss Serafina sie aus ihren Gedanken.

»Jeremy Hill kommt in einer halben Stunde an«, antwortete Elisa mit Blick auf ihre Armbanduhr. »Und die amerikanische Tänzerin gegen zwölf. Sie heißt Scarlett Foster. Scarlett ist Vegetarierin, das hab ich dir schon gesagt, oder?«

»Ja, das ist kein Problem. Solange sie meine italienische Küche mag, ist alles in Ordnung.«

»Wer die nicht mag, dem ist nicht zu helfen«, antwortete Elisa. »Und dann erwarten wir am Nachmittag noch Margit Bechstein. Sie ist Flötistin.«

Sie sah noch mal in den Zimmern nach, ob Serafina auch an alles gedacht hatte. Wie immer waren sie tadellos vorbereitet, auf jeden der Tische hatte die Haushälterin zudem einen Strauß Frühlingsblumen gestellt. Schließlich ging Elisa hinaus in den Rosengarten, in dem vereinzelt Winterblüten in den ersten Sonnenstrahlen aufleuchteten, die es über die östlichen Berge schafften, und weiter zu den beiden Sträuchern, unter denen sich das Grab ihres Großvaters Niklas Eschbach befand. Sie bückte sich und entfernte ein paar herabgefallene Blätter von der Marmorplatte in Form einer Orchesterpartitur. Sacht strich sie über den eingemeißelten Dirigentenstab, der quer darüber lag, und über die Buchstaben, die die Worte formten:

WENN ALLE TÖNE SCHWEIGEN – QUIES

Quies war Lateinisch und bedeutete Ruhe, Schlaf. Ihr Großvater hatte die Grabplatte lange vor seinem Tod vorbereitet, ohne dass jemand davon gewusst hatte. Er war im vergangenen Sommer an einem Herzinfarkt gestorben, als er an der Mailänder Scala die Oper *Tosca* dirigierte. Obwohl er in den beiden Jahren zuvor mehrere Schlaganfälle erlitten hatte, war sein plötzlicher Tod für alle ein Schock gewesen, so gut hatte er sich unter Amadous Pflege wieder erholt. Dass Niklas sein Vermögen nach seinem Tod durch die Stiftung anderen schwer erkrankten Musikern zugutekommen ließ, fand Elisa nicht nur folgerichtig, sondern einfach großartig.

Elisa hörte Schritte auf dem Kiesweg hinter sich. Es war ihre Mutter.

»Hier bist du.« Anna gab ihr zur Begrüßung einen Kuss auf die Wange. Sie war fast einen Kopf größer als Elisa. Auch sonst ähnelten sie sich kaum. Während Anna nach ihrer italienischen Mutter, der Sängerin Paulina Conti-Eschbach, schlug und es vorkam, dass man sie mit der Schauspielerin Monica Bellucci verwechselte, glich Elisa mit ihrem blonden Haar und den blauen Augen ihrem Vater, dem schwedischen Geiger Sven Helgeson. »Was für ein herrlicher Tag.« Anna seufzte. »Schade, dass ich bald abreisen muss, jetzt, wo das Wetter so schön geworden ist.«

»Komm einfach wieder, sobald du kannst.« Elisa legte sanft den Arm um Annas Taille und blinzelte über den See hinüber zu den Bergen im Gegenlicht der Morgensonne. Anna erschien ihr ungewohnt zerbrechlich. Seit der Trennung von ihrer Lebensgefährtin Caren hatte sie abgenommen, und das trotz Serafinas guter Küche.

»Wer hätte das gedacht«, sagte Anna niedergeschlagen.

»Noch vor einem Jahr hab ich mir nicht vorstellen können, dass ich mich ausgerechnet hier so wohl fühlen würde.«

Elisa lächelte traurig. Es stimmte. Anna hatte die Rosenholzvilla gemieden, solange Niklas gelebt hatte. Die beiden hatten ein chronisch schlechtes Verhältnis miteinander gehabt und sich erst in der Stunde seines Todes miteinander ausgesöhnt. »Du bist jederzeit willkommen«, versicherte ihr Elisa. »Wann musst du denn fahren?«

»Spätestens am Samstag«, antwortete ihre Mutter. Gemeinsam schlugen sie den Weg zurück zur Villa ein. »Am Montag kommt ein potenzieller Kunde, und es ist besser, ich hab noch einen Tag, um mich darauf vorzubereiten. Wir arbeiten an der Herbst-Winter-Kollektion. Ich hab hier ein bisschen gezeichnet. Möchtest du meine Entwürfe sehen?«

Bevor Elisa antworten konnte, ließ das Geräusch eines ankommenden Wagens sie aufmerken. »Das muss Jeremy Hill sein«, sagte sie. »Wie wäre es heute Nachmittag? Da schau ich mir deine Skizzen gerne an.«

Elisa war gespannt auf den britischen Komponisten. Vor vielen Jahren hatte sie einmal in einem Konzert ein Werk von ihm uraufgeführt, da war sie gerade vierzehn Jahre alt gewesen. In der Kommode ihres früheren Kinderzimmers hatte sie die Noten tatsächlich noch gefunden, es war ein wunderschönes Stück. Außerdem war Jeremy mit niemand anderem als Oriana Hill verheiratet, der berühmten Filmschauspielerin, die im vergangenen Jahr einen Oscar gewonnen hatte.

Sie eilte zu dem Taxi, um dem Fünfundfünfzigjährigen

herauszuhelfen, was nicht einfach war, denn Jeremy hatte sich bei einem Sturz den Oberschenkelhals gebrochen und war vor nicht allzu langer Zeit operiert worden. »Herzlich willkommen«, sagte sie.

Das Erste, was sie von Jeremy Hill zu sehen bekam, waren die Enden zweier Gehhilfen. Sie nahm sie entgegen und bereute, Amadou und nicht seine Schwester mit Adrien zur Klinik geschickt zu haben. Denn der Mann, der sich mühselig und unter Stöhnen aus dem Sitz herausarbeitete, wirkte schwerfällig und ungelenk, was kein Wunder war bei seiner Verletzung.

»Möchten Sie mir vielleicht Ihre Hand reichen?« Auf einmal war Youma neben Elisa, die wusste, wie sie Jeremy aus dem Wagen helfen musste.

»*Thank you so much.*« Dem Komponisten stand der Schweiß auf der Stirn, als er auf seine Gehhilfen gestützt im Hof stand, erschöpft zur Fassade der Villa emporsah und dann Elisa mit freundlichen blauen Augen musterte. Mit seiner kräftigen Statur und dem kurz gehaltenen grau melierten Bart erinnerte Jeremy Hills an einen freundlichen Bären.

»Ich bin Elisa Eschbach«, sagte sie rasch. »Darf ich Ihnen Youma Botta vorstellen? Sie ist unsere Krankenschwester.«

»Jeremy Hill«, antwortete er, und ein Lächeln erschien auf seinem Gesicht. »Und ich erinnere mich gut an Sie.«

»An damals in London?«

Jeremy nickte. »Keiner hat danach meine Romanze für Cello und Orchester so fabelhaft gespielt wie Sie.« Er blinzelte in die Sonne und nahm einen tiefen Atemzug. »Hier also hat Niklas gelebt. Ein schöner Ort.«

»Und ein guter Ort, um gesund zu werden. Möchten Sie einen Rollstuhl oder geht es so?«

»Ich probier es lieber auf meinen vier Beinen.« Er hob schmunzelnd die Gehhilfen an und setzte sich langsam und konzentriert in Bewegung. Es dauerte eine Weile, bis er die kurze Entfernung zur Treppe zurückgelegt hatte, die zur Hälfte mit einer sanft ansteigenden Rampe abgedeckt war.

»Ich hoffe, mein Zimmer liegt nicht unter dem Dachboden«, scherzte der Komponist, als er die Steinstufen überwunden hatte.

»Es befindet sich im ersten Stock«, antwortete Elisa. »Keine Sorge, es gibt einen Lift.«

Jeremy Hill zuckte kurz zusammen, holte tief Luft und betrat das Foyer. »Tut mir leid, das ist keine große Hilfe«, sagte er, als Elisa ihn in Richtung der Aufzugtür geleiten wollte. »Ich bin ansonsten ein völlig normaler Mensch mit wenig Attitüden, das müssen Sie mir glauben. Aber einen Fahrstuhl betrete ich nie. Das geht einfach nicht.«

Elisa sah ihn bestürzt an. »Dieser hier ist ganz neu und gerade erst auf seine Sicherheit überprüft worden«, versuchte sie ihn zu beruhigen. »Und die Fahrtzeit beträgt nur ein paar Sekunden, Sie können ganz beruhigt …« Sie stockte, als sie sah, dass Jeremy den Kopf schüttelte.

»Bitte halten Sie mich nicht für störrisch«, bat er. »Aber ein Fahrstuhl bleibt ein Fahrstuhl. Ich kann das nicht. Leider.« Er holte ein großes weißes Taschentuch aus seiner Jackentasche und fuhr sich damit über die Stirn. Dann wandte er sich zu der Treppe mit dem wunderschön geschnitzten Holzgeländer und den Einlegearbeiten aus Rosenholz, die das Foyer mit dem oberen Stockwerk verband. »Zum Glück gibt es noch die«, sagte er, raffte seine Kräfte zusammen und machte sich an den Aufstieg.

Mit Youmas Hilfe und mehreren Verschnaufpausen erreichte der neue Gast eine Viertelstunde später endlich sein Zimmer. Das Ganze hatte ihn dermaßen erschöpft, dass er sich aufs Bett legen musste, um eine Weile zu ruhen. Er versprach Youma zu läuten, sobald er sich etwas erholt hatte.

Inzwischen beratschlagte sich Elisa mit Serafina und Youma.

»Wenn wir das gewusst hätten«, sagte Serafina.

»Was hätte das gebracht?«, wandte Elisa ein. »Wir haben kein Zimmer im Erdgeschoss.«

»Aber als der *professore* …«

»Niklas haben wir im Musikzimmer einquartiert. Das ist jetzt nicht mehr möglich. Das Musikzimmer soll für alle Gäste zugänglich sein. Außerdem finden dort Veranstaltungen statt.«

»Zum Beispiel der Geburtstagsempfang für Signor Alexander«, ergänzte Serafina.

»Richtig.«

Alexander Hilbour war Niklas' Manager gewesen und nahm nach dessen Tod eine wichtige Rolle in der Stiftung ein. Er hatte auch Elisa während ihrer Konzertlaufbahn vertreten – inzwischen war er eine Art väterlicher Freund für sie geworden. Ende des Monats würden sie seinen siebzigsten Geburtstag in der Rosenholzvilla feiern. Während sie Alexander in dem Glauben ließen, es würden lediglich seine engsten Freunde zu einem feierlichen Essen kommen, bereitete Elisa seit Wochen ein großes Überraschungsfest vor, zu dem sich schon zahlreiche Gäste angesagt hatten. Sogar Oriana Hill, Jeremys Frau, würde dazu anreisen.

»Es wird wohl nicht anders gehen, Jeremy Hill muss in dem Zimmer oben bleiben. Etwas Besseres können wir ihm nicht anbieten.« Elisa seufzte. »Was meinst du, Youma?«

»Ich verstehe ehrlich gesagt nicht, warum er vier Wochen nach seinem Unfall immer noch so schlecht zu Fuß ist.« Youma wirkte besorgt. »Ich würde gerne mal den Krankenbericht lesen und mich mit meinem Bruder beraten, was da los ist. Als Lösung fällt mir sonst nur ein Treppenlift ein«, fügte sie hinzu. »Aber ob er den benutzen würde?«

Elisa sah auf die Uhr. Sie war gespannt, welche Überraschungen Scarlett Foster ihnen bereiten würde.

Ihre Sorge schien unbegründet. Die Tänzerin aus den USA wirkte trotz ihres verletzten Sprunggelenks fröhlich und aufgekratzt, als sie pünktlich um zwölf aus ihrem Taxi stieg. Mit ihren Gehhilfen war sie überraschend beweglich, und als sie Elisa sah, fiel sie ihr überschwänglich um den Hals, als seien sie alte Freundinnen. Die Villa und alles andere fand sie einfach nur großartig, und da sie gerade erst aus den Staaten angekommen war, bat sie wegen der Zeitumstellung darum, sich erst einmal ausschlafen zu dürfen.

»Mehr als Mineralwasser und ein bisschen Obst brauche ich heute nicht mehr«, erklärte sie, woraufhin Serafina ihr auf der Stelle einen schönen Früchteteller brachte und ihr versprach, sie am folgenden Tag zum Frühstück zu wecken. »Dann bin ich wieder ein Mensch«, versicherte Scarlett. »Im Moment fühle ich mich eher wie eine Amöbe.« Sie lachte schallend über diesen Scherz und zog sich in ihr Zimmer zurück.

»Na, die scheint ja unkompliziert zu sein«, meinte Serafina, als sie gemeinsam mit Youma und Anna in der Küche eine Kleinigkeit zu Mittag aßen.

»Ich glaube, auch Jeremy wird keine Schwierigkeiten machen, mal davon abgesehen, dass er vorerst in seinem Zimmer festsitzen wird.«

»Vielleicht ist ihm das ja ganz recht.« Youma knabberte an einem Radieschen. »Er hat ein Keyboard mitgebracht.«

»Ein Keyboard?«, fragte Serafina überrascht. »Aber wir haben doch den schönen Flügel.«

»Er braucht das zum Komponieren, hat er mir erklärt.«

»Hoffentlich macht er keinen Lärm und stört die anderen.« Serafina wirkte besorgt.

»Ich glaube nicht, dass er jemanden stören wird«, erklärte Elisa. »Komponisten benutzen heutzutage zum Arbeiten häufig Computerprogramme. Und bestimmt hat er Kopfhörer.«

»Er wirkt wie jemand, der gern allein ist«, sagte Youma, und Elisa fragte sich, ob Youma wie ihr Bruder die Gabe hatte, Menschen in kürzester Zeit einschätzen zu können. »Amadou wird dafür sorgen, dass er bald die Treppe herunterkommt.« Youma sah auf die Küchenuhr an der Wand. »Ich wundere mich, dass er und Adrien noch nicht zurück sind.«

Elisa gab ihr im Stillen recht, auch sie machte sich allmählich Sorgen. Kurz erwog sie, Amadou anzurufen, doch sie entschied sich dagegen. Und wenig später hörten sie in der

Einfahrt das Geräusch des Wagens, der der Stiftung gehörte.
»Da sind sie ja.« Erleichtert erhob sie sich, um den beiden entgegenzugehen. Umso überraschter war sie, als Amadou allein aus dem Auto stieg. Seine Miene war sorgenvoll. »Was ist mit Adrien?«, fragte Elisa bestürzt.

»Dr. Fullner wollte ihn lieber dabehalten«, antwortete der Physiotherapeut. »Zur Beobachtung. Und einen Spezialisten zurate ziehen. Der kann sich morgen früh Adriens Hand ansehen.«

»Sollte ich nicht hinfahren?« Youma wirkte besorgt. »Hier werde ich ja vorerst nicht gebraucht.«

»Das ist nicht nötig«, sagte Amadou sanft. »In der Klinik ist er in den besten Händen. Schwester Ingrid sieht nach Adrien. Du kannst mir vertrauen, schließlich habe ich dort selbst lange gearbeitet.«

»Schwester Ingrid hat sich damals fantastisch um meinen Großvater gekümmert«, fügte Elisa hinzu. Youmas Ernsthaftigkeit, mit der sie sich ihrer Schutzbefohlenen annahm, rührte sie. Auch darin glich sie ihrem Bruder. »Komm mit in die Küche und iss etwas«, bat sie Amadou. »Youma kann dir dabei von unseren Neuzugängen erzählen.«

Im Foyer nahm sie Amadou kurz beiseite. »Hat Dr. Fullner denn gar nichts zu Adriens Hand gesagt?«, fragte sie.

»Er bekommt eine Infusion, um die Entzündung zu lindern«, berichtete er. »Und ein Schmerzmittel. Alles Weitere möchte er dem Hand-Spezialisten überlassen.« Er musterte sie. »Du kennst Dr. Fullner. Er gibt keine vorschnellen Diagnosen ab.«

Elisa nickte und bedankte sich bei Amadou. Dann machte sie sich auf die Suche nach Anna, um sich die Entwürfe für ihre neue Kollektion anzusehen. Sie fand ihre Mutter auf ihrem Zimmer, das einst Niklas Eschbach bewohnt hatte. Es war der größte Raum im Obergeschoss, und obwohl Elisa es behutsam umgestaltet und die privaten Gegenstände entfernt hatte, trug es noch immer die Handschrift des berühmten Musikers. Ein großformatiges Schwarz-Weiß-Foto zeigte ihn beim Dirigieren – Elisa liebte diese Aufnahme, auf der er, wie sie fand, in einer für ihn typischen Bewegung festgehalten war, auf dem Gesicht ein einziges Strahlen. Wenn Elisa das Bild ansah, war ihr, als könnte sie die Musik hören, die damals erklang, und seiner Mimik nach zu urteilen war es ein perfekter Moment gewesen.

»Ich habe mich von diesem Ort inspirieren lassen«, sagte ihre Mutter und öffnete eine großformatige Mappe. »Und damit du es weißt: An deinem Urteil ist mir sehr gelegen.«

»Aber Mama«, wandte Elisa ein. »Du weißt, dass ich mich nicht für Mode interessiere. Ich versteh nichts davon. Auf mein Urteil solltest du nicht bauen.«

»Doch, genau deswegen.« Ein trotziger Zug erschien um den schönen Mund ihrer Mutter. »Ich will zurück zu einer bestimmten Art ... von Einfachheit.« Anna musterte versonnen das Kleid ihrer Tochter. »Du hast deinen Stil gefunden«, sagte sie. »Das ist mir schon an Weihnachten aufgefallen. Ich will ehrlich sein, zuerst war ich ein bisschen eifersüchtig.«

»Eifersüchtig?« Elisa sah an sich herab. Das Modell war aus einem feinen, graublauen Strickstoff und einfach geschnitten.

Ein schmaler bestickter Ledergürtel, kaum zwei Zentimeter breit, war der einzige Schmuck. Elisa hatte es auf einem ihrer Einkaufsausflüge mit Cosma in einem kleinen Laden in Italien gefunden und sich sofort darin verliebt. Seit sie Vorsitzende der Niklas-Eschbach-Stiftung war, achtete sie ein wenig mehr auf ihre Kleidung als zuvor, Jeans und eine bequeme Bluse oder ein T-Shirt trug sie nun nur noch zu Hause oder wenn sie mit Freunden ausging. Sie hatte das Gefühl, es ihrem Großvater schuldig zu sein, sich anständig zu präsentieren, schließlich vertrat sie das Erbe, das er hinterlassen hatte.

»Ja, eifersüchtig. Weil du nicht die Sachen trägst, die ich dir andauernd schenke.« Anna lachte freudlos auf. »Inzwischen habe ich verstanden, dass sie zu extravagant sind. Jedenfalls für dich und den Alltag. Und da ich glaube, dass es vielen Frauen so geht wie dir, habe ich dies hier entworfen.« Sie schlug die Mappe auf. Das erste Blatt zeigte eine Frau, die Elisa verblüffend ähnelte. Sie trug einen schlichten Hosenanzug mit geraden Formen, die Jacke reichte ihr fast bis zu den Knien und war unter der Brust leicht glockig geschnitten. »Ich denke an pflegeleichte Stoffe, so dass man den Anzug sogar im Schonwaschgang selbst waschen kann. Ich muss mir zu Hause ein paar Proben ansehen, ich finde, es sollte feiner Jersey sein, Baumwolle, fließend und leicht. Könntest du dir vorstellen, so etwas zu tragen?«

»Ja«, antwortete Elisa verblüfft. »Aber denkst du nicht, dass du deinem Stil treu bleiben solltest? Damit hast du doch so viel Erfolg gehabt, und dafür bist du berühmt.«

»Die Betonung liegt leider auf ›gehabt‹«, gab Anna trocken

zurück und presste kurz die Lippen aufeinander. »Und allein mit einem berühmten Namen kann man seine Angestellten nicht bezahlen. Also muss ich mich neu erfinden. Und meine Mode ebenfalls.«

»Was ist mit deiner Kundschaft?« Elisa blätterte skeptisch zum nächsten Entwurf. Er zeigte ein Kleid, das ihr eigenes an Schlichtheit noch übertraf. Im Grunde war es nichts weiter als ein raffiniert geschnittener Hänger. »Du hast nie Mode für Frauen wie mich gemacht. Sondern für reiche, mondäne, selbstbewusste …«

»Bist du denn nicht selbstbewusst?« Annas Augen funkelten. »Außerdem stimmt das nicht. Ich habe beim Entwerfen fast immer an dich gedacht. Oder an Caren.« Ein schmerzlicher Zug erschien einen Moment lang auf Annas Gesicht. Dann riss sie sich zusammen. »Hör zu, Elisa«, begann sie erneut. »Ich möchte nur eines von dir wissen: Gefällt dir, was du siehst? Würdest du das tragen wollen? Auch wenn die Antwort Nein lauten sollte – sag es mir bitte.«

Elisa atmete tief durch, setzte sie sich an den Tisch und sah sich einen Entwurf nach dem anderen genau an. Versuchte sich vorzustellen, ob sie sich darin wohlfühlen könnte. Da war ein Rock in Weinrot, der ihr gefiel, ein Wintermantel mit einem großen Kragen, den man bis über die Ohren hochschlagen könnte.

»Ja«, sagte sie schließlich. »Ich denke, einiges davon würde ich gerne tragen.«

»In Ordnung.« Annas Züge hatten sich entspannt. »Welche sind das?«

Elisa suchte die aus, die ihr gefielen. Es waren nur vier von mehr als zwanzig. Anna griff nach den aussortierten Skizzen und riss sie mitten durch.

»Was machst du denn da?«, fragte Elisa entsetzt.

Doch ihre Mutter achtete nicht darauf, sondern nahm die anderen Entwürfe zur Hand. »Nun gut«, sagte sie mehr zu sich selbst. »Ein Anfang. Darauf werde ich aufbauen.«

»Hör mal, Mama.« Elisa rang fast die Hände. »Ich weiß wirklich nicht, ob es eine gute Idee ist, mich als Maßstab für Mode zu nehmen.«

»Das lass mal meine Sorge sein.« Anna lächelte und wirkte keineswegs, als würde es ihr etwas ausmachen, die Arbeit vieler Stunden, ja vielleicht sogar von Tagen, zu verwerfen. »Danke. Du hast mir sehr geholfen.«

Elisa bezweifelte, dass sie eine Hilfe gewesen war. Im Grunde hatten ihr die mondänen Roben aus kostbaren Stoffen immer sehr gefallen, die ihre Mutter entworfen hatte. Nur tragen wollte sie sie nicht, sie passten einfach nicht zu ihr. Sicher, die vergangenen Monate waren schwierig für Anna gewesen, und sie hatte viele ihrer Kunden verloren. Aber lag das wirklich an ihrem bisherigen Stil?

Als sie Annas Zimmer verlassen hatte, stand sie einige Momente auf der Galerie und überlegte, ob sie nach Jeremy sehen sollte. Nein, entschied sie. Er hatte gesagt, dass er läuten würde, sobald er ausgeruht hatte. Und es war an Amadou, sich um seinen neuen Patienten zu kümmern und das passende Therapieprogramm für ihn zusammenzustellen.

Elisa beschloss, stattdessen Danilo in der Werkstatt zu besuchen und vielleicht auch nach Mariella zu sehen. Sie sagte Serafina Bescheid und zog sich ihren Mantel über.

Der kürzeste Weg zu den Fasettis führte durch den Park. Elisa durchquerte den Rosengarten und ging an dem Becken mit den Koi entlang, verharrte einige Momente, um die goldenen Prachtbarsche mit den dunklen Flecken zu beobachten, die wie kostbare Wesen aus einer anderen Welt zwischen den Seerosen auftauchten und wieder verschwanden. Dann betrat sie das Wäldchen, in dem hier und da Skulpturen standen, vor allem die »Cellospielerin« aus Bronze war Elisa schon als Kind vertraut und lieb gewesen.

Ganz am Ende des Weges erreichte sie eine Lichtung, in deren Mitte sich die Figur eines Geigers befand. Elisa hatte ihn vor langer Zeit »Stradivarius« getauft, und auch dieses Mal klopfte sie freundschaftlich mit der Hand auf seine steinerne Schulter. Früher hatte sie dazu in die Höhe springen müssen, heute erreichte sie sogar den Kopf der Skulptur ohne Anstrengung.

Von hier führte ein geschwungener Weg mit gelegentlich eingelassenen Natursteinstufen auf die tiefer gelegenen Terrassen des Anwesens. Elisa tauchte in den Hain aus Rosenholzbäumen ein, den einer von Danilos Vorfahren einst gepflanzt hatte. Bald würden die Zweige erblühen, jetzt Anfang Januar waren die Knospen bereits dick und prall. Schließlich war zwischen den Kronen der Bäume das Dach von Mariellas Wohnhaus zu erkennen, und wenig später betrat Elisa den Hof.

Nach der langen Regenperiode hatte Joris, der alte Berner

Sennenhund der Fasettis, seinen Stammplatz vor Mariellas Haustür wieder eingenommen. Er blinzelte schläfrig in der Sonne, hob ein Ohr – das war seine Art, Elisa zu begrüßen, die ihm liebevoll den großen Kopf tätschelte. Dann ging sie zur Werkstatt, klopfte kurz an und trat ein.

Danilo stand dicht über Natascha gebeugt und führte ihr die Hand bei irgendeiner Arbeit auf der Werkbank. Dabei berührte seine Wange fast die seiner Auszubildenden, es sah aus, als würde er sie von hinten umarmen. Elisa stockte der Atem.

3

Der Hausmeister

»Du musst die Doppelklinge so führen«, sagte Danilo leise zu der jungen Frau. »Siehst du?« Natascha nickte, und ihre blonden Haare, wie immer zu einem fantasievollen Gebilde auf dem Oberkopf zusammengesteckt, streiften sein Gesicht. »Idealerweise gelingt es beim allerersten Mal. Es kann leicht passieren, dass man das Werkstück bei diesem Prozess für immer verdirbt.« Erst jetzt ließ er Nataschas Hand los und richtete sich auf. Seine Augen leuchteten, als er Elisa ansah. »Bist du schon fertig?«, fragte er und war mit wenigen Schritten bei ihr.

»Ähm … ja.« Elisa schluckte. Ihre Kehle war wie ausgetrocknet. Danilo und Natascha hatten so vertraut miteinander gewirkt, waren sich so nahe gewesen. War da womöglich mehr als das Verhältnis eines Vorgesetzten zu seiner Auszubildenden? Doch Danilo küsste Elisa liebevoll und unbefangen wie immer, und ihre Gedanken erschienen ihr völlig absurd.

»Wie läuft es mit den neuen Gästen?«

»Ich erzähl es dir später.« Elisa sah noch einmal zu Natascha hinüber, die konzentriert das nachzuvollziehen schien, was Danilo ihr gerade gezeigt hatte.

Als könnte sie Elisas Blick spüren, schaute sie auf. »Ach, entschuldige! Wie unhöflich von mir!« Sie wischte ihre Hände an einem Tuch ab und kam lächelnd auf Elisa zu. »Ich hab mich gerade total auf das Anreißen des Adergrabens konzentriert. Wie geht es dir?«

»Gut, und dir?« Elisa musste sich schon wieder räuspern. »Hattest du eine schöne Zeit mit deinen Freunden?« Natascha war mit Bekannten in den Alpen wandern gegangen und erst am Tag zuvor zurückgekommen.

»Ja, es war einfach herrlich!« Natascha strahlte. »Die Klettersteige sind zwar noch ziemlich rutschig vom Regen. Aber die Fernsicht war sensationell. Ihr solltet das bald mal machen. Ich hab Danilo schon die Tour aufgeschrieben. Dante hat sie mir empfohlen.«

»Dante hat immer die besten Informationen«, warf Danilo ein.

Nataschas Augen leuchteten auf. »Ja«, sagte sie. »Das hat er wirklich.«

»An diesem Stück kannst du das jetzt üben.« Danilo reichte Natascha ein vielbenutztes Probeholz. »Fixier es gut, damit es nicht verrutscht. Und pass auf, dass du dich nicht verletzt. Okay?«

»Okay!« Natascha streifte ihren Arbeitskittel über die Ellbogen zurück, und ihre vielfarbigen Blüten-Tattoos kamen zum Vorschein. Über ihre gesamten Arme, die Schultern und sogar am Dekolleté bis zum Hals rankten sich bunte Fantasieblumen.

»In einer halben Stunde bin ich zurück.« Danilo wandte

sich an Elisa. »Hast du kurz Zeit, mit zu meiner Mutter rüber-
zugehen?«, fragte er. Elisa nickte. Als sie sah, wie eifrig Natascha sich an dem Übungsholz zu schaffen machte, kam ihr ihre
Besorgnis von eben geradezu lächerlich vor.

»Fabio hat heute Morgen angerufen.« Danilos Mutter saß
gemeinsam mit Bruno am Esstisch. Zwischen dem einstigen
salotto und der Küche hatte Danilos verstorbener Vater vor
Jahren die Wand herausgenommen und nur die wichtigsten
Deckenstützen stehen lassen, so dass ein großer, gemütlicher
Raum entstanden war. »Er hat mit seinem Chef gesprochen«,
fuhr Mariella fort. »Übernächstes Wochenende kommt er wieder zu Besuch.« Danilo schenkte sich Kaffee ein und rührte
einen halben Teelöffel Zucker unter. Elisa hatte dankend abgelehnt. Für diesen Tag hatte sie schon genug Kaffee getrunken.
»Freust du dich denn nicht?«, fragte Mariella irritiert, als Danilo schwieg.

»Doch, das ist gut.« Statt sich an den Tisch zu setzen, lehnte
er sich gegen die Kommode, über der eine Vielzahl an Familienfotos hing.

»Aber du wirkst skeptisch.« Mariella musterte ihn.

»Ja, das bin ich«, gab Danilo zurück. »Es gab gestern einiges, was mir nicht gefallen hat.«

Mariella holte tief Luft und stieß sie wieder aus. »Dass es
nicht einfach wird mit euch beiden, das hab ich mir schon gedacht«, sagte sie mit einer Spur Resignation in der Stimme.
»Ihr wart schon immer sehr verschieden und …«

»Das ist es nicht.« Danilo stieß sich von der Kommode ab

und ging zum Fenster, sah über den Hof zur Werkstatt. »Wie er über die Campanula gesprochen hat …«

»Er ist eben der klassische Geigenbauer«, warf seine Mutter rasch ein.

Danilo nickte. »Natürlich.« Es war ihm jedoch anzusehen, dass er kein bisschen überzeugt war. »An mir soll es nicht liegen. Ich möchte schließlich wirklich, dass Fabio zurückkommt. Jeder weiß, dass ich es leid bin, die Werkstatt allein zu führen.«

»Ihr werdet euch schon einig werden«, versuchte Mariella ihn zu beruhigen. »Wenn ihr nur wollt.«

»Wenn ich dazu etwas sagen darf«, meldete sich nun der sonst so schweigsame Bruno zu Wort. »Versucht mal zu vergessen, dass ihr Brüder seid, und all das, was früher war. Verhandelt miteinander, als würdet ihr nicht zur selben Familie gehören. Vielleicht klappt es dann besser mit euch.«

»Ganz bestimmt.« Mariella warf ihm einen dankbaren Blick zu. »Und deshalb ist es gut, dass ihr bald wieder miteinander ins Gespräch kommt.« Sie sah zu Elisa, und ihre Züge entspannten sich. »Wie sind die neuen Gäste?«

»Auf den ersten Blick ziemlich nett. Und ich hoffe sehr, dass sie sich bei uns gut erholen können«, antwortete Elisa. »Heute Nachmittag kommt auch noch eine gewisse Margit Bechstein.«

»Margit ist auch erkrankt?« Bruno runzelte besorgt die Brauen.

»Du kennst sie?«

»Natürlich. Sie ist im Moment eine der besten Querflötistinnen. Und eine sehr nette Person. Dass sie nicht gesund ist, tut mir leid zu hören.«

Nun war Elisa doppelt gespannt auf den letzten Gast. Zurück in der Villa, klopfte sie sachte an Jeremy Hills Tür, und als sie sein gut gelauntes *avanti* mit britischem Akzent hörte, trat sie ein.

Der Komponist saß über Notenpapier gebeugt an seinem Tisch.

»Schon bei der Arbeit?«, fragte Elisa überrascht.

»Wenn ich nicht arbeite, fühle ich mich alt und unnütz.« Jeremy Hill lehnte sich zurück und rieb sich die linke Hüfte. »Außerdem gibt es viel zu tun. Dieses Stück soll ja zu Alexanders Geburtstag uraufgeführt werden. Michael und seine Kollegen fragen mich jeden Tag, wann sie endlich die Noten bekommen.«

»War denn Signor Botta schon bei Ihnen?«

»Amadou? Ja, ein fabelhafter Mensch. Morgen beginnen wir mit den Übungen.« Er verlagerte sein Gewicht und streckte das linke Bein vorsichtig aus. »Heute lässt er mich noch in Ruhe.« Er grinste.

»Wie schön, dass Sie sich gut mit Amadou verstehen«, sagte Elisa erleichtert.

»Ach bitte, sag Jeremy zu mir.« Der Komponist nahm seine Brille ab und rieb sich die Nasenwurzel. »Das fände ich viel angenehmer. Ich hab auch Amadou sofort das Du angeboten.«

Darauf ging Elisa gerne ein, und nachdem sie sich davon

überzeugt hatte, dass Jeremy mit allem versorgt war, was er brauchte, ließ sie ihn weiterarbeiten.

Als sie ins Foyer kam, stand dort eine Frau im Mantel und sah sich suchend um. »Guten Tag«, sagte Elisa überrascht. »Kann ich Ihnen helfen?«

»Bin ich hier richtig bei der Niklas-Eschbach-Stiftung?« Die Frau hatte lockiges braunes Haar und freundliche wasserblaue Augen. Ein paar Sommersprossen auf Nase und Wangen ließen sie jünger erscheinen, als sie vermutlich war. »Ich sollte eigentlich erst in zwei Stunden ankommen«, sagte sie.

Erst jetzt bemerkte Elisa den Koffer und eine Reisetasche neben der Eingangstür. »Dann sind Sie Margit Bechstein?« Sie reichte der Frau die Hand. »Herzlich willkommen. Ich bin Elisa Eschbach.«

»Ich habe tatsächlich einen früheren Zug erwischt. Ich hoffe, das ist kein Problem?«

»Überhaupt nicht.«

»Ich freue mich so, dass ich hier sein darf«, sprudelte es aus Margit Bechstein hervor. »Die Gegend ist wunderschön, ich habe mich gerade schon ein wenig im Garten umgesehen, weil ich nicht wusste, ob ich schon erwartet werde.«

»Es freut mich, dass es Ihnen hier gefällt!« Im Stillen gab Elisa Bruno recht. Margit schien wirklich außerordentlich nett zu sein. »Kommen Sie, ich zeige Ihnen, wo Sie wohnen werden. Möchten Sie gleich noch etwas essen?«

»Wenn es keine Umstände macht?«

Sie führte Margit in das Zimmer, das zwischen denen von Jeremy und Scarlett lag und dessen Fenster auf den Park hinausgingen, was der Flötistin ganz besonders gefiel. Elisa ließ ihr von Serafina einen Imbiss bringen und schickte später Amadou zu ihr, damit er sich einen Eindruck von ihren Beschwerden machen und einen Trainingsplan entwickeln konnte. Durch die unnatürliche Pose, die sie beim Spielen der Querflöte einnehmen musste, litt Margit Bechstein unter einem gravierenden Haltungsschaden der Halswirbelsäule und der Schultern.

Später rief Elisa in der Klinik an, um sich nach Adrien zu erkundigen, und Schwester Ingrid versicherte ihr, dass sie sich keine Sorgen zu machen brauchte.

»Die Schwellung ist schon ein wenig zurückgegangen«, berichtete sie. »Das ist ein gutes Zeichen.«

So verging der Tag im Nu, und als sie abends mit Danilo nach Hause kam, nahm sie nach dem Essen gleich ihre Campanula, um ein wenig zu spielen.

Das täglich zu tun, war ihr mehr und mehr zum Bedürfnis geworden. Sie hatte sich um die Position einer Stiftungsvorsitzenden nicht bemüht, sie wäre nicht einmal auf den Gedanken gekommen, so einen Posten anzustreben, und wusste auch nicht, wie lange sie das wirklich machen wollte. Ihr Großvater hatte in seinem Testament festgelegt, dass sie diese Stelle einnehmen könnte, sie dazu aber nicht verpflichtet. Viel lieber wäre es ihm gewesen, dass sie wieder eine Laufbahn als Musikerin einschlug. Und das hatte sie auch vor.

»Für mich gibt es nichts Schöneres, als dir zuzuhören«, sagte Danilo, nachdem sie ihr Instrument zurückgestellt hatte.

In seinen Augen spiegelten sich die Flammen des Kaminfeuers, seine Züge waren weich. Elisa fühlte eine große Zärtlichkeit für diesen Mann. Fast schämte sie sich ihres Misstrauens, das sie am Mittag befallen hatte, als sie in die Werkstatt gekommen war und ihn so vertraut mit Natascha gesehen hatte. Wie hatte sie nur denken können, er würde für die junge Frau mehr empfinden? »Ich bringe morgen die neue Campanula mit nach Hause, mal sehen, wie sie dir gefällt.«

»Ich kann sie auch in der Werkstatt ausprobieren«, schlug sie vor.

Doch Danilo schüttelte den Kopf. »Da kann ich es nicht so genießen«, erwiderte er. »Die Werkstatt bedeutet Arbeit. Hier bin ich zu Hause.«

Elisa stand auf, ging zu ihm und setzte sich neben ihn auf das Sofa, strich mit ihren Händen sanft über seinen Kopf, ließ ihre Finger durch seine weichen Locken gleiten und zog sein Gesicht zu sich heran, um ihn zu küssen. »Ich liebe dich«, flüsterte sie nah an seinem Ohr und küsste sanft seinen Hals.

Danilo seufzte wohlig auf und lehnte sich zurück, zog sie auf sich und öffnete den rückwärtigen Reißverschluss ihres Kleides. »Und ich liebe dich«, raunte er, als sie ihm das Hemd aufknöpfte und jeden Quadratzentimeter seiner Haut, die zum Vorschein kam, mit Küssen begrüßte.

Sie liebten sich, bis die Flammen im Kamin erstarben und die Glut den Raum in dunkelrotem Schein erglühen ließ. Und selbst dann hörte Danilo nicht auf, ihren Körper zu streicheln und zu liebkosen, bis sie gemeinsam eng umschlungen auf dem Sofa einschliefen.

Schon im Dezember hatte Elisa vergeblich nach einem geeigneten Hausmeister gesucht, und am folgenden Morgen stellten sich drei weitere Bewerber vor, doch keiner der Männer konnte Elisa überzeugen. Auch Serafina, die bei den Gesprächen zugegen war, schüttelte nur den Kopf, nachdem der letzte gegangen war.

»Gibt es denn niemanden, der unseren Anforderungen genügt?« Elisa war enttäuscht. »Ich weiß nicht, was wir tun sollen, wenn wir bis zu Alexanders Überraschungsparty niemanden gefunden haben.«

»Ich hätte da vielleicht eine Idee.« Serafina klang auf einmal scheu.

»Eine Idee? Für diesen Posten? Raus mit der Sprache!«

»Ich bin doch seit ein paar Wochen mit Maurizio zusammen«, begann sie.

Es brauchte eine Sekunde, bis Elisa begriff. »Du denkst, dein neuer Freund könnte …?«

»Er *ist* Hausmeister«, fuhr Serafina fort. »In diesem Fitness-Club, bei dem ich mich letzten Herbst angemeldet habe. Aber dort fühlt er sich nicht ausgelastet. Ich habe ihn schon mal gefragt. Er könnte sich vorstellen, bei uns nicht nur nach dem Haus und allem zu sehen, sondern auch Gäste vom Bahnhof abzuholen, sich bei Veranstaltungen um die technischen Anforderungen zu kümmern – einfach überall mitzuhelfen, wo man ihn braucht.«

Elisa musterte Serafina sprachlos. So wie ihre Haushälterin diesen Maurizio beschrieb, schien er die Idealbesetzung für den Job zu sein. Nur war da ein Haken, und zwar kein kleiner.

»Serafina«, begann sie. »Es freut mich wirklich sehr, dass du mit Maurizio so glücklich bist. Allerdings …« Himmel, dachte sie, wie sag ich das bloß, ohne sie zu verletzen? »… bist du sicher, dass das so bleibt?«

Prompt lief Serafina puterrot an. »Ich weiß, was du meinst«, erwiderte sie. »Bisher hatte ich wenig Glück mit den Männern. Aber mit Maurizio … Ich glaube wirklich, dass er es ernst mit mir meint.«

Aber was, dachte Elisa, wenn es in ein paar Wochen wieder vorbei sein sollte? Was würde dann passieren? Würde sie einen neuen Hausmeister suchen müssen? Oder womöglich eine neue Haushälterin? Nein. Auf Serafina konnte sie auf keinen Fall verzichten.

»Weißt du«, sagte sie behutsam, »mir ist wahnsinnig viel daran gelegen, dass du uns erhalten bleibst. Ich habe einfach Sorge, dass wir dich verlieren könnten, sollte es zwischen dir und Maurizio irgendwann aus sein. Bitte versteh mich nicht falsch«, schob sie rasch hinterher. »Du weißt, dass ich dir alles Glück dieser Erde wünsche.«

»Vielleicht solltest du ihn einfach mal kennenlernen«, sagte Serafina mit fester Stimme. Sie nahm ihr *telefonino* vom Tisch und tippte darauf herum. »Hier. Das ist Maurizio.«

Elisa nahm das Smartphone und blickte in große, freundliche Augen. Maurizio hatte dichtes, dunkles Haar und einen ebensolchen Vollbart, der sorgfältig gestutzt war, bestimmt besuchte er regelmäßig einen Barbershop. Sein Haar war nach der neuesten Mode geschnitten, ein paar symmetrisch verlaufende Linien ließen die Kopfhaut durchschimmern. Sein muskulöser Körper zeigte, dass er wohl nicht nur Hausmeister im Fitness-Studio war, sondern dort auch trainierte. »Er sieht aus wie ein Model«, sagte sie anerkennend und reichte das Smartphone zurück.

»Ich sage dir, er ist der netteste Mann, dem ich je begegnet bin. Ja, ich weiß, ich war früher mit ein paar Typen zusammen, die nicht gut zu mir waren. Aber Maurizio würde niemals die Hand gegen mich erheben.«

Elisa gab sich alle Mühe, sich ihre Zweifel nicht anmerken zu lassen. Denn genau dasselbe hatte Serafina von jedem ihrer früheren Partner behauptet. Bis zu dem Tag, an dem es doch passiert war und sie Amadous Hilfe gebraucht hatte, um ihre »große Liebe« wieder loszuwerden. Andererseits – war das ein Grund, diesen Maurizio erst gar nicht zu einem Gespräch einzuladen? Eigentlich nicht.

»Also gut. Richte ihm bitte aus, dass er sich gerne bewerben kann.«

Serafina strahlte über das ganze Gesicht. »Amadou hat ihn übrigens schon kennengelernt«, verriet sie.

»Und? Was hat er gesagt?«

»Ich hatte den Eindruck, dass die beiden sich mögen.« Serafina sah Elisa erwartungsvoll an. »Wann kann er denn vorbeikommen?«

»So bald wie möglich«, antwortete Elisa. »Wie wäre es heute Abend?«

»Ich ruf ihn gleich an«, erwiderte Serafina erfreut.

»Schön.« Elisa erhob sich. »Jetzt hab ich eine Besprechung mit Amadou. Bist du so nett und machst uns Kaffee?«

Sie fand den Physiotherapeuten im Rosengarten, wo er an einer Blüte schnupperte. Als er sie mit dem Tablett in der Hand kommen sah, ging er ihr entgegen und nahm es ihr ab. »Wollen wir uns hier hinsetzen?« Elisa wies auf die Bank in der Nähe des Grabes ihres Großvaters. Von dieser Stelle hatte man einen herrlichen Überblick über den gesamten Garten und hinunter auf den See.

»Mein Lieblingsplatz.« Amadou ging voraus und stellte das Tablett auf der Sitzfläche ab.

»Hast du etwas von Adrien gehört?«, erkundigte sich Elisa, kaum dass sie saßen.

»Noch nicht.« Amadou nahm einen Schluck Kaffee. »Die Untersuchungen waren heute Vormittag.« Elisa sah auf die Uhr. Es war kurz nach zwölf. »Ich denke, wir müssen uns noch ein bisschen gedulden.«

Elisa seufzte. »Was könnte schlimmstenfalls mit seiner Hand geschehen?«

»Es ist nicht gut, vom Schlimmsten zu sprechen, ehe es eingetreten ist«, sagte er. »Als Cellistin kennst du die Antwort vermutlich selbst.«

Sein Daumen könnte gelähmt bleiben, dachte Elisa beklommen. »Du hast recht. Hoffen wir das Beste.«

»Vergiss nicht, dass Youma und ich noch Wissen aus unserer Heimat mitbringen, das hier nicht bekannt ist.« Amadou musterte sie prüfend. »Sollten die Ärzte ihm nicht mehr helfen können, werden wir das eine oder andere versuchen.«

»Was meinst du damit?«, fragte Elisa interessiert.

»Alles zu seiner Zeit«, erwiderte Amadou mit einem

Lächeln. »Es wäre natürlich hilfreich, wenn Adrien gelassener sein könnte.«

»Nun, dass er sich Sorgen macht, ist verständlich, oder?«

»Das meine ich nicht.« Amadou sah hinüber zu den beiden Rosenbüschen, unter denen Niklas Eschbachs Grabplatte lag. »Dein Großvater war sich bewusst, wie schädlich es ist, sich zu viele Sorgen zu machen. Sonst hätte er das nicht auf sein Grab geschrieben.«

»Du meinst das mit der Ruhe?«

»Niklas wusste, was Ruhe bedeutet, denn er war ein wahrhaft großer Musiker. Er hat mir das einmal erklärt: ›Musik steht und fällt mit den Pausen dazwischen‹, hat er gesagt. ›Erst durch die Stille in den Pausen zwischen den Tönen wird Musik lebendig.‹ Dasselbe gilt für den Körper. Wenn er Höchstleistungen bringen soll, und das muss er bei euch Musikern, dann geht das nur, wenn er sich zwischendurch entspannen kann.«

»Das gilt im Grunde für das ganze Leben«, ergänzte Elisa nachdenklich.

»Sehr weise gesprochen.« Amadou grinste sie an. »Das hätte von meiner *suma mam* stammen können. Aber genau das ist das Problem bei allen Patienten hier. Sie haben nie gelernt, gelassen zu sein. Sie kommen mir vor wie Gummibänder, die ständig bis zum Äußersten gespannt sind. Und statt endlich loszulassen, wird die Anspannung immer größer. Bis es irgendwann nicht mehr geht und etwas reißt.«

Elisa schwieg beeindruckt. So hatte sie das nie betrachtet. Und wie sah es mit ihr aus? Konnte sie sich wirklich entspannen? Eine Frage, die sie mit Unbehagen erfüllte. »Hast du mit den anderen Gästen schon sprechen können?«, fragte sie.

Amadou nickte. »Ja, das habe ich.«

»Und? Was ist dein Eindruck?«

Amadou leerte seinen Kaffeebecher und stellte ihn zurück aufs Tablett. »Fangen wir bei Jeremy an: Der Bruch war nicht allzu kompliziert, allerdings scheint mir, dass die Knochen nicht optimal fixiert wurden. Das könnte man korrigieren, wenn Jeremy weitere Operationen nicht strikt ablehnen würde. Also arbeiten wir mit dem, was wir haben. Es wird eine Weile brauchen, aber wenn er gut mitmacht, und danach sieht es aus, schaffen wir es, dass er bald ohne Hilfe gehen kann. Vielleicht bleibt ihm ein unmerkliches Hinken, vielleicht nicht. Wir werden sehen.«

»Das klingt doch ganz gut.« Elisa war erleichtert. »Wann, glaubst du, wird er die Treppe benutzen können?« Die Vorstellung, dass der Komponist auf das obere Stockwerk beschränkt war, gefiel ihr nicht.

»Er kann sie jetzt schon benutzen, immerhin ist er dort hochgekommen, und er hatte keine Flügel.« Wieder grinste Amadou. »Bald sitzt er bei den gemeinsamen Mahlzeiten bei euch am Esstisch. Schließlich bin ich ja auch da und kann ihm helfen. Außerdem hab ich ihm vorgeschlagen, gemeinsam mit Serafina einen Diätplan zu erarbeiten. Jeremy ist eindeutig zu schwer. Alles wird ihm leichter fallen, wenn er ein paar Kilo weniger wiegt. Seine Hüfte wird es ihm danken.«

»Ist er denn damit einverstanden?«

»Ich denke, ich war überzeugend.« Amadou lächelte verschmitzt. »Da kann Serafina endlich anwenden, was sie in der Fortbildung zur Diätassistentin gelernt hat.«

Elisa lachte. »Du hast recht. Vielleicht profitieren wir alle davon.«

»Na ja, Scarlett darf auf keinen Fall abnehmen«, gab Amadou zurück. »Sie hat Untergewicht, wie so viele Tänzer.«

»Wie schätzt du ihre Verletzung ein?«

Amadou wiegte den Kopf. »Ich fürchte, sie weiß selbst noch gar nicht, wie gravierend ihr Sprunggelenk abgenutzt ist. Sie tanzt seit ihrem fünften Lebensjahr, das bedeutet nicht nur zwanzig Jahre lang höchste Strapazen, sondern vor allem Überlastung während ihrer Wachstumsphase.«

»Das klingt nicht gut.«

»Wir müssen den Fakten ins Auge sehen«, erklärte Amadou. »Das Sprunggelenk ist eines der komplexesten Knochengebilde, das wir haben. Es wird durch unzählige Knorpel, Sehnen und Bänder zusammengehalten.« Er holte tief Luft. »Unser Körper hat eine unglaubliche Fähigkeit, sich zu regenerieren. Manche Schäden sind jedoch irreparabel.« Elisa schwieg erschrocken. Wie die Tänzerin wohl reagieren würde, wenn sie das begriff? »Aber natürlich werde ich tun, was ich kann.«

»Das weiß ich«, antwortete Elisa. »Hast du dir auch schon Margits Unterlagen angesehen?«

»Ich habe ihr vorläufig absolutes Spielverbot erteilt«, antwortete Amadou. »Ich frage mich, wie sie die Schmerzen aushält, die ihr die blockierten Halswirbel bereiten müssen. Was ihre Schulter anbelangt – da wartet ein hartes Stück Arbeit auf mich.«

Er hatte den Satz kaum beendet, als sie beide verblüfft den Kopf hoben und lauschten. Aus einem der offenen Fenster drang virtuoses Flötenspiel. »Das darf nicht wahr sein«, murmelte Amadou und sprang von der Bank auf. »Ist das nicht Margits Zimmer?« Er deutete auf die Fassade.

»Ja.« Auch Elisa war aufgestanden. »Vielleicht kommt die Musik ja von ihrem Computer?«

»Du bist hier die Musikerin«, gab Amadou finster zurück. »Klingt das nach einer Aufnahme? Ich würde eher sagen, da übt jemand. Offenbar habe ich mich nicht klar genug ausgedrückt.« Mit großen Schritten eilte er auf die Villa zu. Elisa überlegte, ob sie ihn begleiten sollte, doch dann beschloss sie, es dem Physiotherapeuten zu überlassen, mit der Patientin zu sprechen. Und richtig, wenig später verstummten die rasanten Tonleitern. Erleichtert kehrte Elisa zurück in die Villa.

Zu ihrer Überraschung wartete im Foyer ein Mann, Elisa erkannte Maurizio auf den ersten Blick. Er stand vor dem Aufzug und musterte ihn interessiert. Als er Elisa kommen hörte, drehte er sich um.

»Entschuldigen Sie«, sagte er und sah sie aus gutherzigen braunen Augen an. »Maurizio Grimaldi mein Name. Fina hat mich wegen der Hausmeisterstelle angerufen. Und da ich heute Abend arbeiten muss, dachte ich, ich schau in meiner Mittagspause vorbei. Ich hoffe, ich störe nicht.«

»Nein, das war eine gute Idee.« Elisa sah nach der Küchentür, hinter der die Haushälterin arbeitete.

»Ich hab einfach gewartet«, erklärte er. »Weil ich Fina nicht bei der Arbeit stören wollte.«

»Das ist rücksichtsvoll, danke.« Elisa machte eine einladende Bewegung zum Musikzimmer. »Kommen Sie. Wir können uns da drinnen unterhalten.« Maurizio folgte ihr, verharrte allerdings kurz auf der Schwelle, musterte sichtlich beeindruckt den großen Raum, die Stuckdecke mit dem Kronleuchter, den erlesenen Parkettboden und den riesigen Konzertflügel. »Setzen wir uns hierhin.«

Elisa war zu einem Tisch mit zwei Stühlen gegangen, und Maurizio nahm auf einem Platz. »Wir suchen jemanden, der hier im Gebäude und auf dem Grundstück nach dem Rechten sieht«, begann Elisa.

Maurizio nickte. »Fina hat mir schon ein bisschen was erklärt«, sagte er. »Sie brauchen jemanden, der sich um die Haustechnik kümmert und darum, dass hier alles funktioniert. Jemanden, der mit anpackt, wenn mal umgeräumt werden muss. Wegen einer Feierlichkeit zum Beispiel. Oder falls die Leute, die hier wohnen, andere Möbel brauchen.«

»Genau.« Elisa lächelte in sich hinein. »Sie sind ja schon gut im Bilde. Erzählen Sie mir ein wenig von sich selbst. Welche Ausbildung haben Sie?«

»Ich bin Kfz-Mechaniker«, antwortete Maurizio. »Aber das war mir irgendwann zu einseitig. Vor allem, seit man Computerfritze sein muss, um ein Auto zu reparieren. Da hab ich die Lust daran verloren. Es gefällt mir, wenn ich nicht jeden Tag dasselbe tun muss. Weil ich ziemlich vielseitig bin. Und auch gern was dazulerne.« Er hielt kurz inne und musterte Elisa, so als wollte er herausfinden, wie sie darüber dachte. »Als das Fitnessstudio, in dem ich sowieso jeden Abend trainiert habe, einen Hausmeister gesucht hat, da hab ich mich gemeldet. Fand ich ideal. Und so hab ich ja auch Fina kennengelernt.«

»Wenn es Ihnen dort so gut gefällt – warum möchten Sie dann nicht bleiben?«

»Da ist es auch immer dasselbe«, gab Maurizio zurück. »Die Geräte kenne ich im Schlaf, die halte ich gut in Schuss. Die meiste Zeit hänge ich nur rum und warte darauf, dass etwas passiert.« Er lachte leise auf. »Ich habe nebenher Englisch gelernt, so langweilig war es mir. Aber hier …« Er ließ wieder seinen Blick durch den großen Raum gleiten. »Fina sagt, dass hier jeden Tag etwas anderes passiert, das hört sich gut an. Wenn es Probleme gibt, finde ich eine Lösung. Wenn Sie wollen, mach ich Ihnen auch den Garten. Ich kann mich in alles einarbeiten, ehrlich. Das Einzige, was ich nicht gut ertrage, ist Langeweile.«

»Serafina sagt, Sie würden auch Chauffeurdienste übernehmen? Zum Beispiel Gäste vom Bahnhof abholen oder jemanden in die Klinik fahren? Sie haben einen Führerschein?«

»Klar hab ich den.« Maurizios Augen blitzten. »Ich halte Ihnen auch den Wagen instand, soweit das ohne Computerprogramm möglich ist.«

»Und wie sieht es mit Veranstaltungen aus?«, hakte Elisa nach. »Demnächst richten wir hier ein Fest für 150 Gäste aus. Da gibt es viel zu tun, vielleicht über die übliche Arbeitszeit hinaus. Dafür würden Sie natürlich in anderen Zeiten mehr Freizeit bekommen.«

»Machen Sie sich da mal keine Sorgen.« Maurizio strahlte.

»Fina hat mir schon von dem Event erzählt. Sie können auf mich zählen. Ich kann sogar im Service aushelfen, früher hab ich viel gekellnert.«

Das klang alles fast zu schön, um wahr zu sein, fand Elisa. Aber warum sollte sie es mit diesem hochmotivierten Mann nicht einfach probieren? Auch um zu sehen, wie lange seine Begeisterung anhielt. »Wann könnten Sie denn bei uns anfangen?«, fragte sie.

»Wenn Sie wollen, gleich nächste Woche.«

»Würde Ihr Arbeitgeber Sie denn so bald ziehen lassen?«

»Wissen Sie, wir haben gar keinen richtigen Vertrag gemacht«, gestand Maurizio. »Und ich warte heute noch auf mein Gehalt vom Dezember, und heute haben wir den 8. Januar. Also denen fühle ich mich nicht verpflichtet.«

Elisa runzelte die Stirn. »Wir würden selbstverständlich einen Vertrag schließen«, erklärte sie.

Maurizio musterte sie ein paar Atemzüge lang. Dann fragte er: »Würden wir oder *werden* wir?«

Elisa lächelte. Dieser Mann redete kein bisschen um den heißen Brei herum, und das gefiel ihr. Ja, wenn er hielt, was er versprach, wäre er die Traumbesetzung für die Stelle. Blieb jedoch noch immer die Frage, was passieren würde, sollte die Beziehung zwischen ihm und Serafina irgendwann enden. Aber konnte man jemals wissen, wie lange eine Liebe hielt? Ganz kurz sah sie wieder Danilo vor sich, wie er sich über Natascha beugte, als würde er sie umarmen ... Rasch verscheuchte sie das Bild. Das Leben bestand aus Risiken, und zu leben bedeutete, sie einzugehen.

»Ja, lassen Sie es uns miteinander versuchen«, sagte sie. »Sind Sie mit einer Probezeit einverstanden?«

»Klar, wenn Sie das wünschen!« Maurizio strahlte über das ganze Gesicht. Auch über das Gehalt wurden sie sich gleich einig.

»Dann sehen wir uns also am Montag um neun.« Elisa erhob sich und reichte ihm die Hand. »Ich freue mich auf unsere Zusammenarbeit.«

Elisa ging in die Küche, um Serafina die gute Neuigkeit zu erzählen, doch dort war sie nicht. Durch das Fenster sah Elisa, wie die Haushälterin ihrem Freund im Hof um den Hals fiel und von ihm ausgelassen herumgewirbelt wurde. Unwillkürlich musste sie lächeln. Von ganzem Herzen wünschte sie den beiden, dass ihre Liebe halten möge.

4
Querelen

Als Elisa am folgenden Vormittag die Klinik betrat, musste sie unwillkürlich an jenen Tag zurückdenken, an dem sie hier vor nun fast zwei Jahren ihren Großvater zum ersten Mal besucht hatte. Sie hatte nur kurz nach ihm schauen und sich so bald wie möglich wieder verabschieden wollen, niemals hätte sie gedacht, welche Wendung ihr Leben nach all den Jahren der Funkstille zwischen ihr und Niklas Eschbach nehmen würde. Während sie nun am Empfang darauf wartete, dass man sie auf der Station anmeldete, auf der sich Adrien aufhielt, wurde ihr bewusst, wie viel sich seitdem verändert hatte. Wäre sie damals Annas Bitte nicht gefolgt, sich an ihrer Stelle um Niklas zu kümmern, hätte sie Danilo niemals kennen und lieben gelernt. Dass sie durch ihn zur Musik zurückgefunden hatte, war eines der großen Geschenke des Lebens.

»Die Papiere sind gleich fertig«, sagte die freundliche Dame am Empfang. »Dann können Sie Signor Dufois mit nach Hause nehmen.«

»Nach Hause?«, sagte jemand hinter Elisa. Sie fuhr herum. Da stand Adrien, er musste soeben aus dem Aufzug getreten sein. »So was hab ich nicht«, fügte er bitter hinzu. Er ließ die kleine Tasche mit seiner Wäsche, die er in seiner gesunden Hand gehalten hatte, auf den Boden fallen. Elisas Blick wanderte unwillkürlich zu seiner frisch verbundenen Rechten. »Was macht eure Stiftung eigentlich mit hoffnungslosen Fällen, Elisa? Werft ihr die gleich raus oder erst nach einer Weile?«

Elisa musterte bestürzt die bleichen Züge des französischen Cellisten. Unter seinen Augen lagen dunkle Ränder. »Erst einmal einen guten Morgen.« Hatte er etwa eine Diagnose erhalten, die ihm jede Hoffnung nahm? »Und falls du dir darüber wirklich Sorgen machst – dein Aufenthalt ist mindestens für die nächsten acht Wochen eingeplant. Danach sehen wir weiter.«

»Der Spezialist ist der Meinung, dass ich nie mehr spielen kann.« Adriens Stimme zitterte. Er wirkte so verzweifelt, dass Elisa ihn am liebsten in ihre Arme geschlossen hätte, so leid tat er ihr. Sie konnte sich gut vorstellen, wie er sich fühlte, schließlich hatte sie Ähnliches selbst erlebt. Einen echten Trost gab es in solchen Situationen nicht. Selbst die banale Wahrheit, dass es auch ein Leben ohne Cello gab, würde Adrien im Augenblick kein bisschen weiterhelfen.

»Das tut mir leid«, sagte sie deshalb schlicht und drückte seine linke Hand, die er ihr gleich wieder entzog. Zu ihrer Erleichterung kam Dr. Fullner jetzt den Flur entlang; er trug einen großen Umschlag.

»Frau Eschbach, wie schön, Sie zu sehen«, begrüßte er sie herzlich. Er nahm die Brille ab und massierte seine Nasenwurzel.

Dann wandte er sich an Adrien. »Sie dürfen eines nicht vergessen, Monsieur Dufois: Kein Arzt ist unfehlbar, und unsere Prognosen treffen nicht immer ein. Zur Genesung so empfindlicher Strukturen wie Sehnen und Nerven ist *ein* Heilmittel nicht zu unterschätzen.«

»Welches Heilmittel?«, fragte Adrien grimmig, als der Arzt nicht gleich weitersprach.

»Eine positive Grundeinstellung des Patienten.« Dr. Fullner sah ihn eindringlich an. »Oder anders ausgedrückt: Hoffnung. Und der Wille, gesund zu werden.«

»Denken Sie etwa, ich will nicht gesund werden?« Adriens Augen funkelten wütend.

»Natürlich wollen Sie das«, gab Dr. Fullner geduldig zurück. »Und das ist eine gute Voraussetzung.«

»Ach, das ist doch lächerlich!« Adriens Blässe wich einer hitzigen Röte. »Welcher Patient will nicht gesund werden! Sparen Sie sich solche Floskeln, Dr. Fullner. Der Spezialist …«

»… ist nur ein Mensch. Verlieren Sie nicht den Mut. Haben Sie Geduld, so ein Heilungsprozess braucht Zeit. Befolgen Sie unsere Empfehlungen, und erholen Sie sich in der Rosenholzvilla. Ich habe mit Youma Botta alles genau besprochen, Sie werden bei ihr in guten Händen sein bis zum nächsten Termin hier bei uns. Der Austausch mit anderen Künstlern wird Ihnen guttun. Wie ich hörte, sind weitee interessante Gäste eingetroffen, nicht wahr, Frau Eschbach?«

»Allerdings.« Elisa sah forschend zu Adrien, der die Lippen aufeinandergepresst hatte und zu Boden starrte, als wären die Marmorfliesen, mit denen das Foyer der Klinik ausgelegt war, das Interessanteste auf der Welt. »Vielen Dank, Herr Dr. Fullner.«

Sie verabschiedeten sich bedrückt und verließen die Klinik. Auf der Heimfahrt antwortete Adrien so einsilbig auf Elisas Versuche, eine Unterhaltung in Gang zu bringen, dass sie es aufgab. Erst als sie schon fast angekommen waren, brach Adrien das Schweigen.

»Was soll ich denn bloß den ganzen Tag machen?«, fragte er verzweifelt. »Ohne mein Cello fühle ich mich wie ein halber Mensch.«

»Wir können dir Bücher besorgen«, schlug Elisa vor. Adrien winkte ab. »Oder möchtest du Filme sehen?«

»Was glaubst du, was ich in den vergangenen Wochen getan habe?«, gab er zurück. »Gelesen und Filme geschaut. Aber das ist auf Dauer keine Lösung. Ich will wieder spielen, verstehst du?«

Natürlich verstand Elisa und überlegte, wie sie ihn auf andere Weise von seinem Problem ablenken könnte. »Wenn Youma das befürwortet«, begann sie, »könnten wir auch Ausflüge für dich organisieren. Du bist hier an einem der schönsten Orte der Welt. Und du kommst ja selbst aus den Bergen.« An Weihnachten hatte er ihr verraten, dass er aus der Gegend um Grenoble stammte und das Bergwandern liebte. »Italien ist nur ein Katzensprung entfernt. Du musst nicht die ganze Zeit hier herumsitzen.«

Sie fuhren durch das schmiedeeiserne Tor der Villa, und Elisa parkte den Wagen. Das Portal ging auf, und Youma trat heraus. Erleichtert beobachtete Elisa, dass Adriens Züge sich entspannten, als er sie kommen sah. Offenbar gefiel ihm der Vorschlag, ein paar Ausflüge zu unternehmen. Tapetenwechsel hilft fast immer, dachte Elisa, während sie ausstieg und Adriens Tasche aus dem Kofferraum holte.

»Habt ihr euch inzwischen schon ein bisschen eingelebt?«, fragte Elisa, als sie gemeinsam mit den Gästen der Stiftung beim Mittagessen saß. Anna war in ihre Arbeit vertieft und wollte lieber eine Kleinigkeit auf ihrem Zimmer essen. Sie hatten sich in der Vorstellungsrunde darauf geeinigt, Englisch zu sprechen, damit sie einander verstanden. Jeremy sprach zwar leidlich Italienisch und Deutsch, Scarlett hingegen nur ihre Muttersprache. Außerdem waren sie alle überein gekommen, einander zu duzen, was im Englischen sowieso nicht anders möglich war.

Wie Amadou angekündigt hatte, saß auch der Komponist mit am Tisch. Er stocherte in seinem Salatteller und sah sehnsüchtig zu der großen Terrakottaform mit Serafinas *parmigiana* hinüber, diesem köstlichen Auberginen-Auflauf mit Tomatensauce, frischem Basilikum und viel Parmesan, den er jedoch nach Amadous Anweisung meiden sollte. Scarlett dagegen schob die Auberginenstücke auf dem Teller hin und her, als müsste sie erst noch entscheiden, ob sie essbar waren oder nicht.

»Eingelebt vielleicht noch nicht«, antwortete Margit auf Elisas Frage. »Auf alle Fälle ist es wunderschön hier, das kann ich schon mal sagen.«

»Das freut mich«, antwortete Elisa. »Und wie geht es dir, Scarlett?«

Die Tänzerin antwortete nicht gleich, sondern betrachtete noch immer konzentriert den Inhalt ihres Tellers. Erst als sie Elisas Blick auf sich zu spüren schien, schreckte sie auf. »Oh, *sorry*, es ist … nun ja …« Sie legte ihre Gabel auf den Tisch. »Tut mir leid, ich kann das nicht essen.«

Jeremy sah überrascht auf. »Wirklich? Oh, ich würde nur zu gern mit dir tauschen.«

»Und ich mit dir.« Scarlett hob bereits ihren Teller an, doch Jeremy winkte ab.

»Ich fürchte, das geht nicht«, sagte er bedauernd.

»Und warum nicht?« Scarlett sah Elisa vorwurfsvoll an. »Wieso bekommt Jeremy so einen wundervollen Salat, und wir müssen *das* hier essen?«

»Ich bin auf Diät gesetzt«, erklärte Jeremy mit einem gutmütigen Grinsen. »Und du Glückliche offenbar nicht.«

»Magst du keine Auberginen?«, fragte Elisa Scarlett, bevor diese weiter protestieren konnte. Serafina hatte das Gericht wegen Scarlett ausgewählt, weil es vegetarisch und nahrhaft war.

»Ganz im Gegenteil. Ich esse Auberginen sehr gern«, erwiderte Scarlett und lehnte sich auf ihrem Stuhl zurück. »Aber nicht so … so glitschig und vollgesogen mit Öl.« Sie schob den Teller demonstrativ von sich.

»Die Auberginen sind genau, wie sie sein müssen«, sagte Adrien zu Elisas Überraschung. »Zart und mit feinem Röstaroma vom Grillen.«

»Woher willst du denn das wissen?« Scarlett reckte angriffslustig ihren hübschen Kopf vor. »Bist du etwa Koch?«

»Nein«, erwiderte Adrien. »Aber ich bin in einem Spitzen-restaurant aufgewachsen.«

»Ach, du nimmst mich doch auf den Arm!« Scarlett warf Adrien einen koketten Blick zu. »Dies hier ist das Schreck-lichste, was ich jemals …«

»Okay, das reicht«, fiel ihr Elisa ins Wort, die nicht dul-den wollte, dass jemand am Tisch Serafinas Essen schmähte. »Ich habe verstanden, dass es dir nicht schmeckt, Scarlett. Ich werde Serafina fragen, was sie dir stattdessen auf die Schnelle machen kann. Gibt es außer Auberginen noch etwas, was du nicht so gerne isst?«

Scarlett sah sie irritiert an. »Ich *liebe* Auberginen«, beteu-erte sie. »Nur nicht so. Und wenn diese Köchin alles so zer-kocht und …«

»Wie wäre es mit einem Rohkostsalat, so wie Jeremys?«, fiel ihr Elisa abermals ins Wort, diesmal strenger.

»Ja, das wäre wirklich ein Segen«, antwortete Scarlett. »Aber bitte kein Öl ins Dressing. Am besten überhaupt kein Dres-sing. Nur ein bisschen Joghurt und Zitronensaft. Das reicht völlig.«

Auf dem kurzen Weg zur Küche überlegte Elisa fieberhaft, wie sie Serafina Scarletts Reaktion möglichst schonend bei-bringen konnte. Denn dass ein Gast ihre köstliche *parmigiana* als zerkocht und glitschig beschrieben hatte, würde sie gewiss tief erschüttern. Sie fand Serafina damit beschäftigt, fünf Kris-tallschälchen, in denen sich eine rosafarbene Creme befand, mit ein paar frischen Himbeeren zu garnieren.

»Hör mal, würde es dir etwas ausmachen, noch einen

Salatteller zu machen?«, fragte Elisa. »So einen wie der für Jeremy?«

»Noch einen Rohkostsalat? Warte mal.« Serafina legte die letzte Himbeere auf eine der Dessertportionen und ging zum Kühlschrank. »Ich habe noch Karotten, Sellerie und Radieschen. Aber der Blattsalat ist alle und …« Sie schob zwei Kunststoffbehälter zur Seite. »Ich hab's: Ich lege noch ein paar Scheiben von den gegrillten Auberginen oben drauf mit Oliven und …«

»Nein«, rief Elisa. »Keine Auberginen.« Und biss sich sogleich auf die Zunge. Denn natürlich hatte Serafina ihren fast schon panischen Tonfall aufgefangen.

»Stimmt was nicht mit den Auberginen?«, fragte sie alarmiert. »Für wen ist dieser Salat überhaupt?«

»Für Scarlett Foster.«

Serafina runzelte die Stirn. »Mag sie meine *parmigiana* etwa nicht?«

Elisa räusperte sich. »Tja, nein, das … ich glaube, die Auberginen schmecken ihr nicht so gut.«

»Es ist vegetarisch«, wandte die Köchin ein.

»Das stimmt. Und alle anderen lieben das Essen, wirklich. Nur Scarlett hätte lieber einen Salat. Das ist doch kein Problem, oder?«

»Für mich nicht«, gab Serafina zurück und nahm das Gemüse aus dem Kühlschrank. »Aber wenn Amadou das hört, wird er nicht zufrieden sein.«

»Wieso nicht?«

»Weil Signora Foster unbedingt zunehmen soll, das hat er

mir extra gesagt. Deshalb hab ich so viel Käse in die *parmigiana* getan. Und ich soll Olivenöl verwenden. Als ob ich jemals etwas anderes benutze.«

»Ach ja, eh ich es vergesse«, sagte Elisa. »Sie möchte kein Öl auf dem Salat. Nur Joghurt und etwas Zitronensaft.«

»Ist die verrückt?« Serafina schlug sich erschrocken die Hand vor den Mund. »Entschuldige. Ich wollte fragen, ob mit dieser Tänzerin wirklich alles in Ordnung ist. Wer will denn einen Salat mit Joghurt und Zitronensaft? Ohne Salz und Pfeffer?«

»Salz- und Pfefferstreuer stehen auf dem Tisch, da kann sie sich selbst bedienen.« Elisa war diese Diskussion langsam leid. Und ja, auch sie erinnerte sich an das, was Amadou über Scarlett gesagt hatte. Dass sie zu wenig wog. Allmählich verstand Elisa auch, warum das so war. »Weißt du«, versuchte sie Serafina zu beruhigen, »eine Tänzerin muss sehr leicht sein, damit sie diese schwierigen Sprünge und all das hinbekommt.«

»Aber sie tanzt doch gar nicht mehr.« Serafina hobelte verbissen Karotten in eine Schüssel. »Und Amadou sagt …«

»Lass es gut sein«, bat Elisa genervt. »Signora Foster möchte einen Rohkostsalat mit Joghurt und Zitronensaft. Und genau das wird sie heute bekommen.« Wie ihr Speiseplan in Zukunft aussah, das würde sie dringend gemeinsam mit Scarlett und Amadou besprechen müssen.

»Was ist denn da los?« Serafina hielt im Hobeln inne und lauschte. Aus dem Esszimmer drangen laute Stimmen bis in die Küche, und Elisa beeilte sich, dorthin zurückzukehren.

»Eine Zumutung ist das!«, sagte Scarlett gerade, als Elisa die

Tür öffnete. »Ich hätte wirklich erwartet, dass in einer solchen Einrichtung ein anständiger Koch beschäftigt wird. Und nicht irgendeine italienische Hausfrau.«

»Dass man in Amerika keine Ahnung von gutem Essen hat, ist ja hinlänglich bekannt«, konterte Adrien aufgebracht.

»Der Salat ist gleich fertig«, warf Elisa ein und bedachte Adrien mit einem warnenden Blick, den dieser jedoch nicht wahrzunehmen schien.

»Aus dir spricht die typische Arroganz der alten Welt«, zischte Scarlett in Adriens Richtung.

»In der sogenannten ›alten Welt‹ liegt nun einmal die Wiege der Kultur«, gab der zurück. »Auch deine Vorfahren haben sie aus Europa mitgebracht. Jedenfalls hoffe ich das für dich.«

»Die Wiege der Kultur? Das mag ja mal so gewesen sein.« Scarlett lächelte böse. »Nur … wir Amerikaner sind keine Wiegenkinder mehr. Wir haben uns von *good old Europe* das Beste genommen. Der Rest, zum Beispiel glitschige Auberginengerichte, das kann weg.«

»Also … vielleicht habe ich nicht alles bis ins Detail verstanden, mein Englisch ist nicht ganz so gut«, warf Margit ein, die den Schlagabtausch offenbar bislang schweigend verfolgt hatte. »Aber deine Ansichten finde ich reichlich seltsam, Scarlett. Und diese *parmigiana* schmeckt übrigens hervorragend.«

»Wieso sprechen wir eigentlich alle Englisch an diesem Tisch?« Wütend warf Adrien seine Serviette auf den Tisch. »Drei Europäer geben sich Mühe, damit eine Amerikanerin ihnen die Welt erklären kann. Das ist doch absurd!«

»*Well*«, versuchte Jeremy die Wogen zu glätten, »ich als

Brite bin ebenfalls dankbar, dass ihr so nett seid, euch mit uns auf Englisch zu unterhalten, auch wenn ich eure Sprachen ein wenig beherrsche. Immerhin ist meine Frau Italienerin.«

»Englisch ist nicht umsonst auf der ganzen Welt die führende Sprache«, erklärte Scarlett.

»Und warum?« Adrien glühte inzwischen vor Zorn. »Weil ihr Amerikaner euch nicht vorstellen könnt, dass es Menschen auf diesem Planeten gibt, die eine andere Sprache sprechen, selbstherrlich wie ihr seid.«

»Ich muss mich hier nicht beleidigen lassen.« Scarlett schob ihren Stuhl mit einem solchen Ruck nach hinten, dass er ein hässliches Geräusch auf dem Parkett machte. »In Zukunft esse ich lieber allein auf meinem Zimmer.« Sie griff nach ihrer Gehhilfe und humpelte zur Tür. Wie sie es fertigbrachte, dabei dennoch anmutig wie eine Elfe zu wirken, war Elisa ein Rätsel. Auf der Schwelle stieß sie beinahe mit Serafina zusammen, die ein Tablett mit dem Salat darauf in den Händen hielt. »Sie soll mir das auf mein Zimmer bringen«, sagte Scarlett zu Elisa und verschwand im Foyer.

»Ich kann es nicht fassen, wie sich diese Frau aufführt«, schimpfte Adrien.

»Vielleicht sollten wir es halten wie in manchen Klöstern«, schlug Jeremy mit einem Schmunzeln vor. »Da wird das Essen schweigend eingenommen.«

»Wäre das nicht schrecklich langweilig?« Margit sah ihn mit ihren wasserblauen Augen treuherzig an.

»Du findest ein so impertinentes Verhalten womöglich unterhaltend«, erwiderte Adrien.

»Durchaus nicht«, entgegnete Margit und runzelte die Stirn. »Ich hatte gehofft, mich hier mit interessanten Kollegen gut unterhalten zu können und nicht …«

»Serafina hat noch Nachtisch für uns vorbereitet«, warf Elisa dazwischen. »Und ich wäre euch allen sehr verbunden, wenn wir jetzt zu einem anderen Thema übergehen könnten.«

Tatsächlich gelang es Elisa, das Gespräch auf das Kulturangebot in Lugano zu lenken, vor allem der gemeinsame Besuch eines klassischen Konzerts schien Jeremy und Margit zu interessieren. Als Adrien hörte, welches Programm geboten war, verstummte er urplötzlich und starrte auf seine verbundene Hand. Und Elisa glaubte zu begreifen, dass der hitzige Wortwechsel mit Scarlett nur ein Mittel für ihn gewesen war, seine Ängste für kurze Zeit zu vergessen. Als sie die Runde aufhoben und Amadou erschien, um Jeremy die Treppe hinaufzubegleiten, bat Elisa Adrien ins Musikzimmer.

»Ich verstehe, dass es dir nicht gut geht«, begann sie, nachdem sie die Tür hinter sich geschlossen hatte. »Und es ist wirklich nett von dir, Serafina so in Schutz zu nehmen, nur …«

»Gibst du jetzt etwa mir die Schuld an diesem unerfreulichen Mittagessen?« Adrien musterte sie wütend.

»Zum Streiten gehören immer zwei«, gab Elisa freundlich zurück. »Ich fand es auch nicht nett, wie Scarlett sich verhalten hat. Aber wenn wir nicht auf ihre Provokationen eingehen, ist die Sache schnell vom Tisch, und ihre Spitzen laufen ins Leere.«

Adrien öffnete den Mund, um etwas zu entgegnen, doch er ließ es sein. Kraftlos sank er in einen der schwarzen Ledersessel, die noch aus den Zeiten von Elisas Großvater stammten. »Du hast ja keine Ahnung, wie sehr mich diese Frau aufregt«, sagte er.

»Warum denn?« Elisa setzte sich ihm gegenüber. »Lass das Problem mit Scarletts Essen ruhig meine Sorge sein. Ich werde schon mit ihr fertig.«

»Du verstehst das nicht.«

»Erklär es mir«, bat Elisa.

Adrien verschränkte die Arme vor der Brust und sah an Elisa vorbei in den Park. »Meine Frau ist auch Amerikanerin«, stieß er schließlich hervor. »Scarlett und Susan könnten Schwestern sein. Sie sehen sich sogar ähnlich. Und diese Arroganz …« Er gab einen unwilligen Laut von sich. »Na, zum Glück sind wir bald geschieden.«

Auf einmal verstand Elisa, warum Adrien so wütend geworden war. Trotzdem ging es nicht an, dass er seine privaten Enttäuschungen in die Gästerunde der Rosenholzvilla trug. »Darf ich dich um einen Gefallen bitten?«, fragte sie sanft.

Adrien hob misstrauisch den Kopf. »Willst du, dass ich künftig auch auf meinem Zimmer bleibe?«, fragte er provozierend. »Keine Sorge, das mach ich gern.«

»Jetzt sei nicht kindisch«, entfuhr es Elisa, und Adrien schaute noch finsterer drein. »Du kannst deine Mahlzeiten selbstverständlich einnehmen, wo du möchtest, keiner zwingt dich zu irgendetwas. Ich halte die gemeinsamen Essen für eine schöne Möglichkeit des Austauschs unter Künstlern. Die Rosenholzvilla ist kein Sanatorium, sondern eine Kulturstiftung. Margit scheint sehr nett zu sein, und Jeremy hat bestimmt einiges zu erzählen. Wo hast du schon die Gelegenheit, einen so renommierten Komponisten kennenzulernen?« Elisa ließ ihre Worte wirken. »Hör mal, deine Frau und Scarlett haben nichts miteinander zu tun«, fuhr sie fort. »Und den Ärger, den du zu Hause hast, solltest du nicht hier in die Gemeinschaft tragen, egal, wie sich die anderen Gäste verhalten. Das ist es, worum ich dich bitte.«

Adrien hielt noch immer die Arme vor dem Bauch verschränkt und starrte ausdruckslos vor sich hin. Und gerade, als Elisa dachte, dass sie genauso gut an eine Wand reden könnte, sagte er: »Du hast recht. Wenn ich es mir genau überlege, ist Scarlett noch viel schlimmer als Susan.«

»Wie dem auch sei.« Elisa musste ein Grinsen unterdrücken. »Ich zähle auf dich, dass diese Gästerunde nicht zum Fiasko wird.« Sie hatte den Satz noch nicht zu Ende gesprochen, als aus dem Stockwerk über ihnen durchdringende Flötentöne herunterdrangen.

»Was ist denn *das*?« Adrien hob lauschend den Kopf. Aus den lang gezogenen Tönen entwickelte sich ein atemberaubender und fast schon schriller Lauf bis in die höchsten Höhen und wieder zurück.

Elisa stand auf. »Ich fürchte, das ist Margit«, sagte sie und stöhnte innerlich. Wann würde die Flötistin endlich einsehen, dass sie wegen ihres Haltungsschadens nicht üben durfte?

»Na, das kann ja heiter werden.« Adrien ging zur Tür. Über ihnen begann Margit mit Trillerübungen, die wirklich schwer zu ertragen waren. »Ehrlich, Elisa: Wenn ich wüsste, wohin, würde ich heute noch abreisen.«

Margit schien ihr Klopfen nicht zu hören, was Elisa nicht weiter wunderte, denn inzwischen jagten ihre Tonleiterübungen über die gesamte Bandbreite des Instruments. Elisa blieb nichts anderes übrig, als trotzdem das Zimmer zu betreten. Margit Bechstein stand in der Nähe eines der Fenster und spielte. Das Mittagslicht brachte die silberne Flöte zum Schimmern, offenbar genoss die Musikerin beim Üben die wunderschöne Aussicht.

Elisa bedauerte, sie stören zu müssen, sie wusste nur zu gut, wie beglückend solche selbstvergessenen Momente waren, in denen man sich ganz und gar seinem Instrument hingab. Auch wenn die rasanten Passagen ihr in den Ohren schmerzten, konnte sie nicht anders, als Margits Virtuosität zu bewundern. Vergeblich versuchte Elisa, sich bemerkbar zu machen, Margit nahm ihre Anwesenheit erst wahr, als sie neben ihr stand. Ein schriller Ton beendete ihre Tonleitern.

»Tut mir leid«, sagte Elisa, als sie sah, wie sehr sich die Flötistin erschrocken hatte. »Du hast mein Klopfen nicht gehört.« Margit ließ die Flöte sinken und wandte sich ab, um das Instrument wegzulegen. »Amadou hat mir gesagt, dass du nicht spielen solltest.« Noch immer gab Margit keine Antwort. Stattdessen nahm sie das Instrument auseinander und legte die einzelnen Teile in das Futteral. Geduldig wartete Elisa, bis sie damit fertig war. »Soll er das noch mal mit dir besprechen?«

»Nein, das braucht er nicht«, antwortete Margit und drückte die Schultern durch.

»Darf ich mich darauf verlassen, dass du seinem Rat folgst?«, fragte Elisa behutsam.

Um Margits Mund bildeten sich strenge Falten, und der sonst so freundliche Ausdruck verschwand aus ihrem Gesicht. »Es mag ja sein, dass er recht hat«, sagte sie. »Aber ich *muss* üben.«

»Du bist hier, weil mehrere deiner Halswirbel blockiert sind«, gab Elisa zu bedenken. »Das muss furchtbar schmerzhaft sein. Ich frage mich, wie du es mit deinem Schulterproblem überhaupt schaffst, die Flöte zu halten, geschweige denn zu spielen?«

»Es muss eben gehen«, antwortete Margit finster.

»Wie denn?«, hakte Elisa nach. »Deine Diagnose lautet auf *frozen shoulder* und noch ganz andere Dinge. Haben sich die Ärzte getäuscht? Geht es dir gar nicht so schlecht?« Vielleicht sollten wir sie ein paar Tage zu Dr. Fullner in die Klinik bringen, überlegte Elisa. Damit er sie von Grund auf untersuchte. Falls sie nur deswegen in die Rosenholzvilla kam, um sich ein wenig zu erholen, würden sie Margit nach Hause schicken, so nett sie auch sein mochte.

»Es muss beides möglich sein«, brach es auf einmal aus der Flötistin heraus. »Ich mache gern jede Therapie mit, aber ich muss trotzdem üben. Ihr könnt schließlich nicht von mir erwarten, dass ich drei Monate lang meine Flöte nicht anrühre! Im April trete ich mit den Berliner Philharmonikern auf. Da muss ich Leistung zeigen.« Und als Elisa vor Überraschung nicht gleich antwortete, fügte sie heftig hinzu: »Du warst doch selbst mal Musikerin und weißt, wie das läuft. Wenn du dein Niveau nicht hältst, bist du ruckzuck weg vom Fenster.« Sie wandte sich ab und verschränkte die Arme vor der Brust.

»Heute denkst du an das Konzert im April«, sagte Elisa, nachdem sie sich gefasst hatte. »Aber wie wird es in einigen Jahren mit deiner Karriere aussehen, wenn du deinen Körper so strapazierst?« Margit antwortete nicht. Im Sonnenlicht leuchteten ihre lockigen Haare wie dunkler Honig. Und auf einmal wirkte sie auf Elisa schrecklich einsam. »Du bist eine der Besten«, fuhr Elisa sanfter fort. »Und wenn du auf die Signale deines Körpers achtest und mit daran arbeitest, dass du wieder gesund wirst, kannst du noch viele Jahre lang erfolgreich sein. Es hängt von dir ab, bitte denk darüber nach. Lass uns morgen noch mal gemeinsam mit Amadou reden. Bis dahin möchte ich, dass du die Flöte ruhen lässt.«

Endlich drehte sich Margit zu ihr um. »Ihr werdet mich nach Hause schicken, wenn ich nicht tue, was ihr von mir verlangt. Hab ich recht?«

»Wenn du deine Heilung selbst torpedierst – ja, dann ist das durchaus möglich«, antwortete Elisa ehrlich. »Aber jetzt ist es noch zu früh, um über so was nachzudenken.« Sie betrachtete die Flötistin, die mit störrischer Miene dastand. »Hör mal«, sagte sie, »es geht überhaupt nicht darum, was irgendjemand von dir verlangt, Margit. Es geht hier um dich. Um deine Gesundheit. Um deinen Körper. Denn wenn du so weitermachst, wird deine Karriere ohnehin bald zu Ende sein, ob du im April in Berlin gut spielst oder nicht.«

Das Gespräch hatte Elisa aufgewühlt, und so ging sie hinaus in den Park, um ein wenig frische Luft zu schnappen und das Geschehene Revue passieren zu lassen. Als sie selbst noch

Konzerte gegeben hatte, war ihr alles zugeflogen. Damals war sie noch jung gewesen, und mit Niklas an ihrer Seite hatte sie sich unverwundbar gefühlt, und sie fragte sich, wie sie wohl heute mit dem Druck umgehen würde, hätte sie im Alter von sechzehn Jahren nicht aufgehört. Wie schwierig es für professionelle Künstler war, ihr Niveau über viele Jahre hinweg zu halten – darüber hatte sie sich nie Gedanken machen müssen, weil ihre Karriere so früh geendet hatte.

Der Himmel hatte sich eingetrübt, und auf einmal fröstelte sie in ihrer dünnen Strickjacke. Über dem See hatten sich dunkle Wolken zusammengeballt, und von den Bergen wehte ein kalter Wind. Sie war am Ende des Parks bei der Geigerstatue angelangt und beschloss, Danilo einen Besuch abzustatten, auf einmal sehnte sie sich nach der heimeligen Atmosphäre in der Werkstatt mit ihrem Duft nach Holz und Harzen. Eilig nahm sie den Weg mit den eingelassenen Steinstufen, der auf die tiefer gelegene Terrasse des Parks führte, rannte durch den Rosenholzhain und erreichte den Hof der Fasettis.

Noch ehe sie die Werkstatt betreten konnte, fuhr ein Wagen in den Hof und hielt direkt neben ihr. Es war Romy. Vom Kindersitz im Fond winkte ihr Mimi aufgeregt zu. Elisa half ihr auszusteigen und wurde von der Kleinen stürmisch umarmt.

»Ich bleib heute Nacht bei *nonna* Mariella«, verkündete Mimi. »Und rate mal, wo ich gerade war?«

»In der *scuola materna*?«

Mimi schüttelte ihre roten Locken. »Bei meiner Geigenlehrerin«, verkündete sie. »Ich hab ihr meine Campanula gezeigt. Und weißt du, was Signora Bernasconi gesagt hat?«

Elisa hob die Schultern. »Keine Ahnung.«

»Dass sie ganz, ganz toll ist.« Mimi machte sich los und lief zurück zum Wagen ihrer Mutter. Während Romy Mimis rosafarbene Tasche aus dem Fond nahm, zerrte die Kleine den Instrumentenkoffer aus dem Wagen, der Danilos Weihnachtsgeschenk enthielt.

Elisa umarmte Danilos Schwägerin herzlich. »Romy, wie geht es dir?«

»Gut, danke.«

»Ich hab gehört, dass Fabio bald wieder zu Besuch kommt.«

»Ja, nächstes Wochenende«, antwortete Romy. »Morgen fahren wir zu ihm nach Cremona, deshalb bringe ich Mimi heute schon zu Mariella. Ich hol sie dann hier ab, und wir fahren direkt los.«

»Hier kann ich in Ruhe Campanula üben«, warf Mimi ein. Elisa verstand nicht, worauf sie hinauswollte, und wechselte einen fragenden Blick mit Romy, doch die zuckte nur mit den Achseln. »Mein *papa* mag das ja nicht.« Entschlossen nahm sie den Griff des kleinen Instrumentenkoffers und marschierte zu Mariellas Haustür.

Elisa sah ihr alarmiert nach. »Ist das wirklich so?«, fragte sie Romy.

»Ach, na ja«, machte diese. »Er hat es lieber, wenn Mimi auf der Geige übt, die er für sie gebaut hat.«

Elisa ging plötzlich ein Licht auf. Natürlich! Sie hatte ganz vergessen, dass Fabio Mimis kleine Kindergeige eigenhändig für seine Tochter angefertigt hatte. Nun verstand sie, warum er es nicht gerne sah, dass sie die Campanula der Geige vorzog, zumal die von seinem Bruder stammte, mit dem er schon seit frühester Kindheit in Rivalität stand. »Es geht ja nicht darum, dass das eine Instrument das andere ersetzt«, versuchte sie zu erklären. »Oder dass die Campanula besser ist als …«

»Mir musst du das nicht erklären«, unterbrach Romy sie. »Das ist mir klar. Und Fabio weiß das auch. Er hat einfach Sorge, dass Mimi vor lauter Begeisterung über den tollen Klang nicht mehr so fleißig übt.«

»Mimi ist erst sechs Jahre alt«, gab Elisa zu bedenken. »Da geht es hauptsächlich um Spaß und Begeisterung für die Musik.«

»Wie gesagt«, antwortete Romy, »ich misch mich da nicht ein.«

Mariella kam mit Mimi an der Hand aus dem Haus und lud Romy und Elisa ein, mit ihr einen Kaffee zu trinken.

»Ich muss weiter«, erklärte Romy. »Noch ein paar Dinge besorgen. Ist es in Ordnung, wenn ich Mimi morgen nach dem Frühstück abhole?«

»Natürlich.«

Romy verabschiedete sich von ihnen und ihrem Töchterchen und fuhr davon. Kaum war ihr Wagen außer Sicht, fragte Mimi: »Kann ich Matteo besuchen?«

Ihre Großmutter sah sie überrascht an. »Ich dachte, du wolltest Campanula üben?«

»Ja, schon«, räumte die Kleine ein. »Aber noch lieber möchte ich endlich die kleinen Hunde wiedersehen. In zwei Wochen darf ich meinen mit nach Hause nehmen.«

»In zwei Wochen schon?«

Mimi nickte eifrig. »Ich hab mir im Kalender ein Zeichen gemacht.«

»Kann es sein, dass du mit deiner Frage gewartet hast, bis deine *mamma* weg war?« Mariella musterte ihre Enkelin, und Mimi lief rosarot an.

»*Mamma* hat bestimmt nichts dagegen«, gab sie trotzig zurück. »Wenn du mir nicht glaubst, kannst du sie ja anrufen.«

»Ich war auch noch nicht oben bei den Canettis.« Elisa erntete ein dankbares Lächeln von der Kleinen.

»Siehst du?«, sagte Mimi zu ihrer Großmutter. »Und ich auch nicht. Ich will die Hunde sehen und den neuen Berg hinter Matteos Haus. Warum gehen wir nicht alle zusammen hin?«

Elisa sah auf die Uhr. Ein wenig Abwechslung von den Querelen in der Villa würde ihr bestimmt guttun. Doch sie konnte jetzt nicht einfach für den Rest des Nachmittags zu den Canettis fahren. In einer Stunde wollte sie mit Amadou über Margit sprechen. Und was Scarlett anbelangte, musste sie ebenfalls für Ordnung sorgen. »Das wäre zu schön«, sagte sie, »aber diesen Ausflug müsst ihr leider ohne mich unternehmen.«

»Wie läuft es in der Villa?« Wie so oft schien Mariella mal wieder das Gras wachsen zu hören.

»Na ja, es gibt tatsächlich ein paar Anfangsschwierigkeiten«, antwortete Elisa. »Der einen schmeckt das Essen nicht, und die andere glaubt, ohne zu üben nicht leben zu können.«

Mariella lachte kurz auf. »So wie du früher.«

»Ich?« Elisa sah sie verwundert an.

»Ja, du.« Mariella lächelte breit. »Wir haben dich ›das Mädchen mit dem Cello‹ genannt. Weil du nie etwas anderes getan hast, als zu üben. Du hast nicht einmal wahrgenommen, dass wir hier wohnen und dass meine Söhne schon damals miteinander gewetteifert haben, deine Aufmerksamkeit zu erregen. Allerdings umsonst.«

»Du übertreibst.« Aber es stimmte. Früher hatte Elisa sich für nichts anderes interessiert als für ihr Cello. Dass Fabio und Danilo schon in jenen Jahren an ihr interessiert gewesen waren – das hatte sie nicht gewusst.

»*Mamma* sagt, zu viel üben ist auch nicht gut«, meldete Mimi sich zu Wort.

»Da hat sie recht«, antwortete Elisa. »Es kommt darauf an, *richtig* zu üben. Und das zeigt dir bestimmt deine Geigenlehrerin.«

Sie klopfte laut und deutlich an, ehe sie die Tür zur Werkstatt öffnete. Ihre Vorsicht war unbegründet, Danilo war allein. Konzentriert beugte er sich über die in F-Form geschnittenen Löcher in der Decke einer fast fertigen Campanula. In der einen Hand hielt er eine Art Zahnarztspiegel, um ins Innere des Korpus zu schauen, in der anderen eine lange Pinzette, die er dort behutsam bewegte. Elisa erkannte sogleich, womit er beschäftigt war: Danilo setzte gerade den sogenannten Stimmstock zwischen Boden und Decke ein, eine äußerst diffizile Arbeit, denn von der richtigen Position dieses konisch zugeschnittenen Stäbchens hingen Klang und Stabilität des Instruments ab. Nicht umsonst nannte man es in Italien *anima*, was so viel wie »Seele« bedeutete. Elisa nahm leise auf einem Hocker Platz, um ihn nicht zu stören, wartete, bis die *anima* an der rechten Stelle saß und Danilo aufblickte.

»Hey, wie geht's?«, fragte er und legte die Werkzeuge zurück an ihren Platz.

»So weit okay«, antwortete sie und betrachtete die Campanula zwischen ihnen auf der Werkbank. »Dein neuestes Werk?«, fragte sie.

»Es ist Nataschas.« In Danilos Stimme klang Stolz mit. »Sie hat es weitgehend selbst gebaut. Nur die *anima* kann sie noch nicht einsetzen.« Er stand auf und lockerte seine Schultern.

Natürlich. An Weihnachten hatte Danilo Natascha die Erlaubnis gegeben, ihre eigene Campanula zu bauen. Und Elisa hatte versprochen, ihr Unterricht zu geben. »Sieh mal.« Danilo hatte das schöne Stück angehoben und zeigte ihr die Rückseite des Halses. Wie bei allen Exemplaren aus dieser Werkstatt trug auch dieses eine Einlegearbeit in Form einer Blüte. »Noch nie hat bei uns ein Meister die Fasetti-Rose so kunstvoll hinbekommen, wie Natascha das jetzt macht.«

Elisa fuhr mit den Fingerkuppen über die Arbeit. Ja, sie musste zugeben, dass sie wunderschön war. Das rötliche Holz des Rosenholzbaums, aus dem die Blütenblätter gearbeitet waren, stand in interessantem Kontrast zum gelblichen Ahorn des Halses. Feine Pünktchen aus Muschelschalen in der Mitte der Blüte bildeten die Staubfäden. Natascha war nicht nur eine versierte Drechslerin, sie hatte die Kunst der Einlegearbeiten in Indien gelernt, bevor sie sich in den Kopf gesetzt hatte, bei Danilo Campanulas zu bauen.

»Wo ist sie denn?« Elisa legte das Instrument behutsam zurück auf die Werkbank.

»Natascha? Ich hab sie zum Holzholen geschickt«, antwortete Danilo und machte sich an der Kaffeemaschine zu schaffen, die auf einem Regal neben dem Waschbecken stand. »Möchtest du einen Kaffee? Ich kann dir sogar einen Cappuccino machen, wenn Kokosmilch okay für dich ist.«

»Wieso Kokosmilch?«, fragte Elisa.

»Natascha trinkt doch keine Milch.« Danilo hielt ihr eine Packung hin. »Und dieses Zeug schmeckt echt lecker. Willst du es probieren?«

Elisa nickte halbherzig. Wohin sie auch sah, Natascha schien überall ihren Einfluss zu hinterlassen. Jetzt kaufte Danilo nicht einmal mehr richtige Milch ein, nur weil diese Frau Veganerin war. Doch sogleich schalt sie sich. Dachte sie wirklich so kleinlich? Warum sich nicht mal auf etwas Neues einlassen? »Ja«, schob sie eilig nach. »Ich probier es gerne aus. Aber kann Natascha das Klangholz denn allein einladen? Sind die Platten nicht zu schwer für sie?«

»Sie holt nur die für Geigen und Bratschen.« Danilos Worte gingen fast in dem lauten Zischen des Milchschäumers unter. »Die sind nicht so groß und schwer. Das schafft sie schon. Aber jetzt erzähl du. Was gibt es Neues aus der Villa?«

Elisa berichtete ihm von Scarletts unmöglichem Verhalten beim Essen und von Margits Angst, den Anschluss zu verlieren, wenn sie nicht übte. »Dabei muss sie unglaubliche Schmerzen haben«, schloss sie. »Amadou hat mir die Röntgenbilder gezeigt. Ich weiß nicht, wie sie die Flöte überhaupt noch halten kann.«

»Vermutlich nimmt sie Schmerzmittel.« Danilo trank seinen Milchkaffee, ein wenig von dem Kokosschaum blieb in seinen Mundwinkeln hängen, und Elisa musste sich beherrschen, um es nicht wegzuküssen.

»Schmerzmittel?«, fragte sie stattdessen. »Natürlich. Warum hab ich daran nicht gleich gedacht.« Vorsichtig probierte sie von ihrem Cappuccino. Und nahm gleich noch einen Schluck. Er war köstlich. »Bei der Schwere ihrer Erkrankung braucht sie eine unfassbar hohe Dosis, damit sie davon nichts mehr spürt.«

»Vielleicht hat sie ein Abkommen mit Cosma«, scherzte Danilo. »Und die versorgt sie mit Medikamenten für Pferde.«

»Das ist nicht lustig, Danilo.« Und doch konnte sie sich ein Grinsen nicht verkneifen.

»Und warum lachst du dann?« Danilo deutete auf ihre Tasse. »Und? Schmeckt der Kokosschaum?«

»Er schmeckt fantastisch«, antwortete Elisa und trank die Tasse aus. »Von jetzt an will ich meinen Cappuccino immer so.«

Danilo strahlte. »Das wird Natascha freuen.« Das Geräusch eines herannahenden Autos ließ ihn aufmerken. »Da kommt sie schon. Wollen wir ihr beim Ausladen helfen?«

5

Die beiden Brüder

»Wir sehen uns an Alexanders Geburtstag«, sagte Elisa zu ihrer Mutter. Sie standen am Bahnhof von Lugano und warteten auf den Zug zum Mailänder Flughafen. »Und du weißt, in der Villa ist immer Platz für dich.« Wie seltsam, dachte sie. Früher hatte sie schon froh sein müssen, wenn ihre Mutter nur kurz in der Rosenholzvilla vorbeischaute. Und jetzt schien sie sich kaum von diesem Ort trennen zu können.

»Danke.« Anna sah nervös auf die Anzeigetafel. »Du bist so lieb zu mir. Es wird schwer sein, wieder allein zu sein.«

»Dabei ist dir Margit mit ihrem Flötenspiel ziemlich auf die Nerven gegangen«, wandte Elisa lächelnd ein. »Und Scarlett ...«

»Erinnere mich nicht daran.« Anna schüttelte sich lachend. »Ich bin gespannt, wie du mit diesem magersüchtigen Wesen fertigwerden wirst.«

»Mama«, mahnte Elisa und konnte ihrer Mutter die Bemerkung doch nicht verdenken. Die Tänzerin bestand in Sachen Essen nach wie vor ausschließlich auf Salat und gedämpftem Gemüse und war nicht davon abzubringen, ihre Mahlzeiten auf ihrem Zimmer einzunehmen. Margit hingegen hatte sich widerstrebend darauf eingelassen, mit dem Üben so lange zu pausieren, bis der Orthopäde, den Dr. Fullner empfohlen hatte, sie untersucht und sein Urteil gesprochen haben würde. Mit seiner Hilfe war es Elisa gelungen, schon für den kommenden Dienstag einen Termin für die Flötistin zu vereinbaren. Sie war sich nicht sicher, ob Margit ahnte, welches Glück sie damit hatte, denn normalerweise war dieser Arzt über Monate hinweg ausgebucht. »Ich krieg das schon irgendwie hin«, sagte Elisa nun zu ihrer Mutter. »Viel wichtiger ist für dich jetzt deine neue Kollektion. Die Entwürfe sind großartig geworden.« Anna hatte ihr noch an diesem Morgen das Ergebnis ihrer Arbeit gezeigt. Die Skizzen trugen immer noch Annas Handschrift, aber die sonst so opulenten Linien waren nun deutlich reduzierter. »Ich bin gespannt, wie sie wirken, wenn sie erst genäht sind.«

»Zuerst brauche ich die passenden Stoffe«, erklärte Anna, und ihre Augen, die seit der Trennung von ihrer Lebensgefährtin einen melancholischen Ausdruck angenommen hatten, glänzten. »Dazu werde ich nach Italien reisen müssen. In der Nähe von Cremona gibt es ein paar interessante Textilfirmen. Und nördlich von Venedig eine außergewöhnliche Seidenweberei, die wollte ich schon lange mal besuchen.«

»Da würde sich ein Zwischenstopp bei uns in der Rosenholzvilla anbieten«, schlug Elisa lächelnd vor. Anna antwortete, doch ihre Stimme wurde von dem einfahrenden Zug übertönt. Mit dem grässlich quietschenden Geräusch von Metall auf Metall kam er zum Stehen. Elisa schloss ihre Mutter in die Arme. »Ruf mich an, wenn du zu Hause bist. Ja?«

Anna drückte sie fest an sich und nickte. Eine Träne kullerte ihr über die Wange. Elisa wurde das Herz schwer. Ihre sonst stets souveräne Mutter so verletzlich zu erleben, setzte ihr zu. Sie wartete, bis der Zug den Bahnhof verließ, und ging zum Ausgang.

Es war Samstag, das Wetter mild, und Elisa beschloss, einen kleinen Spaziergang entlang des Seeufers zu machen. Wie von selbst schlug sie den Weg in Richtung des Stadtparks ein, der einst der Familie Ciani gehört hatte und nach ihr benannt war. Gleich hinter dem Eingang stand ein prachtvoller Kamelienstrauch, seine leuchtend roten Blüten waren schon aus der Ferne zu sehen. Elisa ging zügig weiter zu dem berühmten schmiedeeisernen Tor, das ein beliebtes Fotomotiv war, denn dahinter erstreckte sich der blau schimmernde See – in früheren Zeiten hatten dort die Boote der Familie Ciani gelegen. Ein junges Paar sprach sie an, fragte prompt, ob sie ein Foto von ihnen machen würde. Selbstverständlich erfüllte sie den beiden den Wunsch und setzte dann ihren Weg zwischen prächtigen Blumenbeeten und unter jahrhundertealten Bäumen fort, vorbei an Springbrunnen und Statuen bis zu dem hinteren, wilderen Teil des Parks. Der Pfad folgte der Krümmung des Sees, und Elisa durchquerte einen Spielplatz, auf dem trotz der frühen Jahreszeit viel Betrieb war. Die waghalsigeren Kinder kraxelten auf einer Kletterburg herum, von der eine Rutschbahn mitten in einen Sandkasten führte. Ein Vater trocknete seiner weinenden Tochter die Tränen und ermutigte sie, es noch einmal zu versuchen, ein anderer gab der Schaukel Schwung, auf der ein juchzendes Kind saß, Mütter verteilten Kekse und Bananenstückchen und hielten Saftflaschen bereit.

Elisa beschloss, noch bis zum Strand an der Spitze des Parks zu gehen, als sie keine zwanzig Meter vor sich am Ufer plötzlich zwei Gestalten entdeckte. Sie erkannte Adrien und Youma, offenbar in ein Gespräch vertieft.

Überrascht verlangsamte Elisa ihre Schritte. Wie schön, dachte sie. Adrien musste dringend auf andere Gedanken kommen, und Elisa hatte Youma darum gebeten, mit ihm ein paar Ausflüge zu unternehmen. Die junge Frau war selbst erst vor Kurzem aus dem Senegal nach Lugano gekommen, es wurde Zeit, dass auch sie aus dem beschaulichen Morione herauskam und ihre neue Umgebung kennenlernte. Dass sich die beiden gut verstanden, erfüllte Elisa mit Erleichterung. Sie beschloss, nicht zu stören, und nahm einen anderen Weg, auf dem sie in einem Bogen zurück zum Eingang des Parks gelangte.

Auf der Fahrt nach Hause dachte sie darüber nach, wie unterschiedlich die Gäste der Rosenholzvilla waren. Sie hatte angeboten, an diesem Wochenende mit ihnen einen Ausflug zu unternehmen, zum Beispiel eine Bootsfahrt zu machen oder mit der Zahnradbahn auf den Monte Generoso zu fahren, wo man von einer architektonisch interessanten Bergstation samt Restaurant einen fantastischen Ausblick nicht nur über die Bergwelt und den Luganer See, sondern auch auf den Lago Maggiore hatte. Doch Jeremy hatte höflich abgewunken. Er wollte lieber arbeiten, und weder Margit noch Scarlett hatten Interesse gezeigt.

Umso besser, dachte Elisa, als sie die Autobahn an der

Ausfahrt »Monte San Giorgio« verließ und schließlich die gewundene Straße zu Cosmas alter Mühle hinauffuhr. Sie freute sich auf ein gemeinsames Wochenende mit Danilo, die vergangenen Wochen waren turbulent gewesen. Als sie in den Hof mit dem riesigen Eichenbaum fuhr, sah sie einen Geländewagen vor dem Hundehaus stehen, aus dem gerade ein ihr unbekanntes Paar trat. An der Leine führten sie Rocky, der ihnen nur zögernd folgte. Nun erschien auch Cosma in der Tür, und Rocky wandte sich wie hilfesuchend zu ihr um.

Elisa stieg aus. Sie erinnerte sich daran, dass Cosma ihr erzählt hatte, ein neues Zuhause für den Schäferhund gefunden zu haben, den sie vor vielen Monaten in Elisas Beisein vor der Tötungsstation gerettet hatte. Damals war er schwer verletzt und halb verhungert gewesen, inzwischen war davon kaum noch etwas zu merken, nur ein leichtes Hinken zeugte noch von der einstigen Blessur.

»Alles in Ordnung, alter Kumpel«, sprach die Tierärztin Rocky gerade Mut zu. »Bei Rita und Marco wirst du es gut haben.« Und zu dem Paar sagte sie: »Ich werde jede Woche vorbeischauen und nachsehen, wir ihr drei miteinander zurechtkommt.« Elisa musste unwillkürlich lächeln, ihre Freundin hatte dies fast schon in drohendem Ton gesagt. Sie wusste, dass Cosma nicht viel Federlesens machen und Rocky zurückholen würde, sollten die beiden ihn nicht gut behandeln.

Jetzt hatte der Schäferhund Elisas Witterung aufgenommen, er zog winselnd zu ihr herüber. Rasch ging sie zu ihm.

»Ich wünsch dir alles Gute, alter Junge.« Elisa tätschelte

liebevoll seinen Kopf. »Was für ein Glück, jetzt hast du deine eigene Familie. Und die Meute da drin bist du auch los.« Es war nicht zu übersehen gewesen, dass die anderen zwölf Hunde, die Cosmas Tierasyl bevölkerten und deren Gebell nun deutlich zu hören war, dem Schäferhund manchmal ganz schön auf die Nerven gegangen waren.

Und doch wurde Elisa das Herz schwer, als sie zusah, wie Rocky widerwillig in den für einen Hundetransport perfekt präparierten Fond des Wagens sprang.

»Ihr braucht euch keine Sorgen zu machen«, sagte Rita zu Cosma und Elisa. »Ich bin mit Schäferhunden quasi aufgewachsen und weiß mit ihnen umzugehen.«

»Für einen Schäferhund hat Rocky einen äußerst sanften Charakter«, gab Cosma den beiden mit auf den Weg. »Alles, was er braucht, ist Liebe, dann klappt es wie von selbst.«

Marcos Lippen kräuselten sich zu einem Lächeln. »Schon klar«, sagte er. »*Ciao.* Bis nächste Woche also. Am besten rufst du vorher kurz an.«

Nachdenklich sah Elisa dem Wagen nach, als er vom Hof fuhr. Bis zuletzt starrte Rocky zu ihnen zurück.

»Sonst noch was, vorher anrufen.« Cosma seufzte tief. »Den besten Einblick bekommt man, wenn man einfach so hereinschneit.«

»Die wirkten doch nett«, versuchte Elisa ihre Freundin zu trösten. Es war offensichtlich, wie schwer es ihr fiel, sich von Rocky zu trennen. Auch wenn es Cosmas erklärtes Ziel war, ihre Findlinge an gute Hundehalter weiterzuvermitteln. »Sie behandeln ihn sicher gut.«

»Das will ich hoffen«, knurrte Cosma. Sie wandte sich zu Elisa um. »Und? Was steht heute an?«

»Was meinst du?«, fragte Elisa.

»Hey«, rief ihre Freundin. »Heute ist Samstag. Ich finde, wir sollten endlich mal wieder um die Häuser ziehen.«

»Bojan ist in der Stadt«, sagte Elisa, während sie gemeinsam zum Wohnhaus gingen. »Erinnerst du dich an ihn? Der Freund von Danilo aus Bulgarien. Heute Abend spielt er im Jazz-Club.«

»Mir ist alles recht«, antwortete Cosma. »Hauptsache, ich komme endlich raus und sehe etwas anderes als Ställe und Tierheime.«

Elisa lachte. Auch sie würde es an diesem Wochenende genießen, mit Danilo und ihren Freunden auszugehen.

Als sie die Tür zu ihrer Wohnung aufschloss, hörte sie zu ihrer Überraschung Stimmen und Gelächter aus dem *salotto*. Ein wenig enttäuscht zog sie ihre Schuhe aus und hängte ihre Jacke an die Garderobe. Aus einem ruhigen Nachmittag nur mit Danilo würde also nichts werden. Erneut ertönte ein helles Lachen – wem gehörte diese Stimme nur?

Es war Natascha, die mit untergeschlagenen Beinen auf dem Sofa saß und sich köstlich über etwas amüsierte.

»Hallo«, sagte Elisa, und Nataschas Lachen erstarb.

»Hey, Liebes.« Danilo erhob sich und küsste sie auf die Wangen. »Haben deine Nervensägen dich gehen lassen? Hoffentlich zerfleischen sie sich nicht gegenseitig, so ganz ohne deine Aufsicht.«

Er meinte das sicherlich scherzhaft, Elisa konnte trotzdem nicht darüber lachen. Überhaupt merkte sie, dass ihre Laune auf den Nullpunkt gesunken war. »Schön, dass ihr es so lustig habt.« Elisa hörte selbst den bissigen Unterton und schluckte.

Prompt warf ihr Danilo einen irritierten Blick zu. »Komm«, sagte er. »Setz dich zu uns. Möchtest du auch einen Chai?«

Elisa rollte innerlich die Augen. Gab es jetzt neuerdings Chai statt Kaffee? »Ich nehme an, der ist mit Kokosmilch gemacht«, entfuhr es ihr, und das klang nun wirklich zickig. »Danke, ich mach mir lieber einen Kaffee.«

Sie ging in die Küche, und da die Türen nur angelehnt waren, hörte sie – nichts. Das betretene Schweigen im *salotto* kam ihr jetzt lauter vor als das Gelächter zuvor. Muss das sein?, schalt sie sich selbst. Du bist doch sonst keine Spielverderberin.

Auf einmal hatte sie keinen Appetit mehr auf Kaffee. Sie trank ein Glas Sprudel, ging ins Badezimmer und drehte an der Wanne den Hahn auf. Alles, was sie wollte, war ihre Ruhe. War das zu viel verlangt? Sie gab von dem Pflegeschaum ins Wasser, den ihr Cosma zu Weihnachten geschenkt hatte, er duftete beruhigend nach Lavendel und Rosmarin. Sie hatte sich gerade wohlig ins warme Bad sinken lassen, als Danilo hereinkam.

»Sag mal, was ist denn los mit dir?«, fragte er.

»Mit mir?«, fragte sie unnötigerweise zurück. »Nichts. Ich bin nur ein bisschen erschöpft. Lasst euch nicht stören.«

»Natascha ist gegangen.« Danilo setzte sich auf den Rand

der Wanne. »Sie hatte das Gefühl zu stören. Jetzt hilft sie Cosma mit den Hunden.« Und als Elisa darauf nichts erwiderte, setzte er nach: »*Hat* sie dich gestört?«

Elisa holte tief Luft, schloss kurz die Augen. Sie hatten sich einmal versprochen, immer ehrlich zueinander zu sein. »Ich finde, da ist ein bisschen viel Natascha in unserem Leben«, erklärte sie also. Oder besser gesagt: in deinem, fügte sie in Gedanken hinzu. »Natascha in der Werkstatt, Natascha in unseren Ess- und Trinkgewohnheiten, Natascha in unserer Freizeit.«

Danilo betrachtete sie mit zusammengezogenen Brauen. »Sie ist Teil meiner Werkstatt geworden«, antwortete er. »Du warst doch auch dafür, sie als Auszubildende aufzunehmen.«

»Als Auszubildende, ja«, erwiderte Elisa. »Das heißt noch lange nicht, dass sie Teil unserer Familie …«

»Für mich irgendwie schon«, unterbrach Danilo sie ernst. »Das war früher schon so, als mein Vater noch lebte und die Werkstatt leitete. Als Fabio und ich klein waren, saßen alle mit an unserem Esstisch, die Gesellen und Lehrlinge und natürlich die beiden anderen Meister. Was glaubst du, warum Mariellas Tisch so riesig ist? Natascha hat hier niemanden außer uns. Sie verdient ja kaum etwas, mehr als den üblichen Satz für eine Ausbildung kann ich ihr nicht bezahlen.«

»Deshalb wohnt sie ja bei Mariella«, warf Elisa ein. »Und hat das Essen frei.«

»Sie ist ein wahrer Segen für meine Mutter, das weißt du genauso gut wie ich.« Da musste Elisa ihm recht geben. Seit Natascha bei Danilos Mutter wohnte, war diese geradezu aufgeblüht. Und seit Mariella mit Bruno zusammen war, ging es ihr insgesamt sowieso viel besser als nach Fabios Fortgang.

»Ich dachte, du magst Natascha«, fuhr Danilo fort.

»Ich hab nichts gegen sie, bestimmt nicht«, beteuerte Elisa.

»Dann ist es für dich in Ordnung, dass sie heute Abend mitkommt?«

Elisa lehnte den Kopf gegen den Badewannenrand und schloss die Augen. »Der Jazz-Club ist ein öffentlicher Ort«, sagte sie tonlos. »Jeder kann kommen, selbstverständlich auch Natascha. Was sollte ich denn dagegen haben?« Aber sie geht mir langsam wirklich auf die Nerven, fügte sie in Gedanken hinzu.

»Na gut«, sagte Danilo. »Dante wird auch dabei sein. Ich geh gleich mal Cosma fragen, ob sie ebenfalls Lust hat.«

»Ich hab sie schon gefragt.« Elisa öffnete die Augen. Danilo stand bereits an der Tür. »Cosma ist dabei.« Sie richtete sich auf und türmte den duftenden Schaum um sich herum zu einem Gebirge auf. »Warum willst du schon gehen? Hast du nicht Lust, zu mir in die Wanne zu steigen?«, fragte sie. Erleichtert sah sie, dass er lächelte.

»Das klingt verlockend«, gab er zurück. »Leider muss ich nachher Bojan vom Bahnhof abholen. Ich bringe ihn direkt in den Club zum Soundcheck.«

»Wirst du heute wieder mit ihm zusammen spielen?« Wehmütig erinnerte Elisa sich an das Konzert vor fast zwei Jahren. Nie würde sie die ungewöhnlichen Klänge von Bojans Instrument, der Gadulka, vergessen. Damals waren sie und Danilo sich zum ersten Mal begegnet. Bojan hatte ihn mitten im

Konzert auf die Bühne an den Flügel gebeten, und die beiden hatten gemeinsam aus dem Stegreif improvisiert.

»Nein, bestimmt nicht«, holte Danilo sie in die Wirklichkeit zurück. »Aber wenn du willst, sage ich ihm, dass du deine Campanula mitbringst und nur zu gerne …«

»Auf keinen Fall«, fiel ihm Elisa lachend ins Wort und versuchte, ein wenig Badeschaum nach ihm zu spritzen. »Ich will heute Abend überhaupt nichts tun müssen und einfach nur genießen.«

Auf einmal war Danilo ganz nah bei ihr und beugte sich über sie. Küsste sie leidenschaftlich auf den Mund. »Das sollst du auch«, flüsterte er zwischen zwei Küssen. »Dich einfach entspannen. Und nach dem Konzert gehen wir so bald wie möglich nach Hause. Nur wir zwei.«

»Das klingt wundervoll.« Mit einem Seufzen ließ sie sich zurück ins warme Wasser sinken.

Es wurde ein wunderschöner Abend, und als Elisa sah, wie glücklich Natascha war, dabei zu sein, schämte sie sich und schalt sich kleinlich. Die junge Frau saß zwischen Bojan und Dante und hing an den Lippen des bulgarischen Musikers. Elisa konnte sie gut verstehen, auch sie war bei ihrer ersten Begegnung von seiner Musik fasziniert gewesen. Neben vielem anderen war es dieses traditionelle Streichinstrument gewesen, das Danilo dazu inspiriert hatte, die Campanula zu entwickeln. Bojan versprach, sie am folgenden Tag in der alten Mühle zu besuchen, um Danilos Erfindung in Augenschein zu nehmen.

Und obwohl sie eigentlich nach dem Konzert gleich nach

Hause fahren wollten, ließen sie sich dazu überreden, mit den anderen einen neuen Club zu besuchen, den Dante als »angesagt« beschrieb, und tanzten, bis sie sich nicht mehr auf den Beinen halten konnten.

Entsprechend lange schliefen sie am nächsten Morgen aus. Elisa erwachte in Danilos Armen, der sich von hinten an sie geschmiegt hatte. Als sie den vergangenen Abend überdachte, kam ihr ihre Eifersucht auf Natascha reichlich absurd vor. Danilo hatte nur Augen für Elisa gehabt, sie hatten ausgelassen getanzt. Natascha hatte die Blicke vieler Männer angezogen, und das war kein Wunder, sie war eine wirklich außergewöhnliche Erscheinung und wirkte mit den Tattoos an Armen und Dekolleté und ihrer Hochsteckfrisur wie eine moderne Feenkönigin, die einem Fantasy-Film entsprungen war. Auch Bojan fand sie sichtlich attraktiv und hatte den halben Abend mit ihr getanzt, während Dante, der alte Tanzmuffel, sich hauptsächlich an der Bar aufgehalten hatte.

Sie saßen beim späten Frühstück, als Bojan eintraf. Noch immer schläfrig, verfolgte Elisa das Gespräch zwischen ihm und Danilo über die aktuelle Tournee des Gadulka-Spielers und die Schwierigkeiten, sich als freier Musiker im Bereich Weltmusik über Wasser zu halten.

Schließlich holte sie ihre Campanula und begann, mit Bojan zu musizieren, sie probierten verschiedene Lieder aus, die sie beide kannten, ehe sie vorsichtig dazu übergingen, freier zu spielen. Darüber vergaßen sie die Zeit, irgendwann gesellten sich Amadou und Cosma zu ihnen, und als sie alle schließlich hungrig wurden, kochte Amadou ein Reisgericht aus seiner

Heimat mit Gemüse und Hühnchen, das so lecker schmeckte, dass am Ende nicht ein Körnchen übrig blieb.

»Was für ein schöner Tag«, seufzte Elisa glücklich, als die Gäste gegangen waren und sie sich schon früh zu Bett legten.

Danilo strich mit seiner Hand zärtlich über ihren Oberschenkel, schob das Nachthemd hoch und liebkoste ihren Bauch. Wohlig drehte sich Elisa zu ihm und streichelte seine Hüfte. Seine Haut fühlte sich an wie Samt, seine Locken wie Seide, als er sich über sie beugte, um durch den dünnen Stoff ihre Brustwarzen zu küssen. Als er sie auf sich zog, streifte sie das Hemd über ihren Kopf. »So schön bist du«, flüsterte er und umfing ihre Brüste mit den Händen. Elisa schloss die Augen und ließ sich von seinen Bewegungen tragen, bis er seine Arme um sie schlang und sie auf den Rücken drehte, tief in sie eindrang und sein Gesicht heftig atmend an ihrem Hals verbarg, bis sie zu einem einzigen Wesen verschmolzen im gemeinsamen Rhythmus ihrer Lust.

Am Montagmorgen betrat Elisa kurz vor neun bester Laune die Rosenholzvilla. Und als Maurizio wie vereinbart und pünktlich auf die Minute eintraf, führte sie ihn durch die Villa und über das gesamte Anwesen und besprach mit ihm die anstehenden Arbeiten. Scarlett hatte einen wackelnden Wasserhahn in ihrem Bad reklamiert, und Maurizio machte sich sogleich daran, dies zu beheben. Signor Galli, der als Niklas' Testamentsvollstrecker maßgeblich an der Gründung der Stiftung beteiligt gewesen war, würde mit dem neuen Hausmeister den Vertrag schließen.

Es wurde eine überraschend ruhige Woche, jeder der Gäste schien mit sich selbst beschäftigt, und nachdem Scarlett wie angekündigt zu den Mahlzeiten auf ihrem Zimmer blieb, herrschte Frieden im Haus. Margit hatte auf Anraten von Dr. Fullner ihre Schmerzmittel reduziert, die sie tatsächlich in erschreckenden Mengen eingenommen hatte. An Üben war nun ohnehin nicht mehr zu denken, und nachdem der Orthopäde Amadous Einschätzung bestätigt hatte, ergab sie sich niedergeschlagen ihrem Schicksal.

Am Freitagmorgen bat Jeremy Elisa nach dem Frühstück zu sich aufs Zimmer. Fast schon feierlich reichte er ihr ein gebundenes Heft. Auf dem Titelblatt stand:

Aléxandros – Beschützer der Künstler

»Das Stück für Alexanders Geburtstag«, sagte er und strahlte. »Maurizio war so nett, die Computerdatei in der Stadt ausdrucken und binden zu lassen.«

»Das ist ja wunderbar«, rief Elisa. »Darf ich es mir ansehen?«

»Natürlich!« Jeremy bot ihr einen der Sessel am Fenster an. »Setz dich. Weißt du eigentlich, dass Alexander ›Beschützer seiner Mannen‹ bedeutet?« Elisa schüttelte verwundert den Kopf und nahm Platz. »Ich finde, das passt ganz hervorragend zu seinem Beruf.«

»Das stimmt«, pflichtete Elisa ihm bei.

»Ich habe eine Bitte an dich«, fuhr Jeremy fort und setzte sich auf den Sessel Elisa gegenüber. »Gestern Abend hat mich

Michael McGonnary angerufen. Er schlägt vor, das Stück beim Fest nicht auf ihren herkömmlichen Instrumenten zu spielen, sondern auf Campanulas aus Danilos Werkstatt.«

»Tatsächlich? Was für eine großartige Idee!« Allein bei dem Gedanken, wie sehr Danilo sich darüber freuen würde, wurde Elisa ganz aufgeregt.

»Ja? Findest du?« Jeremy beobachtete sie aufmerksam. »Michael wollte wissen, was ich dazu meine. Aber ich kann das nicht beurteilen, ich kenne diese Instrumente ja nicht. Und deshalb möchte ich gern deine Meinung hören. Bist du so lieb und schaust dir in Ruhe mein Stück an und sagst mir dann ganz ehrlich, was du von dem Vorschlag hältst?«

»Sehr gerne«, antwortete Elisa. »Möchtest du, dass ich die Noten mit nach Hause nehme …«

»Am liebsten wäre es mir«, unterbrach Jeremy sie sanft, »wenn du dir das Stück jetzt gleich ansehen könntest, falls du es dir einrichten kannst.«

Elisa nickte. »Ja, natürlich.«

»Ich geh solange in den Park, damit du deine Ruhe hast.« Jeremy erhob sich und ließ Elisa allein.

Einen Moment lang saß Elisa ganz ruhig da, die Hand auf dem Heft, in dem die Musik festgehalten war, die außer Jeremy noch nie jemand gehört hatte. Dann schlug sie die Partitur auf und ließ ihren Blick über die Noten gleiten. Sogleich entfaltete sich in ihrem Kopf die Komposition, so wie man ein Buch Zeile für Zeile liest und versteht, so konnte Elisa die Töne und deren Zusammenklang hören. Sie hätte gedacht, dass sie mit dieser Kunst des Notenlesens nach all den Jahren etwas außer

Übung sein müsste, doch mit jeder Seite, die sie umblätterte, fiel es ihr leichter, und was sie in ihrer Vorstellung hörte, faszinierte und entzückte sie immer mehr.

Als sie am Ende angekommen war, blätterte sie zurück und begann die Partitur von Neuem zu lesen, stellte sich das Ganze mit Campanulas gespielt vor und verlor dabei jedes Zeitgefühl.

Irgendwann kam Jeremy wieder und setzte sich leise zu ihr. »Und?«, fragte er, als sie aufblickte. »Was denkst du?«

»Es ist ein wundervolles Stück«, antwortete sie und schlug das Heft zu. »Und mit Campanulas wird es ganz besonders gut klingen.«

»Dann sag ich Michael Bescheid«, gab Jeremy zurück. »Danke, Elisa.«

»Ich danke dir für dein Vertrauen«, erwiderte sie und erhob sich.

Auf dem Nachhauseweg kaufte sie eine Flasche Prosecco und überraschte Danilo am Abend mit der Neuigkeit.

»Stell dir vor, wir erwarten hundertfünfzig Künstler aus der ganzen Welt«, schloss sie begeistert ihren Bericht. »Und eines der besten Streichquartette der Welt präsentiert alle vier Varianten deiner Campanulas. Ist das nicht großartig?«

Danilo sah sie sprachlos an. »Und Michael ist wirklich dafür?«, fragte er schließlich.

»Es war sein eigener Vorschlag«, erklärte Elisa und reichte ihm sein Glas. »Das wird dein Durchbruch! Lass uns darauf anstoßen.«

Doch Danilo stellte sein Glas wieder ab und nahm ihr ihres

aus der Hand. Dann zog er sie an sich und drückte sie so fest, dass ihr beinahe die Luft wegblieb. »Endlich!«, flüsterte er ihr ins Ohr.

»Freust du dich?«, fragte sie ihn leise.

»Mehr, als du dir vorstellen kannst.«

Endlich war es so weit, Fabio kam wie versprochen nach Lugano, um mit seinem Bruder seine mögliche Rückkehr zu besprechen. Und als ihn sein erster Weg in sein Elternhaus führte, wo Mariella sein Lieblingsessen vorbereitet hatte, wirkte er herzlich und aufgeräumt wie schon lange nicht mehr. Er küsste Romy zur Begrüßung und wirbelte Mimi durch die Luft, so dass sie vor Vergnügen quietschte. »Es fühlt sich gut an, zu Hause zu sein«, sagte er, als Mariella die große Kasserolle mit der *cazzöla alla ticinese* auf den Esstisch stellte. Es handelte sich um einen Tessiner Gemüseeintopf mit Schweinerippchen und *luganighe*, einer typischen Wurst aus der Gegend, die Fabio besonders liebte. Bruno entkorkte eine Flasche Rotwein aus seiner sizilianischen Heimat, der dunkel und ölig in den Gläsern schimmerte.

»Das freut mich zu hören«, erwiderte Mariella und tat ihrem Ältesten eine besonders große Portion auf.

Natascha saß nicht mit am Tisch, und Elisa verstand, warum sie diesem Essen wohl lieber ferngeblieben war. Die *cazzöla* war sicherlich nichts für eine Veganerin, schon allein der Fleischgeruch beim Kochen musste sie aus dem Haus getrieben haben.

»Ich habe mit dem Meister in Cremona gesprochen«,

erzählte Fabio gerade. Es hatte nicht lange gedauert, bis Mariella ihn danach gefragt hatte. »Und ihm gesagt, dass ich hierher zurückkehren möchte.«

»Wie hat er reagiert?«, fragte Danilo gespannt.

»Er war nicht gerade begeistert«, erwiderte Fabio und half Mimi, ihr Würstchen in kleine Stücke zu schneiden. »Aber er respektiert meinen Wunsch. Natürlich hab ich ihm versprochen zu warten, bis er einen Ersatz gefunden hat und …«

»Einen Ersatz?«, fragte Mariella alarmiert. »Das kann Jahre dauern.«

»Nun lass mich doch ausreden«, bat Fabio seine Mutter mit einem nachsichtigen Lächeln. »Wir haben vereinbart, dass ich nicht länger als ein halbes Jahr warte.«

Betretene Stille breitete sich aus. Ein halbes Jahr war sehr lang, das fand auch Elisa. Dass die Werkstatt in Cremona früher jemanden mit Fabios Qualifikationen finden würde, war zweifelhaft. Danilo hatte seit dem Weggang seines Bruders ebenfalls vergeblich nach einem Instrumentenbaumeister gesucht.

»Jetzt schaut nicht so enttäuscht.« Fabio sah von seiner Mutter zu Danilo. »Ein halbes Jahr geht schnell vorbei. Ich habe vor, die letzten beiden Monate hier schon wieder einzusteigen und meine Arbeitswoche in Cremona um einen Tag zu reduzieren. So können wir einen fließenden Übergang machen.«

»Das heißt also, dass du ab August ganz hier sein kannst?«, fragte Danilo.

Fabio nickte. »Spätestens. Bis dahin können wir in Ruhe alles klären.«

»Hört sich das nicht gut an?« Romy blickte strahlend in die Runde. »In der Zwischenzeit besuchen Mimi und ich Fabio an den Wochenenden in Cremona. Nicht wahr, mein Schatz?«

Mimi, die gerade an einem Stück Wurst kaute, nickte. »Aber nur, wenn ich meine Campanula mitbringen darf«, sagte sie mit vollem Mund, weswegen Romy sie leise ermahnte.

Fabio seufzte. »Spielst du denn gar nicht mehr auf der Geige, die ich dir gebaut habe?«

»Doch«, antwortete das Mädchen und spießte ein weiteres Stück Wurst auf ihre Gabel. »Aber Signora Bernasconi hat gesagt, dass ich für den Wettbewerb auf der Campanula üben soll. Und deshalb muss sie mit nach Cremona.«

Fabio betrachtete sie mit gerunzelter Stirn. »Für welchen Wettbewerb?«, fragte er.

»Mimi soll an einem Musik-Wettbewerb für Kinder teilnehmen«, erläuterte Romy. »Signora Bernasconi hält sie für sehr …«, sie hielt inne und warf Mimi einen Blick zu. »Nun ja, sie denkt, sie hätte gute Chancen.«

»Und warum nicht auf der Geige?« Fabio wirkte alles andere als zufrieden.

»Lass sie«, bat Mariella leise. »Sie hat so viel Freude an dem Instrument.«

»Vielleicht sollten wir nach einem anderen Lehrer Ausschau halten«, sagte Fabio zu Romy.

»Ich will zu keinem anderen Lehrer«, erklärte Mimi entschlossen und hieb ärgerlich ihre Gabel in ein Wurststück. »Wenn ich nicht mehr bei Signora Bernasconi lernen darf, spiel ich überhaupt nicht mehr.«

»Sie ist wirklich eine gute Lehrerin«, warf Mariella begütigend ein. »Ich hab Mimi schon oft vom Unterricht abgeholt und mir ein Bild machen können. Aber jetzt mal etwas anderes«, lenkte sie geschickt das Gespräch in eine neue Richtung. »Was habt ihr denn heute und morgen so vor?«

Nach dem Essen gingen Fabio und Danilo in die Werkstatt, um dort bei einem Kaffee in Ruhe über ihre künftige Zusammenarbeit zu sprechen. Elisa wollte sich schon verabschieden, doch zu ihrer Verwunderung lud Fabio sie ein, sich zu ihnen zu gesellen. Baute er auf ihren beruhigenden Einfluss auf Danilo, falls sich die Brüder wie so oft in die Haare kriegen sollten?

»Und du willst also wirklich künftig nur noch diese Campanulas bauen?« Fabio sah sich in der Werkstatt um, so als sähe er sie zum ersten Mal.

»Ja sicher, das weißt du doch.« Danilo hatte die Hände in die Hüften gestemmt und betrachtete seinen Bruder mit gerunzelter Stirn. Schließlich wandte er sich ab und füllte frisches Wasser in die Kaffeemaschine.

»Ich meine, hast du denn inzwischen ausreichend Kundschaft?« Es war Fabio deutlich anzumerken, dass er noch immer daran zweifelte.

»Das McGonnary-Ensemble hat Campanulas von mir«, gab Danilo zurück. »Langsam spricht sich die Qualität meiner Instrumente herum. Sie werden übrigens nächste Woche zu Alexanders Geburtstag ein Stück von Jeremy Hill uraufführen.«

»Auf den Campanulas?«, fragte Fabio ungläubig.

»So ist es.« Während Danilo Tassen vom Bord nahm, ging Fabio in der Werkstatt auf und ab. Vor Nataschas Campanula blieb er stehen. »Wenn ich meine Kunden mitbringe, werden wir viele Aufträge haben«, sagte er. »Dann reicht vermutlich der Platz nicht mehr aus. Vielleicht sollten wir über einen Anbau nachdenken. Und früher oder später brauchen wir mehr Mitarbeiter.«

»Da hast du recht«, stimmte Danilo ihm zu. »Das Schwierigste wird sein, sie zu finden.«

»Wie stellt sich denn deine Auszubildende an?« Fabio nahm seinen Kaffee entgegen und rührte einen Löffel Zucker unter.

»Sehr gut«, antwortete Danilo. »Natascha ist ein richtiger Glücksfall. Als Drechslerin hat sie ein gutes Gefühl für Holz mitgebracht. Außerdem macht sie exzellente Intarsien. Sieh mal.« Er nahm Nataschas fast fertige Campanula vom Ständer, drehte sie um und zeigte seinem Bruder die Fasetti-Rose, die sich auf der Rückseite des Halses befand.

»Sie hat das Logo abgeändert.« Fabio runzelte die Brauen.

»Abgeändert? Inwiefern?«

»Die hellen Punkte in der Blütenmitte. Die gab es früher nicht.«

»Du meinst die Staubfäden? Das sind Muscheleinlagen. Ich finde, das sieht fantastisch aus«, erwiderte Danilo.

»Es ist nicht das Original.«

»Jetzt lass mal die Kirche im Dorf. Die Form ist haargenau dieselbe, nur dass sie schöner ausgearbeitet ist.«

Fabio seufzte laut und vernehmlich, doch er ließ es dabei

bewenden. »Also abgesehen davon, dass man ihr ein bisschen auf die Finger schauen muss, wird sie bald eine gute Unterstützung in der Werkstatt sein.«

»Dieses Instrument hat sie weitgehend selbst gebaut.« Danilo reichte Elisa einen Becher mit Kaffee und ließ nun für sich selbst einen aus der Maschine.

»Gute Arbeit.« Fabio begutachtete das Instrument von allen Seiten und hatte offenbar nichts daran auszusetzen. »Also wird sie bald selbstständig Celli bauen können.«

Die Tür ging auf, und Natascha stand auf der Schwelle. Als sie Fabio sah, stockte sie.

»Komm ruhig herein.« Danilo lächelte sie ermunternd an. »Habt ihr euch eigentlich schon mal richtig kennengelernt?«, fragte er. »Dies ist mein Bruder Fabio. Er wird bald in unsere Werkstatt zurückkommen.«

»Hallo.« Natascha musterte Fabio zurückhaltend.

»Wir haben uns bei Niklas' Beerdigung gesehen.« Fabios Blick wanderte über Nataschas ungewöhnliche Gestalt, blieb an den Tattoos an ihrem Ausschnitt hängen. »Hast du da nicht beim Catering mitgeholfen?«

Natascha nickte. Ihr Blick wanderte zur Campanula, die Fabio noch immer am Hals gepackt hielt, so als fürchtete sie, er könnte ihr Schaden zufügen.

»Du kommst gerade richtig«, sagte Danilo. »Ich habe meinem Bruder deine Campanula gezeigt.«

»Wie lange bist du denn schon hier?«, fragte Fabio freundlich.

»Seit letztem Juni«, gab Natascha zurück und nahm ihm

behutsam das Instrument aus der Hand, um es auf den Ständer zurückzustellen.

»Alle Achtung, du lernst wirklich schnell.« Fabio schien auf eine Reaktion von Natascha zu warten, dass sie sich erfreut zeigen würde oder ihm dankte, doch sie schwieg und setzte sich neben Elisa auf einen Hocker. »Vielleicht können wir deine Lehrzeit verkürzen«, fuhr Fabio fort. »Was meinst du, Danilo? Als Gesellin werden wir dich gerne übernehmen. Dann kannst du auch mir zur Hand gehen. Wir wollen in Zukunft unsere Bereiche trennen, mein Bruder und ich.«

»Ja, das wäre das Beste«, stimmte Danilo ihm zu und nahm, nachdem er alle mit Kaffee versorgt hatte, auf der anderen Seite des Werktischs Platz. »Ich baue weiterhin Campanulas, und Fabio stellt die traditionellen Instrumente her.«

»Wir werden versuchen, die Werkstatt zu erweitern«, erklärte Fabio Natascha. »Vielleicht neue Lehrlinge aufnehmen. Wenn wir Glück haben, finden wir sogar ausgebildete Kräfte. Ich freue mich auf alle Fälle jetzt schon auf unsere Zusammenarbeit, Natascha.« Er lächelte der jungen Frau aufmunternd zu.

Doch Natascha wirkte alles andere als zufrieden. »Ich bin hergekommen, um zu lernen, wie man Campanulas baut«, sagte sie und blickte Fabio direkt in die Augen. »Die traditionellen Streichinstrumente interessieren mich nicht.«

Einen Moment lang war es still in der Werkstatt.

»Nun, es gibt Dinge im Leben, die macht man nicht so gern«, entgegnete Fabio verständnisvoll. »Das ist in jedem Beruf so. Aber die gehören eben dazu und …«

»Du hast mich nicht verstanden«, unterbrach Natascha ihn freundlich. »Ich habe hier angefangen, weil ich Campanulas bauen möchte und nichts anderes.« Sie richtete ihre schönen Augen auf Danilo, der nicht im Geringsten überrascht schien, eher nachdenklich.

»Nichts anderes?« Fabio starrte sie fassungslos an. »Als Auszubildende ist es nicht an dir zu entscheiden, was getan wird. Dazu machst du ja die Lehre, damit dein Meister dir ...«

»Entschuldige, wenn ich dich schon wieder unterbreche«, warf Natascha noch immer freundlich, aber entschlossen ein. »Mein Ausbilder ist Danilo. Mit ihm habe ich eine Absprache, nicht mit dir. Ich lerne bei ihm und arbeite für ihn. Und so wird es künftig bleiben.«

Elisa konnte nicht anders, als Natascha zu bewundern. So scheu sie wirken mochte, in dieser Sache hatte sie einen klaren Standpunkt.

»Es stimmt, was Natascha sagt«, kam ihr Danilo zu Hilfe. »Du warst nicht hier, als sie anfing. Und sie hat von vornherein klar geäußert, dass sie keine traditionellen Streichinstrumente bauen will.«

»Das heißt, du weigerst dich, für mich zu arbeiten?« Fabios Freundlichkeit war wie weggeblasen.

»Ich arbeite für Danilo«, gab die junge Frau zurück und erhob sich. »Er ist mein Lehrmeister.« Sie stand auf und ging mit ihrem Kaffeebecher zum Spülbecken, um ihn auszuwaschen. Plötzlich sprang Fabio auf und machte einen Schritt auf sie zu. Einen Moment lang befürchtete Elisa, er wollte Natascha womöglich schlagen, doch natürlich geschah das nicht.

Stattdessen starrte er auf eine Stelle an Nataschas Nacken. Wie immer hatte sie ihr volles, blondes Haar zu vielen kleinen Zöpfen geflochten und auf ihrem Oberkopf aufgesteckt.

»Das darf nicht wahr sein«, entfuhr es Fabio. Erschrocken wandte Natascha sich um. »Was hast du denn da im Nacken?« Und als Natascha nicht reagierte, forderte er sie lauter auf: »Dreh dich um, damit wir es sehen können. Hast du dir allen Ernstes die Fasetti-Rose ins Genick tätowieren lassen?«

»Das geht dich nichts an«, entgegnete Natascha. »Ich kann mir tätowieren lassen, was ich will.«

»Unser Markenzeichen!« Fabio wandte sich empört zu Danilo um. »Wie konntest du das dulden? Diese Frau hat sich tatsächlich die Fasetti-Rose ins Genick tätowieren lassen! Ganz so, als wäre sie ein … ein Instrument aus unserer Werkstatt! Das ist … das ist …« Offenbar fehlten ihm die Worte.

»Das ist ihre Sache«, gab Danilo ruhig zurück. »Meinst du, ich kann einer Auszubildenden verbieten, was sie mit ihrem Körper macht? Selbst wenn ich das wollte – das ginge wirklich zu weit.«

Natascha wandte ihr den Rücken zu, und Elisa konnte nicht anders, sie sah wie gebannt auf ihren Nacken. Es stimmte. Unter dem Haaransatz leuchtete ihr unverkennbar die Fasetti-Rose entgegen. Und obwohl sie Fabios Ansprüche an Danilos Auszubildende für unangemessen hielt und Natascha für ihren Mut bewunderte, fühlte sie doch einen Stich in ihrer Herzgegend. So sehr identifizierte sich die junge Frau also mit Danilos Arbeit? Dass sie sich das Markenzeichen seines Familienunternehmens als Tattoo in die Haut stechen ließ?

»Ich geh jetzt wohl besser.« Natascha wandte sich zur Tür. Ehe sie die Werkstatt verließ, warf sie Danilo einen kurzen Blick zu, den Elisa nur schwer deuten konnte. Hilfesuchend hatte er nicht gewirkt. Eher so, als wären sie Verbündete. Verschworene.

»Was war das denn jetzt?«, platzte es aus Fabio heraus, als die Tür hinter Natascha ins Schloss fiel. »Ist die noch ganz bei Trost?« Danilo verschränkte die Arme vor der Brust und schwieg. Seine Miene sagte mehr als tausend Worte. Hilfesuchend wandte Fabio sich an Elisa. »Wie kann sie sich das Logo der Firma, bei der sie lernt, auf ihren Körper stechen lassen?«

Elisa antwortete nicht. Was hätte sie denn sagen sollen? Dass auch sie fand, dass das zu weit ging? Aber sie hatte das Gefühl, Danilo damit in den Rücken zu fallen. Und das war das Letzte, was sie wollte.

»Weißt du«, sagte Danilo nach einer Weile, »das mit dem Anbau ist eine richtig gute Idee von dir. Damit trennen wir nicht nur unsere Aufgabengebiete, sondern kommen einander räumlich nicht in die Quere. Ich jedenfalls freue mich auf deine Rückkehr.« Er stand auf, sammelte die Tassen ein und deponierte sie im Spülbecken.

Fabio erhob sich ebenfalls. »Nach all dem will ich sowieso nicht, dass diese Frau mit mir zusammenarbeitet«, erklärte er.

»Na, dann sind wir uns ja einig.« Seelenruhig trocknete

Danilo sich die Hände an einem Handtuch ab und reichte seinem Bruder die Rechte. Fabio stutzte. Zögernd griff er nach ihr. »Auf unseren Neuanfang«, sagte Danilo.

Und Elisa konnte nicht anders, als ihn für seine Ruhe und Diplomatie zu bewundern.

6
Erregte Gemüter

»Elisa? Kannst du bitte mal kommen?«

Elisa wusste nicht, wo ihr der Kopf stand. An allen Ecken wurde sie gebraucht. Doch Michael McGonnary und seine Kollegen wollten an diesem Samstagvormittag in dem Festzelt, das sie am Fuß der Terrasse errichtet hatten, eine Probe abhalten, und das hatte natürlich oberste Priorität. Und so eilte sie über den Kiesweg zu ihnen. »Ist alles in Ordnung?«, fragte sie. Ihr Blick flog über die kleine Bühne und die Musiker darauf. Sie stimmten gerade ihre Campanulas aus Danilos Werkstatt.

»Es hat nur vierzehn Grad hier drin.« Michael runzelte unwillig die Stirn. »Das ist definitiv zu kalt. Die Instrumente werden sich andauernd verstimmen.«

»Die Heizanlage braucht noch ein bisschen Zeit, um das Zelt aufzuwärmen«, erklärte Elisa. »Heute Nachmittag wird es bestimmt warm genug sein.« Als sie Michaels wenig überzeugte Miene sah, fügte sie hinzu: »Ich werde unseren Hausmeister holen und sehen, ob wir einige Heizstrahler näher zur Bühne rücken können.«

Ohne eine Antwort abzuwarten, ging sie rasch davon. Der

sonst so freundliche Leiter des Ensembles hatte schon seit seiner Ankunft schlechte Laune. Elisa suchte im ganzen Haus nach Maurizio und fand ihn schließlich auf der anderen Seite der Villa, wo gerade eine ganze Reihe mobiler Toiletten aufgestellt wurde.

Der Hausmeister hörte sich das Problem an, überließ die sanitären Anlagen den Mitarbeitern der Leihfirma, rief nach einem seiner Freunde, die ihn an diesem Wochenende unterstützten, und folgte Elisa zum Zelt. Dort fand er innerhalb kürzester Zeit die perfekte Position für die Heizelemente, rückte sie gemeinsam mit seinem Helfer zurecht, nickt Elisa beruhigend zu und widmete sich dann seinen anderen Aufgaben. Elisa dankte schon den ganzen Morgen dem Himmel dafür, dass sie diesen fähigen und unaufgeregten Mann gefunden hatten.

Obwohl auf ihrer To-do-Liste noch eine ganze Menge stand, setzte Elisa sich auf einen Stuhl ganz hinten im Zelt, um ein wenig zuzuhören. Ein paar Minuten sprachen die Musiker noch leise miteinander, rückten ihre Stühle zurecht, dann endlich begannen sie zu spielen.

Es war die Cello-Campanula, die den Anfang machte. Nach und nach stimmten die anderen Instrumente mit ein, und Elisa schloss die Augen. Obwohl Jeremy Danilos Instrument noch gar nicht gekannt hatte, als er das Stück komponierte, kam es ihr so vor, als hätte er das Stück für die Campanulas geschrieben, die immer mehr zu klingen begannen und ihre Obertöne miteinander vermischten und einander ergänzten. Das Stück war atonal, folgte nicht den traditionellen

Tonarten, sondern setzte die Harmonien kühn und frei zueinander, jedoch stets wohltönend und überraschend. Elisa war es, als hätte Jeremy ihr das Stück direkt ins Herz geschrieben.

Das Ganze sollte eine der vielen Überraschungen für Alexander werden, der nichts von dem Vorhaben ahnte. Besonders aufgeregt waren sie alle und besonders Serafina darüber, dass sich Jeremys Ehefrau Oriana nun tatsächlich angesagt hatte, denn sie bewunderte den Filmstar sehr. Elisa hatte Jeremy gefragt, ob es in Ordnung war, wenn seine Frau für die Dauer ihres Aufenthalts bei ihm untergebracht sein würde, oder ob sie lieber ein Hotelzimmer wünschte.

»Natürlich wohnt Oriana bei mir«, hatte er geantwortet. »Außerdem würde ihre Anwesenheit im Hotel nur unnötig Aufregung verursachen. Sie wird übrigens mit dem Wagen kommen in der Hoffnung, hier keine Journalisten anzutreffen.«

»Wir können nicht ausschließen, dass zu Alexanders Siebzigstem die Presse anreist«, hatte Elisa zu bedenken gegeben. »Von uns erfährt natürlich niemand etwas von ihrem Besuch.«

Seither war sie wirklich nervös. Dabei war Oriana nicht der einzige prominente Gast. Alexander vertrat die bekanntesten Musiker der Gegenwart, auch Elisas Großvater war weltberühmt gewesen. Einen mit einem Oscar ausgezeichneten Filmstar zu beherbergen, war allerdings eine andere Sache …

Sie schreckte auf, als Michael mit dem Bogen gegen sein Pult klopfte und die einzelnen Stimmen nach und nach erstarben. Elisa konnte nicht verstehen, was er zu den anderen sagte, doch als sie die Saiten zu stimmen begannen, ahnte sie, was das Problem war.

Sie wusste aus Erfahrung, wie mühsam es sein konnte, eine Campanula zu stimmen, denn sie besaß ja nicht nur vier Seiten wie die herkömmlichen Streichinstrumente, sondern zusätzlich noch zwanzig weitere. Und als Eva Heart ihre Bratschen-Campanula quer über ihre Knie legte und aus ihrer Handtasche den Stimmschlüssel für die Harmoniesaiten zog, war Elisa klar, dass das Ganze eine Weile dauern würde. Sie sah auf ihre Armbanduhr. Es war schon elf Uhr. Bedauernd erhob sie sich und verließ leise das Zelt. Auf dem Weg zur Villa kam ihr ein hochgewachsener, schlanker Mann entgegen.

»Elisa!«, rief Sven Helgeson und beschleunigte seine Schritte.

»Wie schön, dass du schon da bist.« Elisa umarmte ihren Vater. »Ich hab dich erst später erwartet.«

»Ich hab einen früheren Flug nehmen können.«

»Wunderbar! Bist du hungrig oder durstig? Am besten bring ich dich zu Serafina, damit sie dich verwöhnen kann.«

Da Maurizio und seine Helfer gerade den roten Läufer von der Terrasse über die Stufen hinunter zum Eingang des Zelts verlegten, ging Elisa mit ihrem Vater zum Vordereingang. Sie waren an der steinernen Freitreppe angelangt, als eine schwarze Limousine mit verdunkelten Fenstern über die Einfahrt rollte und vor dem Portal zum Stehen kam. Der Chauffeur stieg eilig aus, lief um den Wagen herum und öffnete die hintere Tür. Heraus stieg eine zierliche Dame in einem so eleganten wie schlichten Trenchcoat in Beige, das dunkelblonde Haar umspielte schulterlang ihr ebenmäßiges Gesicht. Doch erst als sie ihre Sonnenbrille abnahm und Elisa anlächelte, erkannte

Elisa Oriana Hill, und das Blut schoss ihr vor Aufregung in die Wangen. »Herzlich willkommen«, sagte sie. »Wir freuen uns sehr, dass Sie unser Gast sind. Ich bin Elisa Eschbach. Darf ich Ihnen meinen Vater Sven Helgeson vorstellen?«

»Ich freue mich auch!« Der Filmstar reichte ihnen zur Begrüßung eine schmale, zarte Hand. »Das ist sehr nett von Ihnen, dass ich hier ein paar Tage wohnen darf, vielen Dank.« Und zu Sven gewandt fügte sie hinzu: »Jeremy hat mir schon erzählt, dass ich Sie hier treffen würde. Wir beide sind große Fans von Ihnen und lieben besonders Ihre Interpretation von Sibelius' Violinkonzert. Ich habe sie immer bei mir.« Sie tippte auf ihre Handtasche.

Elisa ging unter Orianas warmem Lächeln das Herz auf. Obwohl sie an diesem Tag kaum geschminkt war, strahlte die Mittvierzigerin diese unverwechselbare Schönheit aus, für die sie auf der ganzen Welt bekannt war. Der Chauffeur hatte unterdessen einen Rollkoffer aus dem Fond geholt, und Sven ließ es sich nicht nehmen, Orianas Gepäck in die Villa zu tragen.

»Ich bin so gespannt auf die Fortschritte, die Jeremy gemacht hat«, sagte die Schauspielerin zu Elisa und sah sich im Foyer um, betrachtete den eindrucksvollen Treppenaufgang mit den Einlegearbeiten aus Rosenholz, die der Villa den Namen gegeben hatten. »Ist es wahr, dass er hier schon ganz alleine hochgehen kann? Sie glauben nicht, wie erleichtert ich darüber bin.«

»Das ist vor allem das Verdienst unseres ausgezeichneten Physiotherapeuten«, antwortete Elisa.

»Signor Botta.« Orianas grünblaue Augen sprühten nur

so. »Jeremy ist vollkommen begeistert von ihm. Um ehrlich zu sein ...«, sie schmunzelte, »am liebsten würden wir ihn der Stiftung abwerben. Aber das geht natürlich nicht.«

»Nein, das kommt nicht infrage«, gab Elisa mit einem Lachen zurück. Wie seltsam, dachte sie. Ihr war, als würden sie und Oriana sich schon seit einer Ewigkeit kennen. »Falls auch Sie Probleme mit dem Rücken oder Ähnliches haben, wird Amadou Sie sicher gern hier behandeln.«

»Danke, mir geht es zum Glück gut. Aber dass ich mich hier ein paar Tage erholen darf, ist wirklich ein Segen. In einer Woche geht es mit meinem neuen Film auf Pressetour. Das wird anstrengend.«

»Ich bringe Sie jetzt direkt zu Ihrem Mann.« Elisa wollte Oriana gerade in den ersten Stock begleiten, als sie Stimmen am Eingang hörte und sich umsah. Auf der Schwelle stand Anna. »Mama«, rief Elisa und eilte ihrer Mutter entgegen, um sie zu umarmen. »Wie schön, dass du hier bist. Darf ich dir Oriana Hill vorstellen? Sie wohnt ein paar Tage bei uns.«

Annas Blick wanderte von Elisa zu der Schauspielerin, und ihre Augen weiteten sich vor Entzücken. »Oh! Was für eine wundervolle Überraschung!« Sie reichte ihr die Hand. »Ich bin Anna Eschbach.«

»Anna Eschbach?«, wiederholte Oriana und betrachtete sie interessiert. »Sind Sie die Modemacherin, von der mir eine Freundin so begeistert erzählt hat?«

»Also Modemacherin bin ich tatsächlich.«

»Wie spannend! Wir müssen uns unbedingt unterhalten. Aber zuerst möchte ich nach meinem Mann sehen.«

»Das hoffe ich doch sehr, *my darling*«, ertönte es von der Galerie herunter. Dort oben stand Jeremy und winkte ihnen gut gelaunt zu. Eilig lief Oriana die Treppe hinauf, und die beiden schlossen sich in die Arme.

»Schau dir das an«, sagte Anna mit einer Mischung aus Bewunderung und Wehmut. »Soweit ich weiß, sind die beiden schon seit einer Ewigkeit verheiratet. Und immer noch so eine Liebe.«

Elisa legte tröstend eine Hand auf die Schulter ihrer Mutter. »Hast du was von Caren gehört?«, fragte sie mitfühlend. Anna schüttelte den Kopf. »Meinst du nicht, ihr solltet mal wieder miteinander telefonieren?« Elisa dachte an den überraschenden Anruf von Caren an Weihnachten. Sie hatte sich nach Anna erkundigt und sich vergewissert, dass sie an den Feiertagen nicht allein war. Elisa hatte das sehr nett gefunden. Und sprach das nicht dafür, dass Caren durchaus noch Gefühle für Anna hegte?

»Bin ich in Niklas' Zimmer einquartiert?«, fragte diese, offenbar wollte sie das Thema nicht vertiefen.

»Ja. Ist dir das recht?« Anna nickte. »Und geht es in Ordnung, dass ich mich nachher bei dir umziehe? Ich schaffe es sicherlich nicht, noch mal nach Hause zu fahren. Mein Kleid hängt schon bei dir im Schrank.«

»Ja, natürlich.« Anna strahlte. Wenn es um Kleidung ging, war sie in ihrem Element. »Ich hoffe, du hast etwas Schönes für dich ausgesucht.«

Elisa hatte keine Zeit, sich länger mit ihrer Mutter zu unterhalten, denn nun traf Bruno mit den Pyrotechnikern ein, um alles für das abendliche Feuerwerk vorzubereiten. Vor Wochen hatte Elisa mit dem Chef der Firma alles genau besprochen und geplant, nun ging es darum, die Feuerwerkskörper auf dem Gelände zu installieren. Dabei gab es allerlei zu beachten, vor allem war der Sicherheitsabstand von großer Wichtigkeit, und Bruno hatte angeboten, sich um alles zu kümmern. Dennoch wollte Elisa ein Auge darauf haben.

Das Feuerwerk sollte eine weitere Überraschung für Alexander werden. Elisa war zunächst von der Idee nicht sonderlich angetan gewesen, ihrer Meinung nach sprach einiges dagegen. Da war die Belastung für die Umwelt, außerdem war so ein Event ein großer Schrecken für die Tierwelt. Doch der sonst so schweigsame Bruno hatte beteuert, dass Alexander derartige Spektakel geradezu liebte. Und nachdem auch Sven und die McGonnarys es für eine ausgezeichnete Idee hielten und noch weitere Musiker ins Boot holten, ja am Ende das Ganze als Geburtstagsgeschenk der Künstler an ihren Agenten deklarierten, hatte Elisa sich schließlich geschlagen gegeben.

Und so sah sie nun mit gemischten Gefühlen zu, wie in große Kästen montierte Feuerwerkskörper in den Park getragen und hinter Hecken verborgen wurden. Vor allem auf den tiefer gelegenen Bereichen des terrassierten Anwesens fanden in ausreichender Entfernung zum Publikum Batterien für Spezialeffekte Platz. Denn natürlich sollte Alexander von all dem nichts zu Gesicht bekommen, bis am Abend nach Einbruch der Dunkelheit das Feuerwerk per Funk gezündet werden würde.

Elisa sah auf ihre Armbanduhr. Es war schon kurz nach eins, und ihr Magen knurrte vernehmlich. Um vier wollte das Geburtstagskind eintreffen, und bereits eine halbe Stunde früher waren die Gäste eingeladen worden, damit sie Alexander gemeinsam begrüßen konnten.

»Hast du noch mal mit deinen Kollegen gesprochen?«, fragte Elisa Bruno, als er wie ein kleiner Junge vor Freude strahlend durch den Park zurück zur Villa kam, so sehr begeisterte ihn das bevorstehende Feuerwerk. »Werden alle pünktlich hier sein?«

»*Sì, certo*«, antwortete der gebürtige Sizilianer. »Sie kommen spätestens um halb vier, keine Sorge. Kann ich dir noch irgendwie helfen?« Er sah sich im Garten um. Aus dem Zelt drangen die Töne des Streichquartetts herüber, Elisa fragte sich, wie lange Michael und seine Kollegen wohl noch proben wollten. Der Hof stand voller Lieferwagen der Cateringfirma, deren Mitarbeiter unter Serafinas Aufsicht das Buffett im Musikzimmer vorbereiteten. Maurizio richtete die Verstärker für die Mikrofone ein, denn natürlich würden ein paar Reden gehalten werden. »Soll ich vielleicht den Hausmeister unterstützen?«, fragte Bruno, der ihrem Blick gefolgt war.

»Ja, das wäre nett.« Vom Tor her war lautes Hupen zu hören, und Elisa beeilte sich nachzusehen, wer da kam. Es war der Lieferwagen des Blumengeschäfts, bei dem Elisa die Dekoration bestellt hatte. Ein Fahrzeug der Cateringfirma war so ungeschickt geparkt, dass es die Einfahrt versperrte. Bis Elisa das Problem gelöst hatte und alle Gestecke verteilt waren, die Blumengirlande das Portal schmückte und die langstieligen

Rosen für das McGonnary-Quartett in der Vase hinter der Bühne bereitstanden, fühlte Elisa sich ganz elend vor Hunger.

»Hast du auf die Schnelle etwas für mich?«, fragte sie, als sie in die Küche kam. »Ich bin am Verhungern.« Da erst bemerkte sie, dass Maurizio und Serafina voreinander standen wie zwei Streithähne. Serafinas dunkle Augen blitzten vor Empörung, während der sonst so ruhige Maurizio dunkelrot im Gesicht war. »Ähm«, machte Elisa verwirrt. »Gibt es ein Problem?«

»*Ich* habe keins«, gab Maurizio finster zurück und streifte Serafina mit einem verletzten Blick. »Aber Serafina anscheinend.« Er wandte sich ab und marschierte aus der Küche.

»Der kann ja so was von bescheuert sein«, fauchte Serafina hinter ihm her und knallte einen Küchenlappen auf den Tisch.

»Was ist denn passiert?«, entfuhr es Elisa.

»Dieser Mann weiß alles besser«, schimpfte Serafina. »Wenn ich sage, das Buffett mit den Getränken kommt hierhin, dann kommt es auch hierhin. Und nicht, weil dieser Klugscheißer sagt, woanders ist es besser.«

Elisa atmete tief durch. So kannte sie die junge Frau gar nicht. Selbst gegenüber Elisas mitunter schwer zu ertragendem Großvater war sie stets die Geduld in Person gewesen. Offenbar konnte sie es nicht leiden, wenn man ihre Kompetenz anzweifelte.

»Könnt ihr das nicht in aller Ruhe miteinander klären«, bat Elisa.

»Eben nicht!« Serafina riss schwungvoll den Kühlschrank auf, dass die Flaschen und Gläser in den Türfächern nur so schepperten. Sie nahm ein paar Sachen heraus und warf die

Tür wieder zu. »Typisch Mann. Immer wissen die alles besser. Ist dir ein Schinkenbrötchen recht?« Schon schnitt sie ein *panino* mit solchem Schwung auf, dass Elisa befürchtete, sie könnte sich verletzen.

»Klar«, erwiderte sie. Sie schwiegen eine Weile, und Elisa wartete darauf, dass Serafina Vernunft annahm. Als dies nicht der Fall zu sein schien und sie ihr den Teller mit dem Brötchen regelrecht auf den Tisch knallte, sagte sie: »Wir sind alle ein bisschen gestresst, und die Nerven liegen blank. Aber vergiss nicht, heute ist ein wichtiger Tag.«

»Das weiß ich«, gab Serafina zurück und verschränkte die Arme vor der Brust.

»Dann sei bitte so gut und beruhige dich.« Elisa sah ihr fest in die Augen. »Maurizio und du, ihr müsst jetzt zusammenarbeiten, damit alles gelingt.«

»Du willst doch nicht etwa sagen, dass es meine Schuld …?«

»Darum geht es nicht«, fiel ihr Elisa ins Wort. »Es geht darum, dass sich jeder von uns auf seine Arbeit besinnt und seine Energie nicht mit Streitereien vergeudet.«

Serafina starrte sie einen Moment lang an, wandte sich dann um und machte sich am Waschbecken zu schaffen. Nachdenklich biss Elisa in das Brötchen. Normalerweise würde Serafina ihr jetzt einen Kaffee anbieten, stattdessen schrubbte sie an der Spüle herum. Elisa verließ kopfschüttelnd die Küche in Richtung Kräutergarten, setzte sich auf ein Mäuerchen und atmete tief durch. Sie ließ den Blick über den Garten schweifen. Die Sonne schien, als sei es bereits Frühling, und wärmte ihr den Rücken. Die beiden Blumengebinde rechts und links des

Eingangs zum Festzelt aus weißen, rosafarbenen und leuchtend roten Kamelien wirkten einladend und fröhlich, der Läufer, auf dem die Gäste von der Villa über die Terrasse zum Zelt gehen würden, verwandelte den Gartenweg in einen Laufsteg. Sie hörte, wie Maurizio einen kurzen Soundcheck machte, und fragte sich, wie er es wohl geschafft hatte, Serafina so wütend zu machen.

Sie schüttelte die Brosamen von ihrer Hose und machte sich auf den Weg zu Annas Zimmer, um sich umzuziehen und noch ein wenig zu plaudern, ehe die ersten Gäste kamen.

Sie fand ihre Mutter in dem gemütlichen Sessel ihres Großvaters nahe dem Fenster, wo sie sich in aller Ruhe die Fingernägel lackierte. Auf einem Kleiderständer auf Rollen, die sie bei ihrem letzten Besuch angeschafft hatte, hingen fünf Kleider, die Elisas Blick auf sich zogen.

»Das sind die ersten Modelle der neuen Kollektion.« Anna beobachtete Elisa gespannt.

»Schon? Du musst Tag und Nacht gearbeitet haben.«

»Was sollte ich auch sonst mit meiner Zeit anfangen?« Anna lachte gequält auf. »Willst du sie dir nicht ansehen?« Das ließ Elisa sich nicht zweimal sagen. Die Kleider hingen von Dunkel nach Hell sortiert auf der Stange: Schwarz, Nachtblau, Anthrazit, Weinrot und ein helles Rosé, fast Weiß – das waren die Farben, die Anna für ihre neue Kollektion gewählt hatte. Auf den Bügeln wirkten sie nicht besonders spektakulär, und fast war Elisa ein bisschen enttäuscht. »Probier mal das helle an«, schlug ihre Mutter vor. »Das in der Farbe von Apfelblüten.«

»Blühen Apfelbäume wirklich so?« Zweifelnd nahm Elisa

das Kleid vom Bügel und hielt es vor sich. Es reichte ihr bis übers Knie.

»Zieh es an. Mir zuliebe«, bat ihre Mutter und wedelte mit ihren frisch lackierten Fingernägeln durch die Luft. »Ich würde dir ja helfen, aber wie du siehst …«

»Ich bin mir nicht sicher, ob ich Zeit dafür habe und …«

»Schlüpf rein!« Anna sah sie so bittend an, dass Elisa seufzend ihre Jeans auszog und das T-Shirt über den Kopf zog. »Ich möchte es so gerne an dir sehen.«

Der Stoff knisterte, als sie mit den Händen in den Rock fuhr, um das Kleid überzuziehen. Sie hob die Arme, und es glitt wie von selbst an ihr herab und legte sich um ihren Körper wie eine sanft schützende Hülle.

»Was ist das für ein Stoff?«

»Ein Wolle-Seide-Gemisch«, hörte sie Anna sagen. »Handgewebt aus einer wundervollen Seidenmanufaktur im Veneto. Dreh dich bitte langsam um dich selbst.«

Elisa gehorchte und betrachtete sich dabei im Spiegel. So unspektakulär das Modell auf dem Bügel gewirkt hatte, so raffiniert passte es sich jetzt ihrer Silhouette an und brachte ihre weiblichen Formen zur Geltung. »Das ist schön«, sagte sie staunend. »Wie hast du das nur gemacht?«

Anna musterte sie kritisch. »Für dich ist die Farbe zu hell«, entschied sie schließlich. »Sie macht dich blass. Probier mal das Blaue an.«

»Ist der Schnitt derselbe?«

»Nicht ganz«, antwortete Anna und prüfte, ob der Lack auf ihren Nägeln schon trocken war. »Sie unterscheiden sich alle in ein paar Details. Es sind Prototypen, ich muss sie unbedingt ausprobieren.«

»An mir?«

Anna lachte und wirkte endlich wieder so, wie Elisa sie von klein auf kannte: selbstbewusst und lebensfroh. »An wem denn sonst?«

Also legte Elisa das zart roséfarbene Kleid ab und nahm das nachtblaue vom Bügel. Jetzt erst sah sie, dass der Stoff im Licht leicht glitzerte. »Was ist das?«, fragte sie.

»Seidenjersey, in den hauchfeine Lurexfäden eingewoben wurden.« Anna erhob sich und nahm ihr das Kleid aus der Hand. Routiniert stülpte sie es um und half Elisa beim Anziehen. »Wie fühlt es sich an? Kratzt es?«

»Nein, überhaupt nicht.« Elisa drehte ihr den Rücken zu, damit Anna den Reißverschluss zuziehen konnte. Gespannt trat sie vor den Spiegel.

Das Kleid war nicht so weit geschnitten wie das andere und etwas länger, trotzdem fiel es locker um ihren Körper. Von den Knien abwärts hatte Anna asymmetrische Kellerfalten eingearbeitet, die große Schritte möglich machten, denn wenn Elisa etwas nicht mochte, dann Kleider, die sie beim Gehen behinderten. Die dreiviertellangen Ärmel waren für diese Jahreszeit genau richtig, vor allem im Tessin, wo die Sonne Ende Januar schon merklich warm war, wenn sich die Wolken verzogen. Der Halsausschnitt war rund und weniger dramatisch wie bei den Modellen, die Anna früher entworfen hatte. Nur an einer Seitennaht schien der Stoff ein wenig gerafft, was einen diagonalen Faltenwurf zur Folge hatte.

»Es sieht auf den ersten Blick total unspektakulär aus«, sagte Elisa verblüfft. »Aber es ist super raffiniert geschnitten. Wie hast du es hingekriegt, dass es so schön fällt?«

»Rate mal, wer mich dazu inspiriert hat.« Anna lächelte verschmitzt.

»Keine Ahnung.«

»Erinnerst du dich an die kleine Cellospielerin im Park?«

»Du meinst … die Skulptur?« Sprach ihre Mutter tatsächlich von der Bronzestatue, die Elisa schon im Kindesalter so ans Herz gewachsen war? Die Cellospielerin befand sich in dem bewaldeten Teil des Parks, und lange Zeit war sie von Efeu und Sträuchern so umwuchert gewesen, dass Elisa sie nach ihrer Rückkehr vor fast zwei Jahren beinahe nicht mehr gefunden hätte. Inzwischen hatte der Gärtner sie wieder freigelegt und zu Elisas Bedauern auch das Nest entfernt, das ein Vogel in der Vertiefung zwischen dem Kinn der Spielerin und dem Cello einst gebaut hatte.

»Ja, genau. Der Bildhauer hat ihr ein ganz ähnliches Kleid verpasst. Hast du nie darauf geachtet?«

Elisa schüttelte verwundert den Kopf. Sie hatte stets auf das Gesicht des Mädchens geschaut, das auf seine Musik zu horchen schien. Nie hatte Elisa seinem Kleid Beachtung geschenkt.

»Wie hast du das denn herausgefunden?«, staunte sie. »Sie hält doch das Cello vor dem Körper.«

»Aber sie hält es nicht an den Körper gepresst. Das macht kein Cellist. Und wenn du seitlich hineinschaust oder noch besser mit den Händen fühlst, dann findest du das heraus.«

»Dass sich der Künstler so viel Mühe gemacht hat … ich muss mir das noch mal genauer ansehen«, sagte Elisa, drehte und wendete sich vor dem Spiegel.

»Am besten behältst du das hier gleich an.« Anna prüfte mit Kennermiene die Länge des Saums. »Heb mal bitte die Arme an. Ja, so. Passt wie angegossen. Na ja, ich hab ja deine Maße. Und zum Glück hast du nicht zugenommen.«

»Was ein Wunder ist bei Serafinas Küche.«

Erneut betrachtete Elisa sich vor dem Spiegel und drehte sich nach beiden Seiten. War es wirklich das richtige Kleid für diesen Tag?

»Ich sehe nicht, was dagegensprüche«, hörte sie Anna sagen, offenbar standen Elisa die Bedenken ins Gesicht geschrieben. »Zu dem dunklen Blau kannst du deine schwarzen Pumps tragen. Hier.« Anna holte die Schuhe aus dem Schrank, die Elisa am Morgen dort deponiert hatte. »Oder möchtest du noch die anderen Kleider anprobieren? Das rote würde dir sicher gut stehen.«

Elisa schüttelte den Kopf. »Das dauert alles viel zu lange. Und am Ende kann ich mich vermutlich überhaupt nicht mehr entscheiden. Ich behalte das hier gerne an, es ist wunderschön. Ich meine, wenn es dir wirklich recht ist. Immerhin ist es ein Prototyp. Solltest du den nicht besser gut aufbewahren?«

»Ach, was!« Anna wirkte richtig glücklich. »Schließlich hast du mich dazu inspiriert. Du und die kleine Cellospielerin.«

Als Elisa ins Foyer hinunterging, traf sie dort Sven an, der mit Dr. Fullner und einem Herrn in schwarzem Anzug beisammenstand. Elisa erkannte Dr. Emilio Galli, der sich als Notar um die finanzielle und rechtliche Seite der Stiftung kümmerte.

»Wie geht es Ihnen?«, fragte Galli und sah sie durch seine randlosen Brillengläser freundlich an.

»Ausgezeichnet, danke«, antwortete Elisa und begrüßte Dr. Fullner. »Ich hoffe, Ihnen auch?« Elisa nahm seine Antwort nicht wahr, laute Stimmen aus der Küche zogen ihre Aufmerksamkeit auf sich. »Entschuldigen Sie mich bitte«, sagte sie und ging nachsehen, was dort schon wieder los war.

Serafina hatte die Fäuste in die Hüfte gestemmt und schrie mit hochrotem Gesicht auf Maurizio ein. Der stand an der Tür zum Kräutergarten, die Hand bereits auf der Klinke.

»Was fällt dir ein, so herumzuschreien?«, stoppte Elisa Serafinas Schimpfkanonade. »Man kann dich bis ins Foyer hören.«

»Maurizio hat …«

»Es ist mir vollkommen gleichgültig, was Maurizio getan oder gesagt hat«, fuhr Elisa dazwischen. »Jeden Moment kommen die Gäste. Der Vorstand der Stiftung ist schon da. Also bitte, reiß dich zusammen und mach deine Arbeit.«

Serafina sah sie mit großen Augen an. Sie wirkte verletzt. »Du hast ja keine Ahnung, was …«

»Ich will jetzt nichts hören«, unterbrach Elisa sie streng. Offenbar stand es mit der Beziehung der beiden nicht zum Besten. Verflixt, dachte sie. Diesen Moment habe ich kommen sehen. Aber dass es ausgerechnet kurz vor dem ersten großen gesellschaftlichen Ereignis der Stiftung passieren würde, hatte sie nicht gedacht. »Jetzt ist keine Zeit für private Querelen,

Serafina. Ich erwarte von euch beiden, dass ihr professionell eure Arbeit macht. Heute Abend muss alles wie am Schnürchen laufen. Und morgen sehen wir weiter.« Serafina öffnete den Mund, um etwas zu erwidern, ihre Miene verriet, dass sie nicht damit einverstanden war. »Ich denke, dass ich mich klar und deutlich ausgedrückt habe«, kam ihr Elisa zuvor. »Ich will kein Wort mehr hören.« Sie wechselte einen Blick mit Maurizio, der mit gesenktem Kopf an der Tür stand und sich Elisas Standpauke offenbar mehr zu Herzen nahm als seine Freundin. »Kann ich mich auf euch verlassen?«

Serafina presste die Lippen aufeinander und nickte widerwillig, während Maurizio beide Hände hob, so als wollte er bedeuten, dass er unschuldig war. Dann verließ er die Küche.

»Warum fällst du mir so in den Rücken?« Serafina sah sie anklagend an.

»Himmel, Serafina, ich falle dir doch nicht in den Rücken«, entgegnete Elisa heftig. »Du fällst *mir* und der Stiftung in den Rücken, wenn du so weitermachst. Und das ist überhaupt nicht deine Art.« Bestürzt sah sie, wie Serafina Tränen in die Augen stiegen. Rasch ging Elisa zu ihr und legte einen Arm um ihre Schultern. »Steht es so schlimm um euch?«, fragte sie mitfühlend. Serafina schluchzte heftig auf. »Ach, das tut mir leid. Aber hör mal, jetzt bringen wir erst mal dieses Fest hinter uns, und zwar mit Bravour. Die ersten Gäste sind schon da. Läuft alles mit dem Sektempfang, sobald Alexander kommt?«

»Es ist alles geregelt. Die Serviceleute vom Catering stehen bereit.«

»Wunderbar.« Elisa atmete auf. »Und wenn du möchtest,

treffen wir uns am Montag hier alle drei: du, Maurizio und ich. Dann erzählt ihr mir, was los ist. Würde dir das helfen?« Serafina nickte heftig. »Du wirst sehen, alles wird gut …«

Ein fünfstimmiger Blechbläsersatz ließ sie beide aufmerken. Das war Bruno mit seinen Kollegen. »Himmel! Es geht los.« Elisa löste sich von Serafina und strich ihr Kleid glatt.

»Du siehst so schön aus«, sagte die Haushälterin bewundernd und wischte sich die Tränen ab.

»Danke. Und vergiss nicht – ab jetzt zählt nur eines: das Fest und sein reibungsloser Ablauf.«

Serafina nickte und wandte sich ab.

7

Das Fest

Bruno und seine Kollegen hatten auf der Freitreppe Aufstellung genommen. Sie spielten Medleys aus bekannten Jazz-Melodien, von ihm selbst für fünf Tubas arrangiert, während Sven, Emilio Galli und Dr. Fullner als Vertreter der Stiftung im Hof die ankommenden Gäste begrüßten. Die prächtigen Blechblasinstrumente schimmerten golden in der Sonne, ihr tiefer, weicher Klang und das virtuose Spiel verbreiteten eine heitere Atmosphäre. Elisa entdeckte Mariella, die etwas abseits stand und sichtlich stolz zuhörte.

»Alexander ist doch noch nicht angekommen?«, fragte Elisa sie. Denn eigentlich war vereinbart, dass die Musiker erst zu dessen Empfang spielen würden.

»Nein. Aber Bruno meinte, es sei doch viel schöner, wenn sie jetzt schon anfangen.«

»Das stimmt. Die fünf sind großartig.«

Elisa ging zu ihrem Vater, um ebenfalls die Gäste zu begrüßen und sie dann in Gruppen durch die Gartenpforte zum Festzelt zu begleiten. Dort entdeckte sie Margit Bechstein im Gespräch mit anderen Besuchern und fragte sich, ob Scarlett, die sie in den vergangenen Tagen kaum zu Gesicht bekommen hatte, sich wohl auch zu ihnen gesellen würde oder ob sie weiterhin auf ihrem Zimmer schmollen wollte. Immerhin hatte Elisa jedem der anwesenden Künstler und Künstlerinnen eine persönliche Einladung aufs Zimmer bringen lassen.

Das Zelt füllte sich allmählich, voller Freude stellte Elisa fest, dass fast alle Geladenen gekommen waren. Sie ließ ihren Blick über die Menge gleiten und entdeckte Adrien in Youmas Begleitung: Er trug einen perfekt sitzenden Smoking und Youma einen hinreißenden Zweiteiler, bestehend aus einem eng anliegenden Rock und einem ebenfalls figurbetonten Oberteil aus einem afrikanisch bunt gemusterten Stoff auf schwarzem Grund. Ihr Haar trug die Senegalesin in einer kunstvollen Flechtfrisur – eine spektakuläre Erscheinung.

»Was für ein schönes Paar«, sagte eine Dame neben ihr, die Elisa als die Gattin eines Opernsängers vorgestellt worden war.

»Ist das nicht Adrien Dufois?« Eine junge Frau in einem lilafarbenen Hosenanzug war zu ihnen getreten. »Zuletzt habe ich ihn an der Seite einer Amerikanerin getroffen.«

Adrien wurde von zwei jungen Männern angesprochen, und Youma trat zu Elisa.

»Darf ich vorstellen?«, ergriff diese die Gelegenheit beim Schopf und wandte sich an die beiden Frauen, die nicht aufhören konnten, die junge Frau von Kopf bis Fuß zu mustern. »Youma Botta, unsere Krankenschwester. Sie nimmt sich unserer Patienten ganz wunderbar an.«

»Das sieht man sofort«, konterte die ältere der beiden

süffisant mit einem vielsagenden Blick zu Adrien. Dann musterte sie Youma erneut.

In diesem Moment betraten Jeremy und Oriana das Zelt und zogen auf der Stelle alle Aufmerksamkeit auf sich. Die Anwesenheit der Schauspielerin war für viele eine Sensation, auch die Frau des Opernsängers schien Youma augenblicklich zu vergessen und scharte sich mit vielen anderen um Oriana. Niemand achtete auf Amadou, der im Hintergrund blieb und Jeremy nicht aus den Augen ließ, denn der Komponist hatte offenbar beschlossen, ohne Gehhilfen zum Fest zu kommen.

»Ist etwas mit meiner Kleidung nicht in Ordnung?«, fragte Youma Elisa verlegen. »Die Frau hat mich so seltsam angestarrt.«

»Mit dir und deiner Kleidung stimmt alles.« Elisa nickte ihr aufmunternd zu. »Du siehst hinreißend aus.«

»Du auch«, entgegnete Youma mit ihrem schönsten Lächeln. »Ein tolles Kleid.«

Mit großen Schritten kam Maurizio auf sie zu. »Signor Hilbour kommt«, rief er Elisa zu, die sofort zurück in den Hof eilte, wo Bruno und seine Bläser *Happy Birthday* anstimmten.

Niklas' alter Jaguar mit Dante am Steuer kam vor der Freitreppe zum Stehen. Danilos Freund hatte sich angeboten, den Manager persönlich am Flughafen in Locarno abzuholen. Sven öffnete den Wagenschlag, und unter großem Jubel stieg Alexander aus. Das Tuba-Quintett spielte eine rasante Version von Freddy Mercurys *It's a beautiful day*, während Alexander einen nach dem anderen begrüßte und schließlich Elisa fest in seine Arme schloss.

»Alles Gute zum Geburtstag«, sagte Elisa.

»Was machen denn all die Leute hier?«, fragte er sie lachend.

»Mit dir feiern«, gab sie zurück, da wurde er bereits von Michael McGonnary und seinen Kollegen umringt.

»Mir scheint, ich komme keinen Augenblick zu früh.« Danilo legte liebevoll den Arm um Elisa, gab ihr einen Kuss auf die Wange, schob sie ein Stück von sich und musterte ihr Kleid. »Wie schön du bist!«, sagte er. »Dabei hätte ich schwören können, dass du davon gesprochen hast, ein schwarzes Kleid anzuziehen.«

»Das wollte ich auch.« Elisa schmiegte sich kurz an ihn und küsste ihn ebenfalls. »Das hier ist ein Kleid aus Annas neuer Kollektion.«

»Fabelhaft!« Ein Kellner mit einem Tablett kam auf sie zu und bot ihnen Champagner an.

»Steht dir total gut«, sagte jemand hinter ihr, als sie eines der Gläser nahm. Elisa drehte sich um. Es war Natascha. Sie trug einen Sari, den sie gekonnt um sich geschlungen hatte. Elisa erinnerte sich, dass die junge Frau einige Zeit in Indien gelebt und dort die Kunst des Intarsienschneidens gelernt hatte. Die türkisfarbene Seide brachte ihre Tattoos zum Leuchten. Die vielen kleinen Zöpfchen, zu denen ihr blondes Haar stets geflochten war, trug sie an diesem Tag nicht wie sonst oben auf ihrem Scheitel, sondern im Nacken zu einem extravaganten Knoten zusammengesteckt. Mehrere Gäste betrachteten sie neugierig, offenbar überlegten sie, welche berühmte Künstlerin aus Alexanders Agentur sie wohl sein mochte. »Wir sind schon so gespannt auf die Uraufführung heute«, fügte Natascha hinzu und lehnte dankend den Champagner ab.

»Ich auch«, erwiderte Elisa und sah auf die Uhr. »Aber zuerst halten Signor Galli und mein Vater noch zwei kurze Reden.« Zumindest hoffte Elisa, dass Galli sich kurzfassen würde, bei Sven war sie sich da sicher. Und schon reichte Maurizio ihrem Vater das Mikrofon.

»Herzlich willkommen in der Rosenholzvilla, dem Sitz der Niklas-Eschbach-Stiftung«, begann Sven. »Herzlich willkommen, Alexander Hilbour. Dieser Tag hat nur einen einzigen Zweck: Er soll dich erfreuen und dir vor Augen führen, wie viele Menschen dich lieben und schätzen. Mit deiner Fähigkeit, uns dazu zu bringen, das Beste aus uns herauszuholen und es auf den Bühnen dieser Welt unter Beweis zu stellen, hast du uns alle sehr glücklich gemacht. Heute möchten wir dir Danke sagen und etwas von dem Glück an dich zurückgeben. Denn ohne dich wären wir nicht die, die wir heute sind.« Applaus brandete auf. Serafina reichte Sven auf einem kleinen, silbernen Tablett ein Glas Champagner. Elisa hoffte, dass nur ihr auffiel, wie verweint sie noch immer aussah. »Lasst uns auf Alexander unser Glas erheben«, sagte Sven, hielt das Glas hoch, und alle anderen taten es ihm nach. »Auf deine Gesundheit und viele weitere Jahre.«

Bruno und seine Kollegen spielten einen Tusch, und nachdem der neuerliche Applaus sich gelegt hatte, begann Emilio Galli über die Stiftung zu sprechen, um den Gästen zu verdeutlichen, wo sie sich hier befanden.

Elisa sah sich nach Danilo um und entdeckte ihn ein paar

Meter entfernt im Gespräch mit Mariella. Das Publikum wurde unruhig, um Gallis Redetalent war es nicht zum Besten bestellt, und Elisa hoffte inständig, dass er bald ein Ende fand. Da kam plötzlich ein weißes Bündel angeschossen, rannte die Stufen der Freitreppe hinauf und sprang kläffend an Galli hoch, der verdutzt in seiner Rede innehielt.

»Fiocca!« Hinter dem kleinen Hund zwängte sich Mimi durch die Umstehenden. »Komm sofort her!« Die Kleine trug ein hübsches Festtagskleid und versuchte vergeblich, Fiocca zu erwischen, sehr zur Erheiterung der meisten Gäste. Der Welpe ließ von Galli ab, schlug einen Haken um Mimi und kam auf Elisa zu. Mit einer fließenden Bewegung bückte sie sich und hatte das wild zappelnde Kerlchen auch schon auf dem Arm. Galli bemühte sich unterdessen ohne großen Erfolg, die hellen Pfotenspuren von seiner schwarzen Hose zu klopfen.

»Nun … ähm …« Der Notar hatte den Faden verloren und beendete rasch seine Rede, indem er die Gäste dazu einlud, im Festzelt der Uraufführung von Jeremy Hill beizuwohnen.

»Hast du dein Hundemädchen endlich bekommen?«, fragte Elisa Mimi nachsichtig, als das Mädchen mit hochrotem Kopf vor ihr stand.

»Heute Morgen haben wir sie abgeholt.« Mimi bedachte den Hund mit einem verzückten Blick. »Sie heißt Fiocca. So wie Flöckchen. Ist sie nicht süß? Aber sie hört einfach nicht.«

»Sie ist eben klein und muss noch viel lernen.« Elisa kraulte das Tier am Bauch, und sogleich hörte es auf, sich zu winden, und hob sogar eines der Pfötchen an, damit Elisa besser herankam. »Wo sind denn deine Eltern?«

»*Hier* bist du!« Fabio war rot vor Verlegenheit, als er zu ihnen gelangt war. »Mimi«, wandte er sich ernst an sein Töchterchen. »Wieso bist du einfach weggelaufen?«

»Ich bin nicht weggelaufen«, verteidigte sich die Kleine. »Fiocca ist von meinem Arm gesprungen und den ganzen Weg bis hier hoch …«

»Ich hab doch gesagt, du sollst sie an die Leine nehmen.« Nun war auch Romy schwer atmend bei ihnen angekommen. »Du lieber Himmel. Ich denke, wir müssen uns bei Signor Galli entschuldigen.«

Elisa sah zum Notar. Serafina hatte bereits ein feuchtes Tuch gebracht und half Galli, die Staubflecken an seinen Hosenbeinen zu entfernen.

»Ja, das kann nicht schaden«, riet sie. Galli war zwar freundlich, besonders viel Humor schien er jedoch nicht zu haben.

Fabio befestigte die Leine an dem Halsband des jungen Hundes, erst dann setzte Elisa ihn vorsichtig auf den Boden.

»Komm, Mimi«, sagte Romy. »Jetzt gehen wir kurz zu Signor Galli und sagen, dass es dir und Fiocca leidtut.«

Als Elisa ins Festzelt kam, waren die Stuhlreihen schon gut gefüllt. Danilo winkte ihr von einer der hinteren Reihen, er hatte ihr einen Platz am Rand freigehalten, auf seiner anderen Seite saß Natascha. Noch war die Bühne leer, und gerade, als Elisa sich gesetzt hatte, betraten die vier Musiker das Podest, ihre Instrumente in den Händen. Während Michael McGonnary das Stück ansagte, Jeremy vorstellte und sein Werk als eines der vielen Geburtstagsgeschenke des Komponisten ankündigte, bemerkte Elisa, dass Danilo neben ihr geradezu erstarrte.

»Was hast du denn?«, fragte sie ihn leise.

»Siehst du es nicht?«, gab er mit erstickter Stimme zurück und deutete nach vorn, wo die Musiker jetzt ihre Plätze einnahmen. »Ich dachte …« Er räusperte sich. »Hast du nicht gesagt, sie spielen auf den Campanulas?« Er klang bodenlos enttäuscht.

Jetzt sah es auch Elisa. Im Gegensatz zum Vormittag bei der Probe hatten die Musiker nun ihre herkömmlichen Instrumente mitgebracht und stimmten Jeremys Stück auf den zwei Geigen, der Bratsche und dem Cello an. Offenbar hatten sie sich in der Zwischenzeit umentschieden.

»Warum hast du mir das nicht gesagt?«, fragte Danilo empört, und einige Gäste drehten sich mit vorwurfsvoller Miene zu ihnen um.

»Ich hab es nicht gewusst«, wisperte Elisa zurück.

Jäh stand Danilo auf und drängte an ihr vorbei aus der Reihe. Natascha folgte ihm augenblicklich, ihr Sari streifte leicht Elisas Gesicht und hinterließ einen Hauch von Patschuli. »Wo wollt ihr hin?«, raunte Elisa, doch die beiden waren bereits dabei, das Zelt zu verlassen. Unmutige Gesichter wandten sich zu Elisa um, sie nahm es kaum wahr. In ihren Schläfen pochte es vor Enttäuschung. Ja, sie war ebenfalls wütend, dass das Quartett in letzter Minute diese Änderung vorgenommen hatte. Trotzdem fand sie Danilos Reaktion übertrieben. Und dass Natascha ihm selbstverständlich folgte, ärgerte sie obendrein.

Das Stück endete, sie hatte kaum etwas davon wahrgenommen. Niedergeschlagen stimmte sie in den Applaus mit ein. Dann besann sie sich ihrer Rolle, ging eilig nach vorne zur Bühne, nahm die bereitgestellten Rosen aus dem Kübel und überreichte sie den Musikern und Jeremy, der sich vor dem Publikum ebenfalls verbeugte.

»Du wirkst nicht gerade, als ob es dir gefallen hätte«, sagte Michael McGonnary.

Während Maurizio mit seinen Helfern rasch die Stuhlreihen beiseiteräumte und lange Tafeln aufstellte, was reibungslos verlief, hatte Elisa die Gäste vor das Zelt gebeten, wo während eines fulminanten Sonnenuntergangs verschiedene Aperitifs gereicht wurden.

Elisa hatte gemeinsam mit Jeremy, Oriana und den Mitgliedern des Quartetts auf die Uraufführung angestoßen, und nun war Jeremy von anderen Gästen umringt, die ihm zu dem famosen Stück gratulieren wollten.

»Ich bin enttäuscht darüber, dass ihr nicht wie besprochen auf den Campanulas gespielt habt.« Elisa sah dem Leiter des Streichquartetts ins Gesicht.

»Das war eine künstlerische Entscheidung.« Michael fuhr sich mit der Hand durch sein Haar und wirkte mit einem Mal äußerst arrogant. »Der Nachhall war in dem Zelt einfach unerträglich.« Er machte eine Pause, als warte er auf Elisas Zustimmung.

»Das finde ich nicht«, antwortete sie. »Bei der Probe klang es fantastisch. Außerdem kam der Vorschlag, auf den Campanulas zu spielen, von euch.«

»Wir waren uns da nicht ganz einig«, warf Eva Heart, die die Zweite Geige im Quartett spielte, mit einem vorsichtigen Blick auf ihren Kollegen ein. »Aber wir wollten natürlich in erster Linie Jeremys Musik gerecht werden. Und Michael fand es so besser.«

»Ist Danilo deswegen gegangen?« Michael klang gereizt. »Und hat damit gleich in der ersten Minute für Unruhe gesorgt?«

»Warum fragst du ihn nicht selbst?« Langsam hatte Elisa genug von diesem selbstgerechten Geiger. In ihr brannte eine völlig andere Frage, nämlich die, ob Danilo das Fest wirklich verlassen hatte und, wenn ja, was er und Natascha jetzt gerade taten. »Es wäre nett gewesen, uns das vorher mitzuteilen«, erklärte sie.

»Danilo sollte nicht so empfindlich sein«, gab Michael zurück. »Das war wenig professionell, einfach so davonzurennen.«

»Wir werden noch viele schöne Gelegenheiten haben, mit den Campanulas aufzutreten«, versuchte Volker Cispi, der Cellist des Ensembles, die Stimmung zu retten. »Wir sind nach wie vor der Meinung, dass es großartige Instrumente sind.«

»Schön.« Elisa war klar, dass sie dieses Gespräch so schnell wie möglich beenden sollte, so wütend war sie inzwischen. »Ich muss mich jetzt um anderes kümmern. Bitte entschuldigt mich.«

Damit ließ sie die Musiker stehen. Sie schaute kurz ins Zelt, wo das Personal der Cateringfirma gerade die Tische eindeckte. Alles lief nach Plan. In der Hoffnung, sich kurz zurückziehen zu können, um sich zu sammeln, ging sie über die Terrasse in die Villa. Im Musikzimmer kam ihr jedoch Ernesto Galli entgegen.

»Haben Sie einen Moment Zeit für mich?«, fragte er und schob seine randlose Brille zurück.

»Natürlich.« Elisa musterte ihn forschend. Das tat er jedes Mal, wenn er etwas Ernstes zu besprechen gedachte. »Gibt es ein Problem?«

»Diese amerikanische Tänzerin«, begann er, und Elisa fiel auf, dass sie Scarlett an diesem Tag noch nicht gesehen hatte.

»Scarlett Foster?«

»Richtig. Sie ist gerade abgereist.«

»Wie bitte?« Elisa traute ihren Ohren nicht.

Galli sah sie aufmerksam an. »Ich habe schon befürchtet, dass Sie das nicht wissen. Signora Foster war sehr aufgebracht. Sie hat mir einige Dinge anvertraut, die mir Sorge bereiten.«

»Was für Dinge?«

»Nun, es geht hauptsächlich um die Versorgung hier in der Stiftung. Sie war damit nicht zufrieden.«

»Scarlett ist tatsächlich ein schwieriger Fall. Sehr anspruchsvoll. Allerdings sind wir auf jeden ihrer Wünsche eingegangen.«

»Sie meinen, sie *war* ein schwieriger Fall.«

»Sie ist wirklich abgereist? Ich kann das gar nicht glauben.« Elisa wurde allmählich die Tragweite dieser Neuigkeit bewusst.

»Ja. Sehr bedauerlich. Und überhaupt nicht gut für das Image der Stiftung. Sie hat sich bitter über das Personal beklagt.«

»Über Serafina, nehme ich an.«

»Und über Signor Botta. Sie hat ein sehr schlechtes Urteil über seine Therapiemethoden ausgesprochen und …«

Elisa schnaubte entrüstet. »Das ist absolut lächerlich. Fragen Sie Jeremy Hill oder Margit Bechstein. Sie werden Ihnen bestätigen, dass es keinen besseren Physiotherapeuten gibt. Oder noch besser: Fragen Sie Dr. Fullner. Amadou hat bei ihm in der Privatklinik gearbeitet, ehe wir ihn von dort für meinen Großvater abwerben konnten. Er wird Ihnen versichern, dass …«

»Ja, das werde ich tun«, erklärte Galli, was Elisa noch wütender machte. Galt ihr Wort weniger als das dieser arroganten Tänzerin? Musste tatsächlich Dr. Fullner befragt werden, ob Amadou ein guter Physiotherapeut war? »Denn wenn sich das rumspricht …«

»Es wird immer irgendwelche Menschen geben, die nicht zu schätzen wissen, was sie hier bekommen«, fiel ihm Elisa heftig ins Wort. »Und auf solche Leute kann die Stiftung gut und gerne verzichten.« Der Notar verzog sein Gesicht zu einem Lächeln, was Elisa noch mehr ärgerte. »Was gibt es da zu grinsen?«, fuhr sie ihn an.

»Sie erinnern mich gerade sehr an Ihren Großvater«, antwortete Galli, und seine Stimme klang ungewohnt warm. »Ich habe Niklas Eschbach sehr geschätzt, das müssen Sie wissen. Und deshalb möchte ich nicht, dass die Stiftung in Verruf gerät.«

»Das wird sie nicht«, erklärte Elisa mit fester Stimme. »Solange Menschen wie Jeremy Hill uns ein gutes Zeugnis ausschreiben, können wir mit dem Gerede einer frustrierten Tänzerin am Ende ihrer Karriere durchaus leben.«

»Das klang gerade ziemlich heftig.« Elisa hatte Margit nicht kommen hören. Sie sah sich um. Galli war bereits in Richtung Garten verschwunden. Margit war in Begleitung eines hageren Mannes mit Halbglatze, der Elisa aus blauen Augen musterte. »Darf ich vorstellen? Eduard Höllermann. Er ist Pianist und begleitet mich bei meinen Soloprogrammen.«

»Sehr erfreut«, antwortete Elisa, während sie überlegte, wie viel die beiden von ihrem Wortwechsel mit Galli mitbekommen hatten. »Scarlett hat uns verlassen.«

»Oh.« Margit wirkte bestürzt. »Habt ihr sie weggeschickt?«

»Natürlich nicht«, entgegnete Elisa. »Sie ist von sich aus abgereist.«

Margit atmete tief durch. »Ehrlich gesagt war ich in den ersten Tagen auch kurz davor, wieder nach Hause zu fahren«, gestand sie und suchte Elisas Blick. »Und ich bin immer noch hin- und hergerissen, ob ich hier richtig bin.«

Elisa war überrascht. »Warum?«

»Die ganze Zeit über nicht zu üben, fühlt sich irgendwie an wie … wie künstlerischer Selbstmord.« Margit wechselte einen kurzen Blick mit Eduard Höllermann, der ratlos mit den Schultern zuckte.

Elisa konnte das Gefühl sogar nachvollziehen, war es aber leid zu argumentieren. Auf einmal fühlte sie sich schrecklich müde. »Nun, diese Entscheidung kann dir niemand abnehmen«, erklärte sie lediglich. »Unsere Experten können dir nur raten. Was du damit anfängst, ist deine Sache.«

Elisa widerstand dem Impuls, rasch durch den Park zu Danilos Werkstatt zu laufen, um nachzusehen, ob er und Natascha dort waren. Ihr Platz war hier auf dem Fest, und im Grunde war es nicht nett von Danilo, sie an diesem Abend allein zu lassen. Natürlich verstand sie seine Enttäuschung, sie war auch wütend über Michaels Entscheidung, doch nun war das Geschehene nicht mehr zu ändern. Sie hätte Danilo für die nächsten Aufgaben hier an ihrer Seite gebraucht. In einer Viertelstunde würde das Abendessen beginnen.

Auf dem Weg zurück entdeckte sie Mimi, die mit Fiocca an der Leine neben dem Zelt herumtollte. Romy stand in der Dämmerung an einem der Stehtische, rauchte eine Zigarette und behielt die beiden im Auge. Mariella amüsierte sich blendend in der Gruppe von Brunos Kollegen, Elisa konnte ihr fröhliches Lachen hören, während Jeremy sich angeregt mit Sven und Alexander unterhielt, die kleine batteriebetriebene Lampe auf ihrem Tisch beleuchtete ihre Gesichter. Als ihr Vater Elisa sah, winkte er sie zu sich. »Jeremy interessiert sich für deine Campanula«, sagte er.

»Ja! Die musst du mir unbedingt zeigen.« Jeremys Augen ruhten fragend auf ihr. »Wie schade, dass Michael es sich anders überlegt hat. Ich war tatsächlich ein bisschen enttäuscht.«

»Ja, ich auch«, erklärte Elisa mit einem Seufzen.

»Ich habe Jeremy außerdem erzählt, dass du an einem Programm für dein Comeback auf die Bühne arbeitest«, warf Alexander ein und sah Elisa bedeutungsvoll an. »Und dass du nicht mehr das klassische Repertoire spielen möchtest, sondern Eigenes.«

»Du komponierst also?«, fragte Jeremy, als sei es das Natürlichste von der Welt, dass sie das so einfach tat.

»Nein, so würde ich das nicht nennen. Seit Danilo für mich die Campanula gebaut hat, spiele ich Improvisationen.«

»Und damit sind die beiden schon gemeinsam aufgetreten«, warf Alexander ein. »Auch bei Niklas' Trauerfeier hat Elisa gespielt, das war fabelhaft.«

»Aber für die große Bühne fehlt noch etwas«, bekannte Elisa. »Ich weiß nur noch nicht, was.«

»In welchem Stil improvisierst du denn?«

»Das ist es ja eben«, erklärte Elisa. »Ich hab meinen Stil noch nicht gefunden. Ich spiele beim Improvisieren einfach, was mir gerade in den Sinn kommt. Mir fehlt noch … so etwas wie ein roter Faden. Etwas wirklich Eigenes.« Sie seufzte auf. »Tut mir leid«, sagte sie dann rasch. »Dies ist nicht der Moment, um …«

»Ach was«, fiel ihr Jeremy freundlich ins Wort. »Dir muss gar nichts leidtun. Weißt du was? Ich habe eine Idee. Wir setzen uns nächste Woche einfach mal zusammen. Du bringst deine Campanula mit, und wir sehen, ob ich dir irgendwie weiterhelfen kann.«

Elisa kam nicht dazu, sich zu bedanken, eine Gruppe Musiker bat Alexander ins Zelt, wo sie eine Überraschung für ihn vorbereitet hatten. Elisa wollte den anderen gerade folgen, als plötzlich Fabio auftauchte.

»Sag bloß, Mimi tobt immer noch hier draußen herum.« Er rief nach Romy und seiner Tochter, die kaum dazu zu bewegen war, ihr Spiel mit dem völlig überdrehten kleinen Hund aufzugeben. »Es ist schon dunkel«, mahnte Fabio. »Zeit für dich, ins Bett zu gehen.«

»Nein«, protestierte Mimi empört. »Ich bin noch lange nicht müde!«

»Es ist erst sechs Uhr«, wandte Elisa leise ein. »Mimi kann doch noch mit uns zu Abend essen.«

»Das stimmt.« Romy sah ihren Mann stirnrunzelnd an. »Was ist los? Ist dir etwas über die Leber gelaufen?«

»Ach«, stöhnte Fabio und blies die Luft aus seinen Lungen. Er stemmte die Hände in die Hüften und sah sich suchend um. »Dieser Galli. Ich hab ihm erzählt, dass ich vorhabe zurückzukommen. Und irgendwie hatte ich den Eindruck, dass ihm das nicht passt.«

»Galli?« Romy schüttelte verständnislos den Kopf. »Was kümmert *den* das denn?«

»Das frag ich mich auch.« Fabio rief erneut nach Mimi, die endlich Fiocca an die kurze Leine nahm und zu ihnen herübergeschlendert kam. »Er hat gesagt, dass er bei der nächsten Besprechung zwischen Danilo und mir dabei sein möchte.«

Romy und Elisa schwiegen verblüfft. »Vielleicht hast du ihn falsch verstanden, und er wollte euch anbieten, euch zu beraten?«, versuchte Elisa sich schließlich an einer Erklärung.

»Wieso sollten wir seinen Rat benötigen?«, fragte Fabio zurück. »Ich habe ihn nicht darum gebeten.«

»Nun ja, seit Niklas' Tod meint er wohl, er ist verantwortlich und …«

»Es ehrt dich, dass du immer das Gute in den Menschen vermutest«, unterbrach Fabio sie mit einem nachsichtigen

Lächeln. »So oder so, ich denke, wir kriegen das besser ohne ihn hin.« Er wandte sich seinem Töchterchen zu. »Wie sieht es mir dir aus? Willst du noch mit uns zusammen zu Abend essen?«

»Natürlich! Ich hab richtig viel Hunger. Und Fiocca auch.«

»Ich fürchte, der Hund darf nicht mit ins Zelt.« Romy warf Elisa einen fragenden Blick zu. Die kleine Fiocca hatte sich unterdessen völlig erschöpft flach über Elisas Füße gelegt und ihren Kopf auf die Pfötchen gebettet.

»Schau mal, das Hundemädchen ist müde«, sagte Elisa zu Mimi, bückte sich und nahm den Welpen auf die Arme. »Vielleicht fühlt es sich bei Serafina in der Küche wohler als unter so vielen Menschen?« Sie wies ins Zelt, wo bereits fast alle Tischreihen belegt waren und es von den vielen Stimmen nur so summte.

»Aber ich will sie nicht alleine lassen.« Mimi klang auf einmal weinerlich. Sie war bestimmt genauso erschöpft wie der kleine Hund.

»Wollen wir zusammen zu Serafina gehen und schauen, ob Fiocca es in der Küche gut hat?«

Mimi kaute auf ihrer Unterlippe herum, dann nickte sie. Elisa nahm sie an der Hand und ging mit ihr zusammen zurück zur Villa.

Serafina saß am Küchentisch, den Kopf in die Hände gestützt. Bei ihrem Anblick richtete sie sich rasch auf.

»Stimmt etwas nicht?«, fragte Elisa.

»Wieso? Nein, alles bestens«, behauptete die Haushälterin und straffte sich.

»Du siehst traurig aus.« Mitfühlend griff Mimi nach Serafinas Hand.

»Ach was! Wen haben wir denn da?« Serafina hatte das kleine weiße Fellbündel auf Elisas Arm entdeckt. Auf der Stelle wurde ihre Miene weich.

»Einen todmüden kleinen Hund«, erklärte Elisa lächelnd. Serafina streckte die Hände aus, und Elisa übergab ihr den Welpen, der nur einmal kurz ein Augenlid hob und dann weiterschlief. »Meinst du, er könnte hier bei dir in der Küche ein Nickerchen halten, damit Mimi in Ruhe mit uns zu Abend essen kann?«

»Selbstverständlich!« Serafina legte ein weiches Stuhlkissen in eine große Schüssel und bettete den Welpen darauf. »Hier hat die Kleine es schön warm.« Sie stellte die Schüssel samt Hund in einen geschützten Winkel zwischen Kühlschrank und Spülmaschine.

»Und du passt gut auf Fiocca auf?« Mimi schien hin- und hergerissen zwischen dem Wunsch, mit den Erwachsenen am Festbankett teilzunehmen, und ihren neuen Pflichten als Hundemama.

»Bei mir ist sie in Sicherheit«, gab Serafina ernst zurück.

»Vielleicht solltest du besser die Leine irgendwo befestigen«, schlug Elisa vor. »Sobald sie wach ist, wird sie zum Springteufel.«

»Fiocca ist doch kein Teufel«, protestierte Mimi, doch Serafina schlang vorsichtshalber die Leine um ein Heizungsrohr.

»Auf alle Fälle muss sie noch viel lernen«, sagte Elisa, als sie mit Mimi Hand in Hand zurück zum Festzelt ging.

»Ja«, nickte Mimi, und ihre roten Locken tanzten. »Cosma hat heute Mittag gesagt, dass ich Fiocca mit zur Schule nehmen soll.«

»In deine Schule?« Elisa sah Mimi zweifelnd an. »Vermutlich hat sie die Hundeschule genannt.«

Nun war es an Mimi, skeptisch an ihr hochzusehen. »Eine Schule nur für Hunde?«

»Für Hunde und ihre Besitzer«, erklärte Elisa. »Damit beide lernen, wie sie miteinander umgehen sollen. Du lernst zum Beispiel, wie du am besten mit Fiocca sprichst, damit sie dich versteht. Und Fiocca lernt, dir zu gehorchen. Cosma hat bestimmt eine gute Adresse für euch.«

Das schien Mimi den restlichen Weg lang zu beschäftigen. Im Zelt hob Mariella sogleich den Arm und winkte sie zu sich. »Fiocca muss zur Schule«, erklärte Mimi ihrer Großmutter und kletterte auf ihren Stuhl. »Damit sie lernt, auf mich zu hören.«

Zwischen jedem der zahlreichen Gänge gab es eine weitere musikalische Überraschung für Alexander, und so verging der Abend im Nu. Am Nebentisch entdeckte Elisa Adrien, der sehnsüchtig zur Bühne blickte, und es war nicht schwer zu erraten, was in seinem Kopf vorging. Ihm gegenüber saß Youma und unterhielt sich mit einem von Brunos Kollegen, einem sympathisch wirkenden Mittdreißiger, der ihr gebannt lauschte. Dennoch wanderte der Blick der schönen Senegalesin immer wieder zu Adrien, der zunehmend in sich gekehrt wirkte.

Seine Hand hatte sich in den vergangenen beiden Wochen nur wenig gebessert. Die Entzündung war zwar zurückgegangen, und Adrien musste inzwischen keinen Verband mehr tragen, doch die frische, leuchtend rote Narbe sah nicht gut aus, fand Elisa. Adrien hielt seine linke Hand wie schützend über sie, wenn er damit nicht gerade die Gabel führte, um die rechte zu schonen.

»Du bist ja so schweigsam.« Mariella sah Elisa von der Seite an. »Und wo ist überhaupt Danilo abgeblieben?«

»Ich weiß es nicht.« Elisa schob ihren Dessertteller zurück. »Er ist gegangen, weil das McGonnary-Quartett nicht auf den Campanulas gespielt hat wie besprochen.«

Mariella seufzte und setzte zu einer Antwort an, doch Bruno, der auf der Bühne das Mikrofon ergriffen hatte, bat nun alle Gäste hinaus in den Rosengarten mit dem Hinweis, dass dort gleich die letzte, große Überraschung für Alexander an diesem Abend stattfinden würde.

»Das Feuerwerk«, sagte Mariella und erhob sich.

Draußen war es inzwischen stockfinster, und die Luft hatte sich empfindlich abgekühlt. Um den anderen Platz zu machen, wich Elisa zu dem Teich mit den Kois aus, als jemand zu ihr trat. Es war Natascha.

»Könntest du bitte mitkommen?« Die junge Frau hatte den Sari abgelegt und trug jetzt Jeans und ein Sweatshirt. »Danilo geht es nicht so gut.«

»Wo ist er?«, fragte Elisa erschrocken.

»In der Werkstatt.«

Ohne ein weiteres Wort drehte Natascha sich um, und Elisa folgte ihr durch den nächtlichen Park. Zum Glück kannte sie den Weg in- und auswendig, denn in dem kleinen Wäldchen konnte man die Hand nicht vor den Augen sehen, so dunkel war es. Kein Mond stand am Himmel, was Bruno begeistert hatte, so würde das Feuerwerk umso prächtiger wirken. Als sie auf die Lichtung traten, erkannte Elisa schemenhaft die Marmorfigur des Stradivarius. Im fahlen Licht der Sterne eilte sie hinter Natascha die Treppchen hinunter und durch den Hain aus Rosenholzbäumen.

Endlich erreichten sie den Hof der Fasetti. Ehe Natascha die Tür zur Werkstatt öffnen konnte, hielt Elisa sie an der Schulter zurück. »Sag mir, was passiert ist«, flüsterte sie.

»Danilo wollte in die Stadt, sich mit Cosma und Dante treffen. Ich bin mitgegangen.«

»Und dann?«

»Er hat ziemlich viel getrunken. Tut mir leid, ich konnte das nicht verhindern.« Aus dem Werkstattfenster fiel ein Lichtschein wie von einer Kerze auf das ebenmäßige Gesicht der jungen Frau. Elisa las Sorge in ihren Augen. »Er braucht dich jetzt.« Natascha wandte sich ab und ging zum Wohnhaus. Verblüfft sah Elisa ihr nach, bis sie darin verschwand.

Als sie sich umwandte, stand Danilo in der offenen Tür. »Hör nicht auf Natascha«, sagte er. »Ich bin nicht betrunken. Mir geht es gut. Tut mir leid, dass ich weggelaufen bin. Ich konnte einfach nicht mehr bleiben. Du kannst beruhigt gehen und mit den anderen weiterfeiern.«

»Danilo, ich …« Weiter kam sie nicht. Ein Zischen ließ sie

auffahren. Dann zerriss ein ohrenbetäubender Knall die Luft, und Joris, der alte Berner Sennenhund, begann panisch zu bellen. Aus den Bäumen flatterten große dunkle Schemen auf, Nachtvögel, die erschreckt das Weite suchten. Danilo legte schützend den Arm um sie und zog sie an sich, bis ihnen aufging, dass es sich nicht um einen Angriff handelte, sondern um Brunos Feuerwerk. Über ihnen explodierte ein goldener Stern, dann zwei weitere. Joris legte den Kopf in den Nacken und heulte wie ein Wolf, was Elisa noch nie zuvor von ihm gehört hatte, zog den Schwanz ein und flüchtete, so schnell ihn seine betagten Läufe trugen, hinter das Haus in Mariellas Gemüsegarten.

Und dann ging es erst richtig los: Ein Feuerwerkskörper nach dem anderen schoss fauchend in die Höhe, entfaltete wahre Galaxien, zeichnete Sonnen und sprühende Kometen an den Himmel. Silbern, feuerrot, grün, blau und orange schien es auf sie herabzuregnen. Elisa wurde bewusst, dass sie sich die Ohren zuhielt – nicht nur für Joris, auch für ihr überaus empfindliches Gehör war der Lärm zu viel, doch statt sich zurückzuziehen, blickte sie wie gebannt hinauf zu den sich unablässig neu auffächernden strahlenförmigen Funkengebilden.

Danilo schloss sie von hinten in seine Arme, und sie lehnte ihren Kopf gegen seine Schulter. Die den gesamten Tag über angestaute Anspannung wich aus ihrem Körper. Da war nichts zwischen Danilo und Natascha, jetzt war sie sich ganz sicher. Gut, dass Natascha mit ihm gegangen war. Denn nun wurde Elisa klar, dass sie einander im Stich gelassen hatten: Sie Danilo in seiner Enttäuschung und er sie mit der Verantwortung für das Fest. Doch inmitten des Pfeifens, Knallens und der Farbexplosionen um sie herum hatte das auf einmal keine Bedeutung mehr, auch für ihn nicht, das fühlte sie an dem Druck seiner Arme und seinem warmen Atem an ihrem Ohr. So standen sie beide da, eng aneinandergelehnt, und warteten, bis der letzte Sternenregen über ihnen verglühte und mit dem Dampf nach Schwefel und Verbranntem endlich wieder Stille auf sie niedersank.

8
Der Ausflug

»Dieses verdammte Feuerwerk!« Cosma strampelte unmutig mit den Beinen im Becken, und ein Schwall des mineralhaltigen Wassers schwappte über Romys Kopf, die sich prustend schüttelte.

Cosma hatte vorgeschlagen, einen Freundinnen-Ausflug ins Acqua-Spa-Ressort nach Locarno zu machen, und da in der Villa nach dem großen Fest allmählich wieder Ruhe eingekehrt war, hatte Elisa sich an diesem Montag freigenommen und war mitgefahren. Jetzt ruhten sie wohlig in den Sprudelliegen im Außenpool mit Blick auf den nördlichen Teil des Lago Maggiore und ließen es sich gut gehen.

»Lass das bloß nicht Mariella hören«, sagte sie zu Cosma, während Romy sich das Wasser aus den Augen wischte.

»Das darf sie ruhig hören und ihrem Freund weitersagen.« Cosma schnalzte missbilligend mit der Zunge. »In Morione sind fünf Hunde ihren Besitzern entlaufen, zwei sind bis heute verschwunden. Und frag mal die Canettis. Einer ihrer Schafböcke ist fast durchgedreht. Und das alles nur wegen fünf Minuten Spaß. Von der Umweltverschmutzung ganz zu schweigen.«

»Aber es war wunderschön«, schwärmte Romy. »So ein beeindruckendes Feuerwerk hab ich noch selten gesehen.«

Cosma hatte schon den Mund geöffnet, um etwas zu erwidern, als sie von Natascha abgelenkt wurde, die soeben vorsichtig in das Becken stieg. Sie trug einen schlichten dunkelgrünen Badeanzug, aus dem die Blütenranken auf Armen und Schulter geradezu herauszuwachsen schienen. Nicht nur Cosma, auch die meisten anderen Badegäste starrten die junge Frau an wie eine Erscheinung.

»Sie ist sogar an den Oberschenkeln tätowiert«, sagte Romy sichtlich beeindruckt. »Irgendwie sieht sie nicht aus wie von dieser Welt.«

»Das ist sie auch nicht«, urteilte Cosma, die ihren Ärger über die Folgen des Feuerwerks vergessen zu haben schien. »Natascha ist in jeder Hinsicht anders als alle Menschen, die ich kenne.«

»Was willst du damit sagen?«, fragte Romy neugierig.

»Sie ist nicht nur schön, sondern wunderschön, nicht nett, sondern die Herzlichkeit in Person, und vor allem ist sie die ehrlichste Haut, die mir je begegnet ist.«

»Als ob wir anderen das nicht wären«, schmollte Romy und streckte ihre langen Beine aus.

»Ich meine damit vor allem, dass sie mit ihren Gedanken nicht hinterm Berg halten kann«, versuchte Cosma zu erklären. »Wo wir diplomatisch schweigen, denkt Natascha gar nicht daran, dass ihre Ehrlichkeit ihr zum Nachteil werden könnte.« Versonnen hörte Elisa ihrer Freundin zu. Sie musste an die Szene mit Fabio denken, als Natascha ihm unumwunden erklärt hatte, dass sie nicht für ihn arbeiten würde. »Wenn mein Bruder nur endlich begreifen würde, was ihm da entgeht«, fügte Cosma hinzu.

»Dante?« Elisa sah sie überrascht an. »Wieso?«

Cosma machte ein Gesicht, als würde sie sich am liebsten auf die Zunge beißen. »Verflixt«, sagte sie. »Ich hab ihr hoch und heilig versprochen, es nicht herumzuerzählen.«

»Wenn du es *uns* sagst«, wandte Romy ein, »heißt es doch noch lange nicht, dass du es herumerzählst. Wir werden schweigen wie ein Grab. Nicht wahr, Elisa?«

»Haha«, machte Cosma. »Und dann ergeht es euch so wie mir gerade.«

»Das heißt«, zählte Elisa eins und eins zusammen, »dass Natascha etwas für Dante empfindet?«

Cosma gab sich seufzend geschlagen. »Sie liebt ihn. Und er merkt es einfach nicht.«

»Und wenn man ihm ein bisschen auf die Sprünge helfen würde?« Romy war voller Tatendrang, während Elisa noch mit der überraschenden Neuigkeit beschäftigt war. Natascha war in Dante verliebt? Das erklärte natürlich einiges. Vor allem, warum sie so gerne mit Danilo und ihr ausging. Elisa hatte das auf Danilo bezogen und war das Gefühl nicht losgeworden, dass Natascha sich wie eine Klette an ihn hängte. Dass Dante der Grund dafür sein könnte, den sie bei diesen Gelegenheiten so gut wie immer trafen, wäre ihr nie in den Sinn gekommen.

»Bloß nicht.« Cosma sah Romy streng an. »Ihr müsst mir versprechen ... ach was: schwören, dass ihr niemandem davon erzählt, hört ihr? Schon gar nicht meinem Bruder.«

»Warum denn nicht?« Romy schien die Idee, den beiden eine Brücke zu bauen, zu gefallen. »Wir müssen es ihm ja nicht auf die Nase binden, das wäre wirklich etwas plump. Aber wir könnten …«

»Still!« Cosma sah Romy drohend in die Augen. »Sonst hört sie dich.« Im nächsten Moment tauchte Nataschas Blondkopf hinter ihnen auf, die Haare sorgsam hochgesteckt. Doch das Rauschen der Wasseranlage übertönte viele Geräusche und hatte ihre Worte verschluckt. »Komm zu uns!« Cosma wies auf eine freie Stelle neben ihr.

Natascha schüttelte den Kopf. »Danke. Ich möchte erst alles erkunden. Drinnen gibt es eine tolle Grotte, in der es wunderbar klingt, wenn man ein paar Töne summt.« Und schon war sie an ihnen vorbeigeschwommen.

Während Romy Cosma über Dantes aktuelle Freundin ausfragte, eine Niederländerin, der er einen Job in einem Luganer Hotel verschafft hatte, wanderten Elisas Gedanken zurück zu Natascha und ihrer heimlichen Liebe zu Dante. Immer mehr Situationen fielen ihr ein, die auf einmal Sinn ergaben. Der betrübte Ausdruck in Nataschas Augen, wenn Dante einmal wieder einen abfälligen Scherz darüber machte, dass sie kein Fleisch aß. Oder dass sie jedes Mal, wenn die Clique gemeinsam irgendwo hinfuhr, bei Dante im Wagen gesessen hatte. Elisa versuchte sich vorzustellen, wie die beiden als Paar wären, ob sie zusammenpassen würden, und die Antwort, die sie sich selbst gab, war Ja. Nur wäre sie niemals auf diesen Gedanken gekommen. Und Dante offenbar ebenso wenig.

»Wann stellt er uns diese Griet eigentlich mal vor?«, fragte Romy gerade. Cosma winkte ab.

»Wenn du mich fragst – das lohnt sich gar nicht mehr«, antwortete sie. »Alle Anzeichen sprechen dafür, dass die beiden bald nicht mehr zusammen sind.«

Sie beschlossen, eines der kleineren Sprudelbecken auszuprobieren, in dem die Temperatur um ein paar Grade höher war. Auf dem Weg dorthin sagte Romy zu Elisa: »Hast du schon gehört, dass dieser Galli gestern bei Mariella angerufen hat, um zu fragen, wann Danilo und Fabio sich das nächste Mal treffen wollen? Er will tatsächlich dabei sein.«

»Wann kommt Fabio denn jetzt zurück in die Firma?«, wollte Cosma wissen, noch ehe Elisa etwas erwidern konnte.

»Das weiß er noch nicht«, antwortete Romy.

Cosma verzog das Gesicht, als hätte sie in eine saure Zitrone gebissen. »Ich finde, er sollte sich nicht so zieren«, sagte sie. »Danilo braucht ihn. Und da er sich endlich entschlossen hat …«

»Das sollten wir wohl besser ihm überlassen«, fuhr ihr Romy eine Spur zu patzig über den Mund, wandte sich ab und ließ sich in das neue Becken gleiten. Cosma hob die Brauen und warf Elisa einen vielsagenden Blick zu. Dass Galli bei dem Treffen dabei sein wollte, fand Elisa nicht weiter tragisch. Vielleicht ist es ja ganz hilfreich, dachte sie, jemanden dabeizuhaben, der die juristische Seite vertritt. Doch als sie Romys Miene sah, beschloss sie, das Thema nicht zu vertiefen.

»Was macht eigentlich unser alter Freund Rocky?«, wechselte sie deshalb das Thema, als sie alle in dem Sprudelbecken ihre Plätze gefunden hatten. »Geht es ihm gut bei seinen neuen Leuten?«

Cosma ließ den Kopf zurücksinken und schloss kurz die Augen. »Rühr bloß nicht daran«, bat sie. »Ich habe mehrere Nächte lang kaum geschlafen wegen ihm. Es hat sich leider herausgestellt, dass Rita und Marco nicht besonders viel von Hunden verstehen. Ihrer Meinung nach hat ein Tier zu funktionieren und ist dazu da, Haus und Hof zu bewachen. Morgen fahr ich hin und hol ihn zurück.«

»Oh je, so schlimm?«, sagte Elisa. »Der Arme. Sie haben ihn hoffentlich nicht misshandelt?«

»Ich glaube nicht, dass sie so weit gegangen sind, ihn zu schlagen«, antwortete Cosma. »Aber sie halten ihn nicht gut, und das hat der arme Rocky nicht verdient nach allem, was er durchgemacht hat. Ein Hund ist der Gefährte des Menschen. Für sie ist er nur eine lebende Alarmanlage.«

»Hast du denn bislang überhaupt schon einen Hund erfolgreich vermittelt?«, fragte Romy ein wenig spitz, und Elisa war irritiert. Nahm Romy Cosma die Worte über Fabio wirklich so übel?

»Ja, durchaus. Bei dreien hat es ziemlich gut geklappt.« Eine Gruppe von älteren Damen nahm das Thermalwasserbecken gut gelaunt in Beschlag, und auf einmal wurde es ein bisschen eng. Cosma setzte sich auf und sah sich um. »Also ich geh jetzt mal unter den Wasserfall. Und was macht ihr?«

Romy wollte ins Dampfbad, während Elisa beschloss, die Grotte auszuprobieren, die Natascha erwähnt hatte. Sie musste ein bisschen suchen, dann fand sie den Eingang hinter einem Vorhang aus Wasser. Durch diesen tauchte sie hindurch, und sogleich umfing sie ein tiefes Rauschen und Dunkelheit, einzig erhellt durch fächerförmig angebrachte Unterwasserleuchten, die tanzende Reflexe an die schwarze Mauer warfen, je nachdem, wie bewegt die Oberfläche war.

Sie war allein in dieser geheimnisvollen Höhle. Der Salzgehalt war so hoch, dass sie sich in die Sole legen konnte, und nach und nach entspannten sich all ihre Muskeln. Ihre Ohren gerieten dabei halb unter Wasser und nahmen das brausende und sprudelnde Geräusch auf, registrierten mehr und mehr Obertöne, bis sie ein ganzes Orchester zu vernehmen glaubte. Elisa war mit einem außergewöhnlich feinen Gehör gesegnet, was ihr in der Vergangenheit auch schon zum Problem geworden war. Vor allem unter extremem Stress konnte es passieren, dass ihr Gehirn die vielen Signale einfach blockierte, so wie damals, als sie im Alter von sechzehn Jahren mitten in ihrem wichtigsten Konzert in der Carnegie Hall in New York auf einmal überhaupt nichts mehr gehört hatte. Damals hatte ihre Karriere geendet. Inzwischen war sie entschlossen, sie nach all der Zeit vorsichtig wieder aufzunehmen. Doch daran wollte sie an diesem Tag nicht denken.

Elisa kamen Nataschas Worte in den Sinn, und sie begann beim Ausatmen in den tiefen Frequenzen zu summen, bis sie nicht mehr unterscheiden konnte, welchen Ton sie erzeugte und welchen die Grotte, die ihr wie ein atmendes, lebendes Wesen vorkam, ein archaischer Raum, wie der Bauch einer Mutter, in dem das Ungeborene wohl ganz ähnliche glucksende und murmelnde Geräusche vernahm wie Elisa hier.

Allmählich beruhigten sich ihre Gedanken. Romys irritierende Launenhaftigkeit verblasste. Und wie hatte es eigentlich passieren können, dass Elisa sich in Natascha so getäuscht hatte? Wusste Danilo, dass sie sich zu seinem besten Freund hingezogen fühlte? Scham stieg in Elisa auf, doch nach ein paar Atemzügen verschwand auch dieses Gefühl und machte einer großen Erleichterung Platz.

Vor ihrem geistigen Auge zogen nach und nach die Szenen des vergangenen Wochenendes vorüber. Sie sah Maurizio, der am Tag nach dem Fest den Abbau des Zeltes in Rekordzeit organisiert hatte, um danach verbissen die Kieswege zu rechen. Als Elisa ihn fragte, was zwischen ihm und Serafina eigentlich vorgefallen war, hatte er nur ratlos mit den Schultern gezuckt.

»Seit ich ihr vorgeschlagen habe, gemeinsam eine Wohnung zu suchen, behandelt sie mich wie einen Schwerverbrecher.«

»Vielleicht ist es ihr zu früh, schon zusammenzuziehen?«, hatte Elisa eingewandt.

»Warum sagt sie mir das dann nicht einfach?«

Ja, das fragte Elisa sich auch. Bislang war es noch zu keiner Aussprache gekommen, Serafina hatte sich nach dem Fest für einige Tage krankgemeldet. Aber hier in dieser märchenhaften Wasserwelt war Elisa voller Zuversicht, dass sich alles zum Guten wenden würde. Wohlig streckte sie sich und ließ sich im Salzwasser treiben …

»*Hier* bist du.«

Elisa hob den Kopf, und auf der Stelle verlor ihr Körper die Balance.

Cosma tauchte unter dem Wasserfall auf, der den Eingang zur Grotte verdeckte. »Ich habe alle Sprudelbecken nach dir abgesucht.«

»Ich fürchte, ich hab vollkommen die Zeit vergessen.« Die zauberhafte Stimmung war verflogen. Das, was ihr vorhin noch wie der geheimnisvolle Gesang eines archaischen Ortes erschienen war, klang jetzt nur noch wie das Surren einer Wasserpumpe. Dennoch fühlte sie sich wunderbar erholt.

»Romy und Natascha sitzen in der Cafeteria bei einem Milchkaffee.« Cosma legte sich auf den Rücken und betrachtete die Lichtreflexe an der Decke. »Wenn du einverstanden bist, würden wir gern bald aufbrechen. Und ich habe eine fabelhafte Idee, wie wir das Nützliche mit einem schönen Erlebnis verbinden könnten.«

Elisa musste lächeln. »Gibt es hier in der Gegend womöglich einen Hund, den wir einsammeln sollten?«

»Ja. Rocky«, gab Cosma ernst zurück. »Marco und Rita wohnen nicht weit von hier. Warum bis morgen aufschieben, was wir heute gleich erledigen können? Ich hab keine Ruhe mehr, seit ich gesehen habe, wie sie ihn untergebracht haben.« Cosma richtete sich auf und sah Elisa empört an. »Draußen in einem winzigen Zwinger. Wir fahren hin und holen ihn ab. Danach wartet eine Überraschung auf euch.«

»Aha. Was denn für eine?« Elisa war skeptisch. Sie hatte sich zwar freigenommen, aber am Nachmittag hätte sie doch gerne nach den Gästen in der Rosenholzvilla gesehen.

»Etwas Schönes. Es wird dir bestimmt gefallen.«

Elisa dachte an Anna, die ihren Aufenthalt nach dem Fest verlängert hatte. Heute hatte sie, statt mitzukommen, lieber in der Villa bleiben und später mit Jeremy und Oriana in einem typischen Berggasthof, einem sogenannten *grotto*, essen gehen wollen. Und sie dachte an Margit und Adrien …

»Du denkst schon wieder an deine Schützlinge in der Rosenholzvilla und fragst dich, ob du dich nicht um sie kümmern müsstest. Hab ich recht?« Cosmas wacher Blick ruhte auf Elisa.

»Das frag ich mich tatsächlich«, räumte diese ein.

»Und ich sage dir: Die sind erwachsen und kommen sehr gut mal ohne dich klar. Und da Mariella angeboten hat, für Margit und Adrien zu kochen …«

»Du hast recht«, unterbrach Elisa sie lachend.

»Vergiss nicht, dass auch du Erholung brauchst. Wann hattest du zuletzt ein Wochenende frei?« Elisa zuckte mit den Schultern. »Na, siehst du. Also keine Widerrede. Erst holen wir Rocky ab, und danach machen wir eine zauberhafte Erfahrung.«

»Wenn du den Hund wiederhaben möchtest, musst du ihn uns abkaufen!«

Elisa, Natascha und Romy waren im Wagen geblieben und lauschten atemlos dem Wortwechsel zwischen Cosma und Marco. Die beiden standen im Vorgarten einer wunderschönen, modernen Villa am Berghang über dem Lago Maggiore. Rocky drückte sich an Cosmas Beine. Von Rita war nichts zu sehen.

»Abkaufen?« Cosma stemmte entrüstet die Fäuste in die Hüften. »Bist du noch bei Trost? Hab ich von euch etwa Geld verlangt?«

»Jetzt ist er in unserem Besitz, und wenn du ihn haben willst, musst du für ihn zahlen.«

»Ich habe ihn euch überlassen und von Anfang an klargestellt, dass ich nachsehen werde, ob er sich bei euch wohlfühlt.«

»Und? Hat er dir eine Mail geschickt, dass er wieder zu dir nach Hause möchte?«, höhnte Marco.

»Ihr haltet ihn nicht artgerecht«, konterte Cosma. »Wenn du glaubst, ich hätte mir diesen winzigen Zwinger, den ihr dahinten gebaut habt, nicht angesehen, hast du dich geschnitten. Außerdem lasst ihr Rocky den ganzen Tag allein. Das entspricht nicht den Bedingungen, unter denen ich ihn euch überlassen habe.«

»Weißt du was?«, entgegnete Marco übermäßig laut, und Elisa wurde langsam zornig auf den Mann, der ihre Freundin so anschrie. Sie stieg aus dem Van. »Du kannst mich mal mit deinen Bedingungen. Der Hund bleibt hier.«

Entschlossen, ihrer Freundin beizustehen, öffnete Elisa das Gartentörchen. Sogleich kam Rocky schwanzwedelnd auf sie zugelaufen. »Ich war dabei, als ihr Rocky abgeholt hat«, sagte sie zu Marco. »Und kann bestätigen, dass Cosma …«

»Ach, lasst mich doch in Frieden«, fiel ihr Marco wütend ins Wort. »Wollt ihr vielleicht mit einem Anwalt wiederkommen, um den Hund zurückzuholen?«

»Wenn es sein muss – warum nicht?« Cosma blieb ruhig und beherrscht, Elisa bewunderte sie dafür.

Natascha war ebenfalls ausgestiegen. Sie öffnete die Heck-klappe und zog eine Jacke aus ihrer Tasche, denn hier oben war es empfindlich kühl. Rocky ging begeistert zu ihr, um auch sie zu begrüßen. Dabei hielt er seine Nase schnüffelnd in Richtung des offenen Hecks, als würde er am liebsten hin-einspringen.

»Ich mache jetzt Fotos von dem Zwinger«, verkündete Cosma, zückte ihr Handy und verschwand um die Hausecke. Marco folgte ihr, vermutlich um sie am Fotografieren zu hin-dern.

»Du möchtest wohl mit uns kommen.« Natascha kraulte Rocky voller Mitgefühl im Nacken. Er hatte sich ganz lang ge-macht und streckte seine Nase sehnsüchtig in den Van.

Und da hatte Elisa eine Idee. »Komm«, forderte sie den Hund auf. »Spring rein!« Das ließ sich der alte Schäferhund nicht zweimal sagen. Er nahm Anlauf und machte trotz seines lahmenden Hinterlaufs einen beherzten Satz ins Heck. Elisa schloss rasch die Tür. »Na los«, rief sie Natascha zu, die sie ver-schwörerisch anlächelte. »Rein in den Wagen!« Rasch schlüpf-ten Elisa auf den Fahrersitz und Natascha auf die Rückbank.

»Was machst du denn da?«, fragte Romy verblüfft.

»Ich wende.« Elisa startete den Motor und legte den Rück-wärtsgang ein.

»Du liebe Güte, Elisa!« Romy schnappte nach Luft, wäh-rend Elisa den Van schwungvoll in die gewünschte Position brachte. »So kenne ich dich überhaupt nicht.«

»Dann wird es Zeit, dass du mich kennenlernst.«

Mit laufendem Motor warteten sie, bis Cosma wieder

auftauchte, Marco im Schlepptau, der heftig auf sie einsprach. Elisa machte ihr ein Zeichen einzusteigen und wies mit dem Daumen nach hinten. Kurz stutzte die Freundin, dann hatte sie die Situation erfasst. Sie ließ Marco einfach stehen und setzte sich auf den Beifahrersitz. Als Elisa Gas gab, zeigte sie ihm den Stinkefinger. Der Mann sah ihnen verdutzt hinterher.

»Wetten, der hat noch gar nicht kapiert, dass sein Wachhund weg ist?«, prustete Cosma los. »Elisa! Du bist großartig!«

»Warum lange herumstreiten, wenn Rocky ohnehin beschlossen hat mitzukommen?« Elisa sah im Rückspiegel, wie der Schäferhund es sich zufrieden zwischen ihren Taschen bequem machte.

Cosma stieß einen Jubelschrei aus und trampelte vor Freude mit den Füßen. »Sind wir nicht ein tolles Team?«, fragte sie.

»Hoffentlich verfolgt uns der Kerl nicht«, warf Romy ängstlich ein.

»Behalt den Weg hinter uns im Auge«, riet Cosma.

Auch Elisa schaute immer wieder in den Rückspiegel, während sie die Serpentinen hinunter in Richtung Seeufer fuhren.

»Wo müssen wir denn jetzt hin?«, fragte Elisa, als sie auf die Hauptstraße stießen.

»Nach rechts, Richtung Italien.«

»Und was tun wir dort?« Es klang fast so, als bereute Romy, mitgekommen zu sein.

»Keine Sorge«, erklärte Cosma. »Heute werden keine Tiere mehr gerettet. Jetzt kommt der angenehme Teil unseres Ausflugs.« Mehr ließ sie sich nicht entlocken.

Sie fuhren weiter auf der Küstenstraße in Richtung Süden, überquerten die Grenze zu Italien und machten kurz Rast in einem kleinen Seitental, um Rocky ein bisschen Bewegung zu verschaffen. Dabei checkte Cosma ihn durch und stellte erleichtert fest, dass er nicht schlimmer hinkte als damals, bevor sie ihn Rita und Marco übergeben hatte, und auch sonst unversehrt wirkte. Er schien überglücklich, wieder bei Cosma zu sein.

»Und? Ist uns jemand gefolgt?«, fragte sie Romy mit einem Schmunzeln, als sie den Wagen wieder auf die Straße lenkte.

»Ich weiß, ihr haltet mich für paranoid«, gab diese verlegen zurück. »Aber Vorsicht …«

»… ist die Mutter der Porzellankiste«, beendete Cosma den Satz. »Da hast du vollkommen recht.«

Sie durchquerten mehrere malerische Ortschaften, bis Cosma in eine unscheinbare Straße abbog, die sie vom Seeufer weg steil den Hang hinauf in ein Dorf führte. Vor der Kirche stellte sie den Wagen auf einem Parkplatz ab.

»Was wird das?« Romy sah sich kritisch um. »Eine Stadtbesichtigung?«

»Das wirst du gleich sehen.« Cosma leinte Rocky an und marschierte los. »Kommt schon«, rief sie den drei anderen zu. »Es ist nicht mehr weit.«

Am Eingang zu der schmalen Gasse, die Cosma nun zielstrebig ansteuerte, saß eine imposante, getigerte Katze und blickte Rocky angriffslustig entgegen, erst im letzten Moment sprang sie aus dem Stand auf eine Fensterbrüstung und fauchte von oben auf ihn herab. Rocky tat, als hätte er sie nicht bemerkt, was angesichts der Leine, die ihn daran hinderte, die

Katze zu jagen, recht klug war, wie Elisa fand. Über ihren Köpfen trocknete Wäsche. Töpfe mit verschiedenen Sorten Hauswurz und hier und dort eine steinerne Bank säumten den Weg. Schließlich endete die Gasse, und sie traten auf eine sonnenbeschienene *piazza*.

»War's das schon?« Romy sah sich kritisch um. An einer Seite des Platzes parkten Autos, vor einer Bar gab es im Sommer wohl eine Außenterrasse, die jetzt geschlossen war. Daneben ein Friseurgeschäft, dem Elisa nicht ansehen konnte, ob es geöffnet hatte oder nicht.

»Dort unten.« Cosma wies auf ein unterhalb der *piazza* gelegenes Anwesen hinter einem schmiedeeisernen Tor.

Die Sonne stand tief, und Elisa beschirmte ihre Augen mit der Hand, um besser sehen zu können. Halb verborgen hinter Palmen entdeckte sie eine herrschaftliche Villa. Sie lag in einem riesigen Park, der zum Lago Maggiore hin abfiel. Es gab einige hohe, alte Laubbäume, auch eine Palme reckte ihre Krone in den blauen Himmel, der größte Teil des Parks bestand allerdings aus Bäumen mit dunkelgrün glänzendem Laub. Zwischen den Blättern leuchteten große Blüten hervor. »Sind das Kamelien?«, erkundigte sie sich fasziniert.

»Genau.« Cosma hob die Hand und winkte einem Mann zu, der dort unten am Tor erschienen war. Er winkte zurück »Das ist Andrea von *La Camelia d'Oro*. Das alles gehört seit Jahrhunderten seiner Familie.«

»Die Goldene Kamelie?«, fragte Romy verwundert.

»Das sieht wunderschön aus!« Natascha wirkte wie verzaubert. »Können wir da rein?«

»Ja, ich hab uns angemeldet.« Man konnte Cosma ansehen, wie zufrieden sie über die gelungene Überraschung war. »Kommt, ich stelle euch Andrea vor.«

»*Benvenuti!*« Andrea trug einen Arbeitsoverall und sah überhaupt nicht wie der Besitzer eines so prächtigen Anwesens aus, sondern eher wie ein Gärtner. Er war in Begleitung eines gut aussehenden Mannes mit dunklem, von silbernen Strähnen durchzogenem Haar, grünblauen Augen und einem wettergegerbten Gesicht, so als wäre er zur See gefahren. »Darf ich vorstellen? Maël Riwall aus Frankreich. Er und seine Frau betreiben eine Kameliengärtnerei in der Bretagne. Wir sind sozusagen Kollegen.« Andrea schlug Maël freundschaftlich auf die Schulter. »Und wen hast du uns mitgebracht?«

Cosma machte die beiden Männer mit ihren Freundinnen bekannt.

Andrea nickte ihnen freundlich zu. »Na, dann lasst uns gleich mit dem Rundgang beginnen«, schlug er vor.

Die vier Frauen folgten Andrea und seinem bretonischen Gast. Bald hörte Elisa nicht mehr zu, was er zu den verschiedenen Kamelienbäumen sagte, sondern blieb einen Schritt zurück und ließ die blühende Pracht auf sich wirken. Sie hatte zwar im Tessin schon einige Kamelien gesehen, und selbst in der Rosenholzvilla und in Mariellas Garten wuchsen welche, doch kaum eine dieser Pflanzen war so eindrucksvoll wie die Exemplare in dem Park von *La Camelia d'Oro* hoch über dem Lago Maggiore.

Sie schritten durch wahre Alleen, wo sich die Kronen der Bäume über ihnen zu einem Blütendach schlossen, blieben hier und dort kurz stehen, und Elisa berührte die eine oder andere Blüte sanft mit ihren Fingern. Eine rot-weiß panaschierte Sorte zog besonders ihre Aufmerksamkeit auf sich. Als Andrea das sah, nahm er eine Gartenschere aus seiner Tasche, schnitt einen Zweig ab und überreichte ihn Elisa.

»Hier«, sagte er, und ein Lächeln ließ seine hellblauen Augen aufblitzen. »Das ist eine *Ezo-Nishiki*, eine japanische Kamelie. Sie hat gerade erst zu blühen begonnen.«

»Danke!« Erfreut befühlte sie die zarten und doch so festen, fast wächsernen Blütenblätter mit ihrem interessanten rot-weißen Muster.

Und weiter ging es, vorbei an weißen, rosafarbenen und blutroten Sorten, manche so groß wie ein Handteller und mit weißen oder gelben Staubfäden in ihrer Mitte, und immer, wenn Elisa glaubte, eine noch schönere Sorte könnte es nicht geben, wurde sie von einer weiteren in Bann geschlagen.

»Wie alt ist dieser Park eigentlich?«, fragte Natascha.

»Die ersten Bäume wurden im neunzehnten Jahrhundert gepflanzt«, erklärte Andrea. »Erst vor rund achtzig Jahren hat ein Freund der Familie dann richtig damit begonnen, Kamelien aus der ganzen Welt systematisch hierherzuholen. Damit gründete er diese Sammlung, die zu den vielfältigsten und erlesensten der Welt gehört. Hier befinden sich Kamelien aus England, Japan, Neuseeland, Australien, aus den Vereinigten Staaten und China.«

Andrea sagte das völlig ohne Überheblichkeit und doch voller Stolz auf sein Familienerbe, das zu erhalten für ihn offenbar selbstverständlich war.

»Sind Sie denn Gärtner?«, fragte Romy sichtlich beeindruckt.

Andrea nickte. »Ja. Ich bin in diesem Garten aufgewachsen, und für mich stellte sich nie die Frage, ob ich etwas anderes tun würde, als mich um Pflanzen zu kümmern. In erster Linie natürlich um diesen Park. Darüber hinaus betreibe ich eine Gartenbaufirma.«

»Kann man bei Ihnen Kamelien kaufen?« Romy war bei einem eindrucksvollen Strauch stehen geblieben, dessen gefüllte rosafarbenen Blüten wirkten wie kleine Kunstwerke.

»Ja, natürlich«, antwortete Andrea. »Wir haben etwas außerhalb eine Gärtnerei, wo wir Kamelien ziehen. Außerdem kann ich Ihnen Maëls Kamelieninsel in der Bretagne empfehlen. Manche Sorten, die ich nicht vorrätig habe, erhalten Sie bei ihm. Wir tauschen uns auch regelmäßig aus.« Er und sein Kollege wechselten ein paar Worte auf Französisch. Dann sagte er: »Möchtet ihr euch noch ein bisschen allein umsehen? Maël und ich haben noch etwas zu besprechen. Danach seid ihr herzlich auf die Terrasse der Villa eingeladen. Orsola und Sylvia erwarten euch dort bereits bei einer Tasse Tee.«

Im Halbschatten eines imposanten Kamelienbaums saßen zwei Frauen an einem weiß lackierten Gartentisch, die eine trug ihr dunkelblondes Haar schulterlang, die andere einen brünetten Kurzhaarschnitt. Hin und wieder ließ eine der weißen Blüten ein Blatt auf die beiden herabfallen. Fröhliches Lachen drang zu Elisa und ihren Freundinnen herüber, als sie sich der Villa aus dem tiefer liegenden Garten näherten.

In diesem Moment hatte die dunkelhaarige Frau sie gesehen und winkte sie zu sich her.

»Das ist Orsola. Die andere wird Sylvia sein, die Frau von Andreas französischem Kollegen.«

»*Benvenute*«, rief Orsola, als sie die Terrasse betraten. »Herzlich willkommen!« Sie war aufgestanden und kam ihnen nun entgegen. Auch die blonde Frau hatte sich erhoben und musterte sie neugierig. Auf dem Gartentisch entdeckte Elisa vier weitere Teegedecke und eine Etagère. »Wie schön, dass ihr da seid! Darf ich euch Sylvia vorstellen? Sie und ihr Mann sind einige Tage bei uns zu Gast.« Sie wandte sich an Sylvia. »Cosma hat unserer Katze das Leben gerettet. Sie ist Tierärztin und ein ganz wundervoller Mensch.«

»Danke.« Cosma lachte. »Letzteres kann ich nur zurückgeben. Und das hier sind meine Freudinnen. Romy, Elisa und Natascha.«

»Wie schön!« Orsola wies auf die freien Stühle. »Ist es in Ordnung, wenn wir uns duzen?«

»Natürlich«, antwortete Cosma, und die anderen nickten.

»*Bonjour*«, begrüßte Elisa die Französin und erntete ein erfreutes Lächeln von der blonden Frau.

»Von Orsola weiß ich, dass du Deutsche bist«, antwortete Sylvia. »Da komme auch ich ursprünglich her. Nun lebe ich schon seit vielen Jahren in Frankreich.«

»In der Bretagne, nicht wahr? Das hat Andrea verraten.« Sylvia war Elisa auf Anhieb sympathisch. »Ich war noch nie in der Bretagne«, gestand sie. »Es soll dort wunderschön sein.«

»Das ist es. Komm uns doch mal besuchen.« Sylvia lächelte. »Die Kamelieninsel ist wirklich ein Traum.«

Während Cosma den beiden Frauen erklärte, was Romy und Natascha machten, wanderte Elisas Blick über die blühenden Kronen der Kamelienbäume hinab zum glitzernden Blau des Lago Maggiore und die Hügelkette dahinter. Auch dies war ein paradiesischer Ort, wie man ihn sich kaum erträumen konnte.

»Und du, Elisa, bist also die Musikerin«, riss Orsola sie aus ihren Gedanken. »Cosma hat mir schon viel von dir erzählt.«

»Wir warten alle darauf, dass sie endlich ein großartiges Konzert geben wird«, behauptete Cosma. Und ehe Elisa protestieren konnte, fügte sie hinzu: »Und damit an die Karriere anknüpft, die sie als Wunderkind einmal begonnen hatte.« Elisa sah Cosma vorwurfsvoll an. Wie kam ihre Freundin dazu, diese Dinge zu erzählen?

»Ich habe das Video im Internet gesehen.« Orsolas freundliche Augen ruhten auf Elisa. »Es hat uns allen sehr gefallen. So etwas wollen wir gern wieder hören, und zwar live.« Sie deutete auf die Stühle. »Aber jetzt nehmt bitte Platz. Ich hoffe, ihr mögt Grünen Tee? Oder soll ich lieber Kaffee machen?«

»Grüner Tee ist ausgezeichnet«, erklärte Elisa rasch, und Natascha nickte.

»Er stammt von unserer eigenen Plantage.«

»Ihr baut auch Tee an?«

»Ja«, beantwortete Orsola Romys Frage. »Tee wird aus einer Kamelienart gewonnen, aus der *Camellia sinensis*. Das sind Sträucher mit kleinen, gelblich weißen Blüten. Die zarten Blatttriebe werden für den Tee geerntet und weiterverarbeitet.«

»Das wusste ich gar nicht«, sagte Romy fasziniert.

»Ja, das wissen viele nicht.« Orsola wies auf eine niedrige Hecke, die eine Seite der Terrasse säumte. »Das hier ist sie, die Teepflanze. Andrea experimentiert ein bisschen damit herum. Wollt ihr mal kosten?«

»Unbedingt!« Cosma erhob sich, um ihrer Gastgeberin zur Hand zu gehen, die den Tee selbstverständlich frisch aufbrühen wollte. Rocky folgte ihr auf dem Fuße, und Elisa hörte, wie Cosma Orsola seine Geschichte erzählte.

»Möchtet ihr von diesen hier kosten?« Sylvia wies auf die Etagère. Erst jetzt fiel Elisa auf, dass die Süßigkeiten darauf aussahen wie kleine Kamelienblüten. »Mit so was experimentieren wir Frauen in der Bretagne gerade herum.«

Elisa nahm eine der Blüten und probierte. Auch Romy suchte sich eine aus, Natascha allerdings zögerte. »Schmeckt raffiniert«, urteilte Elisa. »Nach Marzipan. Und noch nach etwas anderem.«

»Das ist unser Extrakt aus den Blüten.«

»Sind die Blüten denn essbar?« Romy klang skeptisch.

»Ja«, antwortete Sylvia. »Es ist unglaublich, was man mit dieser Pflanze alles machen kann. Aus den Früchten einer bestimmten Sorte gewinnen wir ein kostbares Öl, das in Japan schon seit Jahrhunderten zur Schönheitspflege verwendet wird. Wir haben zusätzlich zur Gärtnerei eine eigene Kosmetiklinie entwickelt. Diesen Bereich betreut bald unsere Tochter Lucinde.« Sylvia schob die Etagère in Nataschas Richtung. »Möchtest du auch probieren?«

»Sind da Eier drin?«, fragte die junge Frau. »Oder Honig?«

»Natascha ist Veganerin«, erklärte Elisa.

»Nein«, antwortete Sylvia. »Solenn hat Rohrzucker verwendet. Das ist zwar nicht besonders gesund. Dafür vegan.« Während Natascha vorsichtig eine der Blüten probierte, fühlte Elisa Sylvias Blick auf sich ruhen. Und gerade, als sie das Gefühl hatte, die Frau aus Frankreich wollte sie etwas fragen und suche noch nach den richtigen Worten, kamen Cosma und Orsola zurück an den Gartentisch, die Hausherrin mit einer japanischen Teekanne in der Hand und Cosma mit einer kleinen Vase für Elisas Kamelienzweig.

»Hier bringe ich euch Andreas neueste Tee-Edition«, sagte sie und schenkte allen ein.

Sie genossen das feine Getränk, und Elisa lauschte den anderen, die über die Kamelien, das milde Klima am Lago Maggiore und in der Bretagne plauderten, das für die Zucht dieser besonderen Pflanzen notwendig war. Eine wohlige Müdigkeit nahm von ihr Besitz. Und das war auch kein Wunder, die mineralhaltige Sole im Thermalbad hatte sie entspannt wie einige Tage Urlaub.

Als sie schließlich beschlossen aufzubrechen und sich von ihren Gastgebern und deren Besuch aus der Bretagne verabschiedeten, sagte Sylvia plötzlich zu Elisa: »Ich habe noch etwas auf dem Herzen. Seit ich das Video von deinem Auftritt in Lugano im Internet gesehen habe, wünsche ich mir, dass du einmal zu uns auf die Kamelieninsel kommst und dort ein Konzert gibst. Denkst du, das würde sich irgendwann einmal machen lassen?«

Elisa war erstaunt über diesen Vorschlag, auch wenn sie die

ganze Zeit gespürt hatte, dass diese Frau mit etwas an sie herantreten wollte.

»Weißt du, Sylvia, ich bin noch nicht ganz so weit«, sagte sie ehrlich.

»Es muss ja nicht in diesem Jahr sein«, versicherte Sylvia. »Und ich möchte dich gewiss nicht drängen. Es ist nur so … im nächsten Jahr feiern wir ein Jubiläum. Dafür plane ich einige besondere Events. Wir haben auch an Konzerte gedacht, mehrere bretonische Gruppen werden spielen. Und wenn du Lust hättest, uns zu besuchen und bei uns aufzutreten, wäre das eine große Ehre für uns.«

»Das ist sehr lieb von dir. Ich werde es mir überlegen.« Und auf einmal fühlte sich Elisa mit dieser Frau, die ihr eigentlich vollkommen fremd war, irgendwie verbunden. »Schick mir schon mal den Termin des Jubiläums. Und dann sehen wir, ob das klappt.« Sie tauschten ihre Kontaktdaten aus, und es war deutlich zu sehen, wie sehr sich Sylvia Riwall darüber freute.

Es war schon früher Abend, als sie den Heimweg antraten, beladen mit Präsenten, die Orsola ihnen mitgegeben hatte: ein Säckchen Tee für jede von ihnen und Marzipan-Kamelien aus der Bretagne. Elisa, den Kamelienzweig vorsichtig auf ihrem Schoß, hatte mit Romy den Platz getauscht, schloss die Augen und lehnte ihren Kopf auf ihre Jacke gebettet in die Ecke zwischen Fenster und Rückbank. Auf einmal läutete ein Handy.

»Kannst du bitte mal rangehen, Elisa?«, rief Cosma nach hinten. »Es ist in meiner Tasche auf der Rückbank.«

Elisa rappelte sich auf, fand die Tasche im Fußraum und

holte das Gerät hervor. »Es ist Amadou«, rief sie nach vorn, als sie seinen Namen auf dem Display las.

»Nimm das Gespräch ruhig an«, antwortete Cosma.

»Ich bin es, Elisa«, sagte sie. »Cosma sitzt gerade am Steuer.«

»Habt ihr heute Rocky abgeholt?«, hörte sie Amadous tiefe Stimme fragen.

»Ja«, antwortete Elisa. »Er ist hier bei uns im Wagen.«

»Okay«, sagte Amadou in einem Ton, der gar nicht okay klang. »Dann wäre es besser, ihr bringt ihn nicht zur alten Mühle.«

Elisa erschrak. Was meinte Amadou? Ihr schwante Übles. »Warte«, sagte sie, »ich schalte den Lautsprecher an, damit die anderen dich auch hören können.« Rasch drückte sie auf die entsprechende Taste.

»Ein Mann war hier«, schallte Amadous Stimme nun durch den ganzen Van. »Und er war ziemlich wütend. Er sagt, ihr hättet ihm den Hund gestohlen. Rocky.«

Kurz war es still im Wagen. »Wo ist der Kerl jetzt?«, fragte Cosma.

»Ich hab ihm gesagt, dass er verschwinden soll. Aber es könnte sein, dass er zurückkommt. Das hat er jedenfalls angedroht. Und er will die Polizei mitbringen.«

Cosma lachte empört auf. »Der hat sie wohl nicht alle!«

»Da magst du recht haben«, drang Amadous ruhige Stimme aus dem Lautsprecher. »Trotzdem wäre es sicher keine schlechte Idee, Rocky vorerst nicht herzubringen.«

»Und was soll ich deiner Meinung nach mit ihm tun?« Cosma klang jetzt wütend.

»Dir fällt schon etwas ein«, sagte Amadou liebevoll. »Ich würde ihn ja nehmen. Aber zufällig wohne ich auch in der alten Mühle. Also. Ihr wisst Bescheid. Bis später.«

Nach diesem Gespräch war Elisa hellwach. Sie konnte nicht fassen, dass dieser Marco sich erdreistete, so einen Wirbel um ein Tier zu machen, das ihm unentgeltlich anvertraut worden war und um das er sich kaum gekümmert hatte.

»Also.« Cosma musste sich räuspern, so belegt klang ihre Stimme. »Wer von euch gibt Rocky ein vorläufiges Zuhause, bis bei uns die Luft wieder rein ist? Was ist mit dir, Romy? Auf dich kommt Marco nie und nimmer. Er hat dich ja nicht einmal gesehen.«

»Bei uns sorgt schon Fiocca für eine Menge Wirbel«, entgegnete Romy rasch. »Zusätzlich zu dem Welpen kann ich unmöglich noch ein Tier aufnehmen. Tut mir leid.«

»Wir können Mariella fragen«, schlug Natascha vor. »Ich würde dann nach Rocky schauen.«

»Nein, das geht nicht wegen Joris«, wandte Cosma ein. »So treuherzig er wirkt, einen zweiten Rüden akzeptiert der nicht. Das haben wir schon einmal ausprobiert. Was ist mit dir, Elisa?«

»Ist das nicht zu gefährlich, falls Marco tatsächlich mit der Polizei wiederkommt?«

»In der alten Mühle geht das natürlich nicht«, erwiderte Cosma. »Das hab ich auch nicht gemeint. Sondern die Rosenholzvilla. Darauf, dass Rocky dort sein könnte, kommt Marco nie im Leben.«

»In der Rosenholzvilla?«

»Ja, genau!« Cosma schien die Idee zu gefallen. »In der Villa ist Platz genug. Und Serafina kümmert sich sicher gern um Rocky.«

»Wie stellst du dir das vor?«, fragte Elisa. »Das Haus ist voller Gäste. Garantiert fühlt sich der eine oder andere von einem Schäferhund bedroht.«

»Bedroht?« Cosma runzelte entrüstet die Stirn. »Von Rocky? Du machst Scherze.«

»Was ist mit Dante?«, fragte Natascha. »Könnte er ihn nicht ein paar Tage nehmen?«

»Dante mag keine Hunde«, antwortete Cosma finster. »Nein. Die Rosenholzvilla ist ideal.«

»Hör mal«, wandte Elisa sich an Romy. »Fiocca ist ein Weibchen. Und so viel hab ich inzwischen von Hunden verstanden, dass ein erwachsener Rüde einem Welpen, noch dazu einem Weibchen, nichts tun würde und …«

»Bitte schlag dir das aus dem Kopf«, fiel ihr Romy entschlossen ins Wort. »Ich war nicht dafür, den Hund einfach mitzunehmen. Du hast mich nicht gefragt. Und jetzt soll ich das ausbaden? Nein, Elisa. Du hast den Hund in den Wagen gelockt. Jetzt musst du dich auch um ihn kümmern.«

Nicht nur Elisa, sogar Natascha schien kurz den Atem anzuhalten. Doch so wenig freundlich Elisa Romys Haltung finden mochte – im Grunde hatte sie recht.

»Ich würde ihn so gerne nehmen«, sagte Natascha leise. »Aber ich wohne ja bei den Fasettis und …«

»Ist schon gut.« Elisa atmete kurz tief durch und versuchte, einen Plan zu machen. »Dann übernachte ich eben in der

Rosenholzvilla, bis die Sache geklärt ist. Sagst du bitte Danilo Bescheid, Cosma?«

»Na klar, mach ich. Du bist ein Schatz, Elisa. Tausend Dank.«

»Wo willst du denn mit Rocky schlafen?« Natascha sah sie mitfühlend an. »Serafina hat mir erzählt, dass alle Zimmer belegt sind.«

»Scarlett ist doch abgereist.« Elisa seufzte. »Da ziehen jetzt eben Rocky und ich ein.« Sie dachte an Margit und Jeremy. An Adrien und Oriana – hoffentlich hatte keiner eine Tierhaar-Allergie. Was wohl Anna sagen würde? Elisa war sich nicht sicher, wie sie zu Hunden stand. Als sie noch bei ihrer Mutter gelebt hatte, war diese stets gegen ein Haustier gewesen. Vielleicht sah ja wenigstens Sven die Sache lockerer. Zumindest lockerer als Romy.

9
Rocky

Im Hof der Rosenholzvilla war Rocky nur schwer aus dem Van zu locken, so als ahnte er bereits, dass er keineswegs bei seiner geliebten Cosma bleiben durfte, sondern schon wieder von ihr getrennt werden sollte. Erst als Cosma ihm gut zuredete und ihm versprach, jeden Tag nach ihm zu sehen und ihn ganz bestimmt zu sich zu holen, folgte er ihr und Elisa widerstrebend durch den Garteneingang in die Küche. Hier trank er Wasser aus der Schüssel, die Elisa ihm hinstellte, und sah missmutig zu, wie Cosma einen halbvollen Sack Trockenfutter, den sie immer im Wagen hatte, in einer Ecke abstellte.

»Ein Körbchen bringe ich dir morgen vorbei.« Cosma tätschelte ein letztes Mal Rockys Kopf. »Mach es gut, alter Freund«, sagte sie zu ihm. »Sei schön brav, und mach Elisa keinen Ärger.«

Sie warf Elisa, die ihren Kamelienzweig in einen Krug mit Wasser stellte, eine Kusshand zu und ging. Rocky wollte ihr folgen, doch die Tür wurde ihm vor der Nase geschlossen. Leise wimmernd blieb er vor ihr stehen. Elisa suchte nach einer weiteren Schüssel, die Serafina hoffentlich auch künftig entbehren konnte, und füllte diese mit Futter, doch Rocky zeigte keinerlei Interesse daran, nichts schien seinen Kummer lindern zu können, auch nicht Elisas beruhigendes Zureden und Streicheln. Erst nach einer gefühlten Ewigkeit ließ der Schäferhund mit hängenden Ohren von der Tür ab und seinen todtraurigen Blick durch die Küche wandern.

»Komm«, sagte Elisa. »Lass uns hoch ins Zimmer gehen. Wir machen es uns da gemütlich.«

Widerwillig folgte Rocky ihr aus der Küche ins Foyer. Dort verharrte er vor der Treppe und war nicht zu bewegen, die Stufen zu erklimmen. Elisa hörte angeregtes Geplauder aus dem Musikzimmer, dessen Tür weit offen stand. Anscheinend hatten sich alle dort versammelt: Elisa konnte die Stimmen von Sven, Anna, Oriana und Margit erkennen. Vorsichtig, dann etwas entschlossener, zog Elisa an Rockys Leine. Der Schäferhund starrte angstvoll die Treppe hinauf und schien entschlossen, keinen Millimeter weiterzugehen. Endlich verstand Elisa – dieser Hund hatte vermutlich noch nie in seinem Leben Treppen steigen müssen, und vielleicht machte sein hinkender Hinterlauf das auch nicht mit.

»Na gut«, flüsterte sie. »Fahren wir Aufzug.« Schließlich war die Villa für Menschen mit Einschränkungen umgerüstet worden. Jetzt kam dies eben einem Hund zugute.

Doch als die Kabine mit einem leisen Klingelton im Erdgeschoss ankam und Elisa die Tür öffnete, wich Rocky zurück. Und so liebevoll sie auch auf ihn einsprach, er war nicht zu bewegen, den Aufzug zu betreten.

»Elisa?« Es war Annas Stimme, vermutlich hatte sie Elisa gehört.

»Ja«, antwortete sie und bemühte sich, so fröhlich wie möglich zu klingen. »Ich bin's.«

»Warum setzt du dich nicht zu uns? Du kommst genau richtig. Wir sprechen gerade von dir.«

Elisa warf Rocky einen flehentlichen Blick zu. Der Schäferhund rührte sich nicht von der Stelle. »Ich komme gleich«, rief Elisa in Richtung Musikzimmer und hatte keine Ahnung, was sie tun sollte.

Auf einmal stand Anna in der Tür. Sie hielt ein Glas Champagner in der Hand und sah in dem weinroten Kleid aus ihrer neuen Kollektion umwerfend aus. »Du hat einen Hund mitgebracht?«, fragte sie erstaunt.

»Ja ... ähm ... es ist nur für kurze Zeit.« Elisa räusperte sich. »Er muss sozusagen ... untertauchen.«

»Untertauchen?« Anna musterte sie amüsiert. »Was hat er denn ausgefressen?«

»Er hat gar nichts ausgefressen«, gab Elisa zurück und fasste kurz zusammen, was geschehen war.

Hinter Anna tauchte Sven auf. »Was ist los?«

»Elisa hat diesen netten Hund gerettet«, erklärte Anna. »Und jetzt müssen die beiden sich eine Weile hier verstecken.« Sie lächelte Elisa konspirativ an. »Hab ich das richtig verstanden?«

Elisa musste lachen. »Na ja, so ungefähr.«

»Warum kommt ihr nicht rein, ihr beiden«, schlug Sven vor. »Stell dir vor, wir haben noch ein paar Flaschen von dem Champagner gefunden, die beim Fest übrig geblieben sind.«

»Denkt ihr denn, dass die anderen damit einverstanden sind, wenn ich Rocky mit ins Musikzimmer nehme?«

»Warum sollten sie nicht?«, wollte Anna wissen. »Oder ist er womöglich nicht stubenrein?«

»Natürlich ist er das.« Elisa kraulte Rocky hinter den Ohren. Auf einmal ging der Schäferhund, ohne zu zögern, auf Sven zu. Der bückte sich und löste die Leine vom Halsband.

»So ist es viel besser, oder?« Er tätschelte Rockys Flanke. »Dann wollen wir dich mal vorstellen. Wie heißt er überhaupt?«, fragte er Elisa.

»Rocky.« Elisa war sich sicher, dass bis ins Musikzimmer zu hören war, wie ein Stein von ihrem Herzen plumpste.

Glücklicherweise störten sich weder Jeremy noch Oriana oder Margit an Rockys Anwesenheit.

»Wo ist Adrien?«, fragte Elisa.

»Ich glaube, auf seinem Zimmer.« Sven nahm ohne großes Federlesen eine Wolldecke, die noch aus Niklas' Zeiten stammte, und baute daraus ein Nest, in dem Rocky es sich gemütlich machte, nachdem er sich viele Male um die eigene Achse gedreht hatte. Erschöpft legte der Schäferhund den Kopf auf seine Vorderpfoten und beobachtete, was im Raum vor sich ging. Vor allem aber schien er Sven zu betrachten, und Elisa wurde warm ums Herz. Offenbar hatte der leidgeplagte Schäferhund ihren Vater auf Anhieb ins Herz geschlossen. Oriana und Anna unterhielten sich halblaut miteinander, während Margit mit Jeremy und Sven darüber sprach, wie belastend sie die Erwartungen des Publikums empfand. »Ich habe immer geglaubt, wenn ich zu den weltbesten Flötistinnen gehöre, wäre alles gut«, bekannte sie gerade. »Tatsächlich hat damit der Stress erst recht begonnen. Denn jetzt kann es ja nur noch abwärtsgehen. Oder nicht?« Sie hatte rote Flecken am Hals und auf ihrem Dekolleté bekommen, und ihre Augenränder röteten sich.

»So wie dir geht es vielen.« Sven nickte ihr verständnisvoll zu. »Deshalb finde ich die Musikerausbildung in Europa so unbefriedigend.«

»Wirklich? Dabei kommen doch alle zu uns nach Deutschland, um zu studieren«, gab Margit erstaunt zurück.

»Die technische Ausbildung ist hervorragend«, stimmte Sven ihr zu. »Aber die Persönlichkeit des Musikers wird dabei vollkommen vernachlässigt. Wie du gerade gesagt hast: Auf den Erfolg sind wir alle getrimmt worden. Aber von dem Druck, den Erwartungen, auch denen, die wir selbst an uns haben – davon spricht niemand, und keiner bringt uns bei, damit umzugehen. Deshalb habe ich meinen Unterricht an der Juilliard-School in New York ganz anders konzipiert: Ich versuche, meine Studenten auf diese belastenden Umstände vorzubereiten.«

Margit schwieg verblüfft. Elisa hörte, wie Oriana fröhlich auflachte, offenbar hatte Anna etwas Lustiges erzählt.

»Und wie machst du das genau?«, fragte Margit. »Wie … ich meine, wie kann man das denn lernen?«

»Es geht hauptsächlich darum, den jungen Musikern klarzumachen, dass ihr Wert als Persönlichkeit nicht davon abhängt, ob sie eine große Karriere machen oder nicht«, antwortete Sven. »Das muss man regelrecht verinnerlichen. *Ich bin nicht mein Geigenspiel* – dieses Mantra sage ich mir selbst jedes Mal, ehe ich aufs Podium steige und ein Konzert gebe. Wenn ich heute nicht so spiele, wie es irgendwelche Leute, die ich gar nicht kenne, von mir erwarten, dann ist das bedauerlich, aber nicht der Weltuntergang. Genauso bist du nicht dein Flötenspiel. Du bist Margit. Und du als Persönlichkeit verlierst nicht an Wert, wenn du mal nicht perfekt spielst.«

»So einfach ist das?« Es war Margit deutlich anzusehen, dass sie nicht überzeugt war.

»Einfach ist das nicht«, räumte Sven ein. »Dazu gehört natürlich vieles. Dass du ein erfülltes Leben führst, auch ohne Flöte. Dass du Freunde hast, die zu dir stehen, ob du nun die Nummer eins bist oder nicht. Dazu gehören Interessen über die Musik hinaus und bestenfalls ein zweites oder drittes Standbein, falls du irgendwann nicht mehr so oft gebucht werden solltest. Denn das Konzertleben ist ein Glücksrad. Heute bist du noch ›angesagt‹ und morgen nicht mehr. Da kannst du üben, so viel du willst, und noch so gut spielen. Irgendjemand mit Einfluss findet eine andere Flötistin interessanter. Vielleicht spielt die gar nicht so gut wie du. Aber sie ist jünger. Oder hübscher. Oder sie passt gerade besser ins Schema.« Bestürzt beobachtete Elisa, wie Margits Augen sich mit Tränen füllten. Sogar Rocky musste das bemerkt haben, er erhob sich aus seinem gemütlichen Nest, trottete zu der Flötistin und legte ihr seinen Kopf auf die Knie. »Tut mir leid«, sagte Sven. »Ich wollte dir nicht zu nahe treten. Du hast mich gefragt – und dies ist meine Antwort. Viel zu viele gute Musiker zerbrechen an dem Druck, den sie auf sich lasten fühlen. Ich persönlich halte das für eine unglaubliche Verschwendung an Kreativität und Energie.«

Margit kraulte schweigend Rockys Kopf und blinzelte die Tränen weg. »Ich glaube, ich hätte gerne bei dir studiert«, erklärte sie schließlich.

Sven lachte auf. »Dann hättest du allerdings auf Geige umsatteln müssen.«

Selbst Margit musste nun lachen und wischte sich den Rest der Tränen aus ihren Augen. »Es ist nicht leicht, das abzuschütteln.«

»Bestimmt nicht.« Sven nickte verständnisvoll. »Wir sind von Kindesbeinen an so geprägt worden. Wie sollte das von heute auf morgen verschwinden?«

»Das kann nur einer sagen, der noch nie eine Verletzung hatte.« Es war Adrien, der hinter ihr ins Musikzimmer gekommen war.

»Wer sagt denn, dass ich nicht auch mal verletzt war?« Sven hielt Adriens Blick stand. »Das passiert fast jedem Musiker mindestens einmal in seiner Laufbahn. Umso wichtiger ist es, darauf vorbereitet zu sein. Das macht die Sache nicht weniger schlimm. Aber eine Krise oder sogar das Ende einer musikalischen Karriere erschüttert uns dann nicht bis in unsere Grundfeste. Schaut euch Elisa an. Sie war mit sechzehn ganz oben. Und auf einmal verschwand sie aus dem Musikleben, als hätte es sie nie gegeben. Ist sie etwa daran zugrunde gegangen? Nein. Jetzt wartet eine zweite Karriere auf sie. Und sie ist klug genug, dies in aller Ruhe anzugehen.«

Elisa war es plötzlich flau. Ob das an der Wirkung des

Thermalbads lag? Eigentlich hätte es ein Tag der Entspannung werden sollen, stattdessen hatten sie für ihren Geschmack nach dem Spa viel zu viel Aufregung erlebt. Dass Sven sie als leuchtendes Beispiel hinstellte, behagte ihr nicht.

War an dem, was er sagte, jedoch nicht etwas Wahres dran? Was ihr nämlich damals am meisten zugesetzt hatte, war nicht, dass sie nicht mehr als Wunderkind galt. Sondern dass sie ihren Großvater verloren und viele Jahre lang geglaubt hatte, er hätte sich ihrer nach ihrem Versagen so sehr geschämt, dass er nichts mehr mit ihr zu tun haben wollte. Das war ein großes Missverständnis gewesen. Aber damals hatte ihr der Rückhalt von dem Menschen gefehlt, der ihr so viel bedeutet hatte. Also hatte Sven recht.

»Wichtiger als alle Konzerterfolge sind Menschen, die zu uns stehen, egal, was wir leisten.« Elisa erhob sich. Und als sie Adrien ansah, bemerkte sie, dass er lächelte.

»Da magst du recht haben«, sagte er leise.

»Mich hat damals ein Hund gerettet.« Sven beugte sich zu Rocky und tätschelte ihm die Flanke. »Denn Tiere lieben bedingungslos. Wir können viel von ihnen lernen.«

»Bist du denn heute Abend nur wegen Rocky hier?«, fragte Sven, als sie in der Küche gemeinsam ein Abendessen improvisierten. »Eigentlich hattest du doch frei und wolltest dich ein wenig ausruhen.«

»Ja, das stimmt«, räumte Elisa ein. »Aber jetzt hab ich versprochen, gut auf Rocky aufzupassen. Und nach Hause können wir ihn momentan nicht bringen.«

Sven betrachtete sie amüsiert. »Hat es Ärger gegeben?«

»Ein wenig«, räumte Elisa ein. »Und wir wollen weiteren Ärger vermeiden.«

»Ich könnte Rocky übernehmen«, schlug ihr Vater vor. »Du siehst ja, wie wohl er sich in unserer Runde fühlt.« Er wies lächelnd mit dem Messer, mit dem er Butterbrote schmierte, ins Foyer, wo Margit auf der untersten Treppenstufe saß und Rocky hingebungsvoll streichelte. »Ich hab fast den Eindruck, er kümmert sich um uns, nicht umgekehrt. Du kannst unbesorgt sein. Nachher drehe ich mit ihm noch eine Runde durch den Park und nehme ihn über Nacht auf mein Zimmer.«

»Er weigert sich, die Treppe hochzugehen«, wandte Elisa ein. »Und den Aufzug mag er auch nicht.«

»Dann geht es ihm wie mir«, ertönte Jeremys tiefer Bass hinter ihnen. »Kann ich euch helfen? Ich bin berühmt für meine Sandwiches. Wenn ihr Salatgurken und ein bisschen Thunfisch habt, bin ich euer Mann.«

Elisa sah in der Speisekammer nach und fand außer dem Gewünschten Tomaten, Kopfsalat und von Serafina selbst gemachte Mayonnaise.

»Das wird ein Festmahl«, versprach Jeremy. Es gelang ihm trotz seines noch immer beträchtlichen Umfangs, eine von Serafinas Küchenschürzen umzubinden, und er begann die Gurke zu schälen.

»Also wenn du möchtest, kannst du gerne nach Hause fahren und Rocky meiner Obhut überlassen«, ermunterte Sven Elisa. »Notfalls trage ich ihn hoch. Außer du möchtest Jeremys Cucumber-Sandwiches nicht verpassen.«

»Ehrlich gesagt würde ich gern heimfahren. Aber … ich hab meinen Wagen nicht hier«, wandte Elisa ratlos ein. Sie waren am Morgen gemeinsam mit Cosmas Van losgefahren, ihr Fiat stand im Hof der alten Mühle.

»Nimm einfach den von der Stiftung«, schlug Sven vor. »Keiner von uns muss heute Abend noch irgendwo hin.«

»Wann setzen wir uns eigentlich mal zusammen?«, fragte Jeremy Elisa und ließ die dunkelgrüne Gurkenschale in feinen Streifen ins Spülbecken fallen. »Damit wir dein nächstes Konzert konzipieren können.«

»Du willst mir wirklich dabei helfen?«

»Natürlich. Wie wäre es mit morgen Vormittag? So ab zehn?«

Alles war ruhig, als Elisa in den Hof der alten Mühle fuhr. Kein fremder Wagen stand auf den Parkplätzen. Das Hundehaus lag in tiefem Frieden, nur in Cosmas Küche und Esszimmer brannte Licht. Dann erschien die Silhouette ihrer Freundin am Fenster, gleich darauf öffnete sich die Haustür.

»Mein Gott, Elisa, hast du mich erschreckt«, rief Cosma aus. »Ich dachte allen Ernstes, Marco kommt doch noch. Was machst du überhaupt hier? Wo ist Rocky?«

»Bei meinem Vater in der Rosenholzvilla«, antwortete Elisa. »Der gute Rocky fühlt sich dort richtig wohl. Ich glaube, er hat Margit adoptiert. Der geht es nämlich nicht so gut.«

Cosma wirkte nur halb beruhigt. »Und du bist dir sicher …?«

»Ganz sicher. Auf Sven können wir uns hundertprozentig verlassen.«

»Wenn du meinst …«

Elisa folgte Cosma ins Esszimmer, wo Danilo und Amadou beim Abendbrot saßen. Während Danilo Elisa freudig in die Arme schloss, holte Amadou einen zusätzlichen Teller und Besteck aus dem Schrank und tat Elisa von einem seiner legendären Hirsegerichte auf.

Elisa hatte kaum zu erzählen begonnen, als von draußen das Dröhnen von Automotoren zu ihnen drang.

»Oh nein, das darf nicht wahr sein«, stöhnte Cosma und warf ihre Gabel auf den Tisch.

»Schön ruhig bleiben«, riet Amadou und erhob sich. »Am besten überlässt du das uns Männern.« Er sah Danilo aufmunternd an, der ebenfalls aufgestanden war.

»Das ist nett gemeint«, erwiderte Cosma finster. »Aber hier geht es um mich und mein Tierasyl. Wenn ihr mir beistehen wollt …«

»Wir stehen dir alle bei«, erklärte Elisa.

»Verdammter Mist«, zischte Cosma, nachdem sie ans Fenster getreten war. »Diesmal hat er tatsächlich Verstärkung mitgebracht.«

Ungläubig starrte Elisa auf den Polizeiwagen, der neben Marcos protzigem Geländefahrzeug zum Stehen kam. Die Scheinwerfer, die Marco angelassen hatte, tauchten das Hundehaus in gleißendes Licht. Prompt erhob sich darin verschrecktes Gebell.

»Sie werden Rocky nicht finden«, versuchte Elisa ihre Freundin zu beruhigen. »Und nachweisen, dass wir ihn mitgenommen haben, kann uns schließlich auch keiner.«

Als sie in den Hof traten, kam sich Elisa plötzlich vor wie in einer Western-Szene. Unwillkürlich hatten Danilo und Amadou Cosma in ihre Mitte genommen und bildeten mit Elisa eine Linie, während Marco breitbeinig dastand und ihnen kämpferisch entgegenblickte. Aus dem Polizeiwagen stieg schwerfällig eine Gestalt aus, und diese passte nicht so recht ins Bild. Der Beamte war klein und hatte ein Bäuchlein, seine Uniformhose schien ein wenig verrutscht zu sein, jedenfalls zog er sie gerade hoch und richtete seine Jacke. Als er näher kam, glaubte Elisa, ihn zu erkennen. Wo hatte sie diesen Mann schon einmal gesehen?

»Guten Abend, Cosma«, sagte er, und da fiel es Elisa wieder ein. Es war der Beamte, der ihre Freundin regelmäßig informierte, wenn ein streunender Hund aufgegriffen wurde und der Tötungsstation übergeben werden sollte. Heute wirkte er übellaunig, vermutlich hatte es ihm nicht gefallen, dass er aus seiner gemütlichen Amtsstube aufgescheucht worden war.

»Guten Abend, Benito.«

»Ah, ihr kennt euch?« Marco sah misstrauisch von Cosma zu dem Beamten.

»Wir hatten schon ein paarmal miteinander zu tun«, knurrte dieser. »Also. Machen wir es kurz: Gib diesen Köter raus, und dann können wir alle nach Hause gehen.«

»Ich weiß nicht, wovon du sprichst«, gab Cosma zurück.

»Ich spreche von dem Schäferhund, den dieser Herr hier vermisst, seit du bei ihm aufgekreuzt bist.«

»Rocky ist nicht mehr bei euch?«, fragte Cosma gespielt empört. »Ich hab doch gewusst, dass ihr nicht ordentlich auf ihn aufpasst. Ist er womöglich weggelaufen?«

»Er ist nicht weggelaufen«, schimpfte Marco. »Und das weißt du genau. Er muss dort drin sein«, sagte er zu dem Beamten. »Holen wir ihn raus.«

Benito schob seine Mütze ein wenig nach hinten, und nun war sein Unmut noch deutlicher zu erkennen.

»Ihr könnt ruhig reingehen und euch umsehen.« Cosma blieb seelenruhig. »Rocky werdet ihr nicht finden.«

»Ach so! Ihr habt ihn woanders untergebracht«, donnerte Marco wütend los, die Fäuste in den Hüften.

»Langsam wird es absurd«, fand Cosma. »Erst übergebe ich euch kostenlos einen meiner Schutzbefohlenen. Dann stelle ich fest, dass ihr ihn nicht artgerecht haltet. Kein Wunder, dass er euch wegläuft! Und jetzt beschuldigt ihr mich, ihn gestohlen zu haben?« Sie wandte sich an Benito. »Und du musst dich auch noch mit einem solchen Schwachsinn beschäftigen. Das tut mir aufrichtig leid.«

Täuschte Elisa sich, oder verzog sich ein Mundwinkel des Beamten gerade zu so etwas wie einem angedeuteten Grinsen?

»Also. Schreiten wir zur Tat«, sagte er nun strenger. »Und sehen mal nach, ob der Hund hier ist. Machst du uns auf, Cosma?« Er wies auf das Hundehaus.

Ohne zu zögern, ging Cosma darauf zu und schloss die Tür auf. Sie schaltete das Licht ein und wandte sich um. Das Gebell war nun ohrenbetäubend, und Benito musste sich sichtlich überwinden, ihr zu folgen, während Marco bereits an Cosma vorbeidrängte.

Es dauerte gut zehn Minuten, offenbar untersuchte Marco jeden Winkel, selbst in Cosmas Tierarztpraxis am Ende des

Gebäudes wurde Licht gemacht. Dann endlich erschienen die drei wieder im Hof.

»Und wenn er im Haus ist?« Marco wies auf das Hauptgebäude.

»Benito kann gerne alles absuchen«, antwortete Cosma. »Auch wenn er dafür eigentlich einen Durchsuchungsbefehl braucht. Du allerdings setzt keinen Fuß in mein Haus, dass das klar ist.« Kämpferisch wies sie auf Marco.

»Ich denke, das ist nicht notwendig«, beschloss Benito.

»Warum nicht? Ich bin mir sicher …«

»Es reicht jetzt«, fiel ihm der Beamte scharf ins Wort. »Sie sollten besser auf Ihren Hund aufpassen, statt andere Menschen zu verdächtigen. Glauben Sie eigentlich ernsthaft, diese Frau hat es nötig, Ihnen einen Hund zu stehlen? Sie hat genug von den Biestern da drin.«

»Aber sie …«

»Wir werden sehen, ob der Schäferhund irgendwo aufgegriffen wird«, schnitt ihm Benito das Wort ab. »Wenn ja, werden Sie verständigt. Hundemarke und Registrierungsnummer haben wir ja schon aufgenommen. Und jetzt fahren Sie nach Hause.«

Marco sah aus, als wollte er sich nicht so schnell geschlagen geben. Aber er begnügte sich damit, böse Blicke auf Cosma und Elisa abzufeuern, dann wandte er sich um und stieg in seinen Wagen. Mit aufheulendem Motor fuhr er vom Hof, dass der Kies unter seinen Rädern nur so spritzte.

»Manche Leute …« Benito schüttelte den Kopf. Dann nahm er Cosma mit schmalen Augen ins Visier.

»Willst du noch reinkommen?«, fragte sie. »Auf einen Absacker?«

»Ich bin im Dienst, falls dir das noch nicht aufgefallen ist«, gab er abweisend zurück. »Und jetzt mal raus mit der Sprache: Handelt es sich bei diesem ominösen Schäferhund, diesem Rocky, womöglich um ein Tier, das ich dir mal übergeben habe? So … vor ungefähr knapp zwei Jahren?« Sein Blick wanderte zu Elisa. »Du warst auch dabei. Oder?« Elisa schluckte und überlegte fieberhaft, ob er ihnen daraus einen Strick drehen könnte. Aber warum?

»Du hast ein gutes Gedächtnis«, antwortete Cosma. »Genau der war es.«

»Du hast ihn gesund gepflegt, ihm Manieren beigebracht und an diese Leute weitergegeben.«

Cosma nickte.

»Und dann warst du der Meinung, dass sie nicht gut zu deinem Liebling sind. Stimmt's?«

»Sie haben ihn nicht artgerecht gehalten und den ganzen Tag über alleine gelassen.«

»Darum hast du ihn diesen Leuten wieder weggenommen. War es so?«

Cosma scharrte verlegen mit einem Fuß im Kies. Zwar hatte sie vorhin gelogen, ohne rot zu werden, bei Benito aber wollte sie das offenbar vermeiden. »Hör mal, ich … nein … das war … irgendwie … anders.«

Benito begann, breit zu grinsen und gleichzeitig den Kopf zu schütteln. »Jetzt wirst du mir gleich erzählen, er sei von allein in deinen Van gesprungen.«

»Ja, so ähnlich könnte es gewesen sein«, räumte Cosma betreten ein. »Ob du mir das nun glaubst oder nicht.«

Benito nickte, als hätte er nichts anderes erwartet, dabei zog er eine Miene, als hielte er Cosma für einen hoffnungslosen Fall. »Ach Cosma«, sagte er schließlich und nahm seine Mütze ab, um sich am Kopf zu kratzen. »Ich frage mich die ganze Zeit noch etwas ganz anderes.«

»Was denn?«

»Wann du endlich mal mit mir ausgehst.«

Elisa lächelte. Genau das hatte der Beamte damals auch schon gefragt. Amadou jedoch, der neben ihr stand, zuckte zusammen, und Elisa legte ihm rasch die Hand auf den Oberarm, um ihn zu beruhigen.

»Wann ich mit dir ausgehe?«, gab Cosma freundlich zurück. »Du weißt, dass ich das niemals tun werde, Benito. Aber ich bin dir sehr, sehr dankbar, dass du …«

»Sprich es nicht aus«, unterbrach er sie und setzte seine Mütze auf. »Dieses Gespräch hat nicht stattgefunden, verstanden? Nur eines noch.« Er sah Cosma eindringlich an. »Tu so was bitte nicht noch mal. Vor allem nicht mit so Typen wie diesem.« Er wies mit dem Daumen hinter sich. »Denn wenn er das nächste Mal nicht mich antrifft, sondern einen meiner Kollegen, geht das möglicherweise anders aus.«

»In Ordnung.« Cosma nickte. »Danke. Und … Benito?«

Der Beamte hatte sich bereits abgewendet, jetzt drehte er sich widerwillig um. »Was denn noch?«, fragte er unwillig.

»Du rufst mich trotzdem wieder an, wenn ein Tier zur Tötungsstation soll?«

Der Mann stöhnte theatralisch auf. »Ja doch. Mach ich. Also … Man sieht sich.« Er tippte sich an seine Mütze und stieg in sein Fahrzeug.

Als Elisa am nächsten Morgen die Villa betrat, war sie so nervös wie schon lange nicht mehr. Denn im Grunde hatte sie keine Ahnung, wie sie Jeremy erklären sollte, was sie so schwierig daran fand, ihr Konzertprogramm zu entwickeln.

Im Foyer wurde sie stürmisch von Rocky begrüßt.

»Wie war die Nacht?«, fragte Elisa ihren Vater, der mit einem Buch in der Hand aus dem Musikzimmer kam.

»Bestens. Rocky hat neben meinem Bett geschlafen, und heute Morgen haben wir schon einen schönen, langen Spaziergang gemacht, was, alter Junge?« Rocky lief freudig zwischen ihr und Sven hin und her und machte kleine Bocksprünge vor Vergnügen. »Von mir aus kann er gern hierbleiben, bis ich abreise.«

»Wann wird das sein?«

»Am Wochenende.« Sven seufzte. »Leider. Ich würde gerne noch bleiben. Es ist so schön hier.« Mit einem Blick auf den Instrumentenkoffer in Elisas Hand fügte er hinzu: »Du gehst zu Jeremy?« Elisa nickte. »Viel Erfolg.«

Als Elisa Jeremys Zimmer betrat, erhob sich Oriana aus dem Sessel am Fenster und machte Anstalten zu gehen.

»Guten Morgen«, sagte Elisa. »Ich möchte euch keineswegs stören.«

»Du störst überhaupt nicht«, antwortete Oriana. »Ich bin gleich mit deiner Mutter verabredet.«

»Kleiderfragen«, warf Jeremy ein und lächelte nachsichtig.

»Ich muss die Gelegenheit doch nutzen, dass ich hier eine berühmte Modemacherin treffe.« Oriana drückte ihrem Mann einen Kuss auf die Wange und verschwand.

Elisa sah sich unschlüssig um. Dies war das Zimmer, in dem sie nach Niklas' Tod ein paar Tage lang gewohnt hatte, beklommen dachte sie an diese schwierigen Zeiten zurück. Inzwischen sah der Raum anders aus: An der Stelle, wo zuvor eine Kommode gestanden hatte, befanden sich jetzt das Keyboard sowie der Computer des Komponisten, an dem er arbeitete. Und selbstverständlich war das alte Bett durch eines ersetzt worden, das man in alle Höhen verstellen konnte. Darüber lag auch nicht mehr die rosafarbene Tagesdecke aus Elisas Kinderzimmer, mit der Serafina damals versucht hatte, es für sie wohnlich zu machen, sondern eine in der Farbe von Rosenholz.

»Möchtest du mir dein Instrument zeigen?«, fragte Jeremy.

»Natürlich.« Elisa riss sich zusammen und holte die Campanula aus ihrem Koffer. Jeremy hatte ihr einen Stuhl zurechtgestellt und bat sie, sich zu setzen.

»Soll ich etwas spielen?«

»Das wäre toll!«

Er setzte sich in den Sessel am Fenster, und Elisa nahm den Bogen zur Hand. Schloss die Augen und versuchte, ihre Nervosität in den Griff zu bekommen.

Wie so oft begann sie mit dem Lied »Vissi d'arte« aus der Oper *Tosca*, die sie seit jeher mit ihrer Großmutter verband. Paulina war eine große Sängerin gewesen, und einige

Aufnahmen von ihr waren das Einzige, was Elisa von ihr geblieben war. Dann fanden ihre Finger auf einmal eine andere Melodie. Sie war sozusagen das Gegenstück zu der ersten, die Arie des Cavaradossi aus derselben Oper. Im vergangenen Sommer hatte Niklas Eschbach beim Dirigieren der *Tosca* während dieser Arie einen Herzinfarkt erlitten, und seither hatte Elisa das Stück weder gehört noch gespielt. »E lucevano le stelle« war eine Herausforderung für jeden Sänger, denn das Stück war nicht nur schwer zu singen, sondern voller herzergreifender Emotionen. Und nun füllte die Campanula mit diesen gefühlvollen Kantilenen den Raum, und in Gedanken an ihren Großvater spann Elisa sie weiter, variierte und modulierte Puccinis Musik und gab ihr dadurch ihre eigene, persönliche Note.

Als sie endete, fühlte sie, dass ihre Wangen nass waren. Verlegen trocknete sie sie mit ihrem Taschentuch. Die Wiederbegegnung mit dieser für sie schicksalshaften Musik hatte sie zutiefst aufgewühlt.

Jeremy saß noch immer regungslos im Sessel, die Augen geschlossen. Behutsam stellte Elisa die Campanula auf ihre Zargen und lockerte die Spannung des Bogens.

»Das war sehr bewegend«, sagte Jeremy endlich. Er öffnete die Augen und betrachtete nachdenklich die Campanula. »Für dieses Instrument ist das genau die richtige Art von Musik. Und im Grunde, denke ich, hast du bereits gefunden, wonach du suchst.«

Elisa sah ihn überrascht an. »Ich hab nichts weiter getan, als zu spielen, was mir in den Sinn kam«, wandte sie ein.

»Genau da liegt der Schlüssel zu unserem Schaffen«, gab

Jeremy zurück. »Wir folgen dem, was uns in den Sinn kommt, und arbeiten damit weiter. Ich nehme an, du verbindest mit diesen beiden Stücken etwas Persönliches?« Elisa nickte und fühlte sich irgendwie ertappt. »Beide stammen aus der Oper *Tosca*«, fuhr Jeremy nachdenklich fort. »Dein Großvater ist während einer Aufführung von diesem Werk gestorben, erinnere ich mich recht?« Elisa nickte wieder und blinzelte tapfer gegen die erneut aufsteigenden Tränen an. »Nun verstehe ich, warum du unwillkürlich immer wieder auf diese Stücke zurückkommst. Sie sind Teil deiner persönlichen Familiengeschichte geworden.«

»Trotzdem sind es Puccinis Kompositionen«, wandte Elisa ein.

»Die du zu deinen eigenen machst«, ergänzte Jeremy. Er erhob sich und ging zu seinem Keyboard, schaltete es ein und spielte die Melodie von Cavaradossis Arie. Er schlug die Töne ganz nüchtern an, einen nach dem anderen, ohne besonderen Ausdruck hineinzulegen. »Das ist dein Material. Damit kannst du arbeiten. Im Augenblick machst du das spontan, und ich gratuliere dir von Herzen zu deiner Fähigkeit, aus dem Stand etwas Neues aus einer Vorlage zu entwickeln, das ist ein seltenes Talent. Wenn du das nicht mehr dem Zufall überlassen möchtest und dir trotzdem Raum für Improvisation wünschst, wäre es hilfreich, dein musikalisches Material, mit dem du arbeitest, vorher genauer zu bestimmen und festzulegen.«

»Wie meinst du das?«, fragte Elisa ratlos.

»Nehmen wir diese Arie«, schlug Jeremy vor und spielte sie noch einmal auf dem Keyboard. »Sie besteht aus einzelnen

Motiven, die sich zur Melodie zusammenfügen. Nimm sie auseinander wie einen Baukasten. Finde heraus, welche Tonfolgen in dir diese tiefen Gefühle wecken, so dass dir sogar die Tränen kommen, wenn du sie spielst. Lerne dich und dein Material genau kennen und füge es dann zu etwas Neuem zusammen.« Elisa rauchte der Kopf. »Verstehst du, was ich meine?«

»Ich bin mir nicht sicher«, antwortete Elisa verwirrt. »Du meinst, ich soll diese bekannte Melodie verwenden wie einen Steinbruch und einzelne Töne und Melodieteile herauslösen, um daraus meine eigene Musik zu machen?«

»Ja, denn das tust du ja sowieso schon, wenn du improvisierst. Ist dir das noch nicht aufgefallen?« Elisa schüttelte den Kopf. »Und im Grunde machen wir Komponisten auch nicht viel anderes. Wir benutzen Tonfolgen, die beim Hörer etwas auslösen, und kombinieren sie. Wir arbeiten mit Tonhöhen, mit Rhythmus und Tempo, mit Variationen und Wiederholungen. Wir verändern musikalische Themen, indem wir sie mal ganz schnell oder ganz langsam einsetzen. Selbst Johann Sebastian Bach hat schon so gearbeitet.«

»Aber er hat keine Melodien von anderen Komponisten verwendet, oder?«, fragte Elisa ungläubig.

»Und ob er das hat. Schau dir seine Choralbearbeitungen an. Als Kirchenmusiker war es sogar seine Aufgabe, bekannte Kirchenlieder, die die Gläubigen im Gottesdienst mitsangen, zu verändern und neu zu interpretieren.« Jeremy griff mit beiden Händen in die Tasten. »Komponisten aller Epochen bedienten sich am Material anderer«, fuhr er fort. »Und sahen das als Verbeugung vor dem Kollegen, nicht als Diebstahl.«

»Ich bin ja keine Komponistin«, wandte Elisa scheu ein.

Jeremy lachte. »Woher weißt du das?«, fragte er, und seine Augen blitzten vor Vergnügen. »Fang einfach mal an. Noten schreiben hast du doch gelernt, oder?« Elisa nickte. »Zerlege einfach mal diese beiden Arien, die du vorhin gespielt hast, in ihre Bestandteile, das heißt in ihre kleineren Motive und Tonfolgen. Und wenn du dir nicht sicher bist, kannst du dich auch am Text der Arie orientieren, denn Puccini hat immer nah an der Sprachmelodie komponiert. Werde dir darüber klar, wie diese Stücke aufgebaut sind, an welchen Stellen die Emotionen verborgen sind und wie Puccini das erreicht hat.«

Elisa nickte. »Und dann?«, fragte sie.

»Dann kommst du wieder, und wir arbeiten weiter.« Jeremy stand auf und betrachtete die Campanula, die zu seinen Füßen auf ihren Zargen ruhte. »Ein schönes Instrument«, sagte er. »Darf ich es mir mal genauer ansehen?«

Elisa hob es auf und reichte es Jeremy. Der ließ seinen Daumen über die vier Saiten gleiten, auf denen Elisa mit dem Bogen spielte, die Töne C, G, D und A erklangen. Er lauschte ihnen nach, zupfte vorsichtig nacheinander die Resonanzsaiten an, deren helle, flimmernde Töne den Raum erfüllten.

»Sehr interessant«, murmelte er vor sich hin. »Man kann diese Resonanzsaiten bestimmt auch anders stimmen? Ich meine, in einer anderen Tonart?«

»Ja, natürlich«, antwortete Elisa. »Genauer kann Danilo dir das sagen. Warum besuchst du ihn nicht in seiner Werkstatt? Sie liegt direkt unterhalb des Parks der Villa.«

»Das mache ich gerne, wenn ihn das nicht stört.«

»Bestimmt nicht. Er freut sich über jedes ernsthafte Interesse an seiner Arbeit.«

»Dann lass uns bald einen Termin vereinbaren«, schlug Jeremy vor.

Elisa war ganz erfüllt von dem, was der Komponist ihr gesagt hatte. Deshalb bemerkte sie Adrien erst, als sie ihm auf der Treppe begegnete.

»Ich hab dich spielen hören«, sagte er.

»Ja, ich war bei Jeremy. Er möchte mir helfen, ein richtiges Konzertprogramm zu entwickeln«, antwortete Elisa.

»Wirklich? Wie will er das denn machen?«

Elisa holte tief Luft. »Er schlägt vor, dass ich die Stücke, über die ich bislang nur improvisiere, in ihre Einzelteile zerlege. Irgendwie so in der Art. Ich muss mir das alles aber erst noch mal durch den Kopf gehen lassen.«

Adrien betrachtete sie interessiert. »Meinst du mit Einzelteilen die Motive und Themen?«

»Ja, so habe ich es verstanden. Die Sache ist nur, es ist lange her, dass ich mich mit solchen Dingen beschäftigt habe. Und Niklas hat mich vor allem im praktischen Spiel ausgebildet. Weniger in Musiktheorie.«

»Wenn du möchtest, helfe ich dir dabei«, schlug Adrien vor.

»Würdest du das tun?«, antwortete sie erfreut.

»Warum nicht?« Adrien massierte unwillkürlich mit der Linken seinen rechten Daumenballen.

»Wie geht es denn mit deiner Verletzung?«, erkundigte sich Elisa voller Anteilnahme.

»Etwas besser.« Adrien öffnete und schloss die betroffene Hand. »Youma hat mir eine Salbe gemacht. Ich hab das Gefühl, dass sie ein bisschen hilft.«

»Youma hat die Salbe selbst gemacht?«, fragte Elisa erstaunt.

»Ja. Aus Kräutern, die sie aus ihrer Heimat mitgebracht hat. Aber lass das bitte nicht Dr. Fullner hören. Youma fürchtet, dass er nicht viel davon hält.«

»Wenn sie wirkt, diese Salbe – warum sollte er etwas dagegen haben?«, gab Elisa zurück. »Kannst du den Bogen inzwischen wieder halten?«

»Für kurze Zeit.« Adrien bewegte vorsichtig seinen Daumen, dessen Sehne ihm solche Probleme bereitete.

»Das ist doch fantastisch!«

»Es ist ein Anfang«, bremste Adrien Elisas Begeisterung. »Warten wir ab, wie es weitergeht. Wollen wir heute Abend mal sehen, ob ich dir helfen kann?«

»Das wäre toll. Nach dem Abendessen?«

Als Elisa ins Musikzimmer kam, fand sie Anna und Oriana in regem Gespräch. Sie hatten ihre Sessel nahe zusammengeschoben, und ihre Köpfe waren über Annas Tablet gebeugt.

»Das Beste wäre, du könntest mit nach Berlin kommen«, sagte Elisas Mutter gerade. »Dort kann ich dir die Modelle zeigen, und wir würden dir, falls dir etwas gefällt, die Sachen vor Ort auf den Leib schneidern.« Sie blickte auf und bat Elisa, sich zu ihnen zu setzen. »Oriana braucht für die Promotiontour zu ihrem neuen Film ein passendes Outfit«, erklärte sie, und Elisa war sofort klar, was für eine wunderbare Gelegenheit sich hier für die angeschlagenen Geschäfte ihrer Mutter auftaten.

»Und vor allem für die Filmpremiere«, fügte Oriana hinzu. »Aber jetzt Hals über Kopf nach Berlin fliegen? So viel Zeit ist ja gar nicht mehr.« Sie lehnte sich zurück. »Eigentlich möchte ich mich lieber hier noch ein paar Tage ausruhen, ehe der Rummel beginnt. Schade. Ich habe das Gefühl, diese Kleider wären genau das Richtige für mich.«

Anna legte das Tablet weg. Ihre Enttäuschung war nicht zu übersehen.

»Und wenn du die Sachen herholst?«, schlug Elisa vor.

»Mit den Kleidern allein ist es ja nicht getan«, gab Anna zu bedenken. »Ich bräuchte das Nähstudio. Samt Schneiderin.«

Elisa überlegte. Diese Gelegenheit war zu gut, als dass Anna sie verstreichen lassen durfte. In der Villa konnte sie wegen der Stiftung kein Mode-Atelier unterbringen, so gerne sie Scarletts ehemaliges Zimmer dafür auch angeboten hätte. Da fiel ihr Mariella ein und die beiden Räume, die leer standen, seit Fabio ausgezogen war und sich mit Romy versöhnte hatte.

»Ich habe eine Idee.« Sie erhob sich. »Gebt mir eine halbe Stunde. Vielleicht finde ich eine Lösung.«

10
Niklas' Erbe

Mariella saß an dem großen Esstisch und knackte Walnüsse, als Elisa zu ihr kam.

»Möchtest du heute mit uns essen?«, fragte sie gut gelaunt. »Es gibt überbackene Chicorée mit Walnüssen.« Knirschend zerbrach die Schale einer weiteren Nuss. »Ich finde das wirklich interessant«, fuhr Mariella redselig fort. »Früher dachte ich, man kann Chicorée nur in Schinken einwickeln und mit Käse überbacken. Und jetzt entdecke ich so viele andere Möglichkeiten.«

Elisa schmunzelte. Dass ausgerechnet Mariella sich mit Nataschas veganen Essgewohnheiten anfreunden würde, hätte keiner von ihnen geglaubt. Sie ließ sich das neue Rezept erklären, dann kam Elisa auf Annas Anliegen zu sprechen. Sie schilderte die Situation ihrer Mutter und Orianas Interesse an deren Arbeit. »Stell dir mal vor, diese weltberühmte Schauspielerin trägt am Tag der Filmpremiere ein Kleid aus Annas Kollektion«, schloss sie. »Das könnte Annas Firma den erhofften Aufschwung bringen.«

»Ganz bestimmt.« Mariella nahm eine weitere Nuss aus

dem Korb. »Aber warum kommst du damit zu mir? Doch bestimmt nicht nur, um mir davon zu erzählen?«

»Nein. Wir brauchen Platz für ein improvisiertes Mode-Atelier. Räume, in denen Anna für kurze Zeit eine Schneiderin und ihre Spezial-Nähmaschinen unterbringen kann. Und da dachte ich an die Zimmer, die Fabio nicht mehr benutzt.« Mariella sah überrascht auf. »Nur für einige Tage«, beeilte Elisa sich hinzuzufügen. »Und ich verspreche, dass wir alles so hinterlassen, wie wir es angetroffen haben.«

»Sie will die Sachen für Oriana *hier* nähen?«, fragte Mariella verblüfft.

»Sie würde Kleider aus der Kollektion herbringen. Und das, was Oriana gefällt, vor Ort abändern. Vielleicht das eine oder andere neu schneidern, das weiß ich nicht so genau. Auf alle Fälle muss das noch diese Woche passieren. Sonst reist Oriana ab, und die Gelegenheit ist vorbei.«

Eine Weile war es still im Raum, nur das Knacken der Nüsse war zu hören, und Elisa musste sich zusammenreißen, um nicht ungeduldig mit den Fingern auf dem Tisch zu trommeln.

»Fabio kommt übrigens am Wochenende, um endlich mit Danilo über seine Rückkehr zu sprechen«, sagte Mariella.

»Er wird jetzt bei Romy wohnen, oder nicht?«

»Ja, natürlich.« Mariella ließ den Nussknacker sinken und sah Elisa bedeutungsvoll an. »Stell dir vor, dieser Galli hat schon wieder angerufen. Er will bei dem Gespräch unbedingt dabei sein.«

»Ja, darüber hat er schon mit Fabio beim Fest gesprochen.«

Elisa teilte Mariellas Sorge nicht, viel mehr fürchtete sie, Fabios Mutter würde die Frage nach den beiden Räumen lieber übergehen, und sah Annas Chancen bereits schwinden.

»Mir ist irgendwie nicht wohl dabei.« Mariella knackte energisch die letzte Nuss, strich die zerbrochenen Schalen in die nun leere Schüssel. »Willst du dir die beiden Zimmer mal anschauen?«, fragte sie übergangslos und erhob sich. »Sie sind voll eingerichtet, und ich weiß nicht, ob da alles reinpasst, was Anna herbringen will. Und wir sollten natürlich Fabio anrufen, denn es stehen dort noch immer Sachen von ihm.« Sie wusch sich die Hände. »Was ist?«, sagte sie mit Blick auf Elisa. »Kommst du mit?«

Die Zimmer lagen im oberen Stockwerk, und Elisa wurde bewusst, dass sie hier noch nie gewesen war. Mariella führte sie den Flur entlang bis ganz nach hinten, dort öffnete sie eine Tür. Der Raum lag im Halbdunkel. Als Mariella die Fensterläden öffnete, strömte das Sonnenlicht herein.

»Wie gesagt, ich muss erst Fabio fragen«, wiederholte Mariella und öffnete die Verbindungstür zu einem Nebenraum. »Ob er damit einverstanden ist, dass eine fremde Frau in seinem Bett schläft. Denn die Schneiderin braucht ja eine Unterkunft, oder?«

Elisa warf einen Blick hinein. Es war eher eine Kammer, in der ein Einzelbett, Schrank und eine kleinen Kommode Platz gefunden hatten.

»Das stimmt.« Elisa wandte sich dem größeren Zimmer zu. Es war wie ein *salotto* eingerichtet mit einer kleinen Sitzecke und einem Schreibtisch, über dem Regale voller Bücher angebracht waren. An der anderen Wand hing ein verblichenes Poster des AC Mailand. »Vermutlich sollte Anna sich das hier erst ansehen, falls Fabio einverstanden ist«, sagte sie schließlich. »Ich habe keine Ahnung, wie viel Platz sie braucht.« In Gedanken rückte sie bereits die Sitzgruppe zusammen und installierte auf dem Schreibtisch eine Nähmaschine. Irgendwie, dachte sie, würde es wohl gehen.

»Schick deine Mutter her«, schlug Mariella vor. »Wenn die Zimmer infrage kommen, ruf ich Fabio an. Es hat ja keinen Sinn, ihn zu stören, wenn Anna am Ende kein Interesse hat.«

»Groß ist es nicht«, sagte Anna, als sie sich eine Viertelstunde später in Fabios früherem Reich umsah. »Aber es würde gehen. Könnte ich vielleicht die Sessel rausstellen? Dann wäre Platz für einen weiteren Arbeitstisch.«

»Solange hinterher wieder alles ist wie jetzt, soll mir das recht sein«, gab Mariella zurück und holte ihr Handy aus der Tasche.

»Ich zahle selbstverständlich Miete«, erklärte Anna.

»Ach was.« Mariella wischte mit der Hand durch die Luft. »Das ist nicht nötig. Wenn Fabio einverstanden ist, geht das in Ordnung. Also entschuldigt mich kurz.« Damit ging sie hinaus.

Anna trat ans Fenster und öffnete einen der Flügel.

»Denkst du, du kommst hier zurecht?«, fragte Elisa.

»Es muss einfach gehen«, antwortete Anna und sog die frische Luft ein. »Ich hab schon mit Aylin telefoniert. Sie würde herfliegen. Das ist weit besser, als wenn wir eine Schneiderin verpflichten. Aylin näht fast so gut wie ich.« Elisa nickte. Aylin war Annas langjährige Assistentin und, wie sie vermutete, inzwischen ihre einzige Mitarbeiterin. »Sie stellt bereits die Modelle zusammen und überlegt, welche Maschinen wir brauchen.«

»Viele Geräte haben hier nicht Platz«, wandte Elisa ein.

»Wir kriegen das hin.« Anna klang, als müsste sie sich selbst davon überzeugen. »Und wenn wir manches mit Hand nähen müssen.« Vom Flur waren Schritte zu hören, und Anna wandte sich gespannt um.

»Er ist einverstanden«, sagte Mariella schon im Hereinkommen. »Und er lässt ausrichten, dass ihr ruhig umräumen und Möbel rausstellen könnt, falls nötig. Danilo hilft euch sicher beim Tragen. Platz ist unten im Lager.«

Anna stieß einen Freudenschrei aus und fiel Mariella spontan um den Hals, was die Tessinerin sichtlich aus dem Konzept brachte, denn sie und Anna hatten bislang ein eher distanziertes Verhältnis zueinander gehabt. »Vielen Dank!« Anna löste sich von Mariella.

»Ist schon in Ordnung«, gab Mariella zurück und richtete sich mit den Fingern ihr Haar, das wie immer zu einem schlichten Bob geschnitten war. »Ich drück dir die Daumen, dass alles klappt. Und jetzt muss ich mich weiter ums Mittagessen kümmern.«

Noch am selben Abend traf Aylin ein, im Gepäck fünf große Koffer samt einiger Kisten, in denen sich zwei Nähmaschinen und anderes Zubehör befanden. Einmal mehr war Dante eingesprungen, hatte einen kleinen Lieferwagen gemietet und war mit Anna zum Mailänder Flughafen gefahren, um sie abzuholen. In einer Hauruckaktion hatte Anna am Nachmittag gemeinsam mit Bruno, Elisa, Danilo und Natascha Fabios ehemaliges Kinderzimmer fast leer geräumt und einen Arbeitstisch aus dem Fundus der Fasetti darin aufgestellt. Mariella hatte es sich nicht nehmen lassen, die Räume durchzuwischen und schließlich das alte Fußball-Poster abzuhängen. Aylin und Anna packten bis tief in die Nacht die mitgebrachten Dinge aus. Bald war Fabios Kinderzimmer nicht mehr wiederzuerkennen.

Elisa hatte den Abend mit Adrien verbracht, sie hatte die beiden Arien gespielt, und Adrien hatte das Notenpapier vollgeschrieben, das Jeremy ihnen gegeben hatte. Nun fühlte Elisa sich erschöpft, aber auch glücklich, als sie zu später Stunde nach Hause kam.

»Was hast du denn so lange mit Adrien gemacht?«, fragte Danilo, der im Bett auf sie wartete.

»Wir arbeiten an meinem Konzertprogramm«, erzählte Elisa begeistert. »Und weißt du was?«

»Nein, ich habe keine Ahnung.«

»Ich habe das Gefühl, tatsächlich zu verstehen, wie Puccini die Melodien entwickelt hat.« Sie schlüpfte in ihr Nachthemd. »So als hätte ich einen Blick in Puccinis Gedankenwelt werfen dürfen. Absteigende Melodiebögen haben etwas Resigniertes, aufsteigende etwas Hoffnungsvolles. Und so hat jedes Motiv einen eigenen Charakter, sagt etwas anderes aus.«

So wie eine Sprache, hatte sie zu Adrien gesagt, und er hatte entgegnet: *Klar! Die Sprache der Musik. Fällt dir das etwa jetzt erst auf?* …

»Ich bin ja mal gespannt, wohin das führen soll«, sagte Danilo und gähnte. Hatte sie sich verhört oder klang das wirklich skeptisch? Vor lauter Freude hatte sie gar nicht wahrgenommen, wie missmutig Danilo sie betrachtete.

»Wohin das führen soll?«, echote sie verständnislos. »Ich hab dir doch gesagt, dass wir …«

»Hör zu, Elisa, es ist schon spät«, unterbrach Danilo sie. »Ich bin müde und muss morgen früh raus.« Er löschte das Licht.

»Übrigens interessiert sich Jeremy für die Campanulas«, sagte Elisa, als sie sich ins Bett kuschelte. »Er möchte dich in der Werkstatt besuchen.«

Doch sie wartete vergeblich auf eine Reaktion von Danilo. Offenbar war er schon eingeschlafen.

In den folgenden Tagen bekam Elisa ihre Mutter kaum zu Gesicht. Während Sven mit Rocky weite Spaziergänge unternahm, bei denen Margit sie häufig begleitete, Serafina und Maurizio ihre Arbeit wieder aufnahmen und kein Wort mehr miteinander sprachen, während Amadou intensiv mit Jeremy und Margit arbeitete, verbrachte Elisa viele Stunden mit Adrien, um an ihrem Tosca-Projekt, wie sie es inzwischen nannten, weiterzuarbeiten. Inzwischen konnte Elisa sich überhaupt nicht mehr vorstellen, dass sie einander früher so große Vorbehalte entgegengebracht hatten, und dachte viel darüber nach, wie unnütz und kontraproduktiv es doch war, sich als

Konkurrenten zu sehen, statt die gemeinsame Liebe zur Musik in den Vordergrund zu stellen. So verging die Woche im Nu, und nach Svens Abreise baten Anna und Oriana Elisa am Freitagabend in das improvisierte Modestudio in Mariellas Haus.

»Deine Mutter hat gezaubert«, sagte die Filmschauspielerin, als Elisa die Räume betrat. Die Arbeitstische waren an die Wand geschoben worden, um Platz zu schaffen. Auf dem Rollständer aus Annas Zimmer in der Villa hing eine Reihe von Kleidungsstücken.

Sowohl Anna als auch ihre Assistentin hatten dunkle Ränder unter den Augen. Sie wirkten dennoch glücklich.

»Morgen reist Oriana ab«, erklärte Anna. »Und wir haben uns gedacht, wir führen dir einfach mal das Ergebnis vor.«

»Ich bin restlos begeistert.« Oriana strahlte über das ganze Gesicht. »Die Sachen für die Promotion-Tour sind wunderschön und gleichzeitig bequem. Und das Premierenkleid ist einfach genial. Aber ich würde gern deine Meinung hören. Jeremy kann ich so was nicht fragen. Ihm gefalle ich sogar im Jogginganzug.« Sie lachte auf. »Normalerweise lasse ich mich in solchen Dingen von meiner Agentin beraten«, sagte sie dann ernst. »Aber Joanne kann leider nicht herkommen. Also bist du jetzt diejenige, die den Daumen hebt oder senkt.«

Elisa wollte schon protestieren, schließlich fand sie sich selbst keineswegs als geeignet, kompetente Ratschläge für das Outfit einer Filmdiva zu geben, als sie Annas flehenden Blick sah. Also schluckte sie ihre Bedenken hinunter und sagte: »Ich fühle mich sehr geehrt. Womit wollen wir beginnen?«

»Mit den Sachen für die Tour.« Oriana begab sich gemeinsam mit Aylin, die die ersten Bügel vom Rollständer nahm, in Fabios altes Schlafzimmer, um sich umzuziehen.

»Ich hoffe sehr, dass alles passt.« Anna sah Elisa eindringlich an. »Wir haben keine Zeit mehr, größere Änderungen vorzunehmen.«

»Keine Sorge«, versuchte Elisa ihre Mutter zu beruhigen. »Ich bin sicher, Oriana war noch nie so gut gekleidet.«

»Da könntest du recht haben.« Anna sank seufzend auf einen Stuhl. »Ach, es macht einfach Spaß, diese wunderbare Frau einzukleiden. Eine solche Schönheit!«

Die Tür ging auf, und Oriana erschien in einem zauberhaften Ensemble aus Leinen und Seide in Weiß und Beigetönen.

»Oriana spielt in dem Film eine Kinderärztin, die sich auf die Adoption von Kindern aus Schwellenländern spezialisiert hat und dabei auf eine Organisation stößt, die sich nicht an die ethischen Normen hält und Kinder gegen Geld vermittelt.«

»Genau genommen sind das Kinderhändler«, warf Oriana ein.

»Richtig«, fuhr Anna fort. »Es schien mir wichtig, sie in helle Farben zu kleiden, ohne sie wie eine Ärztin aussehen zu lassen.«

»Das ist dir großartig gelungen!« Bewundernd betrachtete Elisa die weite Hose aus fließendem Stoff, das überlang geschnittene Sakko aus feinem Leinen, dem Anna eine hohe Taille gegeben hatte, was Orianas Silhouette ungemein feminin wirken ließ. Darunter trug die Diva eine hochgeschlossene Seidenbluse mit raffiniertem Spitzeneinsatz am Dekolleté.

Als Oriana das Sakko aufknöpfte, konnte man sehen, dass die Bluse unter ihrer Brust in einem Bund endete und ihren makellosen Bauch frei ließ.

»Ein bisschen Sexappeal muss sein«, schmunzelte Anna zufrieden.

»Wie findest du das?« Oriana sah Elisa erwartungsvoll an.

»Zauberhaft!«, antwortete diese begeistert.

»Selbstverständlich muss Oriana bei jedem Termin etwas anderes tragen. Deshalb haben wir die Farbpalette und die Schnitte variiert.«

»Also Daumen hoch?«, fragte Oriana mit leuchtenden Augen.

»Nicht nur einen, sondern alle beide«, gab Elisa zurück, und Oriana verschwand wieder im Schlafzimmer.

Elisa brauchte nicht zu schmeicheln, auch die Kombinationen in hellem Perlrosé, zartem Lichtblau und Silbergrau kleideten die Schauspielerin ausgezeichnet und brachten ihre besondere Schönheit zum Leuchten, statt sich durch kräftige Farben und zu auffällige Schnitten in den Vordergrund zu spielen. Jedes einzelne Modell war dennoch ein Hingucker und trug unverwechselbar Annas Handschrift.

»Und jetzt kommt das Prachtstück.« Offenbar befand sich die Gala-Robe bereits in dem kleinen Zimmer, denn der Rollständer war inzwischen leer, Aylin hatte jedes Teil sogleich sorgfältig in Seidenpapier eingeschlagen und verpackt.

»Eigentlich müsstest du dir das jetzt in einem richtigen Saal anschauen.« Anna knetete nervös ihre Hände, während Oriana und Aylin im Nebenzimmer beschäftigt waren. »Niklas'

Musikzimmer zum Beispiel. Aber dort sind zu viele Leute. Außer dir darf sie niemand in ihrer Premierenrobe sehen.«

»So ähnlich wie bei einer Hochzeit?«

Anna musste lachen. »Ja, so ähnlich.«

In diesem Moment öffnete sich die Tür. Oriana trat herein, und Elisa blieb die Luft weg. Anna hatte ihr ein eng anliegendes, ihre wunderschöne Figur nachzeichnendes Kleid auf den Leib geschneidert, das von der Hüfte abwärts von einer wahren Wolke aus Seidenchiffon umwogt wurde, die sich hinten zu einer angedeuteten Schleppe verdichtete. Vorne war es hochgeschlossen, und als Oriana sich umdrehte, kam an ihrem Rücken ein verwegener Ausschnitt zutage, der wie ein ovales Fenster ihre Haut sehen ließ.

»Na, was sagst du?« Orianas Augen ruhten prüfend auf Elisa.

»Es ist … einfach wow!«, gab Elisa zurück und bewunderte die Drapierung des Seidenchiffons, der, wie sie jetzt entdeckte, nicht reinweiß wie das Kleid war, sondern aus vielen unterschiedlichen zart pastellfarbenen Schichten bestand. »Das alles steht dir so gut, dass du nie mehr etwas anderes tragen solltest.«

»Das werde ich auch nicht mehr«, antwortete Oriana und musste gleich darauf lachen. »Ich meine natürlich nicht dieses Kleid. Aber ich will nie wieder etwas anderes tragen, als das was deine Mutter für mich entwirft.«

Elisa meinte, den Stein hören zu können, der Anna in diesem Moment vom Herzen plumpste.

»Das halte ich für eine gute Entscheidung«, sagte sie

fröhlich. »Wenn man seinen Stil einmal gefunden hat – warum sollte man ihn dann ändern?«

Oriana reiste am folgenden Tag ab, und um ihr mit dem vielen Gepäck behilflich zu sein, begleiteten Anna und Aylin sie zu ihrem Domizil nach London. In Elisa keimte die Hoffnung, Anna könnte den Besuch in der britischen Hauptstadt für ein Treffen mit Caren nutzen, die dort lebte. Allerdings wagte sie nicht, ihrer Mutter das vorzuschlagen, schließlich wollte sie Anna nicht aus ihrer euphorischen Stimmung reißen.

Sie hatte gerade mit Brunos Hilfe das eilig verlassene Mode-Atelier aufgeräumt, als ausgelassene Stimmen ertönten. Es waren Mimi, Romy und Fabio, und mit dabei war natürlich die kleine Fiocca, die Mimi sogleich entwischte und in Mariellas Gemüsegarten Fangen spielte.

»Komm sofort aus den Beeten heraus«, rief Fabio streng.

»Na, zum Glück hat *mamma* ja noch nichts eingepflanzt«, beschwichtigte ihn Danilo.

Endlich ließ Fiocca sich aus purer Gutmütigkeit einfangen, bereute dies vermutlich jedoch, als Mariella den Welpen im Gartenwaschbecken unter den Wasserstrahl hielt, um die braunen Erdklumpen aus dem weißen Fell herauszuwaschen. Auch Mimis Schuhe wurden einer kritischen Prüfung unterzogen, gegen die mitgebrachten Hausschuhe getauscht und von Fabio gereinigt.

»Was sollen die Canettis von dir denken, wenn sie dich und Fiocca nachher abholen«, schalt Romy.

»Mimi geht zu den Canettis?«, fragte Mariella ein wenig enttäuscht.

»Sie will mit Matteo spielen«, erklärte Romy. »Und ich glaube, Daria möchte sich davon überzeugen, dass es Fiocca gut geht. Sie kommen um drei.«

Im Haus duftete es verführerisch nach Mariellas famosem Rinderschmorbraten mit Steinpilzen, die sie wie jeden Herbst gesammelt und über den Winter getrocknet hatte. Elisa lief das Wasser im Mund zusammen.

»Wir haben tatsächlich einen Geigenbaumeister gefunden«, verkündete Fabio, als sie alle miteinander am Esstisch saßen. »Er stammt aus Tschechien.«

»Das sind ja wunderbare Nachrichten«, rief Mariella. »Das heißt, du kannst schon früher kommen?«

»Ja, sobald wir hier alles geklärt haben. Ich schätze, Karel braucht vier Wochen, um sich in alle Abläufe einzuarbeiten.« Es war Fabio deutlich anzusehen, dass er sich auf seine Rückkehr freute.

»Großartig!« Danilo schlug seinem Bruder freundschaftlich auf die Schulter.

»Na, na«, scherzte Fabio. »So viel Herzlichkeit bin ich von dir gar nicht gewöhnt.« Er sah sich suchend in der Runde um. »Wo ist denn deine Auszubildende?«

»Natascha ist übers Wochenende nach Mailand gefahren.«

»Schade«, sagte Fabio. »Ich hätte gern noch mal mit ihr gesprochen.«

»Also was Natascha anbelangt ...«, begann Danilo, »am besten, du lässt sie in Ruhe. Sie ist *meine* Auszubildende.«

Fabio legte das Messer neben seinen Teller. »Siehst du, da bin ich vollkommen anderer Meinung. Solche Dinge müssen wir als gleichberechtigte Geschäftsführer gemeinsam besprechen. Es geht doch nicht, dass einer von uns jemanden einstellt, und der andere …«

»Wollt ihr etwa jetzt schon mit den Verhandlungen anfangen?«, fiel ihm seine Mutter ins Wort. »Natascha ist in Ordnung. Und wenn sie nur Campanulas bauen will, ist das eben so.«

Fabio holte tief Luft, stieß sie auf einmal aus und griff kopfschüttelnd nach seinem Besteck.

»Immer warst du dagegen, Auszubildende aufzunehmen. Hast du das vergessen?« Danilo war offenbar nicht bereit, das Thema gleich fallen zu lassen. »Du warst nicht da. Sollen alle Entscheidungen, die ich in deiner Abwesenheit getroffen habe, noch mal auf den Prüfstand kommen? Das kann ja wohl nicht dein Ernst sein.«

»Schluss jetzt.« Mariella sah zornig von einem ihrer Söhne zum anderen. »Alles zu seiner Zeit. Jetzt wird gegessen. Erinnert ihr euch nicht, was euer Vater immer gesagt hat?«

»Was hat *nonno* Reno denn immer gesagt?«, fragte Mimi in die betretene Stille hinein, die nach Mariellas Worten entstanden war.

»Dass man beim Essen nicht über die Arbeit spricht«, erklärte Mariella ihr freundlich.

Von da an verlief die Mahlzeit friedlich. Mimi erzählte von ihren Vorbereitungen auf den Kindermusikwettbewerb, doch

Elisa stellte bedauernd fest, dass schon wieder diese leise Spannung zwischen Danilo und seinem Bruder herrschte, genau wie vor Fabios Weggang. Ob dies an dem Wortwechsel wegen Natascha lag oder daran, dass Fabio es offenbar nicht gerne hörte, wenn seine Tochter begeistert von ihrer Campanula erzählte – Elisa konnte es nicht sagen.

Sie hatten gerade die *cassata siciliana* gegessen, ein köstliches Dessert aus Sizilien, das Bruno nach einem alten Familienrezept zubereitet hatte, als wie verabredet Franco Canetti mit Matteo kam, um Mimi und Fiocca einzuladen. Die beiden Kinder begrüßten sich stürmisch.

»Um fünf holen wir sie ab«, sagte Romy zu Franco. »Passt euch das?«

»Ausgezeichnet.«

Romy winkte ihrem Töchterchen, bis Francos Wagen nicht mehr zu sehen war, und kehrte zurück in Mariellas Wohnstube.

»So, jetzt können wir in Ruhe …« Fabio stockte und sah aus dem Fenster. Eine dunkle Limousine fuhr in den Hof. Aus dem Wagen stieg Dr. Galli.

»Ach du Schreck«, entfuhr es Mariella. »Den hab ich ja ganz vergessen.«

»Sollen wir mit ihm in die Werkstatt rübergehen?«, fragte Danilo unschlüssig.

»Auf keinen Fall«, gab Mariella zurück. »Wenn dieser Mann dabei sein will, setze ich mich dazu.« Es klopfte an der Tür, und sie ging, um Galli zu öffnen.

»Dann bleibe ich auch.« Romy sah Elisa fragend an. »Du

kennst ihn von uns allen am besten. Vielleicht ist es gut, wenn du ebenfalls dabei bist? Was kann er nur wollen?«

Elisa kam nicht zum Antworten, Galli betrat das Esszimmer, gefolgt von Mariella. Der Notar begrüßte höflich jedes einzelne Familienmitglied. »Das ist schön, dass alle anwesend sind«, sagte er. »Wo darf ich mich setzen?«

Einen Moment lang herrschte Schweigen. Schließlich ergriff Mariella das Wort. »Bitte halten Sie mich nicht für unhöflich. Es ist nur so, wir fragen uns alle, was Sie eigentlich zu uns führt.«

Galli schob seine randlose Brille mit dem Zeigefinger vorsichtig auf seinem Nasenrücken zurecht und sah überrascht von Mariella zu deren Söhnen. »Nun«, antwortete er. »Ich hatte die Information, dass heute über die Modalitäten der Rückkehr von Signor Fasetti, ich meine Fabio Fasetti, in den Betrieb gesprochen werden soll. War das ein Irrtum? Wenn ja, bitte ich um Entschuldigung.«

»Das ist schon richtig«, gab Mariella sichtlich verwirrt zurück. »Aber was ist Ihre Rolle dabei?«

»Meine Rolle?« Galli räusperte sich. »Ich bin als der gesetzliche Vertreter von Milena Fasetti gekommen, um ihre Interessen zu vertreten.«

»Die Interessen meiner fünfjährigen Tochter?« Fabio betrachtete den Notar mit gerunzelter Stirn. »Denken Sie nicht, die können ich und meine Frau ganz gut selbst vertreten?«

Galli sah auf einmal aus wie jemand, der geglaubt hatte, eine einfache Aufgabe zu erledigen zu haben, und sich nun vor einem schwierigen Fall sah. »Vielleicht sollten wir uns alle nochmals ins Gedächtnis rufen, wie die Besitzverhältnisse der Firma Fasetti nach dem Ableben von Niklas Eschbach auf die Anwesenden verteilt sind«, sagte er und legte seine Aktenmappe, die Elisa erst jetzt bemerkte, behutsam auf einen der Stühle am Esstisch. »Und daran, dass ich laut seinem Testament bis zur Volljährigkeit Ihrer Tochter ihre Anteile vertrete und damit ein Mitspracherecht in allen Belangen der Firma habe. Deshalb bin ich hier.«

Fabio wirkte wie vor den Kopf gestoßen, und auch die anderen mussten erst verarbeiten, was sie soeben gehört hatten. Natürlich, dachte Elisa, Galli hatte vollkommen recht. Genau so hatte Niklas es in seinem letzten Willen festgelegt. Damals hatte er verhindern wollen, dass Fabio seine Anteile an der Geigenmanufaktur verkaufen und damit die Existenz des Familienunternehmens gefährden könnte, denn er war im Streit gegangen, und es hatte keineswegs so ausgesehen, als würde er es sich irgendwann anders überlegen. Aber Elisa war sicher, dass Niklas im Falle einer Versöhnung der Brüder niemals daran gedacht hatte, den Notar, sosehr er ihn wohl geschätzt hatte, zwischen die beiden zu stellen. Oder womöglich doch?

»Sie wollen damit sagen, dass Sie sich in die internen Dinge unseres Familienbetriebs einmischen wollen?«, fragte Mariella ungläubig.

Galli seufzte tief auf. »Es war nicht meine Idee«, sagte er. »Und ob Sie es glauben oder nicht, ich habe Niklas Eschbach von dieser Regelung abgeraten. Aber er wollte es so, und jetzt haben wir uns alle an seinen letzten Willen zu halten. Ich vertrete in dieser Runde Milena Fasetti, und zwar bis zu ihrer

Volljährigkeit. Das bin ich Niklas Eschbach schuldig, der mir auch ein Freund gewesen ist.« Er griff nach der Lehne des Stuhls, auf dem seine Aktenmappe bereits lag. »Darf ich?«

Er setzte sich, ohne eine Antwort abzuwarten, und widerstrebend nahmen auch die anderen Platz. Am längsten zögerte Fabio, und Elisa befürchtete schon, er könnte einfach gehen, so wie er es oft tat in Situationen, die ihm nicht gefielen. Doch er riss sich zusammen und ließ sich auf den Stuhl neben seiner Mutter fallen.

»Ich weiß wirklich nicht, warum Ihre Anwesenheit notwendig sein sollte«, erklärte Danilo. »Mein Bruder und ich, wir werden künftig die Firma gemeinsam leiten. Schließlich ist sie das Vermächtnis unseres Vaters Reno Fasetti.«

Noch während er sprach, schien Danilo sein Irrtum aufzugehen. Denn Fabio war ja keineswegs der Sohn von Reno Fasetti, obwohl sie das alle fünfunddreißig Jahre lang geglaubt hatten.

Und prompt ergriff Galli erneut das Wort. »Wie gesagt, es ist wohl das Beste, wir führen uns noch einmal in aller Deutlichkeit die aktuellen Besitzverhältnisse vor Augen, denn diese sind zugegebenermaßen nicht ganz unkompliziert.« Er zog eine Akte aus seiner Mappe und blätterte einige Seiten um. »Also, wenn ich das darlegen dürfte: Mariella Fasetti, Ihre Mutter, hält dreißig Prozent Anteile an der Firma. Die übrigen siebzig besaß Niklas Eschbach.«

Fabios Kopf fuhr überrascht zu seiner Mutter. »So viel? Ist das wahr?«, fragte er halblaut. Mariella wandte den Blick nicht von Galli und nickte.

»Wie Sie alle seit der Testamentseröffnung wissen, hat Niklas Eschbach seine Anteile zu gleichen Teilen an Danilo Fasetti und Milena Fasetti vermacht. Das bedeutet, dass die beiden jeweils fünfunddreißig Prozent besitzen.«

»Und die fünfunddreißig Prozent meiner Tochter sind natürlich im Grunde meine«, fügte Fabio hinzu.

Galli schüttelte den Kopf. »Ich bedaure sehr, aber Sie irren sich. Milena Fasettis Anteile sind nicht übertragbar. Ich bin es, der sie für Ihre Tochter treuhändisch verwaltet. Und um es gleich zu sagen«, fügte er rasch und mit erhobener Stimme hinzu, da Fabio ihn unterbrechen wollte, »ich persönlich habe davon keinerlei Nutzen. Alles, was die Geigenbauwerkstatt erwirtschaftet, muss spätestens jetzt genau aufgeteilt werden, und zwar gemäß den Anteilen. Danilo Fasetti hat Anspruch auf fünfunddreißig Prozent des Gewinns, Mariella Fasetti auf dreißig Prozent. Und die fünfunddreißig Prozent für Milena Fasetti gehen auf ein Konto, zu dem bis zu ihrer Volljährigkeit nur ich Zugriff habe. So sieht es das Testament vor.« Galli schloss die Akte und lehnte sich zurück. Es war still im Esszimmer geworden. Elisa versuchte zu begreifen, was dies für die Zukunft der Werkstatt bedeutete.

»Das heißt«, ließ Fabio sich nach einer Weile vernehmen, »mir gehört hier überhaupt nichts?«

»Doch, natürlich«, erwiderte Mariella, die wie die anderen schockiert wirkte. »Du bist mein Sohn und hast Anrecht auf meine Anteile, wenn Niklas dich schon zugunsten deiner eigenen Tochter enterbt hat.«

»Fabio ist nicht dein einziger Sohn«, gab Bruno, der bislang geschwiegen hatte, leise zu bedenken. »Du kannst ihm nur die Hälfte geben.«

»Aber er muss von seiner Arbeit leben können«, wandte Mariella heftig ein.

»Wenn sich alle darüber einig sind, dass Fabio Fasetti als Geigenbaumeister hierher zurückkehren soll«, erklärte Galli, »dann kann er einen Anstellungsvertrag bekommen und ein festes Gehalt beziehen.«

»Wir sollen meinen Bruder anstellen?«

»Ja, und da wollte ich verschiedene Möglichkeiten mit Ihnen besprechen. Zum Beispiel könnten die Anteilseigener gemeinsam einen Vertrag mit Fabio Fasetti schließen. Oder, wenn es Ihnen lieber ist, könnte natürlich genauso gut die minderjährige Milena Fasetti ihren Vater vertraglich verpflichten.«

»Mimi soll meine Arbeitgeberin werden?«, rief Fabio aus. »Das ist ja wohl das Absurdeste, was ich je gehört habe.«

»Das hat Niklas nicht gewollt«, donnerte Mariella los und hieb mit der Faust auf den Tisch. »Ich kannte ihn länger als Sie, Signor Galli, und ich kann seine Überlegungen durchaus nachvollziehen. Mein Sohn Fabio war zu dem Zeitpunkt, als das Testament verfasst wurde, unerreichbar für uns. Es sah so aus, als hätte er für immer mit uns gebrochen, als er erfuhr, dass Reno nicht sein Vater war.« Elisa warf Fabio einen raschen Blick zu. Er war aschfahl geworden. »Niklas wollte verhindern, dass er sich an mir rächt, indem er die Hälfte der Werkstatt verkauft. Nun, das ist ja nicht geschehen, ganz im Gegenteil. Wenn dieser alte Sturkopf mit mir geredet hätte, wie er im

Grunde alles Wichtige mit mir besprochen hat, hätte er mit Sicherheit einen Zusatz ins Testament aufgenommen. Eine Formulierung, die besagt, dass er im Falle seiner Rückkehr seine alten Rechte wiedererlangt.«

»Es tut mir leid, das zu sagen, Signora Fasetti, aber es waren damals *Sie*, die nicht mehr mit meinem Mandanten sprechen wollten, nicht er«, erwiderte Galli freundlich. »Niklas Eschbach musste davon ausgehen, dass auch Sie den Kontakt mit ihm abgebrochen hatten. Also sollten Sie ihm jetzt keine Vorwürfe machen, die ohnehin zu nichts führen.«

Elisa schloss kurz die Augen. Es stimmte, was der Notar sagte. In jenen Frühlingswochen nach Fabios abruptem Verschwinden hatte Mariella sich mehrere Wochen lang geweigert, Niklas zu besuchen. Sie hatte ihm die Schuld daran gegeben, dass Fabio ihnen den Rücken gekehrt hatte. Und ob sie danach je zu dem herzlichen Verhältnis von früher zurückgefunden hatten – Elisa wollte sich darüber kein Urteil erlauben. Kein halbes Jahr später war Niklas gestorben.

»Lassen Sie uns in die Gegenwart zurückkehren«, schlug Galli vor. »Ich verstehe nicht, was daran absurd sein sollte, wenn Sie auf der Grundlage eines fairen Arbeitsvertrags ins Familienunternehmen zurückkehren. Denken Sie an die Zukunft Ihrer Tochter. Sie haben die Möglichkeit, dazu beizutragen, dass sie mit ihrer Volljährigkeit ein schönes Erbe antreten kann.«

»Also wenn ich alles richtig verstehe, muss Fabio mit Ihnen einen Arbeitsvertrag schließen?« Romy sah den Notar fragend an.

»So ist es.« Galli nickte. »Sie können sicher sein, dass ich die Interessen Ihrer Tochter bestmöglich vertreten werde.«

Fabio lachte verächtlich auf. »Als ob ich das nicht könnte«, sagte er verärgert.

»Was ist mit grundsätzlichen Entscheidungen?«, fragte Danilo. »Zum Beispiel wenn wir eine Investition tätigen oder Personal einstellen müssen – wollen Sie da künftig mitreden?«

»Das ist nun einmal meine Pflicht«, erklärte Galli kühl. »Und ich kann nur wiederholen, dass ich mich um diese Aufgabe nicht gerissen habe.«

»Wie soll denn das gehen?« Fabio starrte Galli wütend an. »Sie haben doch keine Ahnung vom Geigenbau!« Er sprang auf und ging mit großen Schritten auf und ab.

»Bei allem, wo Fachkenntnis vonnöten ist, werde ich mich selbstverständlich auf Ihr Urteil verlassen«, erwiderte Galli geduldig. »Ich glaube, Sie stellen sich das alles viel komplizierter vor, als es …«

»Verstehen Sie denn nicht, wie unzumutbar das Ganze für mich ist?« Fabio war vor Galli stehen geblieben. »Ein Notar als mein Vorgesetzter und …«

»Arbeitgeber, nicht Vorgesetzter«, korrigierte Galli ihn. »Und ich sehe nicht, was daran so schlimm sein soll. Soweit ich weiß, arbeiten Sie zurzeit in Cremona unter ähnlichen Bedingungen.«

Fabio stieß einen empörten Laut aus. »Dann kann ich ja gleich dort bleiben«, erklärte er und wandte sich um, als wollte er den Raum verlassen.

»Fabio, bitte!« Mariella war aufgestanden und hielt ihn am Ärmel fest. »Renn doch nicht gleich davon.«

»Was erwartest du von mir?« Fabio riss sich los. »Ich habe gedacht, ich komme in mein eigenes Unternehmen zurück. Jetzt erfahre ich, dass mir hier nichts mehr gehört.«

»Im Grunde hat Ihnen hier noch nie etwas gehört«, sagte Galli. »Mit seinen siebzig Prozent war Niklas Eschbach de facto gemeinsam mit Ihrer Mutter der Besitzer der Geigenbauwerkstatt. Und in wichtigen Entscheidungen hätte er Sie, Frau Fasetti, jederzeit überstimmen können. Dass er das zu seinen Lebzeiten nicht geltend gemacht hat und Sie schalten und walten ließ, wie Sie es wollten, war seiner Großherzigkeit geschuldet.«

»Und der Tatsache, dass Fabio sein Sohn ist«, fügte Mariella hinzu. »Außerdem war ihm klar, dass es keinen besseren Werkstattleiter gibt.«

»Das heißt, du hast das alles gewusst?«, herrschte Fabio seine Mutter an.

»Natürlich hab ich das gewusst«, gab sie ruhig zurück. »Ich hab hier schon immer die Finanzen verwaltet und weiß vermutlich besser als ihr beide, wie es um die Firma steht.«

»Nachdem das geklärt ist, können wir jetzt wohl zu den wesentlichen Dingen kommen.« Galli zog Papiere aus seiner Mappe. »Ich habe bereits einen Arbeitsvertrag für Fabio Fasetti vorbereitet. Hier sind drei Ausfertigungen.« Er verteilte sie an Fabio, Mariella und Danilo. »Ich schlage vor, dass Sie sich das in Ruhe ansehen. Sinnvolle Änderungswünsche können wir selbstverständlich einarbeiten, wenn sie die Rechte Ihrer

Tochter nicht verletzen.« Er schloss seine Mappe und erhob sich. »Melden Sie sich einfach bei mir, wenn Sie sich darüber einig sind, wie wir am besten weitermachen. Meine Telefonnummer haben Sie ja.«

Es war Elisa, die sich schließlich erhob, um den Notar hinauszubegleiten, die anderen saßen wie gelähmt am Tisch. »Signor Galli?«

Sie standen im Hof, und der Notar drehte sich noch einmal zu Elisa um. »Ja, Frau Eschbach?«

»Niklas hätte das nicht gewollt«, sagte Elisa ruhig. »Er hätte eine andere Lösung vorgezogen, nachdem Fabio sich mit seiner Familie ausgesöhnt hat.«

Auf einmal wirkte der Notar müde. Er klemmte sich seine Aktenmappe unter den Arm und nahm vorsichtig die randlose Brille von seiner Nase, rieb sich die Augen. Dann setzte er das fragile Teil wieder auf. »Möglich«, sagte er. »Aber ich bin Jurist, Frau Eschbach. Ich darf nicht nach Gutdünken oder Vermutungen handeln.« Er klopfte auf die Mappe. »Hier hat Ihr Großvater Fakten festgeschrieben. Und an die muss ich mich halten.«

»Was für eine verfahrene Situation«, sagte Danilo verärgert, als Elisa zu den anderen an den Tisch zurückkehrte. »Dass diese Vorsichtsmaßnahme von Niklas uns jetzt das Leben so schwer macht, war bestimmt nicht in seinem Sinne. Aber eines musst du schon zugeben, Fabio: Diesen ganzen Schlamassel hast *du* uns eingebrockt. Wenn du damals nicht davongelaufen wärst, als wären die Hunde hinter dir her, wäre das alles nicht passiert.«

»Das bringt doch jetzt nichts mehr«, erwiderte Mariella und blätterte ratlos in dem Arbeitsvertrag, während Fabio, der wieder am Tisch saß, finster vor sich hin brütete.

»Wie hat Niklas sich nur so etwas ausdenken können?«, sagte Romy. »Jetzt soll ein fremder Mann Mimis Interessen vertreten? Wie verrückt ist das denn?«

»Wenn du dich wenigstens noch mit Niklas versöhnt hättest«, fing Danilo erneut an. »Dann hätte er das Testament noch ändern können und alles wäre jetzt viel einfacher.«

»Hör endlich auf mit den alten Geschichten«, herrschte Mariella ihn an. »Wir müssen eine Lösung finden.«

»Das Beste ist, ich bleibe in Cremona.« Fabio verschränkte die Arme vor der Brust.

»Nein, um Gottes willen«, rief seine Mutter. »Denk doch nicht so etwas. Die Familie muss endlich wieder zusammenhalten.«

»Merkst du denn nicht, dass wir gar keine richtige Familie sind?« Fabio war laut geworden. »Dass wir das noch nie waren? Mein ganzes Leben ist auf einer Lüge aufgebaut. Ich bin aufgewachsen in dem Glauben, Reno sei mein Vater. Ich dachte immer, ich sei einer der Erben der Geigenbauwerkstatt Fasetti, und jetzt erfahre ich, dass mir hier noch nie etwas gehört hat? Und nie gehören wird?«

»Aber unsere Tochter ...«, wollte Romy einwenden.

»Unsere Tochter ist sechs Jahre alt«, fiel Fabio ihr ins Wort. »Wer von uns weiß, wie sie mit achtzehn entscheiden wird?« Er wandte sich an Danilo. »Sollen wir hier etwas aufbauen und unsere Energie in ein Unternehmen stecken, das in zwölf

Jahren womöglich vor dem Aus steht, weil Mimi beschließt, ihre Anteile an einen Fremden zu verkaufen?«

»Das ist doch völlig abwegig«, entgegnete Mariella. »Warum sollte Mimi so etwas tun? Wichtig ist jetzt nur, dass das Unternehmen erhalten bleibt und …«

»*Dir* ist das wichtig«, unterbrach Fabio sie. »Aber wenn ich die Werkstatt in Cremona verlasse, möchte ich etwas Eigenes haben. Verstehst du nicht? Das wollte ich schon immer. Als ich ein kleiner Junge war, hat Reno zu mir gesagt: Eines Tages wirst du an meiner Stelle stehen. Von *mir* hat er gesprochen. Nicht von dir, Danilo. Er hat genau gewusst, dass deine Neigungen woanders lagen.«

»Interessant, das zu hören«, warf Danilo finster ein und verschränkte seinerseits die Arme vor der Brust, doch Fabio schien ihn gar nicht zu hören.

»In Cremona wirst du auch nicht dein eigener Herr sein«, gab Elisa zu bedenken.

»Doch, das könnte ich«, erwiderte Fabio, und seine Stimme klang kalt. Er wechselte einen Blick mit Romy.

»Ja, sag es ihnen«, erklärte sie leise.

»Also eigentlich habe ich schon abgelehnt«, begann Fabio, und Elisa ahnte auf einmal Schlimmes. »Trotzdem kann ich noch jederzeit …«

»Was hast du abgelehnt?«, fragte Mariella alarmiert.

»Der Besitzer der Werkstatt in Cremona hat mir vorgeschlagen, sein Nachfolger zu werden. Er ist alt und will sich zur Ruhe setzen, hat aber keinen Erben. Ich könnte den Betrieb binnen Jahresfrist übernehmen.« Fabio sah vor sich auf den Tisch, so als ob er jeden Blickkontakt vermeiden wollte. »Er hat mir ein wirklich gutes Angebot gemacht.« Mariella wurde bleich und sank in sich zusammen. Auch Danilo wirkte schockiert. »Wie gesagt«, fuhr Fabio fort. »Ich habe es abgelehnt, denn ich würde wirklich gerne zurückkommen. Aber unter diesen Umständen …« Er stand auf.

»Romy!« Mariella wandte sich flehentlich an ihre Schwiegertochter. »Wie denkst denn du darüber? Willst du wirklich nach Cremona ziehen?«

»Ich will, dass Fabio glücklich ist.« Romy erhob sich nun ebenfalls.

»Hast du denn überhaupt ausreichend Kapital?«, fragte Danilo. »Er wird dir eine so erfolgreiche Werkstatt ja wohl nicht schenken, oder?«

»Wir könnten mein Haus verkaufen«, sagte Romy, und Elisa wurde klar, dass sie und Fabio tatsächlich schon darüber nachgedacht hatten. »Die Lage ist top. Der Erlös würde ganz sicher auch für eine schöne Wohnung in Cremona ausreichen.«

»Ich finde, das geht alles viel zu schnell«, warf Elisa ein. »Du hast ja noch nicht einmal den Vertrag durchgesehen. Denk daran, wie sehr wir uns alle wünschen, dass du zurückkommst, Fabio. Und wenn wir wirklich wollen, finden wir ganz bestimmt eine Lösung, mit der du zufrieden bist.«

»Das hatte ich gehofft.« Fabio sah sie bekümmert an. »Aber ich fürchte, mit diesem Paragrafenreiter wird das nichts.«

»Elisa hat recht.« Mariella hatte wieder ein wenig Farbe im Gesicht. »Versprich mir, dass du jetzt nichts überstürzen wirst.

Lass uns besonnen an die Sache herangehen und gib uns allen ein bisschen Zeit.«

Fabio stand vor der Kommode und starrte auf die Familienfotos, die ihn als Kind mit Reno zeigten, mit Danilo und bei seiner Hochzeit mit Romy. Schließlich gab er sich einen Ruck und drehte sich zu ihnen um. »Na schön«, sagte er niedergeschlagen.

»Treffen wir uns in einer Woche?«, schlug Danilo vor.

»Da geht es nicht«, erwiderte Fabio.

»Dann in vierzehn Tagen.«

»Ich kann erst wieder in vier Wochen kommen. Wir haben gerade wirklich viel zu tun, und ich muss mich um Karel kümmern.« Er griff nach den Papieren auf dem Tisch und faltete sie zusammen. »Vielleicht sollte ich mir einen Anwalt nehmen«, sagte er nachdenklich. »Ich hätte Niklas' Testament von Anfang an anfechten sollen.«

»Kannst du das denn jetzt nicht mehr?«, fragte Romy hoffnungsvoll.

Fabio schüttelte den Kopf. »Ich habe damals unterschrieben, dass ich mit allem einverstanden bin.«

»Das kommt davon, dass du oft so impulsiv handelst«, tadelte Mariella ihn liebevoll. »Dabei war das früher gar nicht deine Art.«

»Das stimmt«, warf Danilo freundschaftlich ein. »Früher war das mein Part, und du warst der Besonnene.« Er stand auf und ging auf seinen Bruder zu, schlug ihm auf die Schultern. Und dann tat er etwas, was Elisa noch nie erlebt hatte und was Mariella und Romy offenbar ebenso sehr erstaunte: Danilo schloss seinen Bruder linkisch in die Arme. »Wir kriegen das hin, Bruder!«, sagte er. Und Fabio, der zunächst so gewirkt hatte, als wollte er sich schnell aus der Umarmung lösen, gab nach und erwiderte sie.

11

Geständnisse

Als Elisa am Montagmorgen in der Einfahrt der Villa aus ihrem Wagen stieg, lief ihr Rocky schwanzwedelnd entgegen. Nach Svens Abreise hatte Cosma ihn abholen wollen, doch Margit hatte darum gebeten, ihn bei ihr zu lassen. Die Musikerin hatte sich inzwischen mit dem Schäferhund angefreundet, und am Ende hatte Cosma die Entscheidung Rocky selbst überlassen. Und als er ihre Einladung, in den offenen Van zu springen, ignorierte und lieber mit Margit in den Rosengarten gelaufen war, hatte Cosma sich einverstanden erklärt, ihn dazulassen. Zumindest fürs Erste. Bis sie sich sicher sein konnte, dass Marco nicht erneut auftauchen würde.

»Na, wie geht es dir, alter Junge?«, begrüßte Elisa nun den Schäferhund und tätschelte ihm die Flanke. Marlies erschien in der Tür, die Leine in der Hand. »Wie war das Wochenende?«, fragte Elisa.

»Alles bestens«, antwortete Margit. »Wir haben eine kleine Wanderung gemacht, Rocky und ich. Hoch zur Wallfahrtskirche bis zu dem Bergsturz und noch ein Stück in Richtung Süden.« Sie strahlte, und Elisa freute sich, wie gut ihr die

Gesellschaft des Hundes tat. »Jetzt gehen wir runter zum See«, fuhr Margit fort. »Mariella hat mir von einem hübschen Weg erzählt. Den versuchen wir zu finden.« Sie nahm Rocky an die Leine, verabschiedete sich von Elisa und verließ mit großen Schritten das Grundstück.

Elisa ging zum Briefkasten. Darin fand sie neben anderen Schreiben eines von Maurizio. Überrascht riss sie den Umschlag auf und überflog die Zeilen. Zu ihrem Entsetzen war es eine fristlose Kündigung.

Es tut mir leid, stand darin. *Denn eigentlich ist das der Job, von dem ich immer geträumt habe. Aber aus privaten Gründen kann ich nicht länger in der Rosenholzvilla arbeiten.*

Elisa starrte auf die knappen Zeilen. Wieso kündigte er denn, wenn es sein Traumjob war? Diese privaten Gründe – die konnten eigentlich nur mit Serafina zu tun haben.

In der Küche fand sie Serafina nicht, sie war noch nicht gekommen, obwohl es schon halb zehn war. Erst wurde Elisa ärgerlich, denn es gab nach Annas, Orianas und Svens Abreise einiges zu tun, und sie hätte außerdem gern den Speiseplan für die kommende Woche mit der Haushälterin durchgesprochen. Als Serafina eine Stunde später immer noch nicht aufgetaucht war und auch nicht an ihr Telefon ging, begann Elisa sich Sorgen zu machen.

Kurzerhand wählte sie Maurizios Nummer, der sich sogleich meldete. »Ich habe eben Ihre Kündigung gelesen«, begann sie, nachdem sie ihn begrüßt hatte. »Und ich bin schockiert darüber, dass Sie uns verlassen wollen. Kann ich irgendetwas tun, damit Sie es sich noch mal anders überlegen?«

Sie hörte einen Laut, der wie eine Mischung aus Seufzen und tiefem Grollen klang.

»Es ist wegen Serafina«, sagte er schließlich. »Ich hab mit ihr Schluss gemacht. Wie soll ich da weiter bei Ihnen arbeiten und ihr tagtäglich über den Weg laufen?«

Elisa konnte es nicht fassen. Jetzt war es tatsächlich so gekommen, wie sie es von Anfang an befürchtet hatte.

»Ich weiß, das ist Ihre Privatangelegenheit«, begann Elisa. »Darf ich trotzdem fragen, warum sie die Beziehung beendet haben?«

»An mir lag es bestimmt nicht«, kam es aus dem Hörer. »Ich hab sie wirklich lieb. Und ich habe keine Ahnung, was in sie gefahren ist. Aber so lass ich mich nicht behandeln. Sie haben es ja selbst gehört. Erinnern Sie sich nicht? Wie sie mich angeschrien hat?«

Natürlich erinnerte Elisa sich an die Situation. Was um alles in der Welt war bloß mit Serafina los?

»Ja, das stimmt. Serafina hat in der Vergangenheit ein paar unschöne Erfahrungen mit Männern gemacht, es gab …« Mein Gott, wie sagte man so etwas? »Handgreiflichkeiten und …«

»Handgreiflichkeiten?«, tönte es erschrocken aus dem Apparat. »Aber ich hab sie doch nicht geschlagen! Ganz ehrlich, am liebsten hätte ich ihr tatsächlich eine gescheuert, das ist wahr. Aber getan habe ich es nicht. Ich schlage keine Frauen. Auch wenn Fina mich bis aufs Blut gereizt hat.«

»Wenn ich irgendwie vermitteln kann …«, begann Elisa, doch Maurizio kam ihr zuvor.

»Da kann keiner vermitteln«, behauptete er. »Serafina ist eine tolle Frau. Schön, klug, lustig, liebevoll – leider hat sie auch einen richtigen Knall!«

»Wie meinen Sie das?«, fragte Elisa konsterniert.

»Na ja … Da sind wir fröhlich miteinander, und alles scheint in bester Ordnung. Und auf einmal ist es, als hätte jemand bei ihr einen Schalter umgelegt. Wie aus heiterem Himmel. Dann schreit sie einen an und dreht einem jedes Wort im Mund um. Glauben Sie mir, ich hab's ehrlich probiert. Denn ich hab sie wirklich lieb. Aber es geht nicht. Auf die Dauer macht das den härtesten Kerl kaputt.«

»Das tut mir wirklich sehr leid«, beteuerte Elisa. »Sie wirkten so glücklich miteinander.«

»Was glauben Sie, wie leid es *mir* tut! Ich steck das auch nicht so einfach weg.«

»Sind Sie ganz sicher, dass Sie nicht bei uns bleiben wollen?«, versuchte Elisa, ihn zu überzeugen. »So jemanden wie Sie finden wir nie wieder.«

»Ach«, machte Maurizio. »Jeder ist ersetzbar. Und wenn Sie einen finden, sagen Sie ihm, er soll sich von Serafina fernhalten. Erst ist sie wie Honig. Und nachher, wenn sie einen an der Angel hat, wie Gift.«

Es war schon elf, als Serafina endlich eintraf. Elisa hatte das Gefühl, dass sie ihr aus dem Weg zu gehen versuchte, und beschloss, sie erst einmal ihre Arbeit machen zu lassen, mit der sie ohnehin in Verzug war. Das Mittagessen gelang an diesem Tag nicht besonders gut, und Elisa war froh, dass ihre Mutter nicht mehr mit am Tisch saß, die das fade Gemüse und die verkochten Nudeln mit Sicherheit kommentiert hätte. Nicht einmal Adrien, dessen Eltern, wie sie inzwischen erfahren hatte, ein Hotel mit vornehmem Restaurant in der Nähe von Grenoble führten, beschwerte sich. Er schien tief in Gedanken versunken, und Elisa fragte sich, ob das immer noch an seiner Hand lag oder ob er einen anderen Grund hatte, sich Sorgen zu machen.

Nach dem Essen suchte sie vergeblich in der Küche nach Serafina, diese hatte sich bereits darangemacht, die vakanten Zimmer auf Vordermann zu bringen, und Elisa beschloss, das ebenfalls noch abzuwarten.

»Willst du auch einen *Café Touba*?« Amadou nahm gerade den brodelnden Topf mit dem pfeffrigen Kaffee aus dem Senegal vom Herd. Er und Youma machten ihre Pause.

»Ja, gerne«, antwortete Elisa erfreut.

»Was ist eigentlich mit Maurizio?« Amadou nahm drei Tassen aus dem Schrank. »Er wollte mir heute helfen, den großen Keller auszuräumen. Nächste Woche kommen die neuen Reha-Geräte. Vorher will er den Raum noch streichen. Ich kann ihn nirgendwo finden.«

»Maurizio hat gekündigt«, antwortete Elisa niedergeschlagen.

»Was?« Amadou starrte sie fassungslos an. »Wieso denn? Etwa wegen Serafina?«

»Genau.« Elisa betrachtete Amadou nachdenklich. »Woher weißt du das?«

»Na, im Grunde wundert es mich nicht.« Amadou füllte

252

den Kaffee in die Tassen. »Jeder hat schließlich mitbekommen, wie sie ihm das Leben zur Hölle gemacht hat.« Kopfschüttelnd holte er drei Kaffeelöffel aus der Schublade. »Das hält kein Mann auf Dauer aus.«

»Warum hat sie das denn nur getan?«, fragte Elisa ratlos.

»Manche Menschen können es nicht ertragen, glücklich zu sein«, sagte Youma und rührte in ihrem *Café Touba*.

Elisa wandte sich überrascht zu ihr um. »Wie meinst du das?«

»Bei einer meiner Freundinnen im Senegal war es genauso.« Youma nahm vorsichtig einen Schluck. »Sie hat sich so sehr die große Liebe gewünscht. Und als sie einen wirklich netten Partner gefunden hatte und obwohl sie sehr in ihn verliebt war, verwandelte sie sich in eine unberechenbare Furie. So als könnte sie sich selbst das große Glück nicht gönnen.«

»Aber das ist doch seltsam«, wandte Elisa ein.

»Menschen *sind* seltsam«, erklärte Amadou nachdenklich.

»Warum sollte jemand sein eigenes Glück zerstören, wenn er den anderen liebt?«

»Vielleicht weil es Angst macht?« Amadou sah sie mit seinen großen dunklen Augen nachdenklich an. Und Elisa überlegte, ob dieser starke, unerschrockene Mann so etwas womöglich selbst schon durchgemacht hatte. »Bist du deswegen im vergangenen Jahr zurück in den Senegal gegangen?«, fragte sie leise, und etwas in Amadous Blick schien ihr recht zu geben.

»Falls ja, hatte ich noch andere wichtige Gründe«, sagte er bedächtig. »Einer dieser Gründe steht neben mir.« Er legte kurz seinen Arm um Youmas Schultern. »Die anderen Gründe sind in unserer Heimat geblieben. Ich hab mich um meine Familie kümmern müssen. Das weißt du doch.«

»Ich bin so froh, dass du gekommen bist«, sagte Youma. »Sonst wäre ich heute nicht hier.«

»Vergesst nicht, dass ich meine Diplome endlich abschließen musste«, warf Amadou ein. »Aber ich gebe zu, dass mir das Glück mit Cosma ganz schön Angst eingejagt hat.«

»Weil …« Elisa runzelte nachdenklich die Stirn im Bemühen, das zu verstehen. »Weil du Angst hattest, es könnte nicht von Dauer sein?«

Amadou hob zögernd eine Schulter. »Vielleicht. Oder weil ich dachte, dass jemand wie ich eine so wunderbare Frau gar nicht verdient hat. Ich war vor meiner Abreise auch ziemlich … na ja, ich war nicht besonders nett zu Cosma.«

»Vielleicht ist das eine Art, den Partner zu testen«, warf Youma ein und holte eine Packung Kekse aus dem Schrank. »Natürlich ist das ein ganz unsinniger Test.«

»Du meinst, dass man ausprobieren will, wie weit man gehen kann, bevor der andere einen verlässt?«

»Ja. Natürlich ist derjenige sich dessen nicht bewusst.« Youma angelte sich einen Keks aus der Packung und reichte sie an Elisa weiter. »Irgendetwas in einem will wissen: Liebt er mich wirklich? Wenn ja, dann hält er auch das noch aus.«

»Wie diese endlosen Tests der Prinzessinnen in manchen Märchen?« Elisa nahm sich einen Keks. »Die Heldentaten, die die Prinzen vollbringen müssen, und die Rätsel, die sie lösen müssen. Meinst du das?«

»Das alles ist etwas für Psychologen«, bremste Amadou ihre

Gedankengänge. »Wir können da nur herumraten. Vielleicht sollte ich mal mit unserer Prinzessin Serafina sprechen. Immerhin hab ich ihr eine ganze Reihe von Männern vom Hals geschafft. Heute bin ich mir nicht ganz sicher, ob wir nicht *sie* hätten bemitleiden sollen statt Serafina.«

»Immerhin haben sie ihr wehgetan«, protestierte Youma. »Dafür gibt es weder Entschuldigung noch Mitleid.«

»Bei Maurizio war das offenbar nicht der Fall«, warf Elisa ein.

»Sagt *er*«, erwiderte Youma.

»Ich krieg das raus.« Amadou trank seine Tasse aus, räumte sie in die Spülmaschine und verließ die Küche.

»Wie geht es eigentlich Adrien?«, fragte Elisa Youma. »Er wirkte heute beim Essen sehr abwesend. Was macht seine Hand?«

»Der geht es besser«, antwortete Youma fast schon hastig und drehte ihr den Rücken zu, um ihre leere Tasse ebenfalls in die Spülmaschine zu stellen. Irritiert bemerkte Elisa, dass sie danach den Blickkontakt mit ihr vermied.

»Das freut mich«, sagte sie und behielt die Krankenschwester im Auge. »Weißt du zufällig, ob ihn sonst irgendetwas bedrückt?«

Nun sah Youma sie erschrocken an. »Bedrückt? Ähm … nein.« Sie wandte sich zur Tür.

»Warte mal kurz.« Elisa wusste nicht genau, warum sie darum bat, aber etwas in Youmas Körpersprache hatte sie aufmerken lassen.

»Ja?«, gab Youma zurück. Elisa hatte auf einmal das Gefühl,

als hätte sich plötzlich eine unsichtbare Schranke zwischen ihr und der Krankenschwester gesenkt. »Was ist?«

»Geht es Adrien wirklich gut?« Elisa hatte die Frage kaum ausgesprochen, da füllten sich Youmas Augen mit Tränen. »Ach du liebe Zeit, Youma. Hast *du* etwas auf dem Herzen?« Die junge Frau schluchzte auf und verbarg ihr Gesicht in den Händen. Betroffen rückte Elisa einen der Küchenstühle heran, und Youma sank wie ein Häuflein Elend darauf. Auch Elisa setzte sich und nahm ihre Hand, Youma entzog sie ihr jedoch sogleich. Geduldig wartete Elisa, bis sie sich etwas beruhigt hatte. Sie reichte Youma eine Packung Papiertaschentücher, die stets in der Tischschublade bereitlagen. Fieberhaft überlegte sie, welcher Kummer die junge Frau plagen könnte.

»Hast du Heimweh?«, fragte sie, als Youmas Tränen versiegt waren. Die Senegalesin schüttelte den Kopf. »Stimmt etwas mit deiner Stelle hier nicht? Kann ich etwas für dich tun?«

Wieder schüttelte Youma den Kopf, diesmal noch heftiger. »Alle sind so nett zu mir«, presste sie hervor.

»Was ist es dann?«

»Wenn ich dir das sage, wirst du mich entlassen«, erklärte Youma mit zitternder Stimme.

Elisa erschrak. Sie konnte sich nicht vorstellen, was geschehen sein könnte. Hatte Youma sich etwas zuschulden kommen lassen? »Das glaube ich nicht …«

»Doch!«, fiel ihr Youma ins Wort und zerknüllte das Papiertaschentuch. »Du kannst dann gar nicht anders.« Abrupt stand sie auf.

»Youma, bitte, geh jetzt nicht.« Elisa erhob sich ebenfalls.

»Was dir auch immer auf der Seele lastet – du kannst dich mir anvertrauen, wir finden eine Lösung.«

Youma zögerte. Griff nach einem weiteren Papiertaschentuch und tupfte sich die Augen. »Das muss ich erst mit Adrien besprechen«, sagte sie schließlich.

»Mit Adrien?« Und auf einmal verstand Elisa. Bilder tauchten vor ihrem inneren Auge auf: Youma und Adrien gemeinsam am See im Parco Ciani. Youma und Adrien zusammen im Konzert. Elisa sah die beiden wieder vor sich, wie sie zu Alexanders Fest erschienen waren – sie wie eine afrikanische Prinzessin und er so elegant, wie Elisa ihn noch nie gesehen hatte. Schon damals hatten sie wie ein Paar gewirkt, sie hatte das nur nicht sehen wollen. Die Frau dieses Opernsängers hatte dazu eine, wie Elisa damals fand, unpassende Bemerkung gemacht: dass man den beiden deutlich ansehen konnte, wie gut Youma sich um die Patienten kümmerte, oder so ähnlich, Elisa erinnerte sich nicht mehr genau an den Wortlaut.

»Ihr liebt euch?«, fragte sie. Youma sank zurück auf den Stuhl und verbarg ihr Gesicht in den Händen. Elisa brauchte einen Moment, um diese Neuigkeit zu verdauen, denn dass sie ins Schwarze getroffen hatte, bewiesen Youmas neuerliche Tränen. Oder hatte Adrien der jungen Frau womöglich Hoffnungen gemacht und sich dann zurückgezogen? War die Liebe nur einseitig und Youma weinte deswegen? Erneut wartete Elisa, bis sich die junge Frau etwas beruhigt hatte.

»Ich weiß überhaupt nicht, wie ich das meinem Bruder sagen soll«, murmelte sie leise, wie zu sich selbst.

»Was genau gibt es denn zu sagen?« Plötzlich kam Elisa der

Gedanke, Youma könnte schwanger sein. »Wo liegt das Problem, Youma? Jetzt, wo ich so viel weiß, wäre es gut, wenn du mir auch den Rest erzählen würdest.«

»Das Problem ist der Arbeitsvertrag«, sagte Youma zu Elisas Erstaunen.

»Der Arbeitsvertrag? Warum denn?«

Youma sah sie mit großen, verweinten Augen an. »Na, darin steht, dass ich kein persönliches Verhältnis zu einem der Gäste haben darf und dass mir in einem solchen Fall fristlos gekündigt wird.« Die Tränen auf ihren Wangen schimmerten wie Perlen. »Was soll ich denn jetzt bloß tun?«

Natürlich, dachte Elisa. Das stand tatsächlich in den Verträgen, die Galli ausgearbeitet hatte. Sie hatte diesen Passus eigentlich streichen lassen wollen, aber vergessen, Galli darauf anzusprechen.

»Ich muss mir das noch mal genau durchlesen«, sagte sie. »Soweit ich mich erinnere, ist das eine sogenannte ›Kann‹-Regelung. Es bedeutet nicht, dass der Arbeitsvertrag automatisch aufgelöst werden muss.« Sie lächelte Youma beruhigend zu. »Was ich allerdings viel wichtiger finde: Liebt Adrien dich auch?«

»Oh ja«, rief Youma, und ihre Augen strahlten auf. »Das alles ging von ihm aus. Ich hätte niemals gewagt ... aber vom allerersten Tag an, als ich in die Villa kam ...« Ein verklärter Ausdruck verschönte ihre ohnehin schon attraktiven Züge. »Es war Liebe auf den ersten Blick. Bei uns beiden.«

Elisa überlegte. Youma war mit ihrem Bruder am ersten Weihnachtsfeiertag angekommen. Das war gerade mal sechs

Wochen her. »Ihr kennt euch noch nicht besonders lange«, gab sie zu bedenken.

»Ich weiß«, räumte Youma ernst ein. »Deshalb wollten wir es noch niemandem sagen. Auch wegen meiner Anstellung natürlich.« Ihr Blick ruhte ängstlich auf Elisa, dann brachte sie leise hervor: »Wirst du mich wegschicken?«

»Nein«, antwortete Elisa entschieden. »Das werde ich nicht. Es ist sicher gut, wenn wir das erst mal für uns behalten. Eure Liebe ist ja so jung. Du weißt, dass Adrien noch verheiratet ist?«, fragte sie vorsichtig.

»Ja, natürlich«, antwortete Youma. »Aber die Scheidung läuft. Seine Frau hat sie eingereicht, lange bevor ich herkam. Ich muss mir also nicht vorwerfen, eine Ehe zerstört zu haben.«

»So habe ich das nicht gemeint.« Elisa dachte daran, wie sie und Danilo sich zum ersten Mal begegnet waren. Hatten sie sich nicht auch schon am allerersten Abend rettungslos ineinander verliebt? Nun waren sie seit knapp zwei Jahren ein Paar und hatten gemeinsam Höhen und Tiefen durchlebt und taten das noch immer. Sie seufzte innerlich. All das würde natürlich auch Youma und Adrien nicht erspart bleiben. »Also …«, fuhr sie fort »Deinem Bruder möchtest du dich nicht anvertrauen?«

Youma senkte den Blick. »Wir hatten bislang nie Geheimnisse voreinander«, sagte sie niedergeschlagen. »Und das bedrückt mich. Aber Amadou würde es nicht gutheißen und …«

»Warum denn nicht?«

»Als unsere Eltern starben, wurde er unser Familienoberhaupt«, erklärte sie. »Bevor er mich in die Schweiz mitgenommen hat, habe ich ihm versprechen müssen, dass ich mich hier mit keinem Mann einlasse. Und dieses Versprechen habe ich nun gebrochen.« Youmas Lippen zitterten. »Aber ich kann nicht anders«, fügte sie tapfer hinzu. »Ich liebe Adrien. Und gegen die Liebe sind wir Menschen machtlos.«

»Das weiß Amadou doch auch«, wandte Elisa ein. »Er liebt Cosma und ist glücklich mit ihr. Andererseits … wenn Amadou herausfindet, dass du nicht ehrlich mit ihm bist – ich fürchte, das würde er dir übel nehmen, als wenn du es ihm erzählst.«

Youmas Brust hob und senkte sich, so tief seufzte sie. »Er wird mich nach Hause schicken«, flüsterte sie. »Das hat er damals gesagt. Ich zweifle nicht daran, dass er das tun wird.«

Elisa sah sie befremdet an. »Du bist eine erwachsene Frau«, wandte sie ungläubig ein. »Du bist volljährig, verdienst dein eigenes Geld. Wie kann dich dein Bruder einfach nach Hause schicken?«

»Wenn ich meinem Bruder nicht gehorche und mich gegen ihn stelle, verliere ich die Familie«, erklärte Youma ernst. »Und ohne Familie verdorrt man wie ein Baum, der allein in der Wüste steht.«

Darauf hatte Elisa nichts zu erwidern gewusst. Unwillkürlich dachte sie über ihre eigene Familie nach, die nie wirklich komplett gewesen war. Einige Jahre hatte Elisas Familie aus ihrer Mutter und ihrem Großvater bestanden, dann war sie lange auf sich gestellt gewesen. War sie verdorrt wie ein Baum, der allein in der Wüste steht? Auf eine gewisse Weise

260

schon. Und kaum hatte sie ihren Großvater zurückgewonnen, starb er, und ihr Vater trat auf den Plan. Elisa war aufgefallen, dass Anna sich seit ihrer überstürzten Abreise nicht mehr gemeldet hatte. Am Mittwochmorgen gelang es ihr endlich, ihre Mutter ans Telefon zu bekommen. »Wo bist du?«, fragte sie Anna.

»In Tokio«, antwortete ihre Mutter.

»Was machst du denn in Tokio?«

»Wir sind doch auf Promotiontour für Orianas Film.«

Elisa traute ihren Ohren nicht. »Du bist mitgefahren?«

»Ach so, stimmt, das weißt du ja noch gar nicht.« Elisas Mutter klang aufgekratzt wie schon lange nicht mehr. »Oriana hat mich gefragt, ob ich Lust hätte, sie zu begleiten. Und natürlich braucht sie jemanden, der sich um ihr Outfit kümmert. Du glaubst nicht, wie sie überall gefeiert wird!«

»Das freut mich!« Elisa war ehrlich überrascht über die Wendung, die das Ganze genommen hatte. »Und werden auch deine Kleider gefeiert?«

»Sie kommen super an.« Im Hintergrund ertönten Stimmen. »Hör zu, Elisa, ich muss los. Ich melde mich, sobald wir zurück sind.«

»Wann ist das denn?«, rief Elisa noch in den Hörer, doch Anna hatte bereits die Verbindung unterbrochen.

Aber das machte nichts. Hauptsache, Anna war glücklich. Vielleicht gab ihr diese Tour tatsächlich die Publicity, die sie gerade jetzt so dringend brauchte?

Das Wochenende rückte näher, und Elisa fand keine passende Gelegenheit, um mit Adrien über seine Beziehung zu Youma zu reden. Auch Amadou gelang es nicht, Serafina auf die Sache mit Maurizio anzusprechen, es war offensichtlich, dass die Haushälterin auch diesem Gespräch bewusst aus dem Weg ging.

Am Freitag war Cosmas Geburtstag, und statt zu einer Feier bei sich zu Hause hatte sie die Freunde in eine Trattoria in der Nähe von Varese eingeladen. Zuvor mussten natürlich die Hunde noch ausgeführt werden, und Elisa hatte sich angeboten, ihre Freundin zu begleiten. Und unter dem Siegel der Verschwiegenheit, denn sie hatte das nicht einmal Danilo gesagt, erzählte Elisa Cosma von Youmas Liebe zu Adrien. »Glaubst du, dass Amadou seine Schwester wirklich zurück in den Senegal schickt, wenn er davon erfährt?«, schloss sie.

»Das kann ich mir nicht vorstellen«, antwortete Cosma. »Er lebt ja schließlich mit mir zusammen. Wo ist da der Unterschied?« Sie ermahnte den Zwergpinscher Jockel, nicht ständig in alle Richtungen zu laufen, was ein riesiges Durcheinander mit den Leinen zur Folge hatte und vor allem die beiden Neuzugänge nervös machte.

Einer davon war ein betagter Cane Corso, der Elisa vor Kurzem noch Angst eingeflößt hätte, so groß und wild wirkte das Tier. Trotz des Größenunterschieds hatte er sich sofort mit Jockel angefreundet. Außerdem war noch eine Dobermann-Dame namens Kiki hinzugekommen. Ihr früherer Besitzer hatte sie einschläfern lassen wollen, nachdem Cosma bei der Hündin eine bei Dobermännern weit verbreitete genetische

Herzerkrankung diagnostiziert hatte. Statt ihr die Todesspritze zu geben, hatte Cosma den Besitzer dazu überredet, Kiki ihrer Obhut zu überlassen. »Übrigens kommt Dante heute Abend endlich auch mal wieder mit«, erzählte Cosma.

»Wirklich?«, fragte Elisa erfreut. »Bringt er seine Freundin mit?« Cosma schüttelte den Kopf und verzog das Gesicht – diesen Ausdruck kannte Elisa nur zu gut. »Oh! Ist es also tatsächlich vorbei?«

»Zum Glück.« Sie hatten die kleine Lichtung erreicht, die einen Blick hinunter auf die alte Mühle freigab. Hier blieb Cosma wie immer stehen und ließ die Hunde an der langen Leine die Wiese erkunden. »Diese Griet war die absolut schrecklichste Freundin, die er je hatte.« Sie schüttelte sich. »Aber das Gute ist …« Sie sah Elisa bedeutungsvoll an, die natürlich wusste, was ihre Freundin meinte.

»Du meinst …«,

»Jetzt ist er endlich für Natascha frei«, beendete Cosma ihren Satz. »Und dieses Mal muss er es einfach kapieren.«

»Dann können wir nur noch hoffen, dass er sie auch liebt«, ergänzte Elisa.

»Mein Gefühl sagt mir, dass ihm nur die Augen noch nicht aufgegangen sind«, gab Cosma zurück.

»Dein Gefühl?« Elisa musste grinsen.

»Immerhin bin ich seine Schwester. Notfalls helfe ich eben ein bisschen nach. Natascha ist heute Abend nämlich auch dabei.«

Elisa hatte noch nie erlebt, dass sich zwei Menschen erfolgreich miteinander verkuppeln ließen. Aber sie widersprach ihrer Freundin nicht. Und hoffte inständig, dass es tatsächlich klappte.

Elisa genoss es, endlich wieder gemeinsam mit den Freunden auszugehen und über alles andere, nur nicht die Arbeit zu sprechen. Cosma hatte einen Tisch für sieben Personen reservieren lassen und Danilo und Elisa, Amadou und Youma sowie Dante und Natascha eingeladen. Und obwohl Youma zunächst nicht hatte mitkommen wollen – Elisa vermutete, weil sie lieber bei Adrien geblieben wäre –, schien auch sie sich gut zu amüsieren. Nur wenn sie zu ihrem Bruder hinübersah, der zwischen Cosma und Dante saß, schien sich ihr Blick unmerklich zu verdunkeln.

»Ich hab einfach kein Glück bei den Frauen«, sagte Dante niedergeschlagen, nachdem er lang und breit seine Trennung von Griet beschrieben hatte. Natascha, die neben ihm saß, betrachtete ihn besorgt.

»Du suchst dir eben immer die falschen aus«, erwiderte Cosma unbarmherzig.

»Wenn ich nur wüsste, wo die richtige zu finden ist«, seufzte Dante theatralisch auf, und Cosma verdrehte die Augen.

»Vielleicht solltest du dich einfach mal in deinem Bekanntenkreis umsehen«, schlug sie vor.

»Vermutlich sollte ich verreisen«, sinnierte Dante. »Hier kenne ich schon alle Frauen.«

Elisa streifte Natascha mit einem kurzen Blick. Die junge Frau starrte unglücklich auf ihre Hände, die einen Rest Weißbrot zerbröselten.

»Warum in die Ferne schweifen …«, begann Cosma, worauf Natascha sie mit einem so erschrockenen Blick bedachte, dass ihr der Rest der Gedichtzeile im Hals stecken blieb.

»Was willst du von mir?«, rief Dante gespielt verzweifelt aus.

»Es gibt auch hier nette Frauen«, mischte sich Danilo ein, und Elisa fragte sich, ob er ebenfalls eingeweiht worden war. »Du musst dir nicht immer die ärgsten Zicken aussuchen.«

»Ihr habt gut reden, ihr Glückspilze. Aber wir Solisten …« Dante wandte sich an Natascha, die sogleich errötete. »Hey! Was sagst du zu all dem? Findest du es fair, wie man sich hier über uns Singles lustig macht?«

»Ich … ich …«, stotterte Natascha und war nun im Gesicht genauso dunkelrot wie die tätowierten Rosen auf ihren Armen.

»Hört ihr? Sie ist ganz meiner Meinung«, erklärte Dante und legte seinen Arm um ihre Schulter, um die Solidarität zwischen ihnen zu untermauern. »Das ist nicht fair von euch.«

»Himmel!«, rief Cosma aus und musste lachen. »Du begreifst wirklich gar nichts.«

»Was?« Dante sah sie mit gerunzelter Stirn aus schmalen Augen an, als hätte sie plötzlich Chinesisch gesprochen. »*Was* soll ich begreifen?«

Zum Glück trat nun der Kellner an ihren Tisch und brachte anlässlich Cosmas Geburtstag Grappa für jeden, und darüber vergaß Dante seine Frage.

»Und jetzt kommt ihr alle noch zu mir für einem Absacker«, erklärte Cosma, als sie zum Parkplatz gingen. »Die alte Mühle liegt ohnehin auf eurem Weg.«

»Absacker klingt gut«, meinte Dante. »Am liebsten würde ich mich heute so richtig betrinken.«

»Lieber nicht«, mahnte Youma sanft, denn Dante sollte sie und Natascha nach Hause bringen.

»Alkohol hatten wir genug«, erklärte der vernünftige Amadou. »Ich mach uns allen den Spezialtee von unserer Großmutter. Der vertreibt deinen Kummer, Dante.«

»Na danke«, erwiderte dieser und schüttelte sich. »Da ist mir Danilos Grappa lieber.«

»Zur Not könnt ihr heute alle bei uns übernachten«, schlug Cosma vor. »Im Hundehaus ist Platz genug.«

Sie lachten schallend, verteilten sich auf ihre Autos und fuhren los.

Danilo und Elisa erreichten als Erste den Hof der alten Mühle, und sogleich hatte Elisa ein ungutes Gefühl. Irgendetwas war anders, sie konnte nur nicht gleich sagen, was. Als die Scheinwerfer von Dantes Wagen, der ihnen folgte, über die Fassade des Hundehauses glitt, wurde ihr bewusst, was sie so irritierte: Das Hundegebell fehlte.

Als Nächstes sah sie Cosma aus dem Wagen springen und zum Hundehaus laufen. Elisa folgte ihr, hinter sich hörte sie die Schritte von Danilo. Cosma schloss auf. Im aufflackernden Licht der Deckenleuchten sahen sie die leeren Gehege.

»Was zum …«, stieß ihre Freundin aus, die mit zitternden Händen das Gitter öffnete. Fassungslos drehte sich Cosma einmal im Kreis, als könnte sie nicht glauben, was sie sah – nämlich keinen ihrer Hunde. Dann riss sie die Tür zum

Außengehege auf, in der ein Durchschlupf für die Tiere eingelassen war. Auf diese Weise konnten sie jederzeit in das riesige, eingezäunte Außengelände gelangen. Darin irrte Cosma jetzt herum, laut die Namen der Hunde rufend – umsonst. Elisa holte ihr Handy heraus und schaltete die Taschenlampenfunktion ein.

»Wo sind sie alle?«, rief Cosma verzweifelt und riss Elisa das Gerät aus der Hand. Systematisch leuchtete sie den Außenzaun ab. An einer Stelle verharrte der Lichtkegel, und Elisa hielt vor Schreck die Luft an. Irgendjemand hatte ein großes Loch in den Zaun geschnitten. »Das darf nicht wahr sein.« Cosma untersuchte die Stelle genauer.

»Da hat einer mit schwerem Werkzeug gearbeitet«, sagte Danilo, der ihnen gefolgt war. »Wer macht denn so etwas?

»Marco«, keuchte Cosma. »Ich schwör es euch. Das war er.«

»Und was willst du tun?«, fragte Amadou besorgt.

»Benito anrufen«, erklärte Cosma. »Helft ihr mir, die Hunde zu suchen?«

Sie beschlossen, in Zweiergruppen loszuziehen. Cosma verteilte Stablampen, die sie in ihrem Arsenal aufbewahrte. Elisa und Danilo boten an, den steilen Weg zu nehmen, der hinauf in den Wald führte, während Amadou vorschlug, zusammen mit Youma in Richtung des alten Steinbruchs zu gehen und dort nach den Ausreißern zu suchen.

»Ich kenne mich hier nicht besonders gut aus«, erklärte Dante ein wenig kläglich. »Weiter als bis zur Bank auf der anderen Seite des Bachs bin ich nie gekommen.«

»Dann gehen du und Natascha am besten den Mühlbach entlang«, schlug Cosma vor. »Da könnt ihr euch nicht verlaufen.«

»Und was machen wir, wenn wir einen deiner Köter ... ich meine, Hunde finden?«

Cosma wies finster auf die Leinen, die an der Hauswand an vielen Haken hingen und von denen Amadou und Danilo bereits einige an sich genommen hatten. »Du leinst ihn an und bringst ihn zurück.«

»Und das lassen die so einfach mit sich machen?«

»Hier.« Cosma warf ihrem Bruder eine Packung Leckerli zu. »Damit fängst du selbst die schlimmste Bestie ein.« Der Beutel fiel neben Dante zu Boden. Natascha bückte sich und steckte ihn ein. »Du willst doch nicht, dass einer der Bauern hier in der Gegend meine Tiere abknallt?«, fragte Cosma, und ihre Augen funkelten zornig. »Bei streunenden Hunden wird da nicht lange gefackelt.«

Dante seufzte und schwieg.

»Nein, das wollen wir nicht.« Natascha nahm ein paar Leinen vom Haken. »Jetzt komm schon«, sagte sie zu Dante. Und als er immer noch zögerte, griff sie entschlossen nach seiner Hand.

»Und wenn Marco die Hunde mitgenommen hat?« Elisa und Danilo hatten den Berg bereits ein Stück weit erklommen und blieben zum wiederholten Male kurz stehen. Sie riefen nach den Hunden und lauschten. Vergeblich.

»Du meinst alle Hunde? Nein, das glaube ich nicht«, erwiderte Elisa. Trotzdem war ihr nicht wohl bei der Sache. Gut möglich, dass Marco, falls es wirklich er gewesen war, der das Loch in den Zaun geschnitten hatte, sich einen Ersatz für Rocky holen wollte und dabei in Kauf genommen hatte, dass die anderen das Weite suchten. Welcher der Hunde könnte ihn interessiert haben? Er brauchte angeblich einen Wachhund. Vielleicht war seine Wahl auf Truffo gefallen, den alten Cane Corso, der keiner Fliege etwas zuleide tun konnte, auch wenn er noch so furchteinflößend wirkte? »Truffo«, rief sie, so laut sie konnte. »Jockel.«

Und tatsächlich. Nach einer Weile raschelte und knackte es im Unterholz, ein großer dunkler Schatten brach zwischen den Sträuchern hervor und landete vor ihnen auf dem schmalen Weg. Der Lichtkegel von Danilos Stablampe ließ Truffos Augen geisterhaft aufleuchten. Bei jedem anderen Tier hätte Elisa sich zu Tode erschrocken. Doch als der Cane Corso freudig seinen mächtigen Kopf gegen ihre Hüfte rieb und ein helles Kläffen Jockels Ankunft verhieß, fiel ihr ein riesiger Stein vom Herzen.

In Truffos Gefolge befanden sich noch drei weitere Hunde, die sich ohne Weiteres von Danilo an die Leine nehmen ließen. Elisa schlug vor, sie zurückzubringen. Wenn die anderen ähnlich erfolgreich waren, hatten sie die Meute bald beisammen.

Bei der alten Mühle begutachtete Benito gerade das Loch im Zaun. Er war in Begleitung eines jüngeren Kollegen gekommen, der eifrig Fotos machte und im Schein der Taschenlampe etwas von einem der scharfen Drahtenden zupfte.

»Ein roter Wollfaden«, sagte er triumphierend und beförderte das Beweisstück in eine kleine Plastiktüte, während Benito die Backen aufblies und mit den Augen rollte.

»Und du glaubst wirklich, dass das dieser Typ von neulich war?«

»Ich kann mir nicht vorstellen, wer es sonst gewesen sein könnte«, antwortete Cosma auf Benitos Frage.

»Haben Sie sonst irgendwelche Feinde?«, wollte der junge Beamte wissen.

»Ich habe keine Feinde«, gab Cosma zurück und liebkoste Truffo, der sie begeistert begrüßte, so als käme er von einem schönen Ausflug zurück.

Jockel schlug aufgeregt an, und Truffo stimmte pflichtbewusst mit ein, aber es waren nur Amadou und Youma, die ebenfalls einige Hunde mitbrachten.

»Na, ist ja alles halb so wild.« Benito schob seine Mütze in den Nacken, als er sie sah. »Hast du deine Rasselbande wieder beieinander?«

Jetzt erst sah Elisa die drei kleinen wolligen Promenadenmischlinge, die bereits im Gehege herumsprangen und die frisch zurückgekehrten Mitbewohner kläffend begrüßten. Waren sie gar nicht weggewesen? Oder hatten sie von alleine den Rückweg angetreten?

»Kiki fehlt«, sagte Cosma. »Und das ist seltsam. Kiki hat nämlich einen Herzfehler und würde sich freiwillig nie weit entfernen.«

»Was du nicht sagst.« Benito klang skeptisch. »Was ist das denn für ein Köter?«

»Ein Dobermann«, antwortete Cosma besorgt. »Genau die Art Hund, die Marco gefallen könnte.«

»Ich weiß nicht, Cosma«, erwiderte Benito. »Ich denke, du hast dich da in etwas verrannt. Und das ist nicht gut, denn …«

»Trägt dieser Marco vielleicht einen roten Pullover?«, unterbrach ihn sein jüngerer Kollege.

»Das weiß ich nicht«, antwortete Cosma. »Aber ich hab eine Idee, wie ihr das herausfinden könnt. Ihr fahrt zu ihm nach Hause und …«

»… bitten ihn, uns seine Pullover zu zeigen?« Benitos Stimme war voller Hohn.

»Nein.« Cosma sah ihn eindringlich an. »Hör zu. Wenn ihr bei ihm ein schwarzes Dobermann-Weibchen mit herzförmiger heller Blesse auf der Brust findet, dann ist das Kiki, und wir haben den Beweis, dass er hier eingebrochen ist.«

»Richtig.« Der junge Beamte machte noch ein weiteres Foto von dem Zaun. »Das ist Diebstahl und Sachbeschädigung. Und Hausfriedensbruch. Oder?« Er sah Benito fragend an.

»Wo sind eigentlich Natascha und Dante?«, erkundigte sich Amadou. »Ob sie sich verlaufen haben?«

»Bestimmt nicht«, sagte Cosma. »Je länger die beiden wegbleiben, desto besser.«

»Warum das denn?«, wollte er wissen, doch Elisa nahm ihn beiseite und legte den Zeigefinger auf die Lippen.

»Also?« Cosma sah Benito aufmunternd an. »Schafft ihr zwei das? Oder soll ich mitkommen?«

»Natürlich fahren wir hin. Nicht wahr, Chef?« Der junge Polizist vibrierte nur so vor Tatendrang.

Benito schien mit sich zu ringen. »Du willst wirklich mitkommen?«, fragte er Cosma.

»Von wollen kann keine Rede sein«, entgegnete diese. »Ich weiß nur nicht, ob ihr einen Dobermann von einem Pudel unterscheiden könnt.«

Da lief ein gutmütiges Grinsen über Benitos Gesicht. »Na schön«, sagte er. »Wir fahren alle drei hin. Unter einer Bedingung: Wenn dort kein Dobermann ist, musst du dieser Tage mit mir ausgehen.«

»Chef!«, rief der junge Kollege. »Das ist ja …«

»Du hältst dich da raus«, wies Benito ihn streng an. »Also?«, fragte er Cosma. »Was ist?«

Cosma rang sichtlich mit sich. »Ein Abendessen. Mehr nicht«, antwortete sie schließlich. »Danach fahre ich wieder nach Hause.«

»Ein Abendessen.«

»Und du lädst mich ein?«

»Wohin du willst.«

»Na schön«, erklärte Cosma mit einem Seufzen.

»Cosma …«, mahnte Amadou alarmiert.

»Keine Sorge«, sagte sie leise zu ihm. »Kiki ist dort. Das weiß ich ganz bestimmt.«

12
Mimis Geigenstunde

Es verstand sich von selbst, dass die Freunde gemeinsam auf Cosmas Rückkehr warten wollten. Danilo und Amadou flickten notdürftig das Loch im Zaun mit Draht, den sie im Hundehaus gefunden hatten. Danach diskutierten sie in Cosmas Küche bei Amadous Kräutertee darüber, ob sie nach Dante und Natascha suchen sollten oder besser nicht. Noch ehe sie zu einem Entschluss gekommen waren, kehrten die beiden Hand in Hand und strahlend vor Glück zurück.

»Stellt euch vor«, begann Dante, »Natascha und ich …«

Weiter kam er nicht, Elisa fiel ihm um den Hals, und Danilo gab Natascha einen Kuss auf die Stirn.

»Endlich!«, riefen sie beide gleichzeitig aus und lachten, als sie Dantes verblüffte Miene sahen.

»Sagt bloß, ihr habt das alle gewusst?«

»Mehr oder weniger«, sagte Amadou mit einem großen Grinsen. »Ich war ja eher dafür, eine Suchexpedition nach euch zu starten. Zum Glück hat Elisa mir das ausgeredet.«

»Eine Suchexpedition?«, fragte Dante verwirrt. »Hat unser Spaziergang denn so lange gedauert?« Und da sie erneut in

Gelächter ausbrachen, fiel ihm offenbar der Anlass ihres »Spaziergangs« wieder ein, und er erkundigte sich nach Cosma und den Hunden.

Sie berichteten Natascha und Dante ausführlich, was inzwischen passiert war, tranken noch zwei Kannen von Amadous Kräutertee und überlegten gerade, ob sie noch ein Mitternachtsmahl einnehmen sollten, da fuhr Cosmas Van endlich auf den Hof. Sogleich liefen sie alle hinaus zu ihr.

»Und?«, fragte Amadou, als Cosma aus dem Wagen stieg, und Elisa wurde klar, wie angespannt er schon die ganze Zeit gewesen war. Ganz sicher behagte ihm der Gedanke ganz und gar nicht, seine Freundin müsste mit dem Polizisten ausgehen.

Ohne etwas zu sagen, öffnete Cosma die hintere Klappe des Vans, und heraus sprang Kiki. Jubel erfüllte den Hof. Amadou schloss Cosma fest in seine Arme.

»Du musst uns alles erzählen«, rief Danilo. »Es war also tatsächlich Marco, der den Zaun zerschnitten hat?«

»Klar«, sagte Cosma. »Und ihr hättet sein Gesicht sehen sollen, als wir bei ihm auftauchten. Benito hat ihn ganz schön zur Schnecke gemacht.«

»Hast du denn Anzeige gegen ihn erstattet?«, wollte Danilo wissen.

»Und ob.« Cosmas Augen blitzten zornig. »Allerdings haben wir eine Vereinbarung getroffen.«

»Was denn für eine Vereinbarung?«, wollte Amadou besorgt wissen.

»Wenn er die Reparatur des Zauns bezahlt und eine großzügige Spende zugunsten des Tierheims von Lugano macht, ziehe ich die Anzeige zurück.« Cosma klang sehr zufrieden. »Das war übrigens Benitos Idee.«

»Und du denkst, er lässt dich künftig in Ruhe?« Elisa streichelte Kiki, die sichtlich froh war, wieder zu Hause zu sein.

»Ja, ich denke schon«, antwortete Cosma. »Der junge Kollege von Benito hat ihm ziemlich eingeheizt. Marco hatte nämlich immer noch diesen roten Pullover an.« Sie konnte sich ein Grinsen nicht verkneifen. »Benito hat das Ding konfisziert und Marco wer weiß was angedroht, wenn er sich noch einmal hier blicken lässt.« Ihr Blick fiel auf Dante und Natascha, die sich an den Händen hielten. »Und was ist mit euch beiden Hübschen? Ist der Groschen endlich gefallen, Bruderherz?«

»Ich kann nicht glauben, dass ihr das alle längst gewusst haben wollt«, protestierte Dante mit gespielter Empörung. »Könnt ihr etwa in die Zukunft sehen?«

»In die Zukunft nicht«, antwortete Cosma grinsend. »Aber das Offensichtliche, das sehen wir schon.«

Am nächsten Morgen wurde Elisa vom Läuten ihres Handys geweckt, und während Danilo neben ihr seelenruhig weiterschlief, nahm Elisa schlaftrunken den Anruf entgegen.

Es war Mariella, die sie bat, statt ihrer Mimi um zehn von zu Hause abzuholen und zur Geigenstunde zu bringen. »Romy hat heute einen Termin, deshalb hat sie mich gebeten«, für sie einzuspringen. Aber ich habe solche Kopfschmerzen«, klagte sie. »Du würdest mir einen Riesengefallen tun.«

»Klar, mach ich«, antwortete Elisa und sah nach der Uhrzeit. Es war Viertel vor neun. Wenn sie nicht zu spät kommen wollte, musste sie in zehn Minuten los. Sie verzichtete aufs Duschen, warf sich kaltes Wasser ins Gesicht, zog sich an und gönnte sich auf die Schnelle nur eine Tasse Kaffee. Für Danilo hinterließ sie auf dem Küchentisch eine Nachricht und brach auf.

Mimi stand bereits auf der Türschwelle, als sie ankam, ihren Rucksack auf dem Rücken. In ihrer Hand erkannte Elisa den Instrumentenkoffer, in dem Danilo ihr die Campanula geschenkt hatte. Romy hatte ihren Wagen vor dem Haus geparkt, und Elisa stellte ihren dahinter.

»Guten Morgen«, sagte Mimis Mutter überrascht, als sie Elisa sah. »Hat Mariella doch keine Zeit?«

»Sie hat Kopfschmerzen.« Plötzlich schoss ein weißes Fellbündel zwischen Romys Beinen hindurch, sprang freudig an Elisa hoch und leckte ihr die Hand.

»Fiocca«, rief Mimi streng und wies ins Haus. »Zurück!«

Zu Elisas Überraschung folgte der Hund Mimis Befehl mit eingezogenem Schwänzchen und machte kehrt. »Wow«, rief Elisa. »Das klappt ja schon richtig gut!«

»Das haben wir in der Hundeschule gelernt«, erklärte Mimi stolz.

»Danke, dass du Mimi zum Unterricht bringst«, sagte Romy. »Der dauert eine Dreiviertelstunde. Gleich neben der Musikschule ist ein nettes Café. Normalerweise warte ich dort auf sie.«

»Wunderbar.« Elisa lachte. »Dann kann ich mein Frühstück nachholen.«

»Ach, und am besten nimmst du meinen Wagen.« Romy

reichte Elisa den Autoschlüssel. »Da ist der Kindersitz nämlich fest installiert. Ist das okay für dich? Ich hab ihn schon bereitgestellt, Mariella macht das auch immer so.«

»Sicher«, antwortete Elisa.

»Wir müssen los«, mahnte Mimi. »Sonst komm ich zu spät.«

»Wo müssen wir überhaupt hin?«, fragte Elisa, während sie Mimi den Rucksack abnahm und ihn samt dem Instrument im Kofferraum verstaute.

»Der Weg ist in meinem Navi eingespeichert«, erklärte Romy. »Unter *scuola di musica.*«

»Willst du mit reinkommen?«, fragte Mimi, als sie vor dem Portal standen. »Signora Bernasconi freut sich bestimmt.« Mimi sah Elisa mit großen Augen bittend an. »Ich hab ihr schon von dir erzählt. Und denk mal, sie kennt deinen Namen.«

»Wirklich? Na schön«, antwortete Elisa. »Ich sag kurz Hallo.«

Mimis Geigenlehrerin war eine sympathische Frau Anfang vierzig mit klugen, wachen Augen.

»Das ist meine Tante Elisa«, stellte Mimi sie stolz vor, und Elisa verzichtete darauf, sie zu korrigieren, denn eigentlich waren sie Cousinen, was bei ihrem Altersunterschied erklärungsbedürftig gewesen wäre.

»Elisa Maria Eschbach«, sagte Signora Bernasconi und strahlte. »Ich war bei Ihrem Konzert im vergangenen Jahr. Es war einfach großartig.«

»Elisa war früher berühmt«, erklärte Mimi stolz.

»Ich weiß.« Signora Bernasconi lächelte. »Wie schön, dass Sie mitgekommen sind. Möchten Sie zuhören? Sie werden staunen, wie gut Mimi spielt.«

»Eigentlich wollte ich nicht stören und …«

»Sie stören überhaupt nicht«, unterbrach die freundliche Frau sie. »Bitte. Nehmen Sie doch Platz.«

»Ja, du kannst ruhig bleiben«, sagte Mimi großmütig. »Du störst mich nicht.«

Elisa setzte sich auf einen Stuhl neben der Tür, und nach kürzester Zeit hatte sie ihren leeren Magen und das Verlangen nach mehr Kaffee vollkommen vergessen. Denn Mimi spielte nicht nur gut, sie spielte für ihr Alter außerordentlich. Unter ihren kleinen Händen begann die Campanula, die Danilo ihr zu Weihnachten geschenkt hatte, zu singen und zu jubilieren, wie Elisa es niemals erwartet hätte. Von Signora Bernasconi am Klavier begleitet, hatte sie eines der »Fantasiestücke« von Robert Schumann eingeübt, und Elisa war erstaunt, dieses Werk von einer Sechsjährigen zu hören. Schumanns Stück war nicht unbedingt wegen seiner Virtuosität so anspruchsvoll, sondern wegen des Ausdrucks, des intensiven Klangs, den es von seinem Interpreten verlangte. Und Mimi spielte so innig und sicher auf ihrem kleinen Instrument, dass Elisa aus dem Staunen nicht herauskam.

»Und? Hat es dir gefallen?«, wollte Mimi wissen, als sie geendet hatte.

»Ja, sehr! Du spielst hervorragend.«

»Nicht wahr?« Signora Bernasconi strahlte sie an. »Und

das Instrument passt so gut zu dieser Musik. Unglaublich, wie leicht Mimi die Umstellung gelungen ist.«

»Ob Geige oder Campanula – finden Sie nicht auch, dass es beim Spielen keinen Unterschied macht?«, fragte Elisa interessiert.

»Das stimmt«, antwortete Signora Bernasconi. »Ich würde Mimis Onkel übrigens sehr gern kennenlernen. Danilo Fasetti, der diese Campanulas baut.«

»Das ist kein Problem, er wird sich freuen. Kommen Sie einfach mal vorbei.«

»Aber jetzt lass uns arbeiten«, sagte Signora Bernasconi zu ihrer Schülerin. »In der dritten Zeile hast du dich mit dem Bogenstrich vertan. Hast du das bemerkt?«

Mimi nickte, dass ihre roten Locken nur so tanzten. »Ja. Und dann hat es beim Triller nicht mehr gestimmt.«

In aller Ruhe ging die Lehrerin mit Mimi das gesamte Stück noch einmal durch, lobte hier, korrigierte da. Schließlich wandten sie sich einem langsamen Satz aus einer Partita von Johann Sebastian Bach zu, und Elisa erfuhr, dass Mimi dieses Stück und das von Schumann bei dem bevorstehenden Musikwettbewerb vorspielen sollte. Wenn nicht irgendein Wunderkind dabei ist, dachte Elisa, haben die anderen Teilnehmer nicht die geringste Chance gegen Mimi, die mit scheinbarer Leichtigkeit auch die schwierigsten Passagen nahm. So als wüsste sie gar nicht, dass das eigentlich ziemlich anspruchsvoll war. Und auf einmal fühlte Elisa sich an ihre eigene Kindheit erinnert. Damals hatte sie ein Stück nach dem anderen »gefressen«, wie Niklas es damals scherzhaft genannt hatte, und unersättlich nach neuen verlangt, an denen sie ihr Können erproben konnte. Sollte Mimi mit einem ähnlichen Talent gesegnet sein wie sie? Alles sprach dafür.

»Wann findet der Wettbewerb denn statt?«, fragte sie, als die Stunde zu Ende war und Mimi ihre Campanula einpackte.

»In drei Wochen.« Signora Bernasconi lächelte. »Werden Sie kommen?«

»Selbstverständlich. Die ganze Familie wird da sein. Wann möchten Sie Danilo Fasettis Werkstatt besuchen?«

Es klopfte. Ein kleiner Junge mit dicker Brille, im Arm seinen Geigenkoffer, erschien in der Tür und begrüßte scheu Mimi, die gerade ihre Noten in den Rucksack stopfte.

»Könnten Sie mir seine Telefonnummer aufschreiben?«, bat Signora Bernasconi und reichte Elisa ein Notizheft. »Dann vereinbare ich nach dem Wettbewerb einen Termin mit ihm.«

Auf dem Heimweg schwärmte Mimi von ihrer Lehrerin, die sie offenbar sehr bewunderte, und erklärte mehrmals, dass sie auf gar keinen Fall einen anderen Lehrer haben wollte.

»Ich finde Signora Bernasconi auch sehr nett«, sagte Elisa. »Wie gut, dass du eine so tolle Lehrerin hast. Bei ihr bist du gut aufgehoben.«

»Das finde ich auch.« Dann verstummte Mimi. Im Rückspiegel konnte Elisa sehen, dass sich die Miene der Kleinen verfinstert hatte, ja, sie hatte sogar die Arme vor der Brust verschränkt und die Unterlippe trotzig vorgeschoben.

Und da fiel Elisa ein, was Fabio erst neulich erwähnt hatte. Dass er daran dachte, Mimi zu einem anderen Lehrer zu schicken, damit sie wieder auf der traditionellen Geige spielte und nicht auf ihrer Campanula. Sollte er diesen Plan weiterhin verfolgen? »Es will doch keiner, dass du woanders Unterricht nimmst, oder?«

Mimi antwortete nicht. Sie wandte den Kopf und sah aus dem Fenster. Auf einmal wirkte sie viel älter, als sie tatsächlich war.

Als sie zu Romys Haus kamen, stand ein teurer Sportwagen davor, Elisa nahm an, dass er einem Kunden gehörte, der sich bei Romy an diesem Morgen einen ihrer wertvollen, handgemachten Bögen aussuchte. Sie parkte dahinter und half Mimi aus dem Kindersitz. Als sie zur Haustür gingen, schaute sie kurz ins Innere des Sportwagens, das leuchtende Rot der Lederbezüge zog ihren Blick magisch an. Auf dem Beifahrersitz lag eine Mappe. AGENTE IMMOBILIARE stand in großen Buchstaben darauf. Maklerbüro.

Elisa stockte. Beauftragte Romy bereits einen Immobilienmakler, um ihr Haus zu verkaufen? Dabei hatten sie doch vereinbart, nichts zu überstürzen, sondern abzuwarten und gemeinsam in Ruhe eine Lösung zu finden. Vielleicht hatte der Besitzer dieses Wagens nur hier geparkt und besuchte jemand anderen? Allerdings lagen die Nachbarhäuser einige Hundert Meter entfernt.

Mimi war zur Haustür gerannt und hatte ungestüm geklingelt. Da wurde sie auch schon geöffnet. Romy stand auf der Schwelle und verabschiedete gerade eine Dame in einem eleganten Hosenanzug.

»Zweifellos ein sehr interessantes Objekt«, sagte die Frau

zu Romy. »Ich habe mir alles notiert und werde ein Exposé zusammenstellen. Ich melde mich bald.« Sie nickte Elisa höflich zu und ging zu dem Sportwagen.

»Du … ich meine, ihr … ihr wollt also wirklich …«, stammelte Elisa und beobachtete, wie Romy vor Verlegenheit rot anlief. Das Zusammentreffen zwischen Elisa und der Maklerin war ihr sichtlich unangenehm.

»Ich wollte einfach mal wissen, was das Haus so wert ist. Ganz unverbindlich«, erklärte sie und drehte sich zu Mimi um, die ihren Rucksack geräuschvoll in die Diele geknallt hatte.

»Ich will nicht nach Cremona«, brüllte das Mädchen.

»Mimi, bitte, nimm dich zusammen.«

Elisa wusste nicht, was sie sagen sollte. Während Mimi wütend zurückschrie, dass sie auf keinen Fall hier wegziehen würde, reichte sie Romy den Autoschlüssel und wandte sich zum Gehen.

»Warte!«, rief Romy ihr nach. »Willst du nicht noch kurz auf einen Kaffee reinkommen?«

»Ein andermal«, gab Elisa zurück.

»Das war sehr nett von dir, dass du …«, doch Elisa war schon bei ihrem Wagen und hörte den Rest des Satzes nicht mehr. Schockiert hielt sie sich einen Moment lang am Lenkrad fest, dann startete sie den Motor. Was würde Mariella dazu sagen? Und Danilo? Denn dass Romy »einfach so« eine Maklerin beauftragte, ein Verkaufsexposé zu verfassen – das konnte Elisa beim besten Willen nicht glauben.

Auf der Fahrt zurück nach Lugano wurde ihr auf einmal flau vor Hunger. Es war schon fast zwölf, und sie brauchte jetzt ganz dringend ein paar Kohlehydrate und eine Ladung Koffein. Beim Gedanken an ein knuspriges Cornetto lief ihr das Wasser im Mund zusammen, und so hielt sie bei der nächstbesten Bar. Die Menschen standen in Trauben bis auf den Gehsteig hinaus, Kaffeetassen oder ein Bier in der Hand.

Es war Samstagvormittag, und die Sonne schien. Elisa hatte Glück, ergatterte einen Platz an der Theke und das letzte Vanillehörnchen, sie musste sich zwingen, es nicht zu verschlingen, so groß war das Loch in ihrem Magen. Sie bestellte gleich einen zweiten Milchkaffee und überlegte, ob sie nicht noch eines der belegten Brötchen nehmen sollte, als jemand hinter ihr ihren Namen rief.

Erst auf den zweiten Blick erkannte sie Emilio Galli. Statt des obligatorischen schwarzen Anzugs trug er an diesem Tag Jeans und ein helles Polohemd, eine leichte Jacke hing über seinem Arm. Elisa wünschte, sie hätte eine andere Bar zum Frühstücken gewählt, Galli war der Letzte, den sie jetzt sprechen wollte. Leider war es nun zu spät. Er begrüßte sie bereits ungewohnt herzlich.

Elisa entschied sich nun doch für ein Brötchen, das mit frischem Ziegenkäse und Tomaten belegt war, und lauschte Gallis Geplauder über das Wetter und die Segeltour, die er am morgigen Sonntag mit Freunden auf dem Comer See unternehmen wollte. Und gerade, als sie dachte, dass er dieses zufällige Zusammentreffen als rein privat betrachtete und es dabei belassen würde, fragte er: »Glauben Sie, die Gebrüder Fasetti werden sich einig werden?«

Elisa hätte sich beinahe an ihrem Brötchen verschluckt. »Das weiß ich nicht«, sagte sie, nachdem sie sich gefangen hatte, und überlegte, ob sie ihm von dem Besuch der Maklerin bei Romy erzählen sollte. Doch im Grunde ging ihn das alles nichts an, oder?

»Ehrlich gesagt bereue ich es, diese Aufgabe übernommen zu haben.« Gallis Finger trommelten auf der Theke. »Ich hätte mich von Ihrem Großvater vermutlich nicht dazu überreden lassen sollen.«

»Sie meinen, dass Sie Mimis Anteile an der Firma verwalten?«, fragte Elisa.

Er nickte. »Ihr Großvater hat seinen Sohn Fabio als absolut prinzipientreu beschrieben«, sagte er. »›Wenn er etwas entschieden hat, dann bleibt er dabei‹, hat er gesagt und war sich sicher, dass Fabio niemals zurückkehren würde.« Er seufzte. »Tja. So kann man sich täuschen.«

Elisa überlegte. Gab es einen Weg, diesen Mann umzustimmen und ihn empfänglich für eine Lösung des Problems zu machen? »Nun ist es eben so.« Sie seufzte. »Und Niklas wollte, dass Sie gut für Mimi sorgen, ihre Interessen vertreten. Oder?« Er nickte und sah sie fragend an, schließlich war das ja nun allen bekannt. »Wenn Fabio und Danilo sich nicht einigen können, oder besser gesagt: Wenn Fabio lieber in Cremona eine fremde Firma aufkauft und mit Frau und Kind dort hinziehen will, ist das allerdings keineswegs in Mimis Interesse.«

»Er will eine Firma kaufen?«

»Ihm ist angeboten worden, die Werkstatt des Konkurrenten in Cremona zu übernehmen.«

»Das wusste ich nicht.«

»Mimi möchte nicht nach Cremona. Und dafür hat das Kind einen ernst zu nehmenden Grund. Sie ist überaus begabt im Geigenspiel. Und hier hat sie die beste Lehrerin.«

Galli hob die Brauen und lächelte nachsichtig. »Gute Geigenlehrer gibt es in Cremona ganz sicher auch«, wandte er ein. »Und es ist klar, dass ein sechsjähriges Kind zunächst lieber in seiner gewohnten Umgebung bleiben möchte. Hier lebt ihre Großmutter, hier sind Sie und ihr Onkel. Aber das ist kein Argument, einen letzten Willen zu ignorieren, Frau Eschbach. Das sehen Sie doch wohl hoffentlich selbst.«

Elisa zuckte mit der Schulter. »Mein Großvater wollte, dass die Geigenbauwerkstatt Fasetti erhalten bleibt, richtig? Das hat er seinem Freund Reno versprochen.« Galli nickte. »Wenn Fabio nicht zurückkommt, wird die Firma nicht zu halten sein.«

»Warum nicht?«, fragte Galli. »Statt Fabio Fasetti kann ebenso gut ein anderer Meister eingestellt werden.«

»So einfach ist das nicht«, erwiderte Elisa. »Danilo sucht schon seit Langem einen fähigen Meister – ohne Erfolg. Außerdem ist Fabio einer der Besten, wenn nicht *der* Beste. Er hat einen treuen Kundenstamm, der ihm überallhin folgt, wo immer er auch arbeitet. Danilo steht mit seiner Erfindung dagegen noch ganz am Anfang.« Sie schwieg, um ihre Worte wirken zu lassen. »Also wird genau das passieren, was Niklas Eschbach am wenigsten wollte: Den Instrumentenbau Fasetti wird es vielleicht bald nicht mehr geben.«

»Danilo Fasetti kann die Firma nicht verkaufen«, wandte Galli ein. »Das ist im Testament festgelegt.«

»Aber was ist, wenn sie insolvent geht?«, konterte Elisa. »Was sind Mimis Anteile dann noch wert?«

Als sie sich kurz darauf verabschiedete, hatte Elisa das Gefühl, einen sehr nachdenklichen Ernesto Galli zurückzulassen. Im Auto sah sie rasch auf ihrem Handy nach und freute sich über eine Nachricht von Danilo: »Bin in der Werkstatt. Hast du Lust vorbeizukommen? Jeremy hat sich angesagt.«

Natürlich hatte sie Lust. In letzter Zeit war Danilo oft seltsam einsilbig, und Elisa wurde das Gefühl nicht los, dass er etwas mit sich herumtrug. Aber war das ein Wunder? Die Frage, ob Fabio wieder in die Werkstatt einsteigen würde, lastete auf ihnen allen. Als Elisa zwanzig Minuten später das Geigenbauatelier betrat, zeigte Danilo Jeremy seine Instrumente und war zu Elisas Erleichterung bester Laune.

»Das McGonnary-Quartett hat mich gebeten, zu dem Stück, das sie neulich hier uraufgeführt haben, noch zwei weitere Sätze zu komponieren«, erzählte Jeremy und nahm eine Geigen-Campanula in die Hand. »Und ich habe beschlossen, sie ausdrücklich für diese Art von Instrumenten zu schreiben. Zu schade, dass sie sich neulich im letzten Moment anders entschieden haben. Das hatten sie nicht mit mir abgesprochen.« Er zupfte an den Saiten. »Habt ihr einen Geigenbogen hier?« Danilo holte sogleich einen herbei.

Und zu Elisas Staunen begann Jeremy vorsichtig zu spielen. Horchte, spielte weiter und lauschte dem Klang nach.

»Ich wusste gar nicht, dass du Violine spielst«, sagte Elisa, als er das Instrument behutsam beiseitelegte und nach einer Bratschen-Campanula griff.

»Tu ich auch nicht.« Jeremy schmunzelte. »Ich kann gerade genug, um zu hören, wie etwas klingen muss und was man einem Geiger zumuten kann.« Er probierte die Bratsche aus, schloss die Augen und schien das, was er hörte, tief in sich aufzunehmen. »Sehr schön.« Er wandte sich der Cello-Campanula zu. »Dieses kenne ich ja von Elisa.«

»Hättest du Lust, mal ein Solostück für mich zu komponieren?«, fragte sie.

Jeremys Augen blitzten belustigt auf. »Das tut doch Adrien schon«, gab er zurück.

»Adrien?«, entfuhr es Elisa ungläubig. »Nein, das muss ein Irrtum …«

»Das ist kein Irrtum«, unterbrach Jeremy sie freundlich. »Sag bloß, er hat dir das noch nicht erzählt?« Er schlug sich gespielt erschrocken eine Hand vor den Mund. »Womöglich habe ich ein Geheimnis ausgeplaudert.« Sein Lächeln wurde breit. »Jedenfalls hat der Junge Talent.«

»Zum Komponieren?«

»Ganz genau. Ich dachte, ihr beide arbeitet zusammen?«

»Ja, das tun wir.« Elisa war verwirrt. »Aber von einer Komposition war noch nie die Rede.«

»Dann hab ich jetzt vermutlich Adriens Überraschung verdorben«, meinte Jeremy halb bedauernd, halb amüsiert. »Verrat mich nicht, hörst du?«

Nach einer Weile verabschiedete Jeremy sich, und Elisa sah

voller Freude, dass er inzwischen ganz allein gehen konnte. Die Gehhilfen hatte er abgelegt und sich einen eleganten Stock mit Silberknauf besorgt. Damit nahm er langsam die Stufen, die vom Hof der Fasettis in sanften Bögen durch den Rosenholzhain hinauf zum Park der Villa führten.

»Sieh ihn dir an«, sagte sie zu Danilo, der die Instrumente aufräumte, die er Jeremy gezeigt hatte. »Jetzt ist er gerade mal einen Monat hier und hat sich so gut erholt.« Sie wandte sich um. »Willst du heute noch arbeiten? Wo ist eigentlich Natascha?« Sie hatte sich so daran gewöhnt, dass die junge Frau auch am Wochenende wie ein bunter Schatten stets an Danilos Seite war, zumindest hier in der Werkstatt.

»Natascha ist beschäftigt«, erklärte Danilo mit einem Lächeln. »Dante hat sie vorhin abgeholt. Er will ihr seinen Lieblingsberg zeigen.« Nun musste auch Elisa schmunzeln. »Endlich hat er eine Freundin, die gerne mit ihm wandert und Trekkingtouren unternimmt. Mit dieser Griet aus den Niederlanden war ja nichts anzufangen.«

»Meinst du, das klappt zwischen ihm und Natascha?«, fragte Elisa.

»Woher soll ich das wissen?« Danilo zuckte mit den Schultern. »Ich würde es beiden jedenfalls von ganzem Herzen wünschen.« Er legte den Bogen in sein Futteral zurück. »Und? Wie war es bei Romy?«

Elisa wurde das Herz schwer, als sie an die Begegnung mit der Maklerin dachte. »Ich hab bei Mimis Geigenstunde zugehört«, sagte sie nach kurzem Zögern. »Die Kleine ist richtig gut.«

»Spielt sie immer noch auf der Campanula? Oder hat Fabio sie ihr inzwischen vermiest?«

»Nein, sie lässt sich nicht beirren. Sie wird sogar bei dem Wettbewerb in drei Wochen auf der Campanula spielen. Und eh ich es vergesse: Ihre Geigenlehrerin möchte dich gern kennenlernen und sich deine Instrumente ansehen. Ich hab ihr deine Nummer gegeben.«

»Wie schön!« Danilo betrachtete sie liebevoll. »Irgendetwas macht dir Sorgen. Was ist passiert?«

Elisa seufzte innerlich. War ihr das tatsächlich so deutlich anzusehen? »Romy hat eine Immobilienmaklerin beauftragt, ein Exposé zu erstellen«, erzählte sie. »Ich habe die Frau gerade noch getroffen, als ich Mimi zurückgebracht habe.«

Danilo runzelte die Brauen. »Ein Exposé? Du meinst … sie will tatsächlich das Haus verkaufen?«

»Sie hat gesagt, dass sie nur wissen will, was es wert ist.« Elisa schluckte. »Nur … wenn ich ehrlich bin …«

»… klingt das nach einer Ausrede«, beendete Danilo ihren Satz, und seine Gesichtszüge wurden hart. »Und es bedeutet, dass sich Fabio nicht an das hält, was wir verabredet haben.«

»Das bedeutet vermutlich erst einmal noch gar nichts«, versuchte Elisa ihn zu beruhigen und sich selbst gleich mit. Mimi fiel ihr wieder ein. Ihre trotzig-verschlossene Haltung während der Heimfahrt. *Ich will nicht nach Cremona*, hatte sie ihre Mutter angebrüllt. Klang das nicht so, als würden ihre Eltern darüber diskutieren? »Vielleicht ist es ein Alleingang von Romy, und sie will sich wirklich nur informieren.«

»Romy tut nichts ohne Fabio«, erwiderte Danilo. »Das war

früher anders. Aber seit Fabio sich mit ihr versöhnt hat, ordnet sie sich ihm völlig unter.« Er wischte ein paar feine Holzspäne von der Werkbank, hängte die Werkzeuge, mit denen er gearbeitet hatte, zurück an ihren Platz.

»Sollen wir es Mariella erzählen?«, fragte Elisa.

Danilo schüttelte den Kopf. »Es geht ihr nicht gut. Ich hoffe, sie hat sich keine Erkältung eingefangen.«

»Dann sollten wir mal nach ihr sehen.«

»Nicht nötig.« Endlich lächelte Danilo. »Bruno kümmert sich ganz rührend um sie.«

Sie beschlossen, den Rest des Wochenendes zu zweit zu verbringen, unternahmen am Sonntag eine kleine Wanderung über den Monte San Giorgio und besuchten endlich das Fossilien-Museum mit seinen einzigartigen Funden aus einer Zeit, als der Planet noch den Dinosauriern gehörte. An einer wunderschönen Stelle mit Blick über den See ließen sie sich nieder und machten ein Picknick.

An diesem Tag sprachen sie ganz bewusst nicht über ihre Arbeit, weder über die Zukunft der Geigenbauwerkstatt noch über die Rosenholzvilla und die Stiftung, sondern hielten sich an den Händen, genossen die körperliche Anstrengung der steilen Wege, die Natur und den herrlichen Sonnentag.

Erst am Abend, als sie bei Mariella anriefen und erfuhren, dass die sonst so robuste Frau tatsächlich einen grippalen Infekt hatte und das Bett hüten musste, holte sie der Alltag wieder ein. Elisa setzte sich in ihren Lieblingssessel am Kamin, in dem Danilo ein prasselndes Feuer entzündet hatte, und machte eine Liste der Dinge, die sie in der folgenden Woche erledigen wollte. Ganz oben stand: mit Serafina über Maurizio reden, denn offenbar war Amadou nicht dazu gekommen. Als Zweites: mit Adrien über Youma sprechen. Während sie darüber nachdachte, was noch zu klären war, läutete ihr Handy. Es war ihre Mutter. »Mama!«, begrüßte Elisa sie erfreut. »Wie geht es dir? Wie ist die Promotion-Tour?«

»Anstrengend«, antwortete Anna. »Aber alles läuft gut. Morgen fliegen wir nach Mexico-City, dann nach Buenos Aires.«

»Das klingt wirklich strapaziös«, meinte Elisa. »Bekommst du denn genug Schlaf?«

Anna lachte. »Du hörst dich an wie ich früher, als du auf Tournee warst.« Nun musste auch Elisa schmunzeln. »Nein, ich bekomme natürlich nicht genug Schlaf, aber hey, Elisa, schlafen kann ich zu Hause, so viel ich will. Stell dir vor, ich hatte schon zwei Interviews mit großen Modezeitschriften. Und das Beste ist …«

Ab da konnte Elisa nichts mehr verstehen, die Leitung schien gestört. »Hallo? Mama?«, rief sie in den Hörer. Was konnte denn noch Besseres kommen? »Hörst du mich?«

»Ich höre dich gut, mein Kind«, drang auf einmal Annas Stimme glasklar aus dem Hörer. »Nun. Was sagst du dazu?«

»Ich hab dich nicht verstanden«, antwortete Elisa überlaut.

»Schrei mir nicht so ins Ohr«, gab Anna gut gelaunt zurück. »Du hast nicht verstanden? Also: Oriana hat mich gefragt, ob ich an ihrer Seite über den roten Teppich gehen möchte. Bei der Filmpremiere in Los Angeles! Der wichtigsten

Veranstaltung, verstehst du? Jeremy will nicht kommen, es ist ihm zu viel, sagt er. Und da hatte Oriana mich gefragt!«

»Das ist ja wundervoll!«, rief Elisa begeistert. »Ihr habt euch also angefreundet?«

»Ja, das haben wir«, hörte sie Anna sagen. »Wir mögen uns sehr. Aber keine Sorge. Oriana steht nicht auf Frauen. Und sie hat ja Jeremy. Das Schöne ist: Sie schätzt meine Arbeit, und ich bewundere ihre.«

»Ich freu mich riesig für dich«, sagte Elisa.

»Danke«, antwortete Anna. »Das wusste ich. Deshalb wollte ich es dir gleich erzählen.«

Wärme durchflutete Elisas Herz. Auch wenn ihre Familie nicht so groß sein mochte wie die von Youma und Amadou – sie hatte nach all den Schwierigkeiten, die nun hinter ihnen lagen, wieder ein liebevolles Verhältnis zu ihrer Mutter. Und darüber war sie sehr glücklich.

Sie wollte eben Danilo die wunderbare Nachricht erzählen, als sie erschrocken aufhorchte. Laute Stimmen drangen vom Stockwerk unter ihnen herauf.

»Was ist denn da los?« Danilo erhob sich besorgt. »Ist das etwa Amadou, der so schreit?«

Elisa konnte es sich nicht vorstellen. Sie hatte noch nie erlebt, dass Amadou seine Stimme erhoben hätte, geschweige denn laut geworden wäre. »Ob Marco zurückgekommen ist?«, überlegte sie.

»Ich geh mal nachsehen.« Entschlossen verließ Danilo die Wohnung.

Elisa folgte ihm bis zum Treppenabsatz. Hörte, wie Danilo unten läutete. Die Stimmen verstummten, und gleich darauf öffnete Cosma.

»Gut, dass du kommst«, sagte sie. »Ich glaube, Amadou hat den Verstand verloren.«

13
Liebesdinge

»Was wollt *ihr* denn hier?« Amadou starrte sie aufgebracht an. »Das ist eine Familienangelegenheit. Selbst Cosma geht das nichts an.« Elisa ahnte Schlimmes. Was heißt ahnen – auf einmal war ihr alles klar: Amadou hatte herausgefunden, dass seine Schwester und Adrien ... »Also lasst mich alle in Ruhe.«

»Das werde ich nicht!« Cosma stampfte empört mit dem Fuß auf. »Wisst ihr, was dieser ... dieser ...?«

»Cosma«, mahnte Elisa sanft. Es brachte nichts, wenn sie sich jetzt auch noch gegenseitig beleidigten. »Was ist denn passiert?«, fragte sie Amadou, der mit seiner schieren Größe und dem zornigen Gesichtsausdruck wahrlich furchteinflößend wirken könnte, würde sie ihn nicht so gut kennen.

Amadou schnaubte und wandte sich ab.

»Er will Youma zu ihren Schwestern zurückschicken«, erklärte Cosma. »Weil sie sich in Adrien verliebt hat.«

»Sie hat sich in Adrien verliebt?«, fragte Danilo und warf Elisa einen schwer zu deutenden Blick zu. »Das wusste ich gar nicht.«

»Der Mann ist verheiratet«, schimpfte Amadou. »Und

Youma hat ihr Versprechen gebrochen. Außerdem steht es im Vertrag.«

»In welchem Vertrag?« Danilos Gesicht war ein einziges Fragezeichen.

»Jetzt hört mal zu«, begann Elisa. »Das mit dem Arbeitsvertrag lasst ruhig meine Sorge sein. Und wenn du glaubst, Amadou, man könnte einem Menschen das Versprechen abnehmen, sich nicht zu verlieben, dann ist das ziemlich naiv.« Amadou wollte aufbrausen, doch Elisa hob die Hand, und er schwieg tatsächlich. »Du bist selbst das beste Beispiel. Wolltest du dich in Cosma verlieben? Nein? Na also. Und was hast du getan? Du hast dich verliebt.«

»Meine Rede«, warf Cosma ein. »Was du darfst, darf deine Schwester auch.«

»Der Mann ist verheiratet«, wiederholte Amadou empört.

»Nicht mehr lange«, erklärte Elisa. »Die Scheidung läuft schon. Mit ein bisschen Glück ist er in wenigen Wochen frei.«

Amadou hatte sich auf die äußerste Kante des Sofas gesetzt, die Ellbogen auf seine Knie gestützt und sein Gesicht in den Händen vergraben. »Ich habe unserer Mutter an ihrem Totenbett versprochen, dass ich auf meine Schwestern aufpasse und für sie sorge«, brachte er mühsam hervor.

»Und das hast du auf wunderbare Weise getan«, versuchte Elisa ihn zu beruhigen. »Du hast jeder einzelnen eine Ausbildung ermöglicht. Und du hast Youma hergebracht, weil sie hier bessere Chancen hat als im Senegal. Wenn sie in Europa die Liebe ihres Lebens findet ...«

»Wer sagt mir denn, ob dieser Adrien es überhaupt ernst

mit Youma meint«, brauste er wieder auf. »Ich mag ihn nicht sonderlich. Er hat etwas Arrogantes an sich. Meine Schwester … sie denkt immer das Beste von den Menschen. Und sie ist schön. Ich habe Angst, dass …« Auf einmal kullerten Tränen über seine dunklen Wangen. »Dass er ihr wehtun wird.«

»Ich werde mit ihm sprechen.« Elisa setzte sich neben ihn und legte ihre Hand auf seine mächtige Schulter. Sie wollte hinzufügen, dass sie das ohnehin vorgehabt hatte, doch sie schluckte es gerade noch hinunter. Wie würde das auf Amadou wirken? Er würde denken, dass sie und seine Schwester gemeinsam Geheimnisse vor ihm gehabt hatten. Und das, so fürchtete sie, würde er nur schwer verzeihen.

»Ich will dabei sein.« Amadou wischte sich mit dem Handrücken die Tränen vom Gesicht.

»Lass das lieber Elisa machen«, riet Cosma. »Nachher sagst du noch Dinge, die du hinterher bereust.«

»Das ist eine Sache zwischen ihm und mir«, insistierte Amadou.

»Dann gehen wir gleich morgen zu ihm«, sagte Elisa. »Aber Youma sollte wohl auch dabei sein, oder?« Amadou zögerte. »Wo ist deine Schwester jetzt überhaupt? Weint sie sich die Augen aus, nachdem du ihr Geheimnis herausgefunden hast?«

Amadou schüttelte den Kopf. »Sie weiß nicht, dass ich sie gesehen habe, die beiden. Ganz hinten im Park. Eng umschlungen.« Obwohl Amadou jetzt die Fäuste ballte, so atmete Elisa doch auf. Wie sehr Youma eine Auseinandersetzung mit ihrem Bruder zusetzen würde, das ahnte Elisa, seit sie sich ihr anvertraut hatte. Und dass Amadou die beiden Liebenden nicht sofort zur Rede gestellt hatte, sondern nach Hause zu Cosma gefahren war, um seinem Zorn hier freien Lauf zu lassen, stimmte sie hoffnungsvoll.

»Also gut«, knurrte Amadou. »Morgen hör ich mir an, was dieser Mann zu sagen hat. Danach sehen wir weiter.«

»Ich komme mir vor wie im Mittelalter«, sagte Elisa am folgenden Morgen zu Danilo, als sie nach Morione fuhren.

»Warum denn?«

»Na, dass eine erwachsene Frau nicht den Mann lieben darf, den sie sich ausgesucht hat«, erklärte sie. »Das ist doch überhaupt nicht mehr zeitgemäß.«

Danilo schwieg einen Moment. »Du hast Adrien vor wenigen Wochen selbst noch unausstehlich gefunden«, erinnerte er sie. »Am liebsten hättest du ihn auf der Stelle wieder nach Hause geschickt. Weißt du noch?«

»Das ist etwas ganz anderes«, entgegnete Elisa. »Wir hatten eine ziemlich schlimme Geschichte miteinander und …«

»Wer weiß, was Amadou mit seinen vielen Schwestern schon erlebt hat? Ich kann verstehen, dass er vorsichtig ist. Er und Youma leben hier in einem für sie noch fremden Land. Er macht sich Sorgen.«

»Aber Youma ist fünfundzwanzig«, erwiderte Elisa empört. »Keine fünfzehn.«

»Er fühlt sich eben verantwortlich«, erklärte Danilo. »Klar, ich finde auch, dass er überreagiert. Umso besser, wenn du hilfst, die Sache ins Lot zu bringen. Falls Adrien es wirklich ernst mit Youma meint.«

Elisa seufzte tief auf. »Und dann wäre da noch die Sache mit Maurizio und Serafina«, sagte sie niedergeschlagen. »Darum wollte sich übrigens Amadou kümmern.« Sie schüttelte ratlos den Kopf. »So viel Aufregung und alles wegen der Liebe.«

Danilo lachte. »Na, wenigstens haben Natascha und Dante zusammengefunden«, sagte er.

»Und du hast wirklich auch davon gewusst?«

»Wovon?«

»Dass Natascha in Dante verliebt ist?«

Danilo sah sie an, als könnte er nicht glauben, dass sie das fragte. »Ja natürlich!«, rief er. »Was meinst du, warum ich sie andauernd mitgeschleppt habe, wenn wir ausgegangen sind?«

Elisa schwieg. Und kam sich wegen ihrer Eifersucht ganz schön lächerlich vor.

Zuerst sah Elisa nach Mariella, der es schon etwas besser ging. In eine Wolldecke gehüllt saß sie in ihrem Lehnstuhl in der Wohnstube, ein Glas mit heißer Zitrone vor sich. Daneben standen griffbereit eine Schachtel mit Papiertaschentüchern und ein Döschen mit Halspastillen. Bruno machte ihr gerade eine Wärmflasche.

»Komm mir nicht zu nahe«, krächzte sie heiser. »Nicht, dass ich dich noch anstecke.«

»Brauchst du etwas?«, fragte Elisa.

Mariella putzte sich geräuschvoll die Nase und lehnte sich erschöpft zurück. »Das ist lieb von dir, aber du siehst ja!« Sie wies lächelnd auf Bruno, der heißes Wasser in die Gummiflasche füllte. »Ich werde umsorgt wie ein Baby. Noch mehr Fürsorge erträgt kein Mensch.« Elisa lächelte zurück, und nachdem Bruno beteuerte, keine Unterstützung zu brauchen, ging sie hinauf zur Villa.

In der Küche fand sie Amadou bei Serafina, die rasch vom Tisch aufstand, als Elisa eintrat. »Guten Morgen«, begann Elisa befremdet. Sie bemerkte Serafinas gerötete Augen und wechselte einen Blick mit Amadou. Der zuckte mit den Schultern. Er sah aus wie jemand, der die ganze Nacht kein Auge zugetan hatte, und Elisa begriff, dass er nicht in der Laune war, sich Serafinas Kummer anzunehmen. Er trank seinen Kaffee aus und stand auf.

»Lass uns ins Musikzimmer gehen«, schlug Elisa vor. Sie wollte unbedingt erst herausfinden, ob er noch immer so wütend war wie am Abend zuvor.

Widerstrebend folgte er ihr und blieb vor dem Konzertflügel stehen. »Warum gehen wir nicht gleich hoch?«, fragte er.

»Ich halte es für besser, wenn wir hier mit Adrien und Youma reden«, erklärte Elisa. »Bitte warte einen Moment, während ich sie hole. Nimm ruhig Platz.« Amadou runzelte die Stirn. Unwillig setzte er sich auf die äußerste Kante eines Ledersessels. Elisa war bereits an der Tür, da fiel ihr noch etwas ein. »Eine Sache noch. Versprichst du mir, dass du ruhig bleibst und Youma keine Angst machst?« Wieder verfinsterte sich Amadous Miene. Doch dann senkte er den Blick, so als halte er innere Zwiesprache mit jemandem, und nickte erneut. Elisa atmete auf und ging hinaus. Rasch erklomm sie die

Treppe und klopfte an Adriens Tür. Ein fröhliches »Herein«
ertönte.

»Guten Morgen!« Adrien saß an seinem kleinen Schreibtisch, einen Bleistift in der Hand. »Du kommst genau richtig,
ich möchte dir etwas zeigen.« Vorsichtig schob er einige Blätter zusammen, nahm sie auf und erhob sich. »Hier! Das ist
für dich. Ich bin gespannt, was du sagst.« Strahlend wie ein
Kind, das eine Überraschung vorbereitet hat, drückte er Elisa
den Stapel in die Hand. Es war Notenpapier, und es war dicht
beschrieben.

»Was ist das?«, fragte Elisa und wusste plötzlich, was sie da
in Händen hielt.

»Ein Stück für Campanula.« Adriens Gesicht leuchtete vor
Erwartung. »Ich weiß, du willst eigentlich selbst etwas für dich
erarbeiten. Aber ich hatte vor einigen Tagen eine Idee, und die
musste ich einfach aufschreiben.« Er studierte Elisas Miene.
»Jeremy hat mir dabei geholfen, meine Einfälle zu ordnen«,
fuhr er fort. »Und jetzt bin ich gespannt, wie es klingt. Und
natürlich, was du dazu sagst.«

Elisa fand zunächst keine Worte. Unten wartete Amadou,
um diesem Mann auf den Zahn zu fühlen wie ein strenger Vater, dessen Tochter verführt worden war. Und nun beschenkte
er sie mit einer Komposition?

»Adrien«, begann sie, und die Freude in seinem Gesicht er-
losch schlagartig. »Das ist … wunderbar. Nur ist jetzt nicht der
richtige Zeitpunkt, um darüber zu sprechen.«

»Warum nicht?«, fragte Adrien verletzt.

»Die Sache ist die: Amadou hat dich und Youma gestern

Abend im Park gesehen.« Adrien starrte Elisa verständnislos an. »Und er ist sehr ... aufgebracht.«

»Und warum, wenn ich fragen darf?«, gab Adrien ärgerlich zurück.

»Er hat da ein wenig altmodische Ansichten«, versuchte Elisa zu erklären. »Und außerdem gibt es in Youmas Arbeitsvertrag einen Paragrafen, der ...«

»Ach dieser Unsinn, ja, ich weiß.« Adrien nahm Elisa die Noten aus der Hand und warf sie auf seinen Schreibtisch. »Wie kann man Angestellten das verbieten? Ehrlich, Elisa, ich hätte nie gedacht, dass du so etwas in einen Arbeitsvertrag aufnimmst. Und jetzt reitest du auch noch darauf herum?«

»Ich nicht«, erwiderte Elisa. »Aber Amadou fühlt sich für seine Schwester verantwortlich und ...«

»Youma ist alt genug«, sagte Adrien empört. »Ihr großer Bruder hat ihr überhaupt nichts zu sagen.«

Elisa atmete tief durch. »Das stimmt. Fakt ist allerdings, dass Amadou unten im Musikzimmer sitzt und mir dir reden will. Mit dir und Youma.«

»Wie bitte?«

»Hör zu«, fuhr Elisa fort. »Wenn du Youma wirklich gernhast, dann kommst du jetzt bitte mit mir und sprichst mit ihm. Ihr zuliebe. Denn sie wird sich nicht gegen ihren Bruder stellen. Das hat sie mir zu verstehen gegeben. Also komm, bringen wir es hinter uns.«

»Ich denke gar nicht daran!« Adrien war laut geworden. Sein Gesicht lief rot an, und die Ader an seiner Schläfe pochte.

»Liebst du Youma?« Auch Elisa hatte die Stimme erhoben.

»Natürlich liebe ich sie!«

»Was ist denn hier los?« Auf einmal stand Youma im Zimmer und sah erschrocken von Elisa zu Adrien.

»Dein Bruder weiß von euch beiden«, erklärte Elisa. »Er ist unten im Musikzimmer und möchte mit euch sprechen.« Youma wurde mit einem Schlag ganz bleich. »Amadou macht sich Sorgen«, fuhr Elisa fort und wandte sich an Adrien. »Er will wissen, wie ernst es dir ist, Adrien. Und er ist beunruhigt, weil du noch verheiratet bist.«

Youma schlug die Hände vors Gesicht, und Adriens Züge wurden bei diesem Anblick weich. Mit zwei Schritten war er bei ihr. »Nicht weinen!« Besorgt legte er seinen Arm um sie.

»Also ich geh jetzt runter zu Amadou.« Elisa war die Situation mehr als peinlich. »Wir warten auf euch.«

Sie verließ leise das Zimmer und schloss die Tür hinter sich. Lehnte sich kurz gegen die Tür, um ihre Fassung zurückzugewinnen.

»Natürlich«, hörte sie Adrien liebevoll sagen. »Mach dir keine Sorgen. Es wird alles gut.«

Rasch lief sie die Treppen hinunter und ins Musikzimmer.

Amadou saß noch immer da, wo sie ihn zurückgelassen hatte. »Und?«, fragte er finster. »Ist er zu feige?«

In diesem Moment waren Schritte zu hören, und einen Augenblick später betraten Adrien und Youma Hand in Hand den Saal. »Wir möchten euch mitteilen«, ergriff Adrien sofort das Wort, »dass wir uns verloben werden.«

»Verloben?« Amadou ließ seinen Blick ungläubig von

Adrien zu Youma wandern, die ihm tapfer standhielt. »Du bist doch gar nicht frei!«

»In drei Wochen bin ich geschieden.« Adrien zog Youma an sich und legte ihr den Arm um die Schultern. »Den Termin für unser Verlobungsfest können wir jetzt schon festlegen. Was meinst du, Elisa? Wäre der 1. März ein gutes Datum?«

»Jetzt mal langsam.« Amadou erhob sich. »Ist das nicht ein bisschen überstürzt?«

»Ich möchte, dass ihr alle wisst, wie ernst es uns beiden ist«, erwiderte Adrien. »Es stimmt: Youma und ich, wir kennen uns noch nicht sehr lange. Aber von Anfang an war da eine tiefe Verbundenheit zwischen uns. Nicht wahr?« Er sah Youma liebevoll an.

»Ja«, erwiderte sie. »Genau so ist es. Es ist, als würde ich Adrien schon lange kennen.«

Amadou atmete hörbar aus und wieder ein. Dann schloss er kurz die Augen. »Es gibt bei uns ein Sprichwort«, sagte er schließlich mit ernster Miene zu Adrien. »›Liebst du eine Frau zu schnell, liebst du sie bald nicht mehr‹, lautet es.«

»Wie kann man zu schnell lieben?« Adrien schüttelte den Kopf. »Das verstehe ich nicht.«

»Aber unsere *suma mam* hat gesagt: ›Die Liebe hat ihren eigenen Fahrplan‹«, warf Youma ein.

Da konnte Amadou nicht anders, er musste schmunzeln. »Du hast recht, Schwester«, räumte er ein. »Und sie hat auch gesagt: ›Träumen heißt durch den Horizont blicken.‹ Also wollen wir hoffen, dass hinter dem Horizont auf euch nur Gutes wartet.«

Erleichtert verließ Elisa das Musikzimmer und ließ die drei allein. Nun würden sie also bald eine Verlobung feiern. Sie ging in die Küche, um Serafina die Neuigkeit zu erzählen und sie zu fragen, ob sie sich an diesem Sonntag, den Adrien vorgeschlagen hatte, freinehmen wollte oder ob sie für das Fest kochen konnte.

Ein Blick in Serafinas Gesicht genügte, um zu verstehen, dass sie schon wieder geweint hatte. »Jetzt hör mir mal zu«, sagte sie sanft zu der Haushälterin. »So geht das nicht weiter. Warum weichst du mir seit Tagen aus? Lass uns endlich miteinander über alles reden.«

Serafina schluchzte auf und ließ sich auf einen der Küchenstühle fallen. »Maurizio hat Schluss gemacht«, brachte sie unter Tränen hervor.

»Ja, das weiß ich.« Elisa hatte großes Mitgefühl mit der jungen Haushälterin. Offensichtlich litt sie sehr unter der Trennung. Aber es wurde höchste Zeit, dass sie darüber sprachen. »Er hat gekündigt. Und zwar wegen dir.«

Daraufhin weinte Serafina nur umso bitterlicher, und Elisa bereute ihre etwas harsche Antwort.

»Und seitdem bist du wütend auf mich«, flüsterte Serafina. »Kann ich ja auch verstehen.« Sie schluckte. »Wäre es dir lieber ... Soll ich kündigen, damit er wiederkommt?«

Elisa setzte sich neben Serafina. »Natürlich nicht. Ich würde nur gern verstehen, was passiert ist. Maurizio hat mir gesagt, dass er dich sehr liebt. Dass er mit dir zusammenziehen wollte. Und dass du auf einmal ...« Sie stockte. »Jedenfalls ist das seine Version der Dinge. Und ich möchte wirklich gerne wissen, was los war. Und warum du so unglücklich bist.«

Serafina schniefte, und Elisa reichte ihr ein Papiertaschentuch, damit sie sich die Tränen trocknen und die Nase putzen konnte. Sie wartete geduldig, dann endlich hatte sich die Haushälterin so weit gefasst, dass sie sprechen konnte.

»Ich hab einfach kein Glück mit Männern«, presste sie hervor.

Elisa sah sie zweifelnd an. »Ist das so? Was hat Maurizio denn falsch gemacht?«

»Na, *er* hat Schluss gemacht, nicht ich.« Serafina sah sie aus rotumränderten Augen an. »Tut man das, wenn man jemanden liebt?«

»Ganz so einfach ist das, glaube ich, nicht«, sagte Elisa ruhig. »Ich war selbst dabei, als du ihn ziemlich hässlich angeschrien hast, Serafina. Wir hatten sogar einen Wortwechsel deswegen, erinnerst du dich? An Alexanders Geburtstagsfest, du warst völlig außer dir. Was hat er denn getan, dass du so wütend auf ihn warst?« Serafina holte Luft – und schwieg. Sah vor sich auf die Tischplatte. »Und Amadou sagt, das war nicht das einzige Mal, dass du unfreundlich mit ihm umgesprungen bist«, fügte Elisa immer noch ruhig hinzu.

»Jetzt habt ihr euch wohl alle gegen mich verschworen!«, gab Serafina verletzt zurück.

»Nein, Serafina«, entgegnete Elisa. »Ich hab viel eher das Gefühl, du hast dich selbst gegen dich und dein Glück verschworen. Hat Maurizio dich schlecht behandelt? Was hat er dir getan?« Und als Serafina nicht antwortete, fügte sie hinzu: »Ich kenne ihn nicht so lange wie dich. Aber ich habe den Eindruck, er leidet darunter, dass es so gekommen ist.«

»Warum ist er dann gegangen?«

»Hör mal, würdest du bei jemandem bleiben, der dich tagtäglich zur Schnecke macht? Der dich beschimpft und dem du nichts recht machen kannst?« Serafina sah Elisa erschrocken an. Schon wollte sie aufbegehren, doch sie überlegte es sich offenbar anders und schwieg. »Du würdest denken, dass dich dieser Mensch unmöglich lieben kann. Oder?« Elisa konnte direkt sehen, wie es hinter Serafinas Stirn zu arbeiten begann.

»Ja, vielleicht«, gab sie schließlich zögernd zu. Wieder schwieg sie eine Weile. »Und du denkst, er liebt mich wirklich?«, fragte sie dann so leise, dass Elisa sie gerade noch verstehen konnte.

»Das hat er mir gesagt«, antwortete Elisa. »In sein Herz kann ich natürlich nicht hineinschauen. Genauso wenig wie in deines. Liebst du ihn denn auch?«

Wieder dauerte es lange, bis Serafina antwortete. »Ich glaube schon«, gestand sie schließlich. »Mit ihm war es ganz anders, als mit den anderen Männern. Aber dieses Gefühl …« Sie rang sichtlich um die richtigen Worte. »Es hat mir Angst gemacht.«

»Weil man sich darin so verlieren kann?«

»Ja, genau.« Serafina betrachtete sie aufmerksam. »Verstehst du das? Ich hab mich gefühlt, als müsste ich von einem Zehnmeterbrett ins Schwimmbad springen, ohne zu wissen, ob überhaupt Wasser drin ist.«

Elisa musste schmunzeln. »Du hast recht. So kann sich die Liebe manchmal anfühlen. Und weißt du was?«

Serafina schüttelte den Kopf, sah Elisa jedoch fragend an.

»Wenn du nicht springst, wirst du es nicht herausfinden.«

»Ob Wasser im Becken ist?«

»Ob es wirklich Liebe ist. Du musst es riskieren. Sonst bleibst du womöglich immer allein.«

Serafina tat einen tiefen Atemzug, schluckte. »Jemand hat mir mal sehr wehgetan«, sagte sie leise. »So etwas will ich nie wieder erleben.«

»Ich glaube, man erlebt eigentlich nie dasselbe noch einmal«, erwiderte Elisa nachdenklich. »Weil wir selbst auch nicht dieselben bleiben. Maurizio ist nicht der Mann, der dir einmal wehgetan hat. Und wenn du ihn liebst – meinst du nicht, du solltest euch noch mal eine Chance geben?«

Serafinas Augen verschleierten sich wieder. »Jetzt ist es doch zu spät.« Um ihre Lippen zuckte es.

»Bist du dir da sicher?«, fragte Elisa. Und als Serafina schwieg, setzte sie hinzu: »Vielleicht rufst du ihn einfach an. Und erklärst ihm, warum du ihn zurückgewiesen hast. Und wenn du das Bedürfnis danach hast, dann entschuldige dich ruhig für dein Verhalten.«

Serafina atmete tief durch. »Ob er mir überhaupt zuhören wird?«

Elisa zuckte mit den Schultern. »Wenn du es nicht ausprobierst, wirst du es nie wissen.«

Damit ließ Elisa es bewenden. Den nächsten Schritt musste Serafina allein machen – wenn sie es denn wollte. Vielleicht lag Elisa ja auch ganz falsch, und die beiden waren tatsächlich nicht füreinander geschaffen?

Eigentlich hatte sie vorgehabt, im Internet erneut nach

einem Hausmeister zu suchen, doch jetzt beschloss sie, damit noch zu warten. Einstweilen half Dante aus, wo er konnte. Gemeinsam mit Amadou hatte er bereits den Keller ausgeräumt, nun hofften sie, dass der bestellte Malermeister bald kommen und dem Raum einen neuen Anstrich verleihen würde. Elisa seufzte. Mit Maurizio als Hausmeister hatten sie das große Los gezogen. Blieb zu hoffen, dass Serafina den Mut fand, sich mit ihm auszusprechen.

»Möchtest du dir denn nun mein Stück anschauen oder nicht?«, fragte Adrien, als sie sich am Tag darauf zum Mittagessen trafen.

»Natürlich!« Elisa hätte sich ohrfeigen mögen. In der Aufregung mit all diesen Liebesdingen um sie herum hatte sie das völlig vergessen. »Entschuldige bitte. Ich war …«

»Es war ganz schön viel los, was?«, half ihr Adrien grinsend aus der Verlegenheit. »Wenn du magst, geb ich dir nachher die Noten.«

»Oder wollen wir das Stück gleich gemeinsam im Musikzimmer ausprobieren?«, schlug Elisa vor.

»Was heißt gemeinsam?«, gab Adrien zurück. »Es ist ein Solostück. Und ich …« Er bewegte seine rechte Hand und verzog das Gesicht.

»*Ich* werde es spielen«, beeilte Elisa sich zu sagen. »Und ich bin wirklich neugierig, was du komponiert hast.«

Während Adrien im Foyer noch kurz mit Margit plauderte, die soeben mit Rocky von einem Spaziergang zurückkam, überflog Elisa die Noten. Adrien hatte sie mit der Hand geschrieben, und da sie an ein gedrucktes Notenbild gewohnt war, brauchte sie eine Weile, um manche Stellen zu erfassen. Immer wieder entdeckte sie Melodiebögen, wie sie in der Arie »Vissi d'arte« aus der Oper *Tosca* vorkamen, eingebettet in andere Tonfolgen.

Kaum war Adrien ins Musikzimmer zurückgekehrt, legte sie die Blätter auf den Notenständer und setzte sich mit der Campanula zurecht. Begann langsam zu spielen. Es war gleich zu merken, dass Adrien selbst Cellist war, seine Melodie war gut mit der linken Hand zu greifen, und auch die Bewegungsabläufe des Bogens waren geschmeidig.

»Das ist ein Cis«, erklärte Adrien, als sie an einer Stelle kurz stockte. »Entschuldige die Schrift. Es ist lange her, dass ich Noten geschrieben habe.«

»Dafür ist es ziemlich gut zu lesen.« Elisa spielte weiter, probierte eine Stelle in einem anderen Fingersatz aus, fing noch mal von vorn an. Nun gelang ihr die Passage schon bedeutend flüssiger. Allmählich verstand sie, wie Adrien Puccinis Themen in seine Komposition eingewogen hatte, und je länger sie spielte, desto besser gefiel ihr das Stück. »Das ist wirklich schön«, sagte sie, nachdem sie geendet hatte.

Adriens Wangen waren rosa geworden, seine Augen leuchteten. »Es hat so viel Spaß gemacht«, erzählte er. »Jeremy findet es auch gut. Nur an ein paar Stellen hat er kleine Änderungen vorgeschlagen.« Adrien trat neben Elisa und zeigte auf die Noten. »Hier zum Beispiel. Das hatte ich erst so.« Er summte die Melodie. »Jetzt ist es viel besser, oder?«

Elisa betrachtete ihn fasziniert. So hatte sie Adrien noch nie erlebt, so voller Begeisterung und Offenheit. »Es gefällt mir sehr«, sagte sie.

»Ich arbeite gerade an einem zweiten Stück«, verriet Adrien. »Da geht es um die andere Arie. Die, während der ...« Er stockte.

»Du meinst, während der mein Großvater gestorben ist«, führte Elisa den Satz zu Ende und fühlte wieder den Schmerz in ihrer Brust, wie so oft, wenn sie an Niklas dachte.

»Tut mir leid«, murmelte Adrien.

»Das muss es nicht«, erwiderte sie tapfer und fühlte, wie sich der Schmerz langsam auflöste und einem anderen Gefühl Platz machte. Dem der Liebe und Verbundenheit mit ihrem Großvater, und das tat gut. »Ich hab diese Arie ja selbst aufgegriffen. Und das wird schon seinen Grund haben.« Sie spielte Adriens Stück noch einmal und fügte an einer Stelle, die sich ihrer Meinung nach perfekt dazu anbot, eine längere Improvisation ein.

»Das klingt toll!« Adrien war aufgestanden und nahm die Noten vom Ständer.

»Was machst du?«, fragte Elisa.

»Hier fügen wir einige leere Takte ein, damit du improvisieren kannst.« Er hatte einen Bleistift in der Hand und setzte ein paar Zeichen in den Notentext. »Brauchst du eine Überleitung, um wieder ins Stück zurückzufinden?«

»Nein, das ist nicht nötig.« Elisa wurde von Adriens Begeisterung angesteckt. »Du meinst also wirklich, ich sollte das Stück irgendwann ... Ich meine ...« Ihre Kehle war trocken geworden. Sie schluckte. Adrien sah sie fragend an.

»Ich würde mich wahnsinnig freuen, wenn du meine Stücke einmal auf einer großen Bühne vor Publikum spielen würdest.« Erleichtert sah Elisa, dass er lächelte. »Natürlich nur, wenn du möchtest. Fühl dich bloß nicht dazu verpflichtet.« Er hatte die Hände erhoben, wie um zu zeigen, dass er sie keinesfalls drängen wollte. Dabei war wieder seine Narbe zu sehen, und Elisa fühlte großes Mitleid mit ihrem Kollegen, aber auch Dankbarkeit und Bewunderung dafür, dass er so großmütig war, ihr sein Stück zur Verfügung zu stellen. Ausgerechnet ihr, seiner ehemals größten Konkurrentin. »Falls ich wirklich wieder auftrete, dann …«

»Du *wirst* wieder auftreten«, unterbrach Adrien sie, und seine Augen blitzten. »Du *musst* einfach. Alle warten darauf. Und wenn du das nicht vorhättest – warum hast du dann mit Jeremy begonnen, an einem Programm zu arbeiten?«

Elisa atmete tief durch. »Du hast recht«, sagte sie. »Ja, ich werde wieder auftreten.« Noch einmal füllte sie ihre Lungen mit Luft und atmete wieder aus. Und auf einmal war da ein altbekanntes, prickelndes Gefühl, aufregend und verführerisch, eines, das sie zum letzten Mal im Alter von sechzehn Jahren erfüllt hatte: die Vorfreude, bald wieder auf einer Bühne zu stehen.

Sie arbeiteten noch eine Weile an Adriens Stück, fügten hier und da Pausen für Elisas Improvisationen ein, und irgendwann gesellte sich Jeremy zu ihnen, hörte zu und beriet, bis Serafina zum Abendessen rief.

»Was?«, fragte Elisa verwundert. »Es ist schon so spät?« Die Zeit war nur so verflogen.

»Hast du inzwischen mit Maurizio sprechen können?«, erkundigte sich Elisa bei Serafina, als sie ihr später half, das schmutzige Geschirr in die Küche zu tragen.

»Nein.« Die Haushälterin war schon wieder den Tränen nahe. »Ich kann ihn nicht erreichen. Die Nummer scheint nicht mehr zu stimmen.« Sie stellte seufzend den Stapel Teller auf der Spüle ab.

»Wirklich?«, fragte Elisa zweifelnd. »Ich hab doch neulich noch mit ihm gesprochen.«

»Da kommt so eine Ansage. Jedenfalls, wenn ich ihn anrufen will.« Serafina sah Elisa bittend an. »Kannst du es mal versuchen? Vielleicht liegt es an meinem Handy.«

»Das halte ich für unwahrscheinlich«, entgegnete Elisa. Trotzdem holte sie ihr Smartphone aus der Tasche und wählte Maurizios eingespeicherte Nummer. Tatsächlich. Eine Computeransage ließ sie wissen, der Anschluss sei nicht vergeben. »Wie seltsam!« Elisa überlegte verwirrt, was das bedeuten mochte.

»Bestimmt hat er seine Nummer geändert.« Serafina schniefte.

War das möglich? Wollte Maurizio wirklich alle Brücken hinter sich abbrechen? Elisa erinnerte sich daran, wie verzweifelt er bei ihrem letzten Gespräch gewesen war.

»Lass es uns morgen noch mal versuchen«, schlug sie vor. »Vielleicht liegt es an einer Störung bei Maurizios Telefonanbieter.« Doch so recht an eine solche Erklärung glauben konnte auch sie nicht.

Auch am nächsten Tag war Maurizio telefonisch nicht

erreichbar. Auf Elisas Vorschlag, Serafina könnte zu ihm nach Hause fahren und versuchen, persönlich mit ihm zu sprechen, wollte die junge Frau nicht eingehen. »Das trau ich mich nicht«, gestand sie niedergeschlagen. »Er hat gesagt, dass ich ihm nie wieder unter die Augen treten soll.« Eine Träne kullerte über Serafinas Wange. »Damit muss ich mich jetzt wohl abfinden.«

Nun wusste auch Elisa keinen Rat mehr und legte tröstend den Arm um Serafinas Schulter.

Während der folgenden Tage versuchte sie vergeblich, Serafina aufzuheitern. Dante und Natascha luden sie ein, mit ihnen im Kino einen Film anzuschauen, und Youma wollte mit ihr einen Ausflug unternehmen, doch Serafina lehnte alles ab und blieb lieber allein. Ihr Kummer schnitt Elisa ins Herz, und mehr als einmal überlegte sie, selbst Maurizio aufzusuchen und mit ihm zu sprechen.

»Das geht zu weit, Elisa«, war Amadous Antwort, als sie ihn um seine Meinung dazu fragte. »Serafina sollte zu ihm gehen, nicht du.« Und als er Elisas unglückliche Miene sah, fügte er hinzu: »Wenn die beiden wirklich füreinander bestimmt sind, dann kommen sie auch wieder zusammen.«

Das konnte Elisa nur hoffen. Denn wie wahrscheinlich war es, dass ein Mensch eine große Liebe gleich zweimal erlebte?

Wann immer sie Zeit dazu hatte, setzte Elisa sich mit Adrien und Jeremy zusammen. Sogar das Wochenende verbrachten sie gemeinsam im Musikzimmer der Villa, und langsam wuchs und gedieh auch das zweite Stück.

»Was macht ihr eigentlich die ganze Zeit?«, fragte Danilo eines Abends, als Elisa wieder einmal ziemlich spät nach Hause kam.

»Wir arbeiten an meinem Konzertprogramm«, erklärte Elisa verwundert. »Das hab ich dir doch erzählt.«

»Und wann wird das sein, dein Konzert?« Elisa hatte den Eindruck, dass Danilo nicht so richtig daran glauben wollte, dass sie wirklich wieder auftreten würde. »Das weiß ich noch nicht.« Sie betrachtete ihn forschend. »Möchtest du denn mal dabei sein? Deine Meinung ist mir wichtig.«

»Du wirst es mir sicher irgendwann vorspielen«, erwiderte er fast gelangweilt, und Elisa beschlich das Gefühl, dass er sich kein bisschen dafür interessierte.

»Hör mal«, sagte sie. »Ich werde mit der Campanula auftreten. Adriens neue Stücke …«

»Ich höre seit Tagen nur noch Adrien, Adrien, Adrien«, fuhr Danilo plötzlich auf.

Elisa starrte ihn erschrocken an. »Ja, wir arbeiten zusammen«, brachte sie hervor. »Ich dachte, gerade du würdest dich freuen, wenn ich wieder Konzerte gebe.«

»Ehrlich gesagt rechne ich schon lange nicht mehr damit, dass du das eines Tages wirklich tust«, antwortete Danilo schroff. »Seit unserem gemeinsamen Auftritt im Club von Lugano warte ich darauf, aber was ist passiert?« Er hob die Schultern und ließ sie wieder fallen. »Dass du die Campanula tatsächlich auf eine große Bühne bringst – das glaube ich erst, wenn ich es erlebe. Denn wenn ich mir erneut Hoffnungen mache, und am Ende tust du es doch nicht …« Er schwieg und wandte sich ab. Elisa wusste nicht, was sie sagen sollte. Ja, es stimmte, sie hatte lange gebraucht, bis sie sich zu diesem Entschluss durchgerungen hatte. »Es hat mich sehr getroffen, als das McGonnary-Quartett an Alexanders Geburtstag nicht auf den Campanulas gespielt hat«, fuhr Danilo nun ruhiger fort. »Du hattest mir solche Hoffnungen gemacht, und dann war alles umsonst.«

»Dafür konnte ich doch nichts«, erwiderte Elisa. Das stimmte, trotzdem klang es wie eine lahme Entschuldigung. »Jeremy hat doch gesagt, dass er das Stück ausdrücklich für die Campanulas …«

»Ja«, fiel ihr Danilo kühl ins Wort. »Auf Jeremy ist hoffentlich Verlass.« Er wandte sich ab und ging aus dem Zimmer.

Elisa bemühte sich, ihre Fassung zurückzugewinnen. Alle Freude, die sie noch beim Nachhausekommen erfüllt hatte, war aus ihr gewichen. Aber das durfte sie nicht zulassen. Sie hatte sich entschieden. Und Danilo würde schon sehen, dass sie es ernst damit meinte.

14
Familientag

»Hast du das gesehen?« Es war Freitagvormittag. Jeremy saß noch immer am Frühstückstisch, den Serafina gerade abgeräumt hatte. Vor sich hatte er eine große, internationale Zeitung aufgeschlagen.

»Was ist das?« Elisa beugte sich über ihn. Auf einer Doppelseite prangte ein großformatiges Foto, darauf zwei glamourös gekleidete Frauen.

»Der Bericht über Orianas Filmpremiere.« Jeremy schob ihr die Zeitung hin. »Wie gut, dass sie deine Mutter mitgenommen hat. Ich würde neben ihr wirken wie ein tollpatschiger Bär.« Er grinste.

Elisa starrte fasziniert auf das Foto. Oriana sah fantastisch aus in ihrem weißen Kleid und der unglaublichen Wolke aus Chiffon, die sie von den Knien abwärts umspielte. Und Anna, die strahlend neben ihr stand, war so schön wie lange nicht mehr. Sie trug ein Kleid in einem tiefdunklen Rot, das maximal mit Orianas Robe kontrastierte. Es war nach dem neuen Stil gearbeitet, den Anna hier in der Rosenholzvilla entwickelt hatte, schlicht, aber von einer solchen Raffinesse, dass es schwer war zu beschreiben, woher diese rührte. ORIANA HILL ÜBERSTRAHLT ALLE IN EINER KREATION VON ANNA ESCHBACH UND NIMMT DIE MODEMACHERIN MIT ZUM DEFILEE, stand in der Bildunterschrift.

Elisa wurde bewusst, dass sie von einem Ohr bis zum anderen lächelte, und fühlte Jeremys amüsierten Blick auf sich ruhen. »Und dir tut es wirklich nicht leid, nicht dabei zu sein?«, fragte sie.

Er schüttelte lachend den Kopf. »Um Gottes willen«, erklärte er. »Oriana weiß, dass das nichts für mich ist. Selbst wenn ich mitunter mal die Musik zu einem der Filme komponiert habe, finde ich garantiert eine Ausrede, um da nicht hinzumüssen.« Er stand auf. »Das Internet ist übrigens voller Bilder von den beiden«, sagte er und streckte sein linkes Bein aus. »Hast du später Lust, noch ein bisschen an deinem Konzertprogramm zu feilen?«

»Ich fürchte, heute geht es nicht. Bei mir ist Familientag angesagt«, erklärte Elisa. »Mimi kommt nachher zu Mariella, ehe ihre Mutter mit ihr nach Cremona fährt.«

»Ah, das kleine Geigentalent.«

»Hast du sie denn spielen hören?«, fragte Elisa erstaunt.

»Ich nicht. Meine Frau hat mir von ihr erzählt. Die Kleine hat einmal bei ihrer Großmutter geübt, während Oriana eingekleidet wurde.«

»Mimi spielt wirklich sehr gut für ihr Alter«, erzählte Elisa. »Nächstes Wochenende nimmt sie an einem Musikwettbewerb teil. Ich fürchte, die anderen Kinder haben wenig Chancen gegen sie.«

»Du wirst hingehen und ihr die Daumen drücken?«

»Natürlich.«

Jeremy betrachtete sie schmunzelnd. »Ich weiß zwar noch nicht, welche Pläne Oriana hat und ob sie dann schon zurück sein wird«, sagte er. »Aber vielleicht komme ich auch mit. Ich hab das Gefühl, so langsam sollte ich wieder rausgehen und was anderes sehen als diese herrliche Villa und ihren Park. Und ein Musikwettbewerb für Kinder könnte genau das Richtige sein. Was meinst du?«

Natürlich würde sie Jeremy mit Freuden mitnehmen. Und ehe sie nach Margit sah, die gerade von einem großen Spaziergang mit Rocky zurückgekommen war, zog sich Elisa auf die Terrasse zurück und durchsuchte auf ihrem Smartphone das Internet nach Berichten über Orianas Filmpremiere. Jeremy hatte recht, Oriana und Anna waren *das* Thema des Tages. Und von allen Bildern lachte ihr das glückliche Gesicht ihrer Mutter entgegen, die neben Oriana über den roten Teppich in Los Angeles schritt oder neben ihr posierte wie die dunkelhaarige Schwester der zierlichen Blondine. Und auf welche Seite Elisa sich auch klickte, alle Pressestimmen überschlugen sich vor Begeisterung über die schauspielerische Leistung des Hollywood-Stars und ihren strahlenden Auftritt in dem fantastischen Kleid von Anna Eschbach.

Während sie noch scrollte, läutete ihr Handy. Sie erkannte die Nummer sofort. »Hey«, meldete sie sich. »Schön, von dir zu hören, Caren.«

Am anderen Ende der Leitung herrschte Schweigen. Elisa

wollte schon wieder auflegen, als Caren endlich zu sprechen begann. »Hallo Elisa. Wie geht es dir?«

»Gut«, antwortete sie. »Und dir?«

»So weit ... okay«, sagte Caren und klang doch gar nicht danach.

»Was kann ich für dich tun, Caren?«, fragte Elisa nach, als Caren nicht weitersprach.

»Ich weiß nicht so recht.« Caren wirkte unsicher. »Ach, vermutlich war es ein Fehler, dich anzurufen.«

»Ist es wegen Anna?«, warf Elisa ein. Weshalb sollte diese Frau sie sonst anrufen? Und plötzlich glaubte Elisa zu verstehen. So wie sie selbst gerade die Bilder durchscrollte, die Anna gemeinsam mit Oriana Hill zeigten, saß Caren vermutlich in ihrem Londoner Appartement und tat dasselbe. Betrachtete die wunderschöne, vor Glück strahlende Anna an der Seite des Filmstars. Und auf einmal stieg wieder Hoffnung in ihr auf, dass Caren vielleicht noch etwas an Anna liegen könnte. »Soll ich ihr etwas ausrichten?«

»Nein«, erwiderte Caren rasch. »Ich wollte dich nur etwas fragen. Falls es dir nichts ausmacht ...«

»Wenn ich dir weiterhelfen kann, sehr gerne«, antwortete Elisa freundlich. »Was möchtest du denn wissen?«

Sie konnte hören, wie Caren am anderen Ende der Leitung tief Luft holte. »Sind Anna und ... ich meine«, Caren räusperte sich. Dann fragte sie mit fester Stimme: »Ist sie jetzt mit Oriana Hill zusammen?«

»Du meinst, ob die beiden ein Paar sind?« Elisa musste lächeln. Offenbar lag sie richtig mit ihrer Vermutung. »Nein«, antwortete sie. »Oriana Hill ist glücklich verheiratet. Und Anna bewundert sie als Künstlerin. Mehr ist da nicht.«

»Bist du dir da ganz sicher?« Der ängstliche Ton, in dem Caren die Frage stellte, ließ keine Zweifel mehr zu.

»Zu hundert Prozent«, sagte sie. »Anna liebt *dich*. Sonst niemanden.«

Wieder war es still auf der anderen Seite. So still, dass Elisa über all die Entfernung hinweg Carens Atemzüge hören konnte. Und die klangen überhaupt nicht nach der ruhigen, besonnenen Frau, die Elisa kannte. »Ruf sie an«, riet sie sanft. »Ich finde, es wird höchste Zeit, dass ihr euch versöhnt.«

Als Elisa Margits Zimmer betrat, wurde ihr bewusst, wie sehr sich die Flötistin in den vergangenen Wochen verändert hatte. Ihre Haltung war aufrechter, ihr Gesicht von den vielen Spaziergängen mit Rocky leicht gebräunt und ihre Miene entspannt. Amadou hatte Elisa erzählt, dass Margit fleißig alle Übungen machte, die er ihr gezeigt hatte, und auch die physiotherapeutischen Behandlungen, die sie täglich von ihm erhielt, zeigten Erfolge.

»Wie geht es dir heute?«, fragte Elisa, nachdem sie Rocky begrüßt hatte, der seit einer Weile bei Margit im Zimmer schlief. Cosma hatte zu diesem Zweck extra ein gemütliches Körbchen geliehen. Margit hatte dem Schäferhund unter Cosmas Aufsicht geduldig das Treppensteigen beigebracht. Überhaupt beschäftigte sie sich viel mit dem Hund, und wie es aussah, lenkte sie das von ihren persönlichen Problemen ab.

»Gut«, antwortete Margit. »Amadou sagt, dass ich bald

wieder mit dem Üben beginnen kann. Zunächst natürlich nur kurz und unter seiner Anleitung.«

»Und deine Schmerzen?«

»Sind fast weg.« Margit wirkte unglaublich erleichtert. »Das Konzert mit den Berliner Philharmonikern habe ich gestern übrigens abgesagt.« Sie atmete tief durch. Offenbar war ihr die Entscheidung nicht leichtgefallen. »Und stell dir vor, sie haben mir vorgeschlagen, es zu verschieben. Auf den Herbst. Oder aufs kommende Jahr. Ich hätte nie geglaubt, dass sie so entgegenkommend sein würden!«

»Oh, wie schön!«, antwortete Elisa herzlich, froh darüber, dass Margit diesen Schritt getan hatte. Außerdem machte sie jetzt die wertvolle Erfahrung, dass ihre Vertragspartner Verständnis für ihre Erkrankung aufbrachten und sie deshalb nicht gleich fallen ließen. »Das freut mich sehr.«

»Danke. Amadou ist so ein wunderbarer Physiotherapeut«, schwärmte Margit. »Es hat ein bisschen gedauert, bis ich mich auf seine Therapie einlassen konnte. Aber sie hilft mir wirklich. Es geht mir täglich besser.« Ihr Blick fiel auf Rocky, der sie aus seinem Körbchen heraus interessiert beobachtete. »Und dass du diesen Hund ins Haus gebracht hast, war ein weiterer Segen für mich.«

»Er mag dich sehr gern«, sagte Elisa.

»So ein Tier bringt einen wieder auf die elementaren Dinge des Lebens zurück«, erklärte Margit nachdenklich. »Seit ich mit ihm unterwegs bin, nehme ich meine Umwelt viel bewusster wahr.« Sie lachte verlegen auf. »Vorher hatte ich kein Auge für die Gegend. Und wenn ich rausging, dann war ich so in meine Gedanken und Sorgen versunken, dass ich überhaupt nichts in mich aufnehmen konnte. Mit Rocky ist das anders.«

»Ich weiß, was du meinst«, warf Elisa ein. »Ich streife oft mit Cosma und ihren Hunden durch die Wälder. Allein ihre Begeisterung …«

»Genau«, fiel ihr Margit ins Wort. »Und sie zeigen ihre Gefühle so … so ungeschützt. Haben keine Angst, sie könnten sich angreifbar machen oder so.«

»Und vor allem zeigen sie uns ihre Liebe«, fügte Elisa hinzu.

»Das stimmt«, bekräftigte Margit eifrig. »Sie nehmen uns so, wie wir sind. Es ist ihnen egal, ob wir berühmt und erfolgreich sind oder nicht. Hauptsache, es geht uns gut.« Rocky, der offenbar gemerkt hatte, dass sie von ihm sprachen, war aufgestanden und zu Margit gegangen. Nun kraulte sie ihn zwischen den Ohren. »Erinnerst du dich, was Sven bei seinem letzten Besuch hier gesagt hat?«

»Du meinst, als wir davon gesprochen haben, dass er in seinem Unterricht auch das Selbstwertgefühl der jungen Musiker stärken möchte?«

Margit nickte. »Er hat sinngemäß gesagt, dass ich nicht mein Flötenspiel bin. Weißt du noch?« Elisa nickte. »Und dass ich als Person nicht an Wert verliere, wenn ich nicht mehr so gut spiele. Darüber hab ich viel nachgedacht. Und Rocky hat mir gezeigt, dass das stimmt.«

»Gut möglich, dass er das Weite sucht, wenn du wieder mit dem Üben beginnst«, sagte Elisa lachend, und Margit stimmte herzlich ein.

»Da magst du recht haben, Hundeohren sind ja so empfindlich. Ich glaube nicht, dass er Flötentöne mag.« Dann wurde sie wieder ernst. »Mir ist noch mehr klar geworden, Elisa. Nämlich, dass ich fast alle meine Freunde vernachlässigt habe. Ich hatte ja nie Zeit für sie. Das möchte ich unbedingt ändern.«

Als Elisa durch den Park zu den Fasettis hinunterging, wo Mariella, die endlich wieder gesund war, sie und die ganze Familie zum Mittagessen eingeladen hatte, hallte das Gespräch mit Margit noch in ihr nach. Sie war unglaublich erleichtert, dass die Flötistin nicht wie Scarlett abgereist war, sondern sich auf den Heilungsprozess eingelassen hatte. Dass diese Heilung nicht nur den Körper betraf, sondern in so hohem Maße auch ihre Grundeinstellung zu ihrem Leben als Musikerin, hätte Elisa nie erwartet. Und einmal mehr musste sie an Niklas denken, der durch die Stiftung anderen Menschen so viel gab, sogar über seinen Tod hinaus.

Als sie Mariellas Wohnküche betrat, nahm sie als Erstes den köstlichen Duft nach Knoblauch und überbackenen Tomaten wahr. Dann kam ihr Fiocca entgegengelaufen und sprang an ihr hoch. Der kleine Pyrenäenberghund war ein gutes Stück gewachsen, seit Elisa ihn das letzte Mal gesehen hatte.

»Aus!«, kommandierte Mimi streng, und Fiocca gehorchte sofort, ließ von Elisa ab und setzte sich auf ihr Hinterteil. »Gib Pfötchen«, sagte Mimi, und tatsächlich hob der Hund eine Pfote, tippte mit ihr gegen Elisas Knie und legte den Kopf schräg.

»Das machst du großartig«, lobte Elisa ihn.

»Du musst ›brav‹ sagen«, erklärte Mimi. »Dann weiß sie, dass sie es richtig gemacht hat.«

»Sehr brav.« Elisa musste sich ein Lachen verkneifen. »Ich bin wirklich beeindruckt. Wie oft in der Woche geht ihr beide denn in die Hundeschule?«

»Nur einmal«, antwortete Mimi und ließ Fiocca noch ein paarmal Pfötchen geben. »Aber wir üben viel zu Hause.«

»Apropos üben«, sagte Mariella, die gerade den Tisch deckte. »Wie läuft es mit deinen Stücken, die du beim Wettbewerb spielen willst?«

»Gut.« Mimi ließ von Fiocca ab und kletterte auf einen Stuhl, um Mariella zu helfen, das Besteck zu verteilen. »Wenn du willst, spiel ich sie dir nachher vor.«

Danilo erschien in der Tür, gefolgt von Dante und Natascha. »Was duftet hier so herrlich?« Dante stellte als Mitbringsel eine Flasche Rotwein auf den Esstisch.

»Heute gibt es Lasagne.« Mariella bedankte sich für den Wein, und Bruno begann, die Flasche zu entkorken.

»Bologneser Art?« Dante schnupperte.

»Ja.« Mariella wechselte einen verschwörerischen Blick mit Natascha.

Bologneser Art, überlegte Elisa, das war mit Hackfleisch und Tomatensauce. War Natascha etwa von ihren Grundsätzen abgewichen, Dante zuliebe? Das konnte sie sich kaum vorstellen.

Sie half Mimi, den Tisch fertig zu decken, und schließlich stellte Mariella die große feuerfeste Form auf den Tisch, in der es nur so brodelte. Dante sog genüsslich die Aromen ein, während er Elisa fragte, ob sie inzwischen einen neuen Hausmeister gefunden hatte.

»Nein«, antwortete diese betrübt. »Aber ich sollte wirklich wieder anfangen, nach einem zu suchen.«

»Neulich hab ich Maurizio getroffen«, erzählte Natascha. »In dem Gym, das mir Serafina vor einigen Wochen empfohlen hat.«

»Da hat er gearbeitet, bevor er zu uns kam. Ist er dorthin zurückgegangen?«, fragte Elisa.

Natascha nickte und hielt Mariella ihren Teller hin, die ihr eine ordentliche Portion auftat. »Ich glaube, er ist sich noch unschlüssig, was er jetzt machen will«, sagte sie. »Er hat davon gesprochen, eine größere Reise zu machen. Ich hab ihm Dantes Nummer gegeben, falls er Beratung braucht.«

»Eine Reise«, wiederholte Elisa nachdenklich.

»Soll ich ihm eine Reise in die Rosenholzvilla empfehlen, wenn er tatsächlich zu mir kommt?« Dante sah sie aufmunternd an, und Elisa musste lachen.

»Es wäre toll, wenn du ihn bitten könntest, mich anzurufen«, entgegnete sie. Vielleicht würde es ihr doch noch gelingen, zwischen ihm und Serafina zu vermitteln, wenn sie ihn nur erreichen könnte …

»Wie schmeckt dir die Lasagne, Dante?«, fragte Mariella, und etwas in ihrem Blick ließ Elisa aufmerken.

»Sie ist köstlich!«, antwortete Dante und küsste seine Fingerspitzen. »Die beste Lasagne, die ich seit Langem gegessen habe.« Dann richtete er besorgt seinen Blick auf Natascha, die neben ihm saß. »Schmeckt es dir denn auch?«, erkundigt er sich fürsorglich.

»Und wie«, antwortete seine Freundin.

»Aber da ist doch Fleisch drin!«, wandte er ein.

Natascha schüttelte lächelnd den Kopf.

»Nein.« Mariella grinste breit. »Ich hoffe, du bist jetzt nicht enttäuscht. In dieser Lasagne ist kein Fleisch.«

»Nicht?« Ratlos musterte Dante seinen Teller. Dann schien ihm ein Licht aufzugehen. »Habt ihr da etwa so einen Fleischersatz hineingetan? Aus Tofu oder Ähnlichem?«

Mariella verneinte wieder. »Das, was so ähnlich wie Fleisch schmeckt, ist Blumenkohl«, erklärte sie.

»Blumenkohl?« Dantes Gesicht war ein einziges Fragezeichen. Und tatsächlich war selbst Elisa überrascht.

»Ja, genau. Willst du wissen, wie man das macht?«, fragte Mariella.

»Du machst ganz kleine Brösel aus dem Blumenkohl«, erzählte Mimi, die offenbar geholfen hatte.

»Und die röstest du im Ofen mit ein paar Gewürzen an«, fuhr Mariella fort, »rührst sie in ein erstklassiges Tomatensugo mit Zwiebeln und Knoblauch, und schon ist die Bolognese fertig.«

Dante starrte sie fassungslos an. »Und das klappt?«, fragte er.

Mariella wies lächelnd auf seinen Teller. »Gerade hast du noch gesagt, dass es dir schmeckt. Also klappt es. Oder?«

Über Dantes perplexe Miene, mit der er nun sehr vorsichtig seine nächste Gabel voll Lasagne kostete, mussten alle am Tisch lachen, am lautesten amüsierte sich Mimi.

»Wisst ihr eigentlich alle, dass nächstes Wochenende Mimis Wettbewerb stattfinden wird?«, wechselte Mariella das Thema, um Dante nicht weiter in Verlegenheit zu bringen.

»Klar!«, antwortete Natascha.

»Kommt ihr auch?« Mimi hatte einen Tomatensaucenbart um ihre Lippen und sah interessiert in die Runde.

»Wir kommen alle. Sogar Cosma.« Dante grinste ihr zu.

»Bist du denn überhaupt nicht aufgeregt?«, wollte Natascha wissen.

»Nö.« Mimi lud sich Nudelteig auf den Löffel. »Aber Signora Bernasconi hat gesagt, dass das vielleicht noch kommt. Das ist ganz normal.« Sie schob den Löffel in den Mund.

»Genau«, sagte Elisa. »Ein kleines bisschen Aufregung ist außerdem gut. Dann spielt man besser.«

»Aber nur ein ganz kleines bisschen, oder?«

»Du hast ja noch ein paar Tage zum Üben.« Dante zwinkerte ihr zu. »Fahrt ihr denn dieses Wochenende nicht nach Cremona?«

»Doch«, antwortete Mimi mit vollem Mund. »Später holt *mamma* mich ab. Wenn die Leute weg sind.« Den letzten Satz sagte sie voller Abscheu.

»Welche Leute?«, fragte Mariella sogleich alarmiert.

Mimi zog eine Grimasse. »Na, die fremden Leute, die durch unser Haus gehen und überlegen, ob sie es kaufen wollen. Jeden Tag.«

Auf einmal war es mucksmäuschenstill am Tisch. Mariella war wie erstarrt, und Elisa wechselte einen Blick mit Danilo. Sie hatten seiner Mutter immer noch nichts von ihrem

Zusammentreffen mit der Maklerin erzählt. Zuerst war Mariella krank gewesen, und dann hatten Elisa und Danilo auf eine gute Gelegenheit gewartet. Bis Danilo beschlossen hatte, gar nichts zu sagen und abzuwarten, ob die ganze Sache nicht doch eine Schnapsidee von Romy gewesen und ohne jegliche Bedeutung war.

»Euer Haus steht zum Verkauf?«, fragte Dante, der sich als Erster gefangen hatte.

»Nein, das …«, sagte Mariella rasch. »Das muss ein Irrtum sein.« Sie räusperte sich und wandte sich an Mimi. »Mimi-Schatz, was sind das für Leute in eurem Haus?«

Mimi zog eine Schnute und legte ihren Löffel geräuschvoll auf den Tisch. »Ich will nicht, dass ein anderes Kind in meinem Zimmer wohnt«, stieß sie ärgerlich hervor. »Und in Cremona will ich auch nicht wohnen. Das hab ich *mamma* schon tausendmal gesagt.«

»Ihr werdet nicht nach Cremona ziehen«, versuchte Mariella die Kleine und vermutlich sich selbst gleich mit zu beruhigen. »*Papa* kommt nächstes Wochenende, und dann reden wir und …«

»Sag *du* ihm, dass ich hierbleiben will«, forderte Mimi sie mit blitzenden Augen auf. »Du bist hier. Alle meine Freundinnen sind hier. Frau Bernasconi ist hier. Und Fiocca gefällt es dort nicht. Wo sollen wir mit ihr spazieren gehen? Und wo soll ich Geige lernen?« Auf einmal glänzten Tränen in Mimis Augen, ihr zarter Mund war zu einem dünnen Strich zusammengepresst. Mariella stand auf und beugte sich tröstend über sie. Sogleich schlang Mimi ihre Arme um sie, und Mariella nahm sie hoch. Mimi verbarg das Gesicht am Hals ihrer Großmutter und begann zu schluchzen.

Über ihre roten Locken hinweg sah Mariella von Danilo zu Elisa, die sich unbehaglich fühlte.

»Habt ihr das gewusst?«, fragte sie leise. »Ihr wirkt kein bisschen überrascht.«

Elisa schluckte. »Da war diese Maklerin, als ich Mimi vom Unterricht …«

»Was?«, fuhr Mariella auf, und Mimi weinte nun lauter. »Und du hast mir nichts gesagt?«

»Du warst krank«, versuchte Elisa zu erklären. Doch Mariella schien es nicht zu hören. Niedergeschlagen sank sie auf ihren Stuhl und drückte ihr Enkelkind an sich.

Die Stimmung war verdorben, und als Romy kam, um ihr Töchterchen abzuholen, nahm Mariella sie ernst beiseite. Keiner von den anderen wollte dabei sein und Zeuge werden, wie Mariella ihre Schwiegertochter zur Rede stellte. Als hätten sie sich abgesprochen, gingen alle mit Mimi in den Hof, um sich zeigen zu lassen, was Fiocca inzwischen konnte.

Es dauerte jedoch nicht lange, und Romy stürmte wütend aus dem Haus, beorderte Mimi samt Hund in den Wagen und verabschiedete sich nur flüchtig von Elisa und den anderen. Mit dröhnendem Motor rauschte sie davon.

Betreten sah Elisa ihnen nach. Dante kickte unschlüssig ein paar Kieselsteine in Richtung Einfahrt und schien erleichtert, als Danilo vorschlug, in der Werkstatt noch einen Kaffee zu trinken.

»Wir können doch Mariella jetzt nicht einfach allein lassen«, sagte Natascha.

»Du hast recht.« Elisa seufzte. »Helfen wir ihr, den Tisch abzuräumen.« Als sie in die Wohnküche kamen, hatte Bruno schon die meiste Arbeit erledigt. Von Mariella war nichts zu sehen. »Wie geht es ihr?«, fragte Elisa besorgt.

Bruno hob die Schultern und die Brauen, eine Geste, die genug sagte. Rasch halfen Elisa und Natascha, das schmutzige Geschirr in der Spülmaschine zu verstauen, während Bruno grimmig die Töpfe schrubbte, die nicht mehr hineinpassten.

»Es ist so viel übrig geblieben«, sagte Natascha bedauernd, als sie den Rest der Lasagne in einen luftdicht verschließbaren Behälter füllte und in den Kühlschrank stellte. »Mimi hat am Ende kaum etwas gegessen.«

Elisa schwieg bedrückt. Wenn Fabio nicht zurückkäme, müssten sie sich wieder neu Gedanken über die Zukunft der Werkstatt machen. Vielleicht hätten sie das längst tun sollen, statt sich von den Launen dieses Mannes abhängig zu machen. Obwohl schon alles sauber war, wischte sie noch einmal über den schönen, alten Holztisch und gab den Blumen, die in einem Krug darauf standen, frisches Wasser. So gerne hätte sie Mariella noch mehr Gutes getan. Und doch wusste Elisa, dass nur einer deren Kummer lindern konnte – und das war Fabio.

»Eigentlich wollte ich euch heute Abend alle einladen«, brach Bruno schließlich das Schweigen.

»Hast du Geburtstag?«, fragte Elisa, ihr fiel auf, dass sie von diesem Mann sehr wenig wusste.

»Nein«, antwortete er. »Heute vor genau vierzig Jahren hab

ich mein erstes richtiges Konzert gegeben. Ich habe schon einen Tisch drüben in Gandria reserviert. Es sollte eine Überraschung werden.« Er seufzte. »Wie ich Mariella kenne ...«

»Was soll das heißen?« Mariella stand in der Tür und blitzte ihn herausfordernd an. »Du denkst, ich sitze jetzt das ganze Wochenende in meinem Zimmer und weine mir die Augen aus, weil mein Sohn so ein bockiger Esel ist? Das wäre ja noch schöner.« Bruno ging zu ihr und schloss sie in seine Arme. »Ehrlich«, fuhr sie an seine Schulter gelehnt fort, »wegen Fabio hab ich schon viel zu viel geheult. Damit muss jetzt Schluss sein. Wenn er nicht nach Hause kommen will, soll er eben wegbleiben.«

»Und Mimi?«, entfuhr es Elisa und bereute es sofort.

Mariellas Miene wurde hart. »Mimi kann bei mir wohnen, wenn sie möchte.«

Elisa bezweifelte, dass Romy und Fabio sich von ihrer Tochter trennen würden, sie war jedoch erleichtert darüber, dass Mariella nicht in eine Depression versank, wie es bei früheren Gelegenheiten der Fall gewesen war. Und noch war ja nichts entschieden.

Bruno, der später, während Mariella sich für ein Stündchen hingelegt hatte, zu ihnen auf einen Kaffee in die Werkstatt kam, erzählte, dass Romy Mariella als egoistisch bezeichnet hatte. Sie solle sich ein Beispiel an ihrer eigenen Mutter nehmen, die in Paris lebte, ihr das Haus überlassen hatte und sich nie in ihr Leben einmischte, so wie Mariella es ständig bei Fabio tat.

»Es stimmt, dass Romys Mutter sich in nichts einmischt«, sagte Danilo daraufhin. »Anders gesagt kümmert sie sich kein bisschen um Romy, geschweige denn um Mimi. Sie lässt sich ja nicht einmal an Weihnachten hier blicken, und immerhin hat Mimi am 24. Dezember Geburtstag.«

»Romy hat mir mal erzählt, dass ihre Mutter im Winter immer auf Martinique ist«, warf Dante ein.

»Sie kommt nicht mehr ins Tessin, weil sie das zu sehr an ihren verstorbenen Mann erinnert«, erklärte Natascha mitfühlend. »Deshalb hat sie Romy das schöne Haus überlassen.«

»Wie dem auch sei«, beendete Bruno die Diskussion. »Heute Abend feiern wir. Ich habe außer euch noch Amadou, seine Schwester, Cosma, Jeremy und Adrien eingeladen. Und natürlich Margit. Um sechs geht es los.«

Keiner von ihnen hätte gedacht, dass dieser Tag noch so schön enden würde. In Vico Morcote bestiegen sie die Fähre, die sie über den See nach Gandria am nördlichen Seeufer brachte. Obwohl es kühl wurde, sobald die Sonne hinter den Bergen verschwunden war, stand Elisa gemeinsam mit Danilo an Deck des Schiffes, einen Seidenschal viele Male um ihren Kopf geschlungen, während die anderen in der verglasten Kabine Platz nahmen. Als die Fähre ablegte, fiel Elisa wieder ein, unter welchen Umständen sie kurz nach Niklas' Tod hier ganz allein über den See gefahren war. Rasch schob sie diese Erinnerung wieder von sich. Denn damals hatten sie und Danilo sich für kurze Zeit getrennt, in jenen schrecklichen Tagen hatte sie nicht gewusst, ob sich alles wieder einrenken würde. Denn Danilo hatte damals tatsächlich geglaubt, sie und Fabio wären heimlich ein Paar. Wie absurd, dachte Elisa.

»Sind denn Youma und Adrien tatsächlich zusammen?«, fragte Danilo. Elisa folgte seinem Blick. Durch die Fenster der Kabine sah sie Adrien neben Margit sitzen, die beiden amüsierten sich köstlich über etwas. Youma saß neben ihrem Bruder und schien in Gedanken versunken.

»Ja, natürlich«, erklärte Elisa. »Du hast doch mitbekommen, wie sauer Amadou anfangs war.«

»Eben deshalb wundere ich mich.« Danilo betrachtete sie mit einem Blick, den sie nicht recht deuten konnte. »Amadou war doch strikt dagegen. Und dann hast du mit Adrien in den vergangenen Wochen so unglaublich viel Zeit verbracht.«

Elisa runzelte die Brauen. »Was hat das mit ihm und Youma zu tun? Wir arbeiten an meinem Konzertprogramm. Jeremy kommt auch häufig dazu.«

»Dein Konzertprogramm«, wiederholte Danilo skeptisch. »Du meinst es also wirklich ernst?«

»Natürlich meine ich es ernst. Was denkst du denn?« Auf einmal glaubte Elisa zu verstehen, was Danilo ihr die ganze Zeit sagen wollte. Und warum er sich in letzter Zeit so seltsam verhalten hatte. »Du hast doch nicht etwa gedacht, dass zwischen mir und Adrien … Nein, Danilo. Bitte sag, dass das nicht dein Ernst ist!«

»Ihr hab so viel Zeit miteinander verbracht«, wiederholte Danilo kleinlaut. »Oft bis spät in die Nacht. Weißt du noch, was ich gleich nach seiner Ankunft gesagt habe? Damals, als er dich wegen dieses Heizungsproblems, das am Ende keines war, zur Villa beordert hat?«

Elisa runzelte die Stirn. »Ich habe keine Ahnung, was du meinst.«

»Ich hatte von Anfang an das Gefühl, dass er an dir interessiert ist.«

»Das ist doch Unsinn!«, gab Elisa empört zurück. »Du hättest sehen sollen, wie entsetzt er bei seiner Ankunft war, mich zu sehen!«

»Und plötzlich seid ihr beste Freunde.«

»Wir haben endlich ein kollegiales Verhältnis zueinander«, stellte Elisa klar. »Mehr nicht.«

Plötzlich war sie wieder da, die Erinnerung an das letzte Mal, als Danilo so sinnlos eifersüchtig gewesen war, und an die Verzweiflung, die sie damals fast überwältigt hatte.

Vor ihnen kam die Küste von Gandria in Sicht und das Seeufer auf der gegenüberliegenden Seite. Alles schien in Bewegung, ständig verschob sich die Perspektive, und auf einmal kam ihr das wie ein Sinnbild des Lebens vor, denn jeder Mensch, und stand er einem auch noch so nahe, hatte seine eigene Sicht auf die Dinge.

»Seit Adriens Ankunft in der Rosenholzvilla hat sich viel verändert«, sagte sie leise. »Adrien wird nie wieder Konzerte geben können, und das weiß er. Wie schwierig das für ihn ist, muss ich dir nicht erklären. Jetzt sieht es so aus, als hätte er sich damit abgefunden. Vermutlich hat Youma daran einen großen Anteil. Und wunderbarerweise hat er durch unsere Zusammenarbeit etwas Neues für sich entdeckt.«

»Was denn?«, fragte Danilo interessiert.

»Das Komponieren.« Elisa atmete tief durch. »Jeremy sagt, dass er dafür Talent hat. Er hat Adrien unter seine Fittiche genommen und ihm geholfen, ein Stück für Campanula zu schreiben. Ich hab dir davon erzählt, aber …«

»Ich hab dir gar nicht richtig zugehört«, beendete Danilo selbstkritisch ihren Satz. »Ehrlich gesagt konnte ich das alles nicht glauben. Nicht nach all den Enttäuschungen in Sachen Campanula.«

Elisa nahm wieder seine Hand, die ihr entglitten war. »Alles braucht seine Zeit«, versuchte sie zu erklären. »Und eines solltest du inzwischen wirklich verstanden haben.« Danilo sah sie fragend an. »Dass ich dich liebe. Dich. Und niemand anderen. Hör endlich auf, an meiner Liebe zu zweifeln.«

Ein kleines Lächeln erschien auf Danilos Gesicht. »Und was ist mir dir?«, fragte er. »Es ist noch nicht so lange her, als du der Meinung warst, ich stecke zu viel mit Natascha zusammen. Warst du nicht auch ein bisschen eifersüchtig?«

Elisa fühlte, wie ihre Wangen heiß wurden. Mit dieser Frage hatte er direkt ins Schwarze getroffen. »Du hast recht«, räumte sie kleinlaut ein. »Wie dumm von mir.«

»So dumm wie ich.« Danilo legte seinen Arm um sie. »Muss ich dir erst einen Heiratsantrag machen, damit du mir glaubst, dass ich nur dich liebe?«

»Nein, das musst du nicht.« Schon wieder fühlte Elisa, wie ihr vor Verlegenheit heiß wurde. Oder vor Aufregung?

»Aber du würdest nicht Nein sagen?«

Elisa holte tief Luft. »Ans Heiraten hab ich ehrlich gesagt

noch nicht gedacht«, sagte sie. »Alles ist so … im Wandel. Keiner weiß, wie es mit der Werkstatt weitergeht. Und ob ich tatsächlich wieder im Konzertleben Fuß fasse.«

»Davon hängt unsere Liebe doch nicht ab, oder?«, fragte Danilo besorgt.

»Nein«, antwortete Elisa, und ihr Herz wurde weit. »Egal was passiert, unsere Liebe bleibt.«

Als er sie küsste, fühlte sie mit jeder Faser ihres Körpers, wie sehr sie ihn liebte. Und erst, als das Schiff plötzlich seine Fahrt verlangsamte und sich der Anlegestellte von Gandria näherte, lösten sie sich voneinander.

Dante und Natascha waren ebenfalls an Deck gekommen, wann, das hatten sie nicht bemerkt.

»Wisst ihr eigentlich, dass dies das erste Mal ist, dass ich euch beiden Turteltauben nicht grenzenlos beneide?« Dante lachte und legte seinen Arm um Natascha, die liebevoll zu ihm aufsah.

»Und dabei hast du ganz schön lange gebraucht, um dein Glück zu begreifen«, zog Danilo seinen Freund auf. »Das hättest du nämlich schon viel früher haben können.«

»Alles braucht seine Zeit«, erklärte Natascha, und Elisa fiel auf, dass sie eben dasselbe zu Danilo gesagt hatte.

»Wir möchten euch etwas mitteilen«, sagte Mariella, als sie um die große Tafel versammelt waren, die Bruno in einer netten kleinen Trattoria reserviert hatte. Auf sein Konzertjubiläum hatten sie bereits mit Prosecco angestoßen und die Speisen bestellt.

»Sag nicht, dass ihr euch ebenfalls verloben wollt«, entfuhr es Danilo, und seine Mutter warf ihm einen halb amüsierten, halb tadelnden Blick zu.

»Nein, für so etwas Romantisches sind wir vermutlich zu alt, was, Bruno?« Sie lächelte ihn liebevoll an, und er griff schmunzelnd nach ihrer Hand. »Aber ich möchte in Zukunft in der Firma kürzertreten«, fuhr Mariella nun wieder ernst fort. »Bruno möchte mir seine Heimat Sizilien zeigen, und auch sonst haben wir einige Reisepläne. Und in letzter Zeit habe ich ohnehin das Gefühl, dass ich die Einzige bin, der an der Geigenbauwerkstatt viel liegt.«

»Das stimmt nicht«, protestierte Danilo, und Natascha riss erschrocken die Augen auf.

»Ich sage ja nicht, dass ich ganz aufhören möchte«, erwiderte Mariella. »Ich kümmere mich weiterhin gern um die Buchhaltung, obwohl das im Grunde genauso gut eine externe Kraft machen könnte. Irgendwann werden wir uns dafür jemanden suchen.«

»Wenn ich euch helfen kann beim Flügebuchen oder sonst irgendwie«, bot Dante an, »meldet euch gerne.«

»Zunächst werde ich abwarten, was aus Mimi wird«, gab Mariella ernst zu bedenken. »Vielleicht möchte sie ja künftig bei uns leben, wenn ihre Eltern tatsächlich nach Cremona ziehen sollten.«

»Du hast dir das alles schon so genau überlegt?«, fragte Danilo überrascht.

»Ja, das habe ich«, antwortete Mariella. »Ich habe viel über all das nachgedacht, während ich krank war. Dabei habe ich beschlossen, dass ich mich nicht mehr länger gegen den Lauf der Dinge stemmen werde. Wenn dieser Dickkopf von meinem Ältesten unbedingt will, soll er meinetwegen nach Cremona gehen. Und für den Fall, dass er zurückkommt – ich denke nicht daran, den Rest meines Lebens damit zu verbringen, zwischen euch zu vermitteln. Ich möchte gemeinsam mit Bruno mein Leben genießen.«

»Ein weiser Entschluss.« Cosma erhob ihr Glas. Die anderen taten es ihr nach und beglückwünschten Bruno und Mariella.

Zwei Kellner erschienen und brachten die Vorspeisen, und die nächste halbe Stunde waren alle damit beschäftigt, die leckeren Gerichte zu genießen. Gandria lag nur wenige Kilometer von der italienischen Grenze entfernt, und die Einflüsse aus diesem Land waren hier noch deutlicher zu spüren als in Lugano. Amüsiert beobachtete Elisa, dass Dante die vegetarische Variante der Antipasti-Platte bestellt hatte und sie zu genießen schien.

»Ich habe auch etwas bekannt zu geben«, sagte Jeremy, nachdem die Teller abgeräumt waren.

»Hat Oriana wieder einen Preis gewonnen?«, warf Margit gut gelaunt ein.

»Nein.« Jeremy schmunzelte. »Jedenfalls nicht, dass ich wüsste. Übrigens kommt sie nächste Woche zurück. Ich hoffe, es ist in Ordnung, dass sie nochmals für einige Nächte bei mir in der Rosenholzvilla wohnt?« Er warf Elisa einen fragenden Blick zu.

»Selbstverständlich«, antwortete Elisa und überlegte, ob Anna sie begleiten würde.

»Ich habe ihr erzählt, dass unser kleines Geigenwunder am Samstag seinen ersten Wettbewerb bestreiten wird, und sie hat den Wunsch geäußert, ebenfalls dabei zu sein.«

»Das wird für eine Sensation sorgen«, warf Mariella begeistert ein.

»Aber was ich eigentlich sagen wollte, betrifft unseren französischen Freund«, erklärte Jeremy, und sein gutmütiges Bärengesicht wandte sich Adrien zu. »Wir haben in den letzten Wochen gemeinsam ein bislang verborgenes Talent von dir entdeckt, Adrien – das Komponieren. Und da du den Wunsch geäußert hast, dies weiterzuverfolgen, und dein Talent meiner Ansicht nach eine Zukunft hat, habe ich an meiner Universität ein paar Erkundigungen eingezogen. Es ist mir eine große Freude, dir heute mitteilen zu dürfen, dass du an der Royal Academy of Music ein Stipendium für meine Londoner Kompositionsklasse erhalten hast.«

Adrien starrte Jeremy sprachlos an, und auch Youma machte ganz große Augen. »Ein Stipendium? Ich ... Was ... Was bedeutet das?«, stammelte Adrien.

»Das bedeutet, dass du ohne finanzielle Sorgen bei mir studieren kannst«, antwortete Jeremy.

Adrien wechselte einen langen Blick mit Youma. Ein großes Lächeln erschien auf dem Gesicht der jungen Frau, als sie ihm zunickte. »Das ist ... das ist wundervoll.« Adrien wirkte, als könnte er sein Glück noch gar nicht fassen. »Ehrlich gesagt fehlen mir die Worte.«

»Was für eine großartige Chance!«, rief Elisa aus. »Herzlichen Glückwunsch, Adrien. Ich freue mich riesig für dich.«

Auch wenn es schön wäre, fügte sie in Gedanken hinzu, wenn wir Youma deshalb nicht verlieren müssten. Doch das sprach sie nicht aus. Und als die Hauptspeisen aufgetragen wurden, wandten sich alle ohnehin anderen Themen zu.

»Glaubst du nicht mehr daran, dass Fabio zurückkommt?«, fragte Danilo seine Mutter auf dem Weg zur Fähre. Es war dunkel geworden, und ein kühler Wind wehte ihnen entgegen.

»Ich habe keine Ahnung.« Mariella seufzte. »Das alles ist so sonderbar. Früher warst *du* mir stets ein Rätsel. In Fabio hingegen konnte ich lesen wie in einem offenen Buch.«

Elisa hielt kurz den Atem an. Doch Danilo schien diese Bemerkung nicht zu irritieren. Ohnehin wusste er das sicher längst.

»Du bist nach wie vor Mitbesitzerin des Betriebs«, gab er zu bedenken. »Willst du dann gar nicht mehr mitreden?«

»Ihr seid beide erwachsen und könnt gut ohne mich klarkommen«, antwortete Danilos Mutter und warf ihrem jüngsten Sohn einen fragenden Blick zu. »Oder bist du anderer Meinung?« Und als Danilo nicht gleich reagierte, fuhr sie fort. »Bruno findet, es wird höchste Zeit, dass ich mich mehr heraushalte. Er ist der Meinung, dass ich mich viel zu sehr eingemischt habe und …«

»Das hab ich so nicht gesagt«, protestierte ihr Lebensgefährte, der neben ihr ging und alles mitgehört hatte.

»Nun ja, so ähnlich.« Mariella schenkte ihm ein liebevolles Lächeln. »Ich denke jedenfalls, er hat recht.« Sie wandte sich wieder Danilo zu. »Du hast oft gedacht, dass ich Fabio dir vorziehe, was nie meine Absicht war. Mir ging es immer um den Erhalt der Werkstatt. Aber vielleicht läuft alles viel besser zwischen euch, wenn ich mich raushalte. So etwas in der Art hat auch Romy mir an den Kopf geworfen.«

»Romy hat meiner Meinung nach überhaupt nichts mit unseren Angelegenheiten zu tun«, stieß Danilo ärgerlich hervor.

»Ihr seid erwachsen«, wiederholte Mariella. »Und solltet tun und lassen, was ihr für richtig haltet. Es war nicht richtig von Reno, euch das Versprechen abzunehmen, das euch lebenslänglich an den Familienbetrieb bindet.«

»Tja. Und jetzt hat mich Niklas an den Betrieb gefesselt«, erklärte Danilo. »Ich kann ihn nicht verkaufen, selbst wenn Fabio sich für Cremona entscheidet.«

»Mach einfach das Beste daraus«, riet Mariella. »Baut Campanulas, Natascha und du.«

»Und Galli?«

Mariella zuckte mit den Schultern. »Was soll er schon tun? Schließlich liegt es an ihm, wenn nun alles so endet.«

»Und wenn du deine Anteile Fabio überschreiben würdest?«, fragte Danilo. »Vielleicht wäre er dann zufrieden.« Darüber hatte Elisa auch schon nachgedacht.

»Das wollte ich tatsächlich vorschlagen«, erwiderte Mariella. »Aber Bruno hat mir die Augen geöffnet, dass das keine Lösung ist. Kann sein, dass du das jetzt in Ordnung fändest, weil es die Situation lösen könnte. Trotzdem ist es im Grunde nicht gerecht, und irgendwann wird es uns auf die Füße fallen.«

Sie erreichten die Fähre, und die anderen schlossen zu ihnen auf. Elisa hätte sich am liebsten wieder an Deck gestellt, die nächtliche Beleuchtung der Ortschaften am Ufer des Sees wirkte feierlich wie Lichterketten, über Lugano lag ein heller Schein. Aber es war zu kalt und zu windig, und deshalb gesellten sie sich zu den Freunden im Inneren des Schiffs und ließen sich von deren guter Laune wieder anstecken und von dem Boot sanft über die Wellen tragen.

Wir werden eine Lösung finden, dachte Elisa und drückte fest Danilos Hand. Ganz bestimmt.

15

Vom Gewinnen und Verlieren

Im Foyer des Konzertsaals des *conservatorio musicale di Lugano* herrschte ein Summen wie in einem Bienenstock, als Elisa es gemeinsam mit Danilo, Mariella, Bruno und Mimi betrat. Überall entdeckte sie herausgeputzte, nervöse Kinder, die meist in Begleitung ihrer Familien und Freunde auf ihren großen Auftritt warteten.

Elisa musste lächeln. Die Atmosphäre kannte sie nur zu gut aus ihrer eigenen Kindheit und Jugend – diese Mischung aus Aufregung, Angst und Ehrgeiz. Und so manches bleiche Kindergesicht mit den vor Anspannung geweiteten Augen weckte ihr Mitgefühl.

Ganz anders Mimi, sie schien kein bisschen beeindruckt. Mit großer Selbstverständlichkeit ging sie auf Signora Bernasconi zu, grüßte fröhlich zwei Kinder, die mit ihren Eltern die Lehrerin umringten wie Küken ihre Mutterhenne, als böte sie ihnen Schutz vor dem, was nun kommen sollte. »*Buongiorno*«, grüßte Mimi fröhlich in die Runde. Sie wandte sich an Signora Bernasconi. »Wissen Sie schon, wann ich drankomme?«

»*Ciao*, Mimi. Wie geht es dir?«

»Gut.« Elisa sah, wie sich Mimi suchend umblickte. Noch war ihr Vater nicht gekommen. Romy wollte draußen vor der Tür auf ihn warten und, so vermutete Elisa, noch rasch eine Zigarette rauchen.

»Du bist an siebter Stelle dran.« Die Geigenlehrerin hatte eine Liste aufgeschlagen. »Gleich nach Leon aus Bellinzona.« Sie lächelte einem bleichen Jungen mit tiefschwarzem Haar zu, der seinen Geigenkasten umklammert hielt. Er schien etwas älter als Mimi zu sein und sah abschätzig auf sie herunter.

»*Ciao* Leon.« Mimi musterte den Jungen unbefangen.

»Und das hier ist Dorina aus Locarno. Die beiden haben auch bei mir Unterricht.«

»*Ciao* Dorina.«

Elisa wusste, dass hier die besten Geigen-Schüler aus allen größeren Städten des Tessin zusammenkamen. Das Kind, das hier den Sieg davontrug, würde einige Wochen später zum Bundeswettbewerb nach Bern eingeladen werden. »Jetzt sind wir vollzählig«, sagte Signora Bernasconi. »Sollen wir nach hinten gehen und eure Instrumente stimmen?«

Mimi warf erneut einen sehnsüchtigen Blick in Richtung Eingang, durch den gerade Adrien und Youma, gefolgt von Serafina, hereinkamen und ihnen freudig zuwinkten. Von Romy und Fabio war jedoch noch nichts zu sehen.

Elisa spürte Ärger in sich aufwallen. Wie konnte Romy Mimi in diesem Moment nur ganz allein lassen? »Deine Eltern sind auch gleich hier«, sagte sie zu Mimi. »Soll solange *ich* mit dir kommen?«

Die Kleine schüttelte tapfer den Kopf. »Ich gehe mit

Signora Bernasconi. Besser, du suchst für alle gute Plätze aus. Auch für *mamma* und *papa*.«

»Für Mimi und die anderen Kandidaten ist die erste Reihe reserviert«, erklärte Signora Bernasconi und wandte sich an die Eltern der anderen Kinder. »Von dort gehen sie auf die Bühne. Ich werde bei ihnen sitzen.«

Elisa nickte Mimi zu und sah ihr nach, wie sie mit ihrer Geigenlehrerin und den anderen Kindern davonging.

»Schau dir das an«, sagte Mariella anerkennend. »Unsere Mimi hat die Ruhe weg.«

So war ich auch früher, dachte Elisa. Und jetzt? Allein bei dem Gedanken, bald wieder ein Konzert zu geben, fühlte sich ihr Bauch an, als hätte sie lauter Käfer verschluckt. »Lass uns reingehen und Plätze suchen«, sagte sie. »Wie viele brauchen wir eigentlich?«

Sie reservierten kurzerhand eine komplette Reihe direkt hinter der für die Teilnehmer und die Juroren. Während sich Adrien und Youma dazu bereit erklärten, sie zu bewachen, und die anderen wieder ins Foyer hinausgingen, trat Elisa vor zur Bühne, die leer war bis auf einen Konzertflügel. Gerade, als sie sich fragte, ob alle Kinder auswendig spielen würden, so wie Mimi, trat ein Mann mit einem Notenständer auf die Bühne. »Maurizio!«, rief Elisa überrascht.

»*Ciao.*« Maurizio lächelte breit, als er sie erkannte.

»Arbeiten Sie jetzt hier?«, fragte sie.

»Ich helfe heute nur aus«, sagte er und kam zu Elisa herunter. »Und Sie? Was bringt Sie hierher?«

»Mimi nimmt am Wettbewerb teil«, erklärte sie und überlegte, ob sie ihm sagen sollte, dass Serafina mitgekommen war. »Haben Sie denn noch keine andere feste Stelle angenommen?«, erkundigte sie sich stattdessen.

Maurizio schüttelte den Kopf. »Ich verreise bald«, sagte er. »In drei Tagen fliege ich nach Brasilien. Das will ich schon lange machen, aber irgendwie … Na ja, und jetzt ist der Zeitpunkt gekommen.« Er klang entschlossen, gleichzeitig lag ein wehmütiger Ausdruck in seinen dunklen Augen. »Ein bisschen Abstand von allem. Sie wissen, was ich meine.«

»Wie lange werden Sie weg sein?«, fragte Elisa.

»Zwei Monate«, antwortete Maurizio. »Aber wer weiß, vielleicht bleibe ich dort, wenn es mir gefällt. Ist alles offen.« Er ließ seinen Blick über die Stuhlreihen des Zuschauerraums gleiten, die noch weitgehend leer waren. »Wie geht es …?« Er brach ab.

»Falls Sie Serafina meinen«, half Elisa nach, »ihr geht es nicht so gut.« Maurizio sah an Elisa vorbei und schürzte die Lippen. Fast wirkte er, als würde er seine Frage schon wieder bereuen. »Sie hat versucht, Sie anzurufen«, fuhr Elisa fort. »Kann es sein, dass Sie eine neue Nummer haben?«

»Ich? Nein. Ich hab die alte zum Glück wiedergekriegt. Jemand hat mir mein Handy gestohlen. Mann, war das ein Ärger! Aber jetzt hab ich ein neues.« Wie zum Beweis zog er ein funkelnagelneues Smartphone aus der Tasche. Dann erst schien ihm aufzugehen, was Elisa gesagt hatte. »Fina hat mich wirklich anrufen wollen?«

»Ja. Es tut ihr sehr leid, was zwischen Ihnen passiert ist.«

Maurizio sah auf einmal ganz unglücklich aus. »Tja, mir auch.«

»Sie ist übrigens hier«, verriet Elisa.

»Fina ist hier?« wiederholte er ungläubig und sah sich erneut um, so als suchte er sie. Da rief jemand hinter der Bühne seinen Namen. »Ich muss dann wieder«, sagte er hastig und sprang elegant zurück auf das Podest.

»Alles Gute«, rief Elisa ihm nach. Doch da war Maurizio schon zwischen den seitlichen Vorhängen verschwunden.

Als sie zurück ins Foyer kam, plauderte Danilo gerade mit Dante, Natascha, Cosma und Amadou. Elisa sah sich vergeblich nach Serafina um, vielleicht war sie draußen bei Romy. Ob sie ihr erzählen sollte, dass sie Maurizio getroffen hatte? Noch ehe sie eine Entscheidung treffen konnte, stieß Mariella sie sanft in die Seite und wies zur Tür. Margit kam herein, gefolgt von Jeremy und Oriana, die Elisa erst auf den zweiten Blick erkannte.

»Ich glaube, kein anderes Kind hat ein so großes Gefolge wie unsere Mimi«. Mariella wirkte amüsiert und stolz zugleich.

»Vor allem nicht so ein prominentes«, ergänzte Danilo und ging auf die Gäste zu, um sie zu begrüßen.

An diesem Tag trug Oriana Hill keine der Kreationen von Anna, sondern ein unauffälliges, graues Kostüm und auf der Nase eine große, modische Brille, die sie aussehen ließ wie eine Lehrerin. Ihr Haar hatte sie straff nach hinten gekämmt und dort schlicht aufgesteckt. Es war erstaunlich, wie sehr diese Details ihr Aussehen veränderten. Keiner würde in ihr die Hollywoodschauspielerin erkennen, und das war sicher genau das, was Oriana beabsichtigte.

»Sieh mal, wer da kommt.« Danilo hatte Elisa sanft am Arm berührt und wies zur Eingangstür. »Deine Eltern.«

Dieses Wort hörte sich in Elisas Ohren so ungewohnt an, dass sie im ersten Moment dachte, er spräche von Mimis Eltern, und blickte sich suchend nach Fabio und Romy um. Auf einmal standen Anna und Sven vor ihr und strahlten sie an.

»Hallo Elisa.« Es war Sven, der sie zuerst umarmte.

»Stell dir vor, wir haben uns zufällig am Flughafen getroffen«, sprudelte es aus Anna heraus, während sie Elisa auf die Wangen küsste. »Und dann haben wir kurzerhand zusammen einen Mietwagen genommen. Also, hier sind wir. Wo ist das Wunderkind?«

»Ich kann nicht fassen, dass ihr es beide tatsächlich geschafft habt«, sagte Elisa überwältigt.

»Im Grunde ist das auch Wahnsinn«, lachte Anna. »In Berlin wartet ein Tsunami an Arbeit auf mich. Interviewanfragen. Bestellungen. Sogar ein Investor will mit mir sprechen, stell dir das mal vor! Aber ich hab mir gesagt: Auf einen Tag mehr oder weniger kommt es jetzt auch nicht an.«

»Und ich hatte einfach Sehnsucht nach euch«, erzählte Sven mit einem breiten Lächeln. »Außerdem habe ich eine Überraschung für dich, Elisa.«

»Eine Überraschung?«

»Da sind sie ja endlich«, rief Mariella erleichtert dazwischen. Tatsächlich kamen nun Fabio und Romy mit den letzten Gästen herein.

»Wo ist Mimi?«, fragte Romy erschrocken, als sie ihr Töchterchen nirgendwo sah.

»Sie ist mit ihrer Lehrerin hinter der Bühne«, sagte Elisa.

»Sie hat dauernd nach euch gefragt«, konnte Mariella sich nicht verkneifen vorwurfsvoll hinzuzufügen.

»Jetzt sind wir ja hier.«

»*Papa*! *Mamma*!« Mimi kam angelaufen, ihre Campanula unter dem Arm.

»Es wird Zeit, die Plätze einzunehmen.« Signora Bernasconi musterte Fabio interessiert. Elisa vermutete, dass sie ihn noch nie zu Gesicht bekommen hatte. »Gleich geht es los.«

Mimi umhalste noch kurz ihren *papa* und drückte ihm einen Kuss auf die Wange, dann folgte sie ihrer Lehrerin und den anderen Kindern in den Zuschauerraum.

»Sie spielt also wirklich auf der Campanula?« Fabio sah ihr mit gerunzelter Stirn nach. »Hoffentlich ist das mit der Jury abgesprochen.«

»Ihre Lehrerin hat sich darum gekümmert«, versicherte ihm Mariella. »Und jetzt kommt. Nicht dass sie noch ohne uns anfangen.«

Als sie auf ihrem Stuhl Platz genommen hatte, war es Elisa, als könnte sie die Anspannung der Anwesenden wie ein leises Knistern im Raum hören. Der Leiter des *conservatorio* hielt eine kurze Begrüßungsrede und stellte die Jury vor, deren Mitglieder aus allen Teilen der Schweiz, aus Deutschland und Österreich angereist waren. Es wurden die Regeln verlesen, und schließlich rief man das erste Kind auf die Bühne. Die Reihenfolge war nach dem Alphabet festgelegt worden, und so begann ein kleines Mädchen namens Sandra Alberti.

Elisa sah auf die Liste, die auf jedem Platz gelegen hatte. Insgesamt traten fünfzehn Kandidatinnen und Kandidaten an. Für jedes Kind waren zehn Minuten Spielzeit vorgegeben. Also, überschlug Elisa, würde das Ganze ungefähr drei Stunden dauern, dazwischen war eine Pause eingeplant.

Die kleine Sandra spielte schön, doch Elisa hörte sogleich, dass sie für Mimi keine Konkurrenz bedeutete. So blieb es, bis Leon an der Reihe war, der Junge aus Bellinzona, der ebenfalls bei Signora Bernasconi Unterricht hatte. Gleich nach den ersten Takten horchte Elisa auf, und aus den Augenwinkeln erkannte sie an Svens Körpersprache, dass er ebenfalls beeindruckt war. Dann bemerkte sie das angespannte Gesicht des Jungen, die Lippen, die zu einem schmalen Strich zusammengepresst waren, und die feinen Schweißperlen, die sich schon nach wenigen Minuten auf seiner Stirn gebildet hatten. Diese Anspannung schlug sich nun auch in seinem Spiel nieder, das eine Spur zu angestrengt klang. Als Leon endete, gab es dennoch lauten Applaus, und der Junge verließ erleichtert die Bühne.

Nun war Mimi an der Reihe. Sie hüpfte die drei Stufen hinauf und stellte sich in Position. Ehe sie begann, trat Signora Bernasconi an die Rampe und sagte: »Milena Fasetti spielt auf einer speziellen Geige aus dem Hause ihres Onkels. Das Instrument nennt sich Campanula.« Sie nickte den Juroren zu und setzte sich wieder an den Flügel, nahm Blickkontakt mit Mimi auf und begann zu spielen.

Als Mimi ihren Einsatz hatte, fühlte Elisa, dass die Atmosphäre im Auditorium noch dichter wurde, als sie ohnehin schon gewesen war. Selbst die Kinder, denen es schwerfiel stillzusitzen, verharrten auf ihren Stühlen und hoben die Köpfe. Der Klang von Mimis Campanula schwang sich auf und verbreitete sich im Saal, brachte ihr gefühlvolles Spiel zum Leuchten. Schumanns Fantasiestück, dargeboten von einer so jungen Geigerin, ging noch mehr zu Herzen als sonst. Elisa warf Sven einen Blick zu. Er erwiderte ihn mit einem anerkennenden Lächeln. Mimis Spiel war kindlich und doch unglaublich gefühlvoll, ihre Technik makellos und ihre Bogenführung nahezu perfekt. Es war, als sei das Mädchen mit diesem Instrument verwachsen, als hätte sie nie etwas anderes getan, als sei sie damit bereits auf die Welt gekommen, und so steif Leons Haltung gewesen war, so geschmeidig bewegte sich Mimis gesamter kleiner Körper im Takt der Musik.

Auch die Partita von Johann Sebastian Bach gelang Mimi hervorragend. Sie schien kein bisschen beeindruckt von der Anwesenheit der Jury und des Publikums, das atemlos lauschte.

»Die Kleine ist eine Wucht«, flüsterte Anna Elisa zu, als Mimi geendet hatte und munter von der Bühne herabstieg, neben Leon auf ihren Stuhl kletterte, der sie keines Blickes würdigte, so viel konnte Elisa von hinten sehen. Sollte zwischen den beiden womöglich schon jetzt das aufkeimen, was vor langer Zeit zwischen ihr und Adrien geherrscht hatte – eine unüberbrückbare Rivalität? Nein. Sogleich verscheuchte Elisa diesen Gedanken. Dazu waren die beiden noch viel zu jung. Oder nicht?

Ein weiteres Kind trat auf die Bühne, das sich vor Aufregung ein paarmal verhaspelte, danach gab es eine Pause, in der

Danilo von Eltern belagert wurde, die sich für Mimis Campanula interessierten. So mancher ließ sich von ihm die Visitenkarte geben und versprach, ihn bald zu besuchen.

»Leon hat auch schön gespielt«, sagte Mimi unbefangen, als sie den Konzertsaal wieder betraten. »Ich hab ihm das gesagt. Aber er hat überhaupt nicht zugehört. Und er hat gar nicht gesagt, wie ihm mein Spiel gefallen hat.«

»Ich glaube, er ist ein bisschen schüchtern.« Mariella warf Elisa einen vielsagenden Blick zu. »Ganz im Gegensatz zu dir.« Doch Mimi hörte das schon nicht mehr, sondern machte sich los und lief zu ihrer Lehrerin in die erste Reihe.

Die zweite Hälfte des Wettbewerbs bot keine Überraschungen mehr, und Elisa ertappte sich dabei, dass sie immer wieder auf dem Programmzettel nachschaute, wie viele Kinder denn noch auf ihren Auftritt warteten. Die letzte Schülerin von Signora Bernasconi, Dorina aus Locarno, spielte zwar fehlerlos, jedoch eher mechanisch wie eine kleine Aufziehpuppe.

»Mimi war mit Abstand die Beste«, sagte Mariella, als sie schließlich vor dem Saal auf das Ergebnis der Jury warteten. Elisa nickte, beobachtete aber beunruhigt, wie Leons Eltern, vor allem sein Vater, in einer Ecke des Foyers heftig auf Signora Bernasconi einredete. Elisa konnte allerdings nicht hören, worum es ging.

»Kann ich kurz rausgehen?« Mimi sah sehnsüchtig durch die Glastür auf den sonnenbeschienenen Vorplatz. »Ein bisschen rennen?«

»Klar! Ich komme mit.« Romy nahm ihr Töchterchen an der Hand.

»Stimmt es, dass ihr bereits dabei seid, Romys Haus zu verkaufen?«, fragte Danilo seinen Bruder, kaum dass sie außer Hörweite waren.

»Es gibt Interessenten«, antwortete Fabio ausweichend. Mariella ließ ihn nicht aus den Augen.

»Natürlich gibt es Interessenten«, erwiderte Danilo. »Das Haus ist ein Juwel, die Lage fantastisch. Die Frage ist, ob ihr euch schon dazu entschlossen habt …«

»Wir haben noch nichts beschlossen«, schnitt Fabio ihm das Wort ab. Er sah nach draußen, wo Mimi ausgelassen herumhüpfte und mit anderen Mädchen Fangen spielte. »Wir wollen nur vorbereitet sein. Falls das nichts mehr werden sollte mit uns.«

»Umso wichtiger, dass wir endlich wieder miteinander reden«, sagte Danilo, und Elisa kannte ihn gut genug, um seinen genervten Unterton wahrzunehmen. »Und zwar ohne Galli. Wie wäre es heute Abend?«

»In Ordnung«, antwortete Fabio. Dann wies er zur Glastür. »Schau an. Wenn man vom Teufel spricht …«

Nun bemerkte auch Elisa den Notar, der draußen Romy die Hand schüttelte und etwas zu ihr sagte, während er Mimi zusah, die gerade mit fliegendem Rock um das Rondell mit der Statue des italienischen Komponisten Alfredo Catalani herumrannte.

»Himmel«, rief Mariella aus. »Was will der denn hier?«

»Lasst uns nachher alle zu uns nach Hause fahren«, schlug Danilo eilig vor. »Mit Mimi feiern und …«

»Noch hat die Jury nicht gesprochen«, wandte Fabio ein.

»Ganz egal wie das hier ausgeht«, erklärte Mariella entschlossen. »Es ist ihr erster größerer Auftritt, und den feiern wir. Aber danach müssen wir reden.« Schon wandte sich Galli der Tür zu, um hereinzukommen.

»Einverstanden«, sagte Fabio ohne großen Enthusiasmus.

Galli begrüßte sie, als sei er ein Teil der Familie, entschuldigte sich für sein Zuspätkommen und erkundigte sich, wie das Vorspiel gelaufen war.

Elisa ließ ihren Blick durch den Raum schweifen, sah sich aber vergeblich nach Mimis Geigenlehrerin um. Stattdessen entdeckte sie nahe der Tür, hinter der Signora Bernasconi mit ihren Schützlingen vor Beginn des Wettbewerbs verschwunden war, Serafina und Maurizio im Gespräch. Gleich wandte sie sich ab, die beiden sollten sich nicht beobachtet fühlen. Und sie hoffte inständig, dass sie sich vielleicht doch noch versöhnten.

Die Klingel ertönte. Offenbar hatte die Jury ihr Urteil gefällt. Elisa fühlte, wie ihr Herz vor Aufregung sofort schneller schlug. Schon strebten die Menschen zurück in den Zuschauerraum, nervöse Väter und Mütter riefen ihre Kinder zu sich. Von Maurizio war nichts mehr zu sehen, und auch Serafina schien wie vom Erdboden verschluckt.

Schließlich kamen auch die Mädchen angerannt, die sich draußen ausgetobt hatten, unter ihnen Mimi mit gerötetem Gesicht und zerzausten Locken, die Romy rasch noch versuchte mit den Fingern zu ordnen.

»Lass mich«, protestierte die Kleine. »Das zupft.« Sie machte sich los und lief zu ihrem Platz in der ersten Reihe, wo sich Signora Bernasconi bereits nach ihr umsah.

Der Leiter des *conservatorio* trat ans Mikrofon und übergab es nach wenigen Worten der Jury-Vorsitzenden, einer freundlichen blonden Frau aus Mendrisio, die einen Lehrstuhl für Violine an der Musikhochschule in Wien innehatte.

»Zuerst möchte ich im Namen der Jury allen Teilnehmerinnen und Teilnehmern des Wettbewerbs danken«, begann sie. »Für euren Mut, auf die Bühne zu steigen und euer Können zu zeigen, und für die Geduld, denn dies ist für uns alle ein langer Tag geworden. Deshalb wollen wir euch nicht länger auf die Folter spannen, sondern sogleich den Namen des Kindes verkünden, das für den Kanton Tessin im April nach Bern fahren wird.« Sie räusperte sich, und es wurde mucksmäuschenstill im Saal. »Dieses Kind heißt Milena Fasetti. Milena, bitte komm zu mir auf die Bühne.«

Jubelnd erhob sich Elisas gesamte Stuhlreihe und klatschte Beifall. Gerührt sah Elisa, wie Mimi federnd aufsprang und an der Hand ihrer Lehrerin auf die Bühne stieg, als sei es das Normalste der Welt. Gerade, als die Professorin mit einer Geste den Applaus zum Verstummen brachte und ansetzte, die Begründung der Jury vorzulesen, rief ein Mann aus dem Publikum hinter Elisa wütend dazwischen.

»Ich lege Protest gegen diese Entscheidung ein!« Ein Raunen ging durch den Saal. Elisa reckte den Hals, um zu sehen, wer da sprach. Es war Leons Vater. »Dieser Wettbewerb ist für das Instrument Violine ausgeschrieben worden«, fuhr er mit sich vor Zorn überschlagender Stimme fort. »Milena Fasetti hat aber auf einem anderen Instrument gespielt. Auf einer präparierten Geige mit zusätzlichen Saiten, die ganz anders klingt und viel mehr Eindruck macht. Das ist unlauterer Wettbewerb!«

Gegenstimmen wurden laut, die Unruhe griff auch auf andere Teile des Saals über. Auf der Bühne hatte Signora Bernasconi Mimi bei der Hand genommen, die fragend zu ihr aufsah, während die Juryvorsitzende Rücksprache mit ihren Kolleginnen und Kollegen nahm.

»Hab ich es nicht gesagt«, stöhnte Fabio auf und schüttelte den Kopf. »Aber auf mich will ja keiner hören.«

»Ich bitte um Ruhe.« Die Vorsitzende war zum Mikrofon zurückgekehrt und klopfte mehrmals dagegen. »Das Instrument von Milena Fasetti wurde der Jury vor dem Wettbewerb vorgelegt und geprüft. Es wird gespielt wie eine herkömmliche Geige. Das Urteil der Jury galt nicht dem Klang des Instruments, sondern Milenas Vorspiel. Und das hat überzeugt.«

»Das sind ungleiche Bedingungen«, schrie Leons Vater unversöhnlich.

»Die Jury kann sehr gut zwischen dem Klang eines Instruments und den Fertigkeiten des Spielenden unterscheiden«, gab die Professorin aus Wien souverän zurück. »Das Ergebnis wäre nicht anders ausgefallen, wenn Milena auf einer herkömmlichen Violine gespielt hätte. Und hier ist die Begründung.« Sie räusperte sich und sah auf den Zettel in ihrer Hand, um vorzulesen.

Doch nun kam Mimi ihr zuvor. »Leon hat auch schön gespielt«, sagte sie. »Können wir nicht beide nach Bern fahren?«

Kurz war es absolut still im Saal. Selbst Leons Vater schien es die Sprache verschlagen zu haben. »Das ist sehr nett von dir, Milena«, sagte die Juryvorsitzende, nachdem sie sich gefangen hatte. »Leider geht das nicht. Nur *ein* Kind kann das beste sein, und das bist du. Dazu möchten wir dir herzlich gratulieren.« Sie zögerte kurz, beschloss dann offenbar, auf die Begründung der Jury zu verzichten, und überreichte Mimi eine Urkunde und Signora Bernasconi einen geschlossenen Umschlag. Währenddessen war Leons Vater aufgesprungen und zu seinem Sohn gestürmt, riss ihn vom Stuhl und verließ mit ihm polternd den Saal, gefolgt von Leons Mutter und einigen anderen Gästen. Mimi sah ihnen mit erschrockenen Augen nach.

Auf einmal flammten Blitzlichter auf. Ein paar Fotografen standen an der Rampe, Elisa nahm an, dass sie von der lokalen Presse gekommen waren. Romy hatte ihr Handy gezückt und ging nach vorne, um Aufnahmen von Mimi zu machen, die noch immer ratlos wirkte. Von der Fröhlichkeit, die sie den ganzen Tag über gezeigt hatte, war nichts mehr übrig. Auch nicht, als die anderen Juroren ihr gratulierten, sie lobten und ihr alles Gute wünschten. Und als beim Verlassen des Saals ein Vertreter des lokalen Fernsehsenders auf sie zutrat und sie fragte, wie sie den Wettbewerb gefunden hatte, antwortete sie vor laufender Kamera: »Wettbewerbe sind doof.«

»Warum das denn?«, wollte der verblüffte Reporter wissen.

»Nur *ein* Kind kann gewinnen und soll sich freuen. Aber alle anderen sind traurig.«

Es war nicht einfach, Signor Galli abzuschütteln, der sie alle unbedingt noch zu einem Umtrunk in die Stadt einladen wollte, gerade so, als sei er Teil der Familie, was Romy und

Fabio ungemein ärgerte. Elisa hingegen wurde bewusst, dass sie nichts über diesen Mann wusste, nicht einmal, ob er selbst Frau und Kinder hatte. Als sie endlich ohne ihn in der Rosenholzvilla Mimi hochleben ließen und mit Serafinas selbst gemachter Himbeerbrause anstießen, hatte Elisa den Eindruck, dass es den Erwachsenen viel wichtiger als der Kleinen selbst war, Mimis Triumph zu feiern. Mimi hatte gleich nach ihrer Rückkehr ihr hübsches Kleid gegen die Latzhose getauscht, die stets in Mariellas Wohnung bereitlag, und tollte mit Fiocca und Rocky unter Cosmas Aufsicht durch den Park.

»Ich hab gesehen, dass du mit Maurizio gesprochen hast«, sagte Elisa, als sie Serafina half, die leeren Gläser in die Küche zu tragen.

»Ja, *Madonna!* Ich wäre fast umgefallen, als er plötzlich vor mir stand!« Serafina setzte ihr Tablett ab und wandte sich zu Elisa um. Ihre Augen strahlten »Dabei habe ich echt Glück gehabt, ihn noch zu treffen, er verreist in ein paar Tagen. Brasilien …« Sie seufzte tief. »Und stell dir vor, sein Handy war gestohlen, deshalb …«

»Ja, ich weiß, das hat er mir auch erzählt.« Elisa dachte an Maurizios Worte, dass er vielleicht für immer in Brasilien bleiben würde. »Hat er was darüber gesagt, wann er zurückkommt?«

Serafina nickte. »Ja, nach zwei Monaten. Und er will mir schreiben.«

»Wirklich? Das klingt gut, oder?«

»Ach Elisa!« Serafina war auf einen der Küchenstühle gesunken. »Ich habe mich bei ihm entschuldigt, so wie du es mir geraten hast. Das hab ich mir total schwierig vorgestellt, aber heute war es ganz einfach. Die Worte sind ganz von selbst gekommen.«

Erleichterung durchflutete Elisa. »Und was hat er gesagt?«

»Zuerst gar nichts, und ich wäre fast gestorben«, antwortete Serafina. »Dann hat er gesagt, dass er Zeit braucht. Aber dass wir uns Kurznachrichten schreiben könnten. Und wenn er dann wieder da ist ...«

»Gibt es noch von dieser köstlichen Himbeerbrause?« Anna hatte wie immer die Tür aufgerissen und gleichzeitig zu reden begonnen.

»Natürlich.« Serafina erhob sich rasch und öffnete den Kühlschrank. »Schmeckt sie euch? Wenn ihr wollt, können wir sie auch mit Sekt mischen.«

»Das klingt verführerisch«, fand Anna und griff nach dem Krug mit Brause. »Übrigens haben Danilo und Fabio sich davongemacht«, erzählte sie Elisa, während Serafina den Sekt aus dem Kühlschrank im Vorratsraum holte. »Sie sagten, sie müssten etwas Wichtiges besprechen. Mariella ist auch dabei. Und Romy.«

»Danke.« Elisa erhob sich. »Wo sind sie denn hingegangen?«

»Ins Esszimmer. Ich wusste doch, dass dich das interessiert.«

»Gut, dass du kommst.« Danilo wirkte erleichtert, als Elisa das Esszimmer betrat. »Ich habe dich schon gesucht. Wir wollen die Zeit nutzen und endlich zu einem Ergebnis kommen, wie es mit uns weitergeht.«

Während sie neben ihm Platz nahm, versuchte Elisa, sich ein Bild von der Stimmung im Raum zu machen. Mariella sah ernst und verschlossen aus. Fabio wirkte aufgewühlt, vielleicht hatten ihn Mimis Sieg und der Protest von Leons Vater mitgenommen. Aus Romys Miene konnte Elisa gar nichts ablesen.

»Also, ich fasse zusammen«, begann Mariella. »Fabio möchte nur zurückkommen, wenn ihm ein Teil der Firma gehört. Richtig?«

»Es geht einfach nicht, dass Danilo ein Drittel der Anteile besitzt und ich überhaupt nichts«, erklärte Fabio sofort.

»Ich habe eine Idee, wie wir das lösen könnten«, sagte Danilo. »Vorher muss ich allerdings noch etwas wissen.« Er blickte seinem Bruder in die Augen. »Geht es dir wirklich um den Besitz von Anteilen? Oder darum, dass *ich* welche habe und du nicht?«

»Wir müssen unter denselben Bedingungen und Voraussetzungen zusammenarbeiten«, erwiderte Fabio. »Wir sind Brüder, zumindest Halbbrüder. Und deshalb sollten wir gleichgestellt sein. Darum geht es mir.«

Danilo nickte. »Ich glaube, dann können wir das Problem lösen.«

Fabio betrachtete ihn skeptisch. Auch Mariella war sichtlich überrascht. Offenbar hatte Danilo sie nicht eingeweiht. Und Elisa selbst hatte nicht die geringste Ahnung, wie diese Lösung lauten könnte.

»Ich denke schon seit einer Weile darüber nach«, begann Danilo. »Denn im Gegensatz zu dir bedeutet mir Besitz nicht besonders viel. Und deshalb werde ich mich von meinen Anteilen trennen …«

»Moment mal«, fiel ihm Mariella erschrocken ins Wort. »Laut Niklas' Testament darfst du das nicht.«

»Ich darf sie nicht verkaufen, das stimmt.« Danilo nickte nachdrücklich. »Aber nirgendwo steht, dass ich sie nicht verschenken darf.«

»Du willst sie Fabio schenken?«, fragte Romy hoffnungsvoll.

Danilo schüttelte den Kopf. »Nein. Denn das würde sich ja nicht mit Fabios Anspruch vereinbaren, dass wir gleich dastehen sollen. Keiner soll mehr haben als der andere. So hab ich dich verstanden. Richtig?« Fabio nickte. »Wenn ich ihm meine gebe, habe ich ja keine mehr.«

Die anderen schwiegen verwirrt.

»Und wem willst du deine Anteile dann schenken?«, fragte Mariella schließlich.

»Ich schenke sie Elisa«, antwortete Danilo.

»Was?«, fuhr Elisa überrascht auf. »Mir? Wieso das denn?«

»Aus mehreren Gründen«, gab Danilo zurück. »Zum einen herrscht damit vollkommenes Gleichgewicht der Besitzverhältnisse: Mimi ist Niklas' Enkelin. Du ebenso. Jede von euch beiden hält fünfunddreißig Prozent. Außerdem hast du von uns allen den besten Kontakt zu Ernesto Galli. Während Fabio und ich in Ruhe arbeiten, wirst du dich für uns mit ihm herumschlagen müssen.« Er lachte auf. »Ich meine natürlich: Du wirst auf deine wunderbar charmante Art Galli um den Finger wickeln und uns den Rücken frei halten.«

»Moment mal«, warf Fabio ein. »Wie soll das eine Lösung sein, wenn jemand deine Anteile bekommt, der überhaupt nicht zur Familie Fasetti gehört?«

»Elisa zählt nicht zur Familie?« Danilo hob die Brauen. »Sie ist deine Nichte. Und Mimis Cousine. Der Einzige, der nicht zu dieser Familie gehört, bin am Ende ich.«

»Danilo hat recht«, warf Mariella ein. »Im Grunde müsste die Werkstatt Fasetti-Eschbach heißen. So weit wird es aber hoffentlich nicht kommen, oder?«

»Nein, das wäre nicht klug«, erklärte Elisa. »Jeder kennt die Fasetti-Instrumente. Wenn sie jetzt anders heißen würden, wäre das denkbar schlecht fürs Geschäft.«

»Aber … was passiert, wenn Elisa Entscheidungen trifft, die nicht gut für die Geigenbauwerkstatt sind?«, wandte Fabio ein.

Danilo sah seinen Bruder verständnislos an. »Warum sollte sie? Traust du ihr das wirklich zu?« Fabio antwortete nicht. Er wirkte noch immer vollkommen überrascht von Danilos Vorschlag. »Elisa würde niemals etwas tun, was Niklas' letztem Willen widersprechen könnte, und er wollte unbedingt, dass die Werkstatt erhalten bleibt«, fuhr Danilo fort. »Du und ich werden gleichlautende Arbeitsverträge mit Galli und Elisa schließen. Verträge, die wir gemeinsam formulieren.«

Es war Fabio deutlich anzusehen, dass ihm diese Vorstellung gar nicht behagte.

»Du musst das nicht tun«, sagte Romy leise zu ihm.

»Nein«, griff Danilo Romys Einwurf auf, und sein Ton wurde merklich kühler. »Du könntest dir natürlich auch von deiner Frau die Werkstatt in Cremona kaufen lassen. Wirst du dann Romys angestellter Geschäftsführer? Denn streng genommen gehört der Laden ja ihr, und du stehst genauso da wie hier mit meinem Vorschlag.«

»Natürlich wird die Werkstatt Fabio gehören«, fauchte Romy.

»Das wäre ganz schön leichtsinnig von dir«, warf Mariella an Romy gerichtet ein. »Du solltest dein eigenes Erbe nicht einfach so hergeben, denn ...«

»Ist das nicht *meine* Angelegenheit?«, fiel ihr Romy ins Wort.

»Natürlich ist es das.« Danilo betrachtete seinen Bruder nachdenklich. »Durch deinen großmütigen Akt wäre Fabio sein Leben lang von dir abhängig. Ist es das, was du möchtest, Romy?«

Fabio sah seine Frau erschrocken an. Offenbar hatte er die Sache so noch nie betrachtet. Romy schien etwas entgegnen zu wollen, senkte jedoch den Blick, und eine leichte Röte färbte ihre Wangen.

»Ich möchte meinen Bruder noch etwas anderes fragen«, fuhr Danilo fort. »Warum bist du Geigenbauer geworden?«

»Weil ich diesen Beruf liebe, das weißt du doch«, antwortete Fabio aufgewühlt. »Weil ich mir nie etwas anderes vorstellen konnte.«

»Mir geht es genauso.« Danilo lehnte sich auf seinem Stuhl zurück. »Es geht um die Arbeit. Um das Erschaffen von einzigartigen Instrumenten. Um unseren guten Namen, der in der Welt etwas bedeutet. Ist es da wichtig, wem was gehört? Ich finde nicht. Uns geht es um die Sache. Nicht um den Besitz.«

Eine Weile sagte keiner etwas. Fabio starrte vor sich auf den Tisch und schien zu überlegen. Romy beobachtete ihn ängstlich. Mariellas Blick ruhte anerkennend auf Danilo, so als sähe sie ihn zum ersten Mal.

»Es stellt sich noch die Frage«, begann Fabio langsam, »ob Elisa das überhaupt möchte. Wie mir scheint, habt ihr beide das gar nicht miteinander abgesprochen?«

»Nein, das haben wir nicht«, antwortete Danilo und schenkte Elisa ein liebevolles Lächeln. »Ich schätze, das kommt auch für sie ein bisschen plötzlich.«

Elisa nickte. »Das kann man wohl sagen. Auf diesen Gedanken wäre ich niemals gekommen.«

»Und? Möchtest du das? Danilos Anteile übernehmen und dich um die Firma kümmern?«, fragte Mariella fast schon zärtlich.

Tausend Gedanken wirbelten durch Elisas Kopf. Nie im Traum hätte sie daran gedacht, in die Geigenbauwerkstatt mit eigenen Anteilen einzusteigen. Aber warum nicht, wenn das half, die verfahrene Situation zu lösen? Sie versuchte sich vorzustellen, was Niklas dazu sagen würde, und glaubte zu sehen, wie seine gletscherblauen Augen amüsiert aufblitzen. Ja, er würde es gutheißen. Was sprach also dagegen?

»Wenn es tatsächlich hilft und alles gut geregelt wird, dann bin ich einverstanden«, sagte sie nachdenklich. »Natürlich nur, wenn ihr alle dafür seid. Ich reiße mich keineswegs um diese Verantwortung.«

»Was, wenn sich die beiden irgendwann trennen?« Romy sah Fabio eindringlich an. »Sie sind ja noch nicht einmal verheiratet.«

»Für diesen Fall können kluge Anwälte oder Notare von vorneherein allerhand Klauseln ausarbeiten«, antwortete Danilo. »Aber wir werden uns nicht trennen. Da bin ich mir ganz sicher.«

Marietta lächelte breit. »Werden wir morgen neben der von Youma und Adrien womöglich noch eine zweite Verlobung feiern?«, fragte sie fröhlich.

Noch ehe Elisa es verneinen konnte, entgegnete Danilo: »Die einen machen ihrer Angebeteten einen Heiratsantrag. Andere legen ihr ihren Besitz zu Füßen.« Er drückte einen Kuss auf Elisas Hand. »Ich habe eine bessere Idee. Wenn Fabio einverstanden ist, feiern wir morgen offiziell seine Rückkehr in das Familienunternehmen und unsere neue Teilhaberin.« Elisa erwiderte sein Lächeln. Über Heirat würden sie später nachdenken, damit hatte sie keine Eile. Und es stimmte. Gab es einen größeren Vertrauensbeweis als das, was Danilo gerade tat?

»Nun, Fabio? Wie entscheidest du dich?« Mariella sah ihren ältesten Sohn forschend an.

Fabio stand auf und ging ans Fenster. Während er über den Park blickte, an dessen äußerstem Ende die Kronen einiger Rosenholzbäume gerade noch zu erkennen waren, schien er mit sich zu ringen. Schließlich wandte er sich zu den anderen um. »Mir gefällt Danilos Vorschlag«, sagte er. »Er ist ungewöhnlich, trotzdem macht er irgendwie Sinn.« Er holte tief Luft. »Es stimmt. In Cremona hätte ich die perfekten Umstände. Aber mein Zuhause ist nun mal hier. Wenn also Galli einverstanden ist …«

»Er wird nichts dagegen tun können«, versicherte Danilo. »Ich habe das Ganze vorsorglich mit Alexander Hilbour durchgesprochen. Er hat mir angeboten, die Vereinbarungen zu entwerfen, wenn wir wollen. Mit Verträgen kennt er sich wirklich aus. Ich schlage vor, dass wir zwei unabhängige Abteilungen gründen: Fasetti Geigenbau und Fasetti Campanula.«

»Das klingt gut.« Mariella sah mit großen Augen von einem ihrer Söhne zum anderen. »Das heißt also: Wir haben dein Wort, Fabio? Du hältst uns nicht weiter hin und überlegst es dir am Ende wieder anders? Kommst du tatsächlich zurück?«

»Willst du nicht noch einmal darüber schlafen?«, fragte Romy ihn leise.

»Nein«, gab Fabio zurück. »Da muss ich nicht länger nachdenken. Ich sehe, dass du es ernst meinst, Danilo. Dass du wirklich möchtest, dass wir endlich richtige Partner werden. Jeder auf seinem eigenen Gebiet. Und es stimmt. Was nützt mir Besitz auf dem Papier, wenn mein Herz woanders schlägt?«

Danilo erhob sich. Er ging um den Tisch herum zu seinem Bruder und reichte ihm die Hand. Fabio ergriff sie. »Auf eine erfolgreiche Zusammenarbeit!«, sagte er.

»Und auf die Instrumente, die wir bauen werden«, antwortete Danilo.

Das Wetter machte am folgenden Tag dem Tessin als »Sonnenstube der Schweiz« alle Ehre. Die Temperatur war schon am Morgen so sommerlich, dass Elisa und Serafina beschlossen, für das Verlobungsessen auf der Terrasse der Rosenholzvilla einzudecken. Die Haushälterin hatte während der vergangenen Tage gemeinsam mit Amadou und Adrien ein europäisch-afrikanisches Menü ausgearbeitet, in dem die Lieblingsgerichte der beiden Hauptpersonen einen großen Auftritt erhalten sollten. Und schon den ganzen Vormittag drangen die verführerischsten Düfte aus der Küche.

»Kommen denn auch Verwandte von den beiden?«, fragte Anna, als sie mit Elisa die Tafel schmückten.

Elisa schüttelte bedauernd den Kopf. »Für Youmas Familie im Senegal kam das Ganze zu plötzlich. So schnell kriegt man keine Visa in die Schweiz. Aber zur Hochzeit wollen alle Schwestern anreisen.«

»Wie viele Schwestern hat Amadou eigentlich?«

»Fünf, Youma eingerechnet«, antwortete Elisa.

»Und was ist mit Adriens Familie?«

»Seine Eltern konnten sich nicht freinehmen«, erklärte Elisa. »Sie betreiben ein Sternerestaurant in der Nähe von Grenoble. Und ehrlich gesagt …« Sie senkte ihre Stimme. »Ich glaube, Adrien hat kein besonders inniges Verhältnis zu ihnen.«

»Stimmt.« Anna begutachtete eine Girlande aus Kamelienblüten, die sie über die Tischmitte gelegt hatte. »An Weihnachten hat er mir davon erzählt. Seine Eltern hatten sich wohl gewünscht, dass er das Hotelfach lernt, statt Cello zu spielen.«

»Vielleicht kommen sie zur Hochzeit.« Elisa begann die gestärkten Leinenservietten zu hübschen Blüten zu falten, wie sie es im Internet gesehen hatte.

»Ich hoffe, die beiden lassen sich damit noch ein bisschen Zeit«, sagte Anna. »Sie sind ja noch so jung. Vor allem Youma. Wird sie mit Adrien nach London gehen?«

»Zum Glück nicht.« Elisa griff nach einer neuen Serviette, um sie zu falten. »Sie will bei uns bleiben und Adrien besuchen, sooft sie kann.«

»Dann könnte sie bei Caren wohnen.«

Elisa hielt in ihrer Bewegung inne. »Bei Caren?« Auf einmal dämmerte es ihr. »Habt ihr Kontakt miteinander?«

Anna schenkte ihr ein strahlendes Lächeln. »Ja, seit Kurzem. Sie hat mich nach Orianas Filmpremiere angerufen. Seitdem haben wir ein paarmal telefoniert.«

»Und?«

»Wir nähern uns ganz langsam wieder an«, antwortete Anna. »Jedenfalls hoffe ich das. Nächsten Monat wollen wir uns zum ersten Mal treffen, seit …« Anna seufzte. Offenbar dachte sie an die Umstände der Trennung.

»Ach, das freut mich so!«, rief Elisa. Sie eilte um den Tisch und umarmte ihre Mutter.

»Nicht so schnell, Elisa«, bremste Anna sie liebevoll. »Ich hab mir geschworen, es langsam anzugehen. Die Trennung steckt mir noch viel zu schmerzhaft in den Knochen. So etwas will ich nicht noch einmal erleben. Deshalb warten wir es besser ab.«

»Also wenn du mich fragst – ihr beide seid füreinander geschaffen«, erklärte Elisa. »Caren hat mich übrigens zweimal angerufen seit eurer Trennung«, fügte sie dann hinzu.

Anna sah überrascht auf. »Wirklich? Warum hast du mir das nicht erzählt?«

»Weil sie es mir verboten hat. An Weihnachten wollte sie wissen, wie es dir geht und ob du bei uns feierst.«

Ein Lächeln huschte über Annas Gesicht. Sie wollte noch etwas sagen, als Sven auf die Terrasse kam, eine Tasse Kaffee in der Hand. »Hier seid ihr.« Er musterte bewundernd die schöne Tafel. »Ich habe dich schon gesucht, Elisa. Hast du einen Augenblick für mich?«

»Geh ruhig«, sagte Anna, als Elisa zögerte. »Ich mach den Tisch allein fertig. Und … danke. Du weißt schon wofür.«

»Oh je, ich hab euch gestört.« Sven sah von Anna zu Elisa.

»Nein, alles gut«, winkte Anna ab. Sie strahlte geradezu. Die Nachricht, dass Caren sich nach ihr erkundigt hatte, war offenbar Balsam für ihre Seele.

»Worum geht es denn?«, fragte Elisa, als sie Sven die Stufen hinunter in den Park folgte.

»Um die Überraschung, die ich dir angekündigt habe. Bist du nicht neugierig?« Die Überraschung. Richtig. Elisa hatte sie ganz vergessen. »Lass uns dort rübergehen.«

Es wies auf die Bank nahe Niklas' Urnengrab, und als sie sich setzten, musste Elisa an die vielen Gespräche denken, die hier stattgefunden hatten. An den Tag, als Niklas ihr erzählt hatte, dass er den Rosengarten zu Ehren seiner verstorbenen Frau angelegt hatte. An den großen Schlagabtausch zwischen Anna und Niklas, bei dem sie erfahren hatte, dass ihre Mutter damals für das Ende ihrer Karriere verantwortlich gewesen war und nicht Niklas. An die Gespräche mit Amadou. Und an die vielen Male, als sie hier nach Niklas' Tod Zwiesprache mit ihrem Großvater gehalten hatte.

»Ich habe dir ein Angebot zu unterbreiten«, sagte Sven ernst und schlug ein Bein über das andere. »Normalerweise würde Alexander damit auf dich zukommen, aber ich hab ihn gebeten, es dir selbst vorschlagen zu dürfen.« Er machte eine kleine Pause, und Elisas Puls beschleunigte sich. Alexander? Was hatte er mit Svens Überraschung zu tun?

»Was für ein Angebot?«

»Es geht um deine Rückkehr auf die Bühne. Wenn du möchtest, können wir die mit einem gemeinsamen Konzert feiern. Du und ich.« Sven beobachtete sie genau. »Sei bitte ehrlich. Falls du das nicht möchtest …«

»Ein gemeinsames Konzert?«, fragte Elisa überrascht. »Du willst mit mir auftreten?«

»Nur, wenn du das möchtest«, beteuerte Sven, der Elisas Reaktion offenbar falsch deutete. »Es ist ein Vorschlag, mehr nicht.«

»Ein wunderbarer Vorschlag!«, rief Elisa begeistert.

»Alexander hatte gehofft, dass Adrien sich erholen würde und dass ihr irgendwann beide … Ihm gefiel die Idee, zwei berühmte Konkurrenten gemeinsam auf die Konzertbühne zu bringen. Inzwischen sieht es allerdings so aus, als könnte Adrien seine Karriere nicht wieder aufnehmen. Und seit ich gehört habe, dass er ganz andere Pläne verfolgt und sogar ein Stipendium bei Jeremy erhalten hat – da habe ich mir gedacht: warum nicht *wir* beide?«

»Wie großartig«, gab Elisa hingerissen zurück.

»Also wenn du einverstanden bist …«

»Natürlich bin ich das«, fiel ihm Elisa aufgeregt ins Wort.

»Ich kann mir keine schönere Rückkehr auf die Bühne denken als zusammen mit dir.«

»Jeremy hat angeboten, ein Duett für uns zu schreiben«, erzählte Sven mit leuchtenden Augen. »Und wir könnten sowohl das Stück, das du mit Adrien erarbeitet hast, als auch seine Komposition mit einer Geigenstimme ergänzen. Adrien hält das für eine gute Idee. Wie denkst du darüber?«

»Das ist fantastisch!« Plötzlich kam ihr ein Gedanke. »Aber hör mal. Wann soll das Konzert überhaupt stattfinden?«

»Im Oktober«, antwortete Sven. »Wir haben also noch reichlich Zeit, das Programm festzulegen.« Ein verschmitzter Ausdruck erschien auf seinem Gesicht. »Das Beste daran ist der Ort.«

Elisa sah ihn fragend an. »Unser Auftrittsort?«

Sven nickte. »Du wirst dort an deine Karriere anknüpfen, wo sie geendet hat. In der Carnegie Hall in New York.«

Elisa war sprachlos. Niemals, nicht in ihren kühnsten Träumen hätte sie sich vorgestellt, dass sie nach allem, was hinter ihr lag, gleich in diesem ehrwürdigen Konzertsaal auftreten könnte. Kurz wehte sie die Angst vor einem neuerlichen Versagen an, doch dann fiel diese Furcht von ihr ab. Das war lange her, und sie war nicht mehr dieselbe wie damals. Pure Freude füllte sie ganz und gar aus.

»Das ist unglaublich«, brachte sie schließlich hervor. »Unglaublich und wunderbar.«

Im nächsten Moment sprang ein weißes Fellbündel auf ihren Schoß. »Fiocca!« Mimi kam angerannt. Ungehalten schimpfte die Kleine das Hündchen aus, das vergeblich versuchte, Elisas Gesicht abzulecken. »Bei Fuß«, rief Mimi, und ebenso flink, wie er gekommen war, hüpfte der kleine Pyrenäenberghund wieder von Elisas Schoß und setzte sich folgsam neben seine Herrin, ganz so, als sei nichts gewesen.

»Was für ein Wirbelwind«, lachte Sven, und Elisa klopfte sich den Staub und die weißen Hundehaare von ihrer Jeans. Gut, dass sie nicht schon eines der Kleider von Anna angezogen hatte.

»Kommt schnell rein«, rief Mimi aufgeregt. »Gleich bin ich im Fernsehen.«

»Du bist also dabei?«, fragte Sven Elisa, als sie sich erhoben.

»Ja«, antwortete sie und umarmte ihn herzlich. »Ich bin dabei.«

Amüsiert folgten die beiden Mimi in die Bibliothek, wo Fabio schon den Fernseher eingeschaltet hatte. Im lokalen Sender lief ein Beitrag mit Kulturmeldungen der vergangenen Woche. Alle hatten sich hier versammelt.

»Still«, rief Fabio. »Jetzt kommt der Wettbewerb.«

Die Gespräche verstummten.

»Schaut mal, da bin ich!« Mimi wies auf den Bildschirm. Dort sah man sie auf der Bühne des *conservatorio* stehen und spielen. Die Kamera musste auf einer Empore platziert gewesen sein, das erklärte, warum niemand sie wahrgenommen hatte, ehe der Journalist Mimi das Mikrofon unter die Nase gehalten hatte. Dann wurde die Musik ausgeblendet, und ein Sprecher berichtete, dass die Siegerin des Wettbewerbs Milena Fasetti mit einem ungewöhnlichen Instrument angetreten war, einer sogenannten Campanula. Es folgte eine Großaufnahme ihres Instruments, und auf einmal war Danilo im Bild, der interessierten Menschen dessen Besonderheiten erklärte.

»Wann wurde denn das gefilmt?«, fragte Mariella überrascht.

»In der Pause.« Danilo strahlte. »Ich hätte nicht gedacht, dass die das wirklich senden.« Während Danilo eine Frage des Journalisten beantwortete, wurde sein Name eingeblendet mit dem Zusatz: »von der Geigenmanufaktur Fasetti, Morione«.

»Großartige Werbung!« Mariella klatschte vor Freude in die Hände.

Auch Signora Bernasconi kam noch kurz zu Wort, die das Instrument in den höchsten Tönen pries, und schließlich die Juryvorsitzende, die Mimi eine große Zukunft voraussagte, wenn sie weiterhin fleißig übte.

»Das war's«, sagte Fabio stolz und schaltete den Fernseher aus, als der Abspann der Sendung erschien. »Zum Glück haben sie den Protest des anderen Vaters nicht gebracht.«

»Und Mimis Satz, dass sie Wettbewerbe doof findet«, ergänzte Romy erleichtert.

Elisa sah sich nach der Kleinen um. Doch Mimi war schon wieder in den Garten gelaufen und übte mit Fiocca ein neues Kunststück.

Während des leckeren Verlobungsessens musste Elisa an das Gespräch mit Sven denken. Bei der Vorstellung, wo das Konzert stattfinden sollte, wurde ihr heiß vor Vorfreude und Aufregung. Sie lauschte Amadous Ansprache nur mit halbem Ohr, der seiner Schwester und Adrien so manche afrikanische Weisheit mit auf den Weg gab und vollkommen versöhnt mit Youmas Wahl zu sein schien.

Elisa blickte in die Runde. Anna hatte immer noch dieses besondere Lächeln auf den Lippen, sicher dachte sie an Caren und das bevorstehende Treffen mit ihr. Danilo und Fabio unterhielten sich angeregt, ihre Mienen waren entspannt, und jetzt lachten sie sogar miteinander. Mariella und Bruno wirkten in sich ruhend und glücklich, und Elisa bemerkte, dass sich die beiden an den Händen hielten. Wie schön, dachte sie, dass Mariella nach all dem Kummer um Reno und den Schwierigkeiten mit Niklas nun eine solche Liebe gefunden hatte. Youma strahlte geradezu vor Glück und war so schön wie nie, sie scherzte mit ihrem Bruder und lieferte sich mit ihm einen lustigen kleinen Schlagabtausch mit den Weisheiten, die ihre Großmutter einst gesagt hatte. Adrien unterhielt sich mit Jeremy und Oriana, und seine Augen sprühten dabei vor Unternehmungslust, während Margit mit Bruno herzlich über etwas lachte. Niklas wäre sehr zufrieden, wenn er uns sehen könnte, dachte Elisa lächelnd.

»Wir haben noch eine gute Neuigkeit, die wir gern mit euch teilen möchten.« Es war Mariella, die nach dem Dessert mit ihrer Gabel an ihr Glas klopfte, so dass die Gespräche einem erwartungsvollen Schweigen wichen. »Ich kann offiziell Fabios Rückkehr in die Geigenmanufaktur Fasetti ankündigen, die Weichen dazu haben wir gestern gestellt. Danilo und Fabio werden das Familienunternehmen mit Erfolg in eine neue Ära lenken, da bin ich mir ganz sicher. Wie glücklich mich das macht, brauche ich euch nicht zu sagen. Und darum lasst uns das Glas erheben auf meine beiden wundervollen Söhne und auf Elisa, ohne die das alles gar nicht möglich wäre.«

»Auf Elisa!«, rief Youma begeistert und hob ihr Glas.

»Auf die Brüder Fasetti«, ergänzte Jeremy und prostete Danilo und Fabio zu.

»Und auf die Rosenholzvilla«, fügte Margit hinzu, doch das hörte nur noch Elisa in dem sich nun erhebenden Jubel.

Danilo griff nach ihrer Hand. »Bist du glücklich?«, fragte er sie leise.

Statt einer Antwort zog sie ihn an sich und küsste ihn. »Unendlich.« Jetzt würde alles gut werden. Da war sie sich sicher.

»Ich liebe dich«, flüsterte ihr Danilo ins Ohr.

»Ich liebe dich auch«, antwortete Elisa und verflocht ihre Finger mit den seinen.

Epilog

Elisa stand auf der Seitenbühne der Carnegie-Hall und lauschte. Ihre linke Hand umfasste den Hals ihrer Campanula, in der rechten hielt sie den Bogen. Im Zuschauerraum waren die Lichter bis auf die Notbeleuchtung erloschen, das Stimmengewirr verebbte, und erwartungsvolle Stille erfüllte den Saal. Hinter sich fühlte Elisa die beruhigende Nähe ihres Vaters.

»Bereit?«, raunte er ihr zu.

»Bereit«, antwortete sie.

Eine rote Lampe schaltete auf Grün, und Elisa holte tief Luft. Dies war ihr Moment, auf den sie sich so lange vorbereitet hatte. Ohne sich noch einmal umzusehen, trat sie hinaus auf die Bühne und in den Kegel des Scheinwerferlichts.

Der Applaus, der sie umfing, fühlte sich an wie eine Umarmung. Die Carnegie Hall war bis auf den letzten Platz besetzt, aus der ganzen Welt waren Menschen angereist, um ihr Comeback mitzuerleben. Und natürlich waren ihre Lieben gekommen, ihre Familie, dieser Rückhalt, den sie früher nicht gehabt hatte: Danilo und die Fasettis einschließlich Mimi, Anna und

Caren, die sich endlich miteinander versöhnt hatten, Cosma und Amadou, Natascha und Dante, Adrien und Youma, Jeremy und Oriana. Serafina und Maurizio, der längst von seiner Reise zurückgekehrt war, hüteten zu Hause die Rosenholzvilla. Aber selbstverständlich war Alexander Hilbour nach New York gekommen, der irgendwo in der ersten Reihe saß und vermutlich bereits über ihre nächsten Auftritte nachdachte. Es gab Anfragen aus Wien und Berlin. Und Sylvia Riwall hatte ihre Einladung auf die Kamelieninsel erneuert.

Nun trat Sven neben sie, und sie verbeugten sich. Als der Applaus verebbte, setzte Elisa sich auf den bereitgestellten Stuhl und platzierte den Dorn am unteren Ende ihres Instruments in den dafür vorgesehenen Halter am Boden. Nahm ihre Campanula zwischen die Knie, überprüfte die Spannung des Bogens.

Die Nervosität, die sie in den letzten Wochen häufig überfallen hatte, war wie weggeblasen. Einen Wimpernschlag lang hatte sie das Gefühl, Niklas stünde in der Seitengasse der Bühne und nicke ihr zu.

Sie hob den Bogen und begann zu spielen. Fühlte mehr, als dass sie hörte, wie sich die ersten Töne emporschwangen und den weltberühmten Konzertsaal erfüllten. Dann trat alles um sie in den Hintergrund, so wie früher wurde Elisa zu ihrem Spiel, in das sich nach einer Weile die Violine ihres Vaters einfügte. Sie wurde zum Klang, wurde die Musik, die sie in langen Stunden mit Adrien, Jeremy und Sven erarbeitet hatte. Ja, so wie früher hatte sie das Gefühl, sich aufzulösen und mit dem Instrument zu verschmelzen, das ihr Geliebter geschaffen hatte, und schließlich sogar mit dem Publikum, das atemlos lauschte.

Elisa schloss die Augen, und ihr war, als sähe sie das Mädchen vor sich, das sie einmal gewesen war. Kurz trafen sich ihre Blicke. Und da war für den Bruchteil einer Sekunde wieder jener Moment, die drohende Welle, die sie damals erfasst hatte, doch sie löste sich auf in den wogenden Klängen ihres Spiels, in ihrer eigenen Musik, in das die Erinnerung an ihre Großmutter Paulina eingewoben war und die an Niklas' Tod. Staunend erlebte sie, wie sich die Vergangenheit in eine Melodie fassen ließ, in die die Gegenwart von einer Zukunft erzählte, die alle Schmerzen heilte.

Ja, dachte Elisa, als sie sich am Ende des Konzerts gemeinsam mit Sven verbeugte, Adrien und Jeremy auf die Bühne holte, deren Stücke sie uraufgeführt hatten, und danach noch viele Male allein vor den Vorhang trat und dabei tief den nicht enden wollenden Applaus in sich einsog. Sie hatte endlich zu sich selbst gefunden. Und noch mehr. Sie hatte die Liebe kennengelernt. Und die Gewissheit erlangt, von ihr getragen zu sein.

Einen Augenblick lang sah sie ihre Zukunft vor sich. Sie sah sich an der Seite von Danilo die Welt bereisen, seine Campanula zum Klingen bringen und mit ihr die Menschen verzaubern. Und immer wieder mit ihm zurückkehren in die Rosenholzvilla, dorthin, wo sie zu Hause war und wo ihre Liebe wohnte.

Danksagung

Wieder einmal sind die letzten Zeilen einer meiner Trilogien geschrieben, und es heißt Abschied nehmen von der Rosenholzvilla. Doch zuvor möchte ich jenen Menschen danken, die dazu beigetragen haben, dass diese Saga gelingen konnte.

Allen voran gilt das für Helmut Bleffert, den wahren Erfinder der Campanula, der mir erlaubt hat, sie zum Thema dieser Trilogie zu machen. Tausend Dank!

Alles begann vor fünf Jahren, als ich einen Radiobericht über Helmut und seine Instrumente hörte und sofort begeistert war. Denn schon als Jugendliche hatte ich einen Traum – ich wollte Cello spielen lernen. Daraus wurde damals nichts, aber der Wunsch ist geblieben. Und als ich hörte, dass es dieses neue Instrument gibt, das wie ein Cello gespielt wird, aber selbst bei einer Anfängerin wie bei mir einen wundervollen Klang entfalten würde, wurde ich neugierig.

Heute besitze ich selbst eine Campanula, auf der Innenklappe dieses Buches seht ihr mich mit ihr. Ich werde zwar niemals so gut spielen wie Elisa, dafür habe ich eine Menge

Freude, dank meines Lehrers Roman Speck, der mit Humor und viel Geduld meine Fortschritte überwacht.

Danken möchte ich auch Andrea Corneo und seiner Frau Orsola Poggi Corneo von »La Camelia d'Oro«, einem wunderschönen Kamelienpark in Oggebbio am Westufer des Lago Maggiore, für ihre Gastfreundschaft und Bereitwilligkeit, mir Auskunft zu geben. In ihrem zum Ferienhaus umgebauten Gärtnerhäuschen haben mein Mann und ich eine zauberhafte Woche verbringen dürfen. Außerdem haben sie mir erlaubt, die Begegnung von Elisa und ihren Freundinnen mit Sylvia und Maël aus der Saga rund um *Die Kamelien-Insel* bei ihnen stattfinden zu lassen, mit ihnen selbst als Gastgeber, was mir großes Vergnügen bereitet hat und sicher auch alle Leserinnen und Leser der *Kamelien-Insel*-Reihe freuen wird. Und so viel sei schon hier verraten: Es wird in Zukunft einige unerwartete Wiederbegegnungen mit alten Freunden geben.

Mein Dank geht wie immer auch an meine beiden Lektorinnen, an Melanie Blank-Schröder vom Verlag Bastei Lübbe und an Marion Labonte, die meine Texte mit großer Sorgfalt und Liebe redigiert. Dankbar bin ich auch für die wundervolle Zusammenarbeit mit meiner Agentin Petra Hermanns, die mir stets mit Rat und Tat zur Seite steht.

Bedanken möchte ich mich auch bei meinem »Coach« Frank Schneider, der mit seinem Bewegungstraining dafür sorgt, dass ich trotz stundenlanger Schreibtischarbeit fit und beweglich bleibe.

Am Ende meiner Danksagungen steht immer eine Liebeserklärung, und das aus gutem Grund. Denn meine Bücher wären nicht so, wie sie sind, hätte ich nicht die Unterstützung und Liebe meines wundervollen Mannes Daniel Oliver Bachmann. Danke, Daniel, für jede einzelne Sekunde, die ich mit dir verbringen darf.

Leseprobe aus

Tabea Bach

Das Kamelienhaus

**Band 1 der neuen Reihe, die von der
Bretagne nach Japan führt**

26 Jahre sind vergangen seit dem glücklichen Ende
von HEIMKEHR AUF DIE KAMELIEN-INSEL.
Nun folgen wir der nächsten Generation auf
ihrem Weg durchs Leben und nach Japan …

Die *Kamelienhaus*-Reihe baut auf der *Kamelien-Insel*-
Saga auf, ist aber völlig unabhängig davon lesbar.

1
Die Ankunft

Die Kamelieninsel hüllte sich in einen rotgoldenen Schleier, als Lucinde Riwall an diesem Herbstabend die bretonische Küste erreichte. Im Westen war gerade die Sonne untergegangen und ließ den Himmel in spektakulären Farben erglühen. Lucy, wie sie von allen genannt wurde, steuerte ihren Peugeot über die vertraute, mit uralten Platanen gesäumte Allee und betrachtete fasziniert, wie sich mit jedem Augenblick das Spiel von Licht und Schatten veränderte, bis das Rot verblasste und sich ein lavendelfarbenes Blau, schimmernd wie Glas, über die Landschaft legte, in der die Insel in der Ferne zu schweben schien.

Lucy öffnete das Fenster und sog tief die Luft ein. Es roch nach Meer und Kindheit. Hier war sie aufgewachsen, inmitten dieses beständigen Wechsels der Gezeiten und der Wetterlagen, vertraut mit Sturm und Wind, Sonne und Regen, Nebel und funkelnden Tagen unter einem leuchtend blauen Himmel. Und sie fühlte ganz deutlich, dass ein Teil von ihr an diesem Ort fest verwurzelt war, so wie die uralten Kamelienbäume im Garten ihres Vaters, auch wenn sie dies während ihrer Zeit in

Paris mitunter vergessen hatte. Doch was war mit dem anderen Teil in ihr? Wohin zog sie der?

Die ersten schiefergrauen Häuser des Küstenstädtchens kamen in Sicht, gespannt hielt Lucy nach Veränderungen Ausschau, seit sie im Sommer das letzte Mal hier gewesen war. Die kleine Ferienanlage mit den zehn Wohnungen, über die es so viele Diskussionen gegeben hatte, war inzwischen fertig, sicher würden an Weihnachten die ersten Gäste darin schon ihre Ferien verbringen. Lucy fand, dass sich die Aufregung der Anwohner nicht gelohnt hatte: Die Anlage war im Stil der traditionellen bretonischen Häuser aus dem grauen Stein der Gegend erbaut worden und fügte sich unauffällig ins Ortsbild ein. Wenn in den Grünflächen um die Gebäude erst einmal die Kamelien größer geworden waren, die aus der Gärtnerei von Lucys Vater stammten, würde das Ganze noch viel unauffälliger wirken.

Der Ort selbst erschien ihr nach ihren Jahren in London und Paris wie eine Ansammlung von Puppenstuben. Hier die Bäckerei, dort die Apotheke und etwas erhöht die graue, trutzige Kirche. Die Reifen des Peugeots rumpelten über das Kopfsteinpflaster, vorbei an Maylis' Crêperie – und schon hatte Lucy den Hafen erreicht. Sie parkte vor dem Bistro und stieg aus. Wie so oft, wenn sie hier ankam, schlug ihr eine heftige Böe wie zur Begrüßung die langen Haare um den Kopf, so dass sie einen Moment lang nichts sehen konnte. Sie kramte in ihrer Handtasche nach einer Spange und stellte sich mit dem Gesicht in den Wind, um ihre goldblonde Mähne zu bändigen.

»*Salut* Lucy«, hörte sie eine Stimme hinter sich. »Wie war die Fahrt?«

Mit großen Schritten kam ein junger Mann auf sie zu, er strahlte über das ganze Gesicht.

»*Salut* Gaël!«, rief Lucy freudig und umarmte ihn. »Wie schön, dass du mich abholst! Ich hoffe, du hast nicht allzu lange warten müssen?«

»*Pas de problème*«, antwortete Gaël. »Kein Problem, ich hab mich drinnen gut unterhalten. Du weißt ja, bei Tanguy erfährt man immer das Neueste. Natürlich ist das Inseljubiläum im nächsten Frühjahr Gesprächsthema Nummer Eins im Moment.« Er lachte. »Möchtest du noch auf einen Schluck hereinkommen oder sollen wir gleich los?«

Lucy sah auf ihre Armbanduhr. Es war kurz vor sieben. »Auf der Insel warten sicher alle schon.« Fröstelnd schlang sie die Arme um ihren Oberkörper. Natürlich war es hier Ende Oktober viel frischer als in Paris, und langsam senkte sich die Dämmerung über Land und See.

»Du hast recht. Gleich ist Zeit fürs Abendessen. Rate mal, was es gibt.« Er zwinkerte ihr verschwörerisch zu.

»Womöglich eine *Godaille?*«, fragte Lucy gespannt, als sie zu ihrem Wagen gingen. Denn das war ihr Lieblingsgericht.

»Ganz genau! Elise hat nochmal selbst Hand angelegt, damit sie wirklich gelingt. Und sogar Solenn hat ihren Senf dazu gegeben. Da kannst du dir vorstellen, wie begeistert Yvonne war.« Er lachte leise in sich hinein und hob Lucys Gepäck aus dem Kofferraum.

»Die Ärmste!« Auch Lucy musste lachen bei dem

Gedanken, wie die beiden alten Damen Yvonne in die Kochtöpfe schauten. »Das ist sicher nicht immer einfach für sie.« Rasch schlüpfte sie in eine winddichte Jacke, nahm ihren Rucksack aus dem Wagen und folgte Gaël hinaus auf den Anlegesteg zu seinem Boot.

»Na, Hauptsache, sie verderben alle miteinander nicht den guten Fisch«, meinte Gaël und half ihr an Bord der *Laouen*, was auf bretonisch »freudig« bedeutete. »Iven hat einen super Fang von einem seiner Fischerfreunde besorgt.«

Lucy lief das Wasser im Mund zusammen. Ihr Magen knurrte vernehmlich, seit dem belegten Baguette vor ihrer Abfahrt hatte sie nichts mehr gegessen und den bretonischen Fischeintopf aß sie für ihr Leben gern.

Sie warf einen prüfenden Blick auf den Atlantik.

»Ziemlich ruhig heute«, sagte Gaël mit verständnisvollem Grinsen und half ihr an Bord. Verlegen verstaute Lucy ihr Gepäck und zurrte zum Schutz vor dem unvermeidlichen Spritzwasser eine Plastikplane darüber, holte die Rettungsweste aus ihrem Klappfach und legte sie an. Jeder hier an der Küste wusste, dass Lucy bei der Schaukelei während der Überfahrt hin und wieder übel wurde, ganz besonders Gaël, der sie kannte wie ein Bruder seine Schwester, denn als Sohn von Coco und Gurvan, den Mitarbeitern von Lucys Vater, waren sie gemeinsam auf der Kamelieninsel aufgewachsen. »Alles klar?«, fragte er sie, und als sie nickte, löste er die Leinen und startete den Motor.

Umsichtig steuerte er die *Laouen* aus dem Hafen. Sogleich griffen die Wellen nach dem Boot und Lucy hielt sich an der Reling fest, konzentrierte sich darauf, im Rhythmus des Seegangs zu atmen. Eine Weile folgten sie der Uferlinie des Festlandes und Lucy reckte den Hals, um einen Blick auf das Kamelienhaus zu erhaschen, den Sitz der Kosmetik-Manufaktur ihrer Mutter. In der aufwendig restaurierten historischen Konservenfabrik war außerdem eine ganze Reihe von Geschäften und ein Café untergebracht. Die unzähligen Fenster in der Backstein-Fassade blitzten im letzten Abendschimmer kurz auf, dann änderte Gaël den Kurs in Richtung offene See und das Gebäude versank hinter ihnen im Dunst.

Sie fuhren durch die anbrechende Nacht und Lucy gewöhnte sich an das harte Auf und Ab des Bootes, wenn es die Wellen schnitt. Schließlich erkannte sie zwei wohlvertraute Erhebungen, die wie die ungleichen Höcker eines Kamels aus dem Wasser ragten. Möwen kreisten darüber und verjagten sich gegenseitig mit lautem Kreischen von diesen Schlafplätzen. Lucys Mutter hatte erzählt, dass dies die Überreste einer Landbrücke waren, mit der die Insel vor langer Zeit einmal mit dem Städtchen verbunden gewesen war. Während eines schweren Sturms hatte der Atlantik diesen Fahrdamm unwiederbringlich zerstört. Das war kurz vor Lucys Geburt geschehen, deshalb kannte sie die abenteuerliche Straße, die mitten durchs Meer verlaufen und ausschließlich bei Ebbe passierbar gewesen war, nur von Fotografien und Erzählungen, genau wie Gaël, der ein halbes Jahr jünger war als sie und mit dem sie gemeinsam aufgewachsen war.

Vor ihnen tauchten die spärlichen Lichter der Insel auf, die

Positionslaternen der Anlegebucht und darüber der warme Schein aus den erleuchteten Fenstern des großen Herrenhauses. Zwei Lampen erhellten die vielen steinernen Stufen, die von dem kleinen Naturhafen die Steilküste hinauf zum Anwesen führten – ansonsten war die Insel nachts in Dunkelheit gehüllt, was sie zu einem Paradies für seltene Vogelarten machte, über das sich die Besucher im Naturschutzzentrum informieren konnten. Denn außer den Vögeln lebten hier nur Lucys Familie und die Mitarbeiter der Gärtnerei, des auf der ganzen Welt für seine erlesenen Züchtungen berühmten *Jardin aux Camélias*.

Von der Küste zurückgeworfen bäumten sich die Wellen noch höher auf als auf offener See. Vorsichtig lenkte Gaël die *Laouen* gegen die Brecher in die enge Bucht. Das war überhaupt nicht einfach und Lucy erinnerte sich mit Schaudern daran, wie lange sie gebraucht hatte, um dieses Manöver auch nur halbwegs zu beherrschen, ohne dass ein Boot Schaden nahm, und es gelang ihr auch heute nur bei ruhigem Seegang. Was dies anbelangte, schlug sie kein bisschen nach ihrer Mutter, an der ein zweiter Seemann verloren gegangen war, wie Pierrick immer gesagt hatte, der ihr das alles beigebracht hatte. Wehmütig dachte sie an diesen großartigen alten Mann, der die gute Seele der Gemeinschaft gewesen und leider vor einigen Jahren hochbetagt gestorben war. Inzwischen hatte Tristan seine Aufgaben übernommen, kümmerte sich um die Instandhaltung der Gebäude, um die Boote und was sonst so anfiel. Und wenn Tristan seine Arbeit auch ausgezeichnet versah, so konnte er Pierrick doch nicht ersetzen, der schon auf der Insel gelebt hatte, lange bevor Solenn und Lucys Großtante sie gekauft und den *Jardin aux Camélias* gegründet hatten. Denn Pierrick ersetzen – das konnte keiner.

Gaël sprang aus dem Boot und vertäute sorgfältig die Leinen. Lucy reichte ihm das Gepäck und stieg selbst an Land. Kaum spürte sie den Fels unter ihren Sohlen, hatte sie das Gefühl, eine andere Welt zu betreten, die heile Welt ihrer Kindheit.

Der Weg hinauf zum Haus war steil und beschwerlich und Lucy fragte sich, wie Solenn, die im kommenden Frühjahr ihren 90. Geburtstag feiern würde, es immer noch schaffte, diese unregelmäßigen Steinstufen zu meistern, denn keiner konnte sie davon überzeugen, ihr geliebtes Boot *Sirène* aufzugeben und nicht mehr mit ihm, wann immer es ihr in den Sinn kam, ans Festland zu fahren. Ihretwegen hatte Tristan an vielen Stellen Haltegriffe aus Metall in den Fels getrieben, was auch Lucy in der nun immer dichter werdenden Dunkelheit hilfreich fand. Kurz hielt sie inne und sah hinab in die Bucht, wo die *Laouen* neben den anderen Booten in der Dünung schaukelte. Der Wind trug feine Wölkchen aus Gischt zu ihr empor, sie schmeckte Salz auf ihren Lippen und fühlte die vertraute, leicht klebrige Feuchtigkeit auf ihrer Haut.

Dann waren sie oben angekommen, ein großer Felsblock markierte das Ende der Natursteintreppe. Auf dem Parkplatz vor der hohen Mauer, die das Anwesen vor den heftigen Winden schützte, standen die Fahrzeuge der Kameliengärtnerei, doch der Jeep von Lucys Vater fehlte.

Das große Tor in der Mauer, über dem das Schild mit der Aufschrift: *Jardin aux Camélias. Bienvenus!* hing, flog auf und Sylvia Riwall erschien in der Türöffnung.

»Lucy!«, rief sie und lief auf sie zu.

»*Maman!*«

»Willkommen zuhause!«, rief Lucys Mutter und schloss ihre Tochter fest in ihre Arme. »So schön, dass du wieder da bist!«

»Woher hast du gewusst, dass ich gerade jetzt …« Lucy schmiegte ihre Wange an die ihrer Mutter und sog tief das vertraute Aroma nach Damaszenerrose und Duftkamelien ein, das Sylvia nach langem Experimentieren ihrer Kosmetik beifügte.

»Ach, ich hatte einfach so ein Gefühl«, antwortete Sylvia und strich Lucy liebevoll eine Strähne aus der Stirn, die der Wind aus der Spange gezerrt hatte. »Ich wollte gerade hinunter zur Anlegestelle. Aber da seid ihr ja schon. Vielen Dank, Gaël, dass du Lucy abgeholt hast.«

In der Küche des Herrenhauses wurden sie mit Jubel empfangen.

»Da ist sie ja endlich, *la petite*«, rief Solenn und zog sie fest an sich. Die Bretonin war einen Kopf kleiner als sie, und Lucy musste jedes Mal lachen, wenn Solenn sie »die Kleine« nannte. Sie nahm es der alten Dame keineswegs übel, Solenn war für Lucy eine Art Großmutter, so wie sie einst für ihren Vater die Mutterrolle übernommen hatte, als er vor langer Zeit als Halbwüchsiger auf der Insel aufgetaucht war. Damals hatte er hier ein Zuhause und in den Kamelien seine Bestimmung gefunden. »Bald bleibst du für immer hier, *n'est-ce pas, chérie?*«, fügte Solenn hinzu.

»Für immer sind große Worte, Solenn«, gab Lucy ernst zurück. »Wo ist denn *papa?*«

»Na, wo soll er schon sein?« Solenn zog eine kleine Grimasse. »In seinem Labor natürlich.«

»Coco und Gurvan sind auch noch nicht da«, beschwerte sich Elise, eine Freundin des Hauses, die früher den umfangreichen Haushalt der Familie samt den Angestellten geführt hatte, ehe sie in den verdienten Ruhestand getreten war und Yvonne diese Aufgabe übernommen hatte. »Genau wie Tristan. Immer muss man auf sie warten. Dabei ist die *Godaille* so gut wie fertig.«

»Sie kommen bestimmt gleich«, versuchte Sylvia, die aufgeregten alten Damen zu beruhigen. Und tatsächlich, von draußen hörte man Schritte und Stimmen. Kurz darauf flog die Tür auf und Maël Riwall stand auf der Schwelle.

»*Papa!*«, rief Lucy und eilte auf ihn zu.

»Ah, da bist du ja!« Ihr Vater schloss sie fest in seine Arme. »Geht es dir gut? Wie war die Reise? Hoffentlich ist dir bei der Überfahrt nicht schlecht geworden?«

»Nein, alles bestens«, beeilte Lucy sich zu beteuern, denn hinter ihrem Vater sah sie die amüsierten Gesichter von Coco und Gurvan, Gaëls Eltern, gefolgt von Tristan und Iven. Ein einziges Mal hatte sie sich nämlich in Gaëls Boot übergeben müssen, und wenn das auch schon Jahre her war, so wurde sie damit immer wieder aufgezogen. Das blieb ihr heute wohl erspart.

»*Bienvenue*«, begrüßte Coco sie herzlich und küsste sie auf beide Wangen, Gurvan schlug ihr freundschaftlich auf die Schulter.

»*À table!*« Yvonne stellte energisch den Topf mit der herrlich duftenden *Godaille* auf den Tisch. »Die Suppe ist fertig, und wenn wir auch nur noch fünf Minuten länger warten, zerfällt der Fisch und Elise reißt mir den Kopf ab.«

Das ließ sich keiner zweimal sagen. Lucy nahm ihren angestammten Platz zwischen Gaël und ihrem Vater ein, der am Kopfende thronte, gegenüber von Solenn, die am anderen Ende des großen Tisches saß. Yvonne tat allen Fisch, Gemüse und Brühe auf.

»Was machen die Vorbereitungen für das große Fest?«, fragte Lucy gespannt in die Runde.

»Deine Mutter hat alles im Griff«, erklärte Maël und seine meerblauen Augen blitzten.

»Wenn du mich fragst«, sagte Solenn vom anderen Tischende, »macht ihr viel zu viel Tamtam.«

»Der Meinung bin ich nicht«, entgegnete Sylvia mit einem Lächeln. »Schließlich haben wir einiges zu feiern. Du wirst 90 …«

»Wahrlich kein Grund, so ein Getöse zu machen«, erwiderte Solenn.

»… und vor 55 Jahren hast du gemeinsam mit Tante Lucie die Insel gekauft und die Gärtnerei gegründet.«

»… das hätten wir besser vor fünf Jahren gefeiert«, gab Elise zu bedenken.

»Damals war uns nicht zum Feiern«, entgegnete Sylvia ernst.

»Vor fünf Jahren ist Aaltje gestorben«, erklärte Solenn Elise ungerührt, die hin und wieder etwas vergesslich geworden war. »Da hat keiner von uns an sowas wie Jahrestage gedacht.«

»Und deshalb holen wir das im Frühjahr nach«, lenkte Sylvia geschickt die Aufmerksamkeit von dem traurigen Ereignis, als Solenns Lebensgefährtin gestorben war, auf die Gegenwart. »Außerdem haben wir im nächsten Frühjahr vor genau 25 Jahren unsere Kosmetikmanufaktur gegründet und das Kamelienhaus eröffnet.«

»*Mon Dieux*«, warf Elise mit einem Seufzen ein. »Wie die Zeit vergeht!«

»Ja, das stimmt.« Sylvia lächelte ihre Tochter an. »Mir kommt das auch vor wie gestern. Und nun wirst du das alles bald übernehmen.«

»Genau!« Was dies anbelangte war Solenn mit Sylvia vollkommen einer Meinung. »Jetzt kommt die nächste Generation zum Zug. Nicht wahr, Maël? Auch du hast dich endlich entschlossen, in die zweite Reihe zurückzutreten.«

Lucy sah überrascht zu ihrem Vater. »Stimmt das, *papa*?«

Maël nickte wortlos.

»Coco und Gurvan übernehmen zum Jahresbeginn die Leitung der Gärtnerei«, erklärte Sylvia an seiner Stelle. »Es ist schon alles geregelt.« Sie nickte den beiden dankbar zu. »Im Grunde schmeißt ihr den Laden schon seit ein paar Jahren. Jetzt wird es offiziell.«

»Willst du denn gar nicht mehr arbeiten?«, fragte Lucy ihren Vater, der noch immer seine Suppe löffelte, als ginge ihn das gar nichts an.

»Wir wollen beide ein bisschen kürzer treten«, warf Sylvia ein.

»Kürzer treten?« Solenn kniff die Augen zusammen und musterte Sylvia skeptisch. »Ausgerechnet du?«

»Nun, was die Kamelienzucht anbelangt, gibt es für mich weiterhin noch genug zu tun«, ließ sich nun auch Maël vernehmen, da Sylvia Solenns Bemerkung geflissentlich überhörte. »Wenn alles gut läuft, kommen wir im nächsten Jahr gleich mit drei neuen Varietäten auf den Markt, und ich kann dir sagen, Lucy, die werden Furore machen.« Seine Augen leuchteten, und Lucy wurde es warm ums Herz.

Sie erwiderte sein Lächeln. »Ich kann es kaum erwarten, sie zu sehen.« Wenn es um andere Dinge ging, mochte ihr Vater einsilbig bis schweigsam sein. Aber seine geliebten Kamelien konnten ihn direkt redselig machen.

»Komm zur Gärtnerei«, schlug er vor. »Dann zeig ich sie dir.«

»Iven hat daran auch seinen Anteil, *n'est-ce pas?*« Sylvia schenkte dem jüngsten der Gärtner ein Lächeln.

»Das stimmt«, räumte Maël ein und nickte Iven zu, der vor Freude errötete. »Ohne Iven hätten wir vieles nicht erreicht. Ich kann von Glück reden, so ein fantastisches Team zu haben. Aber jetzt erzähl mal du, Lucy. Bleibst du jetzt hier und unterstützt deine Mutter im Kamelienhaus?«

»Ja«, antwortete Lucy. »Endlich ist es so weit.«

Schon von klein auf war dies ihr Wunsch gewesen – eines Tages würde sie die Kosmetikfirma ihrer Mutter *Fleur de Camélia* übernehmen. Im Gegensatz zu vielen ihrer Schulfreundinnen hier in dem Küstenstädtchen und später im Internat in England war ihr immer klar gewesen, was sie einmal machen wollte, wenn sie erwachsen war: Genau wie ihre Mutter die Geschicke des Kamelienhauses leiten. Und natürlich hatte sie auch ihr Studium darauf ausgerichtet. Noch während ihrer Schulzeit hatte sie ein Stipendium für ein Jahr nach Tokio auf eine Elite-Schule geführt, so dass sie außer Französisch, Englisch und Deutsch, Sylvias Muttersprache, auch Japanisch beherrschte. Danach hatte sie in London und auf der International Business School in St. Gallen mit einer Arbeit über das Vorgehen internationaler Konsortien, die sich in der Manier von Heuschreckenschwärmen vielverprechende Kleinbetriebe einverleibten, um danach deren Grundlage zu zerstören, ihren Master abgelegt und alles mit Bravour bestanden. Schon während des Studiums und gleich danach hatte sie erste berufliche Erfahrungen gesammelt und die letzten sechs Monate bei einem großen Kosmetikunternehmen in Paris gearbeitet. Und jetzt würde sie, so wie es auch ihre Mutter wünschte, die erfolgreiche Kosmetik-Manufaktur *Fleur de Camélia* übernehmen und gründlich umstrukturieren. In ihren Gesprächen im Sommer mit Sylvia und Muriel, die das Labor der Manufaktur leitete, war klar geworden, dass es höchste Zeit wurde, die Firma ein Vierteljahrhundert nach seiner Gründung an die neuen Zeiten anzupassen.

»Und wann genau übernimmst du die ganze Leitung?«, wollte Coco wissen.

»Darüber sprechen wir in aller Ruhe«, warf Sylvia rasch ein. »Lucy braucht natürlich eine gewisse Zeit, um sich einzuarbeiten.«

»Klar«, beeilte Lucy sich zu sagen. Sie wusste, dass es ihrer Mutter nicht leicht fallen würde, sich aus dem Geschäft zurückzuziehen. Und damit hatte es auch gar keine Eile. Selbst wenn Sylvia sie fast dazu gedrängt hatte, bald zurückzukommen – wer konnte sich ihre fabelhafte Mutter im Ruhestand vorstellen?

Lucy und ihre Eltern verabschiedeten sich bald und machten sich auf den Weg durch die parkähnliche Anlage des *Jardin aux Camélias* mit seinen uralten Bäumen zum *Ti Bag,* das sich ganz am unteren Ende des durch die hohe Mauer geschützten Anwesens befand. *Ti Bag* bedeutete »Bootshaus«, und da es tiefer lag als das Herrenhaus, hatte die Fischerfamilie, der die Insel einst gehört hatte, das Gebäude auch genutzt und darin ihre Kutter repariert. Maël hatte es vor vielen Jahren zu einem großzügigen und gemütlichen Wohnhaus umgebaut, in dem Lucy ihre Kindheit verbracht hatte. Gemeinsam mit Gaël war sie Tag für Tag mit dem Boot ans Festland gebracht worden, um dort zur Schule zu gehen, bis sie im Alter von 14 Jahren auf das Internat in England gewechselte war, das auch ihr Halbbruder Noah besucht hatte. Sie hatte sich dort genauso wohl gefühlt wie er, vor allem, nachdem auch Lili, ihre beste Freundin, dort die letzten beiden Schuljahre hatte verbringen können. Dennoch hatte Lucy während ihrer Internatszeit und auch im Studium jede Gelegenheit genutzt, um auf die Insel zurückzukehren.

Im Schein des Mondes schimmerten die Blüten der Kamelienbäume wie Seide. Ein Nachtvogel schrie, ansonsten war nur das Knirschen des Kieses unter ihren Füßen zu hören, und wenn man ganz genau hinhörte, das Rauschen der Brandung jenseits der Mauer. Die Luft war erfüllt von dem zarten moschusartigen Duft der Japanischen Kamelie *Shôwa-no-sakae*, die gerade in voller Blüte stand, und den würzigen Aromen der See. Es war vorgekommen, dass Lucy mitten in Paris von solchen Dingen geträumt hatte, und wenn sie dann erwacht war, hatte sie sich erst wieder zurechtfinden müssen. Seltsam, dachte sie. Wenn sie in der Stadt war, sehnte sie sich nach der Kamelieninsel. Hielt sie sich allerdings lange genug in der Bretagne auf, hatte sie irgendwann das Gefühl, dass die Winde sie riefen und von unbekannten Welten erzählten. Würde sich das irgendwann legen? Ganz bestimmt.

Sie gingen schweigend, Maël voneweg mit dem Gepäck seiner Tochter, Sylvia an ihrer Seite. Lucy betrachtete den Rücken ihres Vaters, die leicht nach vorne gekrümmten Schultern vom vielen Sitzen vor dem Mikroskop und am Computer und von der gebeugten Haltung, mit der er all die Jahre Setzlinge und Jungpflanzen begutachtet hatte. Er war Gärtner mit Leib und Seele, aber auch Wissenschaftler und ein Züchter von Weltrang. Maël Riwall machte davon kein Aufhebens, er war »ein stilles, aber tiefes Wasser«, wie Solenn es einmal ausgedrückt hatte, und das traf es genau. Lucys Mutter dagegen war ganz anders. Sylvia steckte voller Unternehmungslust und besaß die Gabe, Menschen zusammenzubringen, um gemeinsam mit ihnen etwas Wunderbares und Neues zu erschaffen. So wie sie nach der großen Sturmflut nicht nur die verwüstete Insel wirtschaftlich wieder auf die Beine gebracht, sondern auch noch auf dem Festland das Kamelienhaus gegründet hatte. Was ihre Mutter in die Hand nahm, gelang. Dass sie im April 63 Jahre alt wurde, merkte man ihr kein bisschen an.

Sie erreichten das Ende des Parks. Durch das dichte Laub der immergrünen Kamelienbäume sah Lucy das schiefergedeckte Dach des *Ti Bag* wie altes Silber glänzen. Hier war das Geräusch der an das felsige Ufer schlagenden Wellen deutlicher zu hören, denn direkt hinter der Mauer lag *Meurvor Atlantel*, wie die Bretonen den Atlantik nannten.

»Lust auf einen *Lambig*?«, fragte Maël, während Sylvia es sich bereits in ihrem Schaukelstuhl gemütlich machte. Er nahm eine Flasche ohne Etikett aus dem Schrank und hielt sie ins Licht des flackernden Kaminfeuers. Die bretonische Variante des Calvados schimmerte wie flüssiger Bernstein. »Schau mal, was Brioc mir neulich gebracht hat. Den hat er zwanzig Jahre lang im Eichenfass reifen lassen.«

»Zwanzig Jahre?« Lucy war beeindruckt. »Natürlich möchte ich den probieren. Bist du auch dabei?«, fragte sie ihre Mutter, die es sich in ihrem Schaukelstuhl bequem gemacht hatte.

»Aber sicher«, antwortete Sylvia.

Lucy ließ sich wohlig in dem Sessel neben ihrer Mutter nieder und reckte ihre Füße in Richtung des Feuers, das im Kamin prasselte. »Ach, es ist einfach herrlich, wieder zu Hause zu sein.«

»Ja, nicht wahr?« Maël holte drei Gläser aus einer Vitrine und begann, ihnen einzuschenken.

»Wie war dein Abschied in Paris?«, fragte Sylvia.

»Du meinst von der Konkurrenz?« Lucy lachte. »Sehr nett. Man hat mir eine Stelle angeboten.« Als sie bemerkte, wie ihre Mutter erschrak, sagte sie rasch: »Aber natürlich habe ich abgelehnt. Und sie haben mir ein ausgezeichnetes Zeugnis ausgestellt. Möchtest du es sehen?«

Sylvia lachte erleichtert auf. »Willst du dich etwa bei mir bewerben?«, fragte sie amüsiert zurück. »Das ist nicht nötig, wir stellen dich auch so ein.«

Sie nahmen lachend die Gläser entgegen, die ihr Vater ihnen reichte. Lucy nahm einen Schluck. »Hmm«, machte sie. Der *Lambig* schmeckte köstlich, frisch und doch mild, irgendwie nach Apfelmus und Karamell. Und nach Zuhause. »Erzähl mir von dem Fest«, bat Lucy. »Wie kann ich dir bei der Organisation helfen?«

»Na, na«, lachte Maël. »Du bist doch gerade angekommen! Das Fest ist erst im Frühjahr.«

»So viel Zeit ist gar nicht mehr«, wandte Sylvia ein. »Viele Dinge müssen frühzeitig erledigt werden. Die Musikgruppen, die auftreten werden, habe ich zum Beispiel schon vor Monaten gebucht. Übrigens konnte ich eine fabelhafte Cellistin aus dem Tessin überreden, bei uns mit einem ganz besonderen Instrument aufzutreten. Es heißt Campanula.« Sie nahm einen Schnellhefter zur Hand, der neben ihr auf einem Tischchen lag, und zog einen Prospekt daraus hervor. »Hier, sieh mal. Sie heißt Elisa Maria Eschbach.« Lucy nahm den Prospekt und studierte ihn interessiert. »Außerdem werden noch Musiker und Musikerinnen hier aus der Gegend auftreten«, fuhr Sylvia fort. Ihre Wangen hatten einen leicht rosafarbenen Schimmer angenommen, wie immer, wenn sie begeistert von etwas war. »Und da du fragst – ja, ich habe sogar schon eine Liste gemacht und wollte dich bitten, mehrere Aufgaben zu übernehmen.« Sie nahm ein paar zusammengetackerte Blätter aus dem Hefter. »Hier hab ich alles zusammengefasst.«, sagte sie und reichte es ihrer Tochter.

»Jetzt überroll Lucy doch nicht gleich am ersten Abend mit Aufgaben«, mahnte Maël liebevoll.

»Natürlich musst das nicht heute durchsehen«, erklärte Sylvia schnell.

»Kein Problem, *papa*.« Lucy nahm die Blätter und überflog sie. Oben stand ihr Name, dann folgte eine Liste mit Aufgaben samt Datum, bis wann jede einzelne erledigt sein mussten. Unter anderem sollte sie sich um den Blumenschmuck, die Gastgeschenke und die Dekoration der Musikbühne kümmern. Mit Solenn ein neues Kleid einkaufen gehen und verschiedene Gäste betreuen. Und zu jeder Aufgabe waren die notwendigen Informationen vermerkt. Lucy musste lächeln. Ganz sicher hatte ihre Mutter für jede ihrer Mitarbeiterinnen bereits eine solche Tabelle erstellt.

»Ist das in Ordnung?«, fragte Sylvia besorgt nach.

»Natürlich«, antwortete Lucy und legte die Liste beiseite. »Wie machen wir es eigentlich mit den Überfahrten? Willst du mir dafür womöglich deine *Espérance* anvertrauen?«

»Die *Espérance*? Nein, ich …«, gab Sylvia überrascht zurück und brach dann ab.

»Deine Mutter hat Angst, du machst Kleinholz aus ihrem

geliebten Boot«, scherzte Maël, der sich neben seine Frau gesetzt hatte und nun nach ihrer Hand griff.

»Aber nein«, entgegnete Sylvia gespielt empört. »Lucy weiß genau, dass das nicht stimmt. Allerdings brauche ich mein Boot ja selbst. Aber im Ernst, Lucy. Was ist dir lieber? Sollen wir ein Boot für dich kaufen oder möchtest du, dass sich Ronan um deine Fahrten kümmert? Er hat mir angeboten, einen Fahrdienst für dich bereitzustellen.«

»Quasi dein persönlicher Chauffeur. Nur eben in einem Boot«, erklärte Maël.

»Genau.« Sylvia nickte. »Dein persönlicher Fährmann. Ist das nicht eine gute Idee? Du musst ihn nur anrufen und ihn für eine bestimmte Zeit herbestellen.«

»Wow«, machte Lucy beeindruckt.

»Ja, nicht wahr«, warf ihr Vater ein. »Du bist hier also keineswegs von der Außenwelt abgeschnitten. Dank deiner Mutter funktioniert der Fährbetrieb sowieso ausgezeichnet.«

»Das haben wir Ronan zu verdanken«, wiegelte Sylvia bescheiden ab. »Und es stimmt. Seit er das Wassertaxi-Unternehmen zu seiner Haupteinnahmequelle gemacht hat, kommen wieder mehr Touristen auf die Insel.«

»Aber … sagt mal, ist das nicht ein bisschen peinlich?«, wandte Lucy ein. »Ich meine, jeder hier fährt mit seinem eigenen Boot und braucht niemanden, der ihn chauffiert.«

Sylvia und Maël wechselten einen Blick.

»Wenn du wirklich möchtest, finden wir bestimmt ein schönes Boot für dich«, sagte Maël schließlich. »Es ist nur so …« Er zögerte.

»Ihr traut mir das nicht zu, oder?« Lucy fühlte, wie ihre Wangen vor Verlegenheit rot wurden.

»Ehrlich gesagt machen wir uns ein bisschen Sorgen«, räumte Maël ein.

»Aber wir können ja ein paarmal miteinander üben«, schlug Sylvia liebevoll vor. »Oder du nimmst nochmal richtig Unterricht bei Ronan oder einem seiner Brüder. Vielleicht hat ja auch Noah Zeit …«

»Auf alle Fälle solltest du den Bootsführerschein ablegen, finde ich«, ergänzte ihr Vater ernst. »Mit *el Atlantel* ist nicht zu spaßen. Du wärst nicht die Erste, die in die nördliche Strömung gerät und auf Nimmerwiedersehen verschwindet. Selbst Noah ist das mal fast passiert.«

»Nun gut, damals war er noch ein Kind«, beschwichtigte Sylvia ihn. »Aber natürlich hat dein Vater recht«, fügte sie an Lucy gewandt hinzu. »Wir müssen das allerdings nicht heute Abend entscheiden«, beendete Sylvia das Thema. »Zur Arbeit aufs Festland werden wir zunächst ohnehin zusammen fahren, oder?«

»Und wie gesagt kannst du jederzeit Ronans Wassertaxi-Service nutzen«, fügte Maël eilig hinzu. »Damit du unabhängig bist. Schließlich wird Lucy ja auch mal ohne dich ausgehen wollen«, fügte er leicht vorwurfsvoll an Sylvia gerichtet hinzu.

»Ihr seid so lieb.« Gerührt hatte Lucy den Wortwechsel ihrer Eltern angehört. Wie sehr sie sich bemühten, ihr das Leben hier am Ende der Welt so angenehm wie möglich zu gestalten! Wie viele Gedanken sie sich um sie machten. »*Maman* hat recht«, fügte sie hinzu. »Zunächst wohne ich hier und wir pendeln gemeinsam zum Kamelienhaus. Alles andere wird sich dann ergeben.«

Ihre Mutter hatte sie ins Dachgeschoss begleitet, sich davon überzeugt, dass auch wirklich alles vorhanden war, was sie brauchte, sie noch einmal umarmt und ihr versichert, wie froh sie waren, sie wieder bei sich zu haben. Und dann war Lucy allein in ihrem Kinderreich.

Sie ließ sich auf ihr Bett fallen, ihr Blick wanderte durch das Zimmer. Das einzige Fenster am Giebel war groß und oval, über die Wipfel der Kamelienbäume hinweg sah man von hier den Atlantik und in der Ferne die Küste. Unter der Dachschräge hatte ihr Vater Schränke und Regale eingepasst für ihre Bücher und all die Schätze ihrer Kindheit: den ersten Milchzahn in einer Petrischale aus dem Labor ihres Vaters. Den prächtigen Seestern, Pierricks Geschenk zu ihrem zehnten Geburtstag. Die Trophäe in Form eines Buches, die man ihr als die beste Absolventin der *École Élémentaire* verliehen hatte. Die große Muschel aus rosafarbenem Perlmutt, die rauschte, wenn man sie ans Ohr hielt – Noah hatte sie ihr mitgebracht, als sie mit zwölf noch verspätet an den Masern erkrankt war. Daneben verstaubte die getrocknete dunkelrote Rose aus dem Strauß eines jugendlichen Verehrers, mit dem sie einen Tanzkurs gemacht hatte – es wurde wirklich Zeit, sie endlich wegzuwerfen. Und schließlich waren da noch die gerahmten Fotografien aus ihrer Zeit im Internat – die meisten zeigten sie gemeinsam mit Lili –, und natürlich die von der

Abschlussfeier der Universität, die sie in *Toque et Toge* zeigten, dem traditionellen Talar mit dem Barett auf dem Kopf.

Sie lauschte. *Avel*, der allgegenwärtige Wind, pfiff ums Haus. Von unten hörte sie, wie ihr Vater die Fensterläden schloss, bestimmt hatte er auch das Funkenschutzgitter vor den Kamin gestellt, denn man wusste nie, ob nicht eine unberechenbare Böe in den Kamin fahren und die Glut ins Zimmer wehen würde. Das Leben auf der Insel war rau, aber einzigartig.

Lucy stand auf und ging zum Fenster. Wolkenberge trieben über den Himmel, verdeckten den Mond und ließen ihn wieder frei, damit er auf den geriffelten Spiegel der See zitternde und sich stets verändernde Linien aus Licht werfen und den Garten mit seinem Silberschein verzaubern konnte. In solchen Momenten verblasste das leuchtende Perlenband der Küste, bis die graphitfarbenen Wolken den Mond wieder verhüllten.

Endlich riss Lucy sich von dem Naturschauspiel los und zog sich aus, ging hinüber in das Badezimmer, das sie sich mit Noah teilte, wenn er denn da war, duschte lange und putzte sich die Zähne. Dann schlüpfte sie unter die duftende Decke, gewiss hatte Yvonne sie in einer sonnigen halben Stunde im Freien trocknen lassen, so dass sie die gesamten Aromen des Kameliengartens in sich trug. Erst jetzt merkte Lucy, wie müde sie war. Und doch fand sie keine Ruhe.

Jetzt war es also soweit. So viele Jahre hatte sie sich vorgestellt, wie es sein würde, hierher zurückzukehren und in die Fußstapfen ihrer Mutter zu treten. Sie hatte Sylvia immer um ihre Ruhe bewundert, um die Fähigkeit, stets die richtigen

Entscheidungen zu treffen. Ihre Mutter war klug und großzügig, jeder hier wusste, dass alles, was sie in die Hand nahm, ein gutes Ende fand. Deshalb wandten sich auch die Einwohner des Städtchens häufig an sie und nicht an den Bürgermeister, wenn sie ein Problem hatten. »Sylvia kann aus Stroh Gold spinnen«, hatte Yvonne einmal gesagt, als Lucy noch sehr klein gewesen war, und das hatte sie tief beeindruckt.

Sie drehte sich auf die andere Seite und unweigerlich wanderten ihre Gedanken zu Frederick, mit dem sie fünf Jahre lang zusammen gewesen war. Frederick, von dem sie überzeugt gewesen war, dass sie eines Tages heiraten würden und mit dem sie gehofft hatte, ebenso glücklich zu werden wie Sylvia mit Maël. Doch dann hatte er ihr mitten in ihrem Freudentaumel über ihr hervorragendes Ergebnis an der Business-School in St. Gallen erklärt, dass es besser sei, sich zu trennen. Er, der eine internationale Karriere als Wirtschaftsjurist anstrebte, könne es sich nicht vorstellen, sein Leben in der Bretagne zu verbringen und eine Fernbeziehung sei nichts für ihn, die hätten sie nun schon viel zu lange geführt. Das war ein Schock für Lucy gewesen. Schließlich hatte sie ihm von Anfang an von ihren Plänen erzählt. Jeder, der sie kannte, wusste, dass sie einmal auf die Kamelieninsel zurückkehren würde. Und tatsächlich fand sie wenig später heraus, dass Frederick eine andere Frau kennengelernt hatte, eine Fremdsprachensekretärin, die nur zu gerne ihren Beruf aufgeben wollte, um ihm überall hin zu folgen, und die er wenige Monate später auch geheiratet hatte, weil sie bereits von ihm schwanger geworden war. Erst vor einer Woche hatte er Lucy in der Annahme, sie hätten sich tatsächlich als »Freunde« getrennt, ein Foto seines neugeborenen Sohns geschickt.

Der Wind heulte um das Haus und Lucy stand auf, um ein paar Schlucke Wasser zu trinken. Würde sie jemals einen Mann finden, der bereit war, mit ihr hier zu leben? Jemanden, der sich über ihre beruflichen Erfolge freuen würde, so wie ihr Vater stolz auf ihre Mutter war und nicht von ihr forderte, ihre Ziele den seinen unterzuordnen?

Es war nicht das erste Mal, dass sie trotz großer Müdigkeit nicht schlafen konnte und sich fragte, ob es die richtige Entscheidung war, sich für immer auf der Kamelieninsel niederzulassen. Diese Zweifel hatte Frederick in ihr Herz gesät. Bei hellem Tageslicht verstummten sie und schienen ihr absurd. In den dunklen Stunden der Nacht allerdings wurden sie wieder laut.

Lucy wälzte sich in ihrem Bett hin und her und fand keinen Schlaf. *Avel* heulte ums Haus, zerraufte die Kronen der Bäume und riss ihnen das trockene Laub und welke Blüten von den Zweigen, wehte seine Beute über die Mauer hinab ins Meer – Lucy sah das alles im Halbschlaf, als schwebe sie mit ihm dahin. Irgendwann legte sich der Wind und dann musste sie doch für kurze Zeit weggedämmert sein, denn als sie aufschreckte, zeigte ihr Wecker 05:10 an.

Sie stand auf und trank Wasser, doch als sie sich wieder hinlegte, war an Schlaf erst recht nicht mehr zu denken. Eine Weile versuchte sie es noch mit Atemübungen, die ihr jemand empfohlen hatte, dann kapitulierte sie. Im Kleiderschrank suchte sie ihre wärmsten Sachen heraus, zog sich an, schnappte sich ihre Taschenlampe. Dann ging leise die Stufen hinunter, um ihre Eltern nicht zu wecken, öffnete die unscheinbare Tür gleich hinter der Treppe und schlüpfte hinaus.

Nach wenigen Schritten gelangte sie zu dem schlichten Eisentor hinter dem Haus, öffnete es leise und war froh, dass es nicht quietschte. Dann schlug sie den Pfad ein, der an der Steilküste entlang in Richtung Westen führte, und erreichte eine Viertelstunde später jene Klippen, auf der sich zwischen zwei markanten Felsen ein windgeschütztes Plätzchen befand. Hier würde sie den Morgen heraufziehen sehen, schon war die Nacht nicht mehr ganz so tiefschwarz wie noch vor einer Stunde, und wenn sie Glück hatte, würde sie mit einem Sonnenaufgang belohnt werden.

Sie setzte sich auf den steinernen Thron, wie sie seit ihrer Kindheit den glatten, abgerundeten Felsen nannte, der von drei Seiten von aufragenden Menhiren umrahmt war und den Blick über den Atlantik freiließ. Noah hatte ihr einst diesen Platz gezeigt, seither war er einer ihrer Lieblingsorte auf der Insel. Wie eine Königin hatte sie sich hier immer gefühlt, die weite Welt zu ihren Füßen. Auch an diesem Tag schienen ihr die sie umgebenden Felsen Kraft zu schenken und Ruhe. Und wie früher, wenn sie Kummer gehabt hatte, suchte sie sich einen flachen Stein. Sie ritzte mit einem anderen ein F auf seine Oberfläche und hielt ihn eine Weile fest in ihrer Hand. Es wurde Zeit, sich von Frederick und dem Schmerz, den er ihr bereitet hatte, zu lösen. Sie spürte die Härte des Steins in ihrer Hand und ließ ihren Blick über den Atlantik gleiten, der mit seinem beständigen Auf und Ab der Wellen wie ein lebendiges, atmendes Wesen unter ihr lag und sich in weiter Ferne irgendwo im Dunkelviolett des Horizonts verlor. Tatsächlich tat der Gedanke an Frederick, seine Frau und das Baby schon gar nicht mehr so weh. Sie atmete ein paarmal tief durch. Im werdenden Licht schimmerte das Meer nun wie Kupfer und begann, mehr und mehr zu leuchten. Sollte er doch ruhig glücklich sein, dachte sie. Auch sie würde irgendwann der großen Liebe begegnen, das fühlte sie in diesem Augenblick ganz deutlich. Einem Mann, der sie zum Lachen bringen würde und zum Dahinschmelzen, jemandem, der sich von ihren Qualifikationen und Fähigkeiten nicht eingeschüchtert fühlte, sondern ihr auf Augenhöhe begegnen und sie mit seiner Liebe einhüllen und beglücken würde. Und auch wenn ihre Freundin Lili mitunter behauptete, dass es solche Männer nicht mehr gäbe und dass das ganze Gerede von der großen Liebe nur Unsinn sei, so war Lucy vom Gegenteil überzeugt. Auch Lili würde das eines Tages einsehen.

Inzwischen hatte der Stein ihre Körperwärme angenommen, sie öffnete ihre Hand und betrachtete ihn genau. »Ich lasse dich jetzt los«, sagte sie leise. Dann holte sie weit aus und warf den Stein hinaus aufs Meer. Die Klippe war viel zu hoch, als dass sie im Brausen der an Land schlagenden Wellen seinen Aufprall hätte hören können. Doch das war auch nicht nötig. Lucy fühlte sich, als hätte sie nicht nur einen kleinen flachen Stein losgelassen, sondern ein mittelgroßes Gebirge, das ihr Herz so lange belastet hatte.

»Werde glücklich!«, rief sie gegen den Wind. Und dabei meinte sie vor allem sich selbst.

Wer Mut hat, findet sein Glück

Tabea Bach
SONNE ÜBER DEM
SALZGARTEN
Wohlfühl-Saga rund um
ein Restaurant auf den
Kanarischen Inseln. Roman

368 Seiten
ISBN 978-3-404-18484-2

Die erfolgreiche, aber gestresste Sterneköchin Julia will ihren Neffen eigentlich nur kurz auf die kanarische Insel La Palma begleiten. Doch dann entdeckt sie über einer wildromantischen Bucht eine alte Finca, die sie sofort verzaubert. Könnte sie sich hier ihren Traum von einem kleinen Restaurant am Meer erfüllen? Es scheint sich perfekt zu fügen, dass am Fuße der Klippe ein Salzgarten liegt, der in Familientradition von dem attraktiven Álvaro betrieben. Julia verliebt sich auf den ersten Blick in ihn, und auch er ist ihr sehr zugetan. Aber wie so oft im Leben, kann das, was so einfach schien, ganz schön kompliziert werden …
Der mitreißende Auftakt der Salzgarten-Saga von Tabea Bach

Lübbe

Wie viel Mut braucht es für einen Neubeginn?

Tabea Bach
DIE SEIDENVILLA
Roman. Feel-Good-Saga
um eine Seidenweberei
im Veneto

368 Seiten
ISBN 978-3-404-17962-6

Nach einem Schicksalsschlag folgt Angela der Einladung ihrer Tante, sie in Asenza in Veneto zu besuchen. Doch die Auszeit nimmt eine überraschende Wendung, als die „Seidenvilla", die letzte traditionelle Seidenweberei des Ortes, kurz vor dem Aus steht. Angela beginnt, mit ihrer Tante Pläne zu schmieden, wie man die Seidenvilla retten könnte. Der Besitzer würde Angela die Weberei verkaufen, allerdings sind daran einige Bedingungen geknüpft. Und dann trifft sie unerwartet einen Mann, in den sie sich auf den ersten Blick verliebt ... Doch ist sie bereit für einen Neuanfang in Italien und eine neue Liebe?

»Wie geschaffen für entspannte Leseabende!« Christiane Beel, BRIGITTE WIR über Die Kamelien-Insel

Lübbe

Ein fesselnder Roman um Liebe und Wahrheit und eine Seidenweberei in Venetien

Tabea Bach
IM GLANZ DER
SEIDENVILLA
Roman
Feel-Good-Saga um eine
Seidenweberei im
Veneto

368 Seiten
ISBN 978-3-404-17964-0

Angela ist glücklich: In Vittorio hat sie einen wunderbaren Partner, und die Weberei schreibt schwarze Zahlen. Doch der Erfolg der Seidenvilla gerät ins Wanken, als plötzlich ein unbekannter Konkurrent auftaucht. Als wäre das nicht genug, stößt Angela bei Vittorios Mutter auf große Ablehnung. Offensichtlich hätte sie lieber die attraktive Architektin Tiziana als Schwiegertochter, mit der Vittorio früher eine große Nähe verband. Bald gibt es überraschend viele gemeinsame Aufträge für Tiziana und Vittorio, und er verbringt mehr Zeit an Tizianas Seite als mit Angela. Kann Angela die Seidenvilla retten und zugleich um ihre große Liebe kämpfen?

Lübbe